当代陕西文学评论文丛 | 编委会

主　编　贾平凹　齐雅丽

副主编　韩霁虹　李国平　李　震

编　委（按姓氏笔画排序）

　　　　　仵　埂　齐雅丽　李　震

　　　　　李国平　杨　辉　段建军

　　　　　贾平凹　韩霁虹

当代陕西文学评论文丛

后起新锐

与文学同在的批评

韩伟 著

陕西师范大学出版总社　西安

图书代号　WX24N2344

图书在版编目（CIP）数据

与文学同在的批评 / 韩伟著. -- 西安：陕西师范大学出版总社有限公司, 2025.6. --（当代陕西文学评论文丛 / 贾平凹，齐雅丽主编）. -- ISBN 978-7-5695-4807-5

Ⅰ．I206.7-53

中国国家版本馆CIP数据核字第2024XG1071号

与文学同在的批评
YU WENXUE TONG ZAI DE PIPING

韩　伟　著

出版统筹	刘东风　刘　定
策划编辑	马凤霞
责任编辑	熊梓宇
责任校对	王淑燕
封面设计	周伟伟
出版发行	陕西师范大学出版总社
	（西安市长安南路199号　邮编 710062）
网　　址	http://www.snupg.com
印　　刷	中煤地西安地图制印有限公司
开　　本	720 mm×1020 mm　1/16
印　　张	20.25
插　　页	2
字　　数	290千
版　　次	2025年6月第1版
印　　次	2025年6月第1次印刷
书　　号	ISBN 978-7-5695-4807-5
定　　价	69.00元

读者购书、书店添货或发现印装质量问题，请与本公司营销部联系、调换。
电话：（029）85307864　85303629　　传真：（029）85303879

文脉陕西,评论华章(序)

贾平凹

从延安文艺的烽火岁月,到新时代的文学繁荣,陕西文学以其独特的风格和深邃的内涵,赢得了国内外的广泛赞誉。在中国当代文学史上,陕西不仅拥有一支强大的文学创作队伍,同时也拥有一批占领各个历史阶段文学批评潮头的评论骨干。他们以敏锐的洞察力剖析文学现象,参与文学现场,解读作品内涵,为陕西文学的发展注入了源源不断的活力。在新时代文化浪潮中,文学评论作为党领导文学事业的重要途径和方式,作为文学繁荣发展的重要推动力和引导力,正凸显着越来越重要的作用。

为了贯彻落实习近平总书记关于文艺工作和文艺批评的重要论述,以及中宣部等五部门联合印发的《关于加强新时代文艺评论工作的指导意见》,进一步加强和改进陕西文学批评工作,打磨好批评这把利剑,把好文艺的方向盘,同时也为深入总结和发扬陕派文学批评的历史经验,全面呈现陕西当代评论家队伍及其丰硕成果,推动陕西文学批评再创佳绩,助力陕西乃至全国文学发展,陕西省作家协会精心策划并编辑出版了"当代陕西文学评论文丛"。

在选编过程中,丛书编委会始终遵循着精编细选的原则,力求每篇文章都能代表作者个人的最高水平,同时也能反映出陕西文学评论的独特风格和时代特征。所选文章以研究和评论承续延安文艺传统的陕西作家、作品为主，也不乏对中国文坛或域外文学研究的独到见解。丛书汇聚了三代文学批评家中三十位代表批评家的学术成果。他们或生于陕西，或长期在陕工作。他们以笔为剑，以墨为锋，用睿智深刻的见解，共同书写了陕西文学批评的辉煌华章。他们的评论文章，或激情洋溢，或理性严谨，或高屋建瓴，或细腻入微，共同构筑了这部丛书的独特魅力与丰富内涵。

丛书将陕西老中青三代评论家分为"笔耕拓土""接续中坚""后起新锐"三个系列。三代评论家有学术师承，亦有历史代际。每个系列都蕴含着不同的时代气息和文学精神："笔耕拓土"系列收录了陕西文学评论界先驱和奠基者的成果，他们如同手握犁铧的开垦者，为陕西文学评论的沃土播下了希望的种子；"接续中坚"系列展现了新一代批评家中坚力量的风采，他们的评论既有深厚的理论功底，又有敏锐的时代洞察力，为陕西文学评论的繁荣发展注入了新的活力；"后起新锐"系列则汇集了新一代批评家的文章，他们敢于创新，勇于探索，为陕西文学评论的未来开辟了广阔的空间。

"当代陕西文学评论文丛"的出版，不仅是对陕西文学批评历史的一次全面总结和回顾，更是对未来陕西文学发展的有力推动和期待。相信这部丛书的问世，将激发更多文学评论家的创作热情，使陕西文学创作与批评携手并进，比翼齐飞，为推动陕西文学批评事业的繁荣发展，为陕西乃至全国文学的发展贡献新的智慧和力量。

2024年11月8日

目　　录

001　生存状态的描绘与西部精神的展示
　　　——评雪漠的长篇小说《大漠祭》
010　激情的介入与诗意地拯救
　　　——《湖光山色》与《雪豆》的比较解读
022　人性的拷问与理想的憧憬
　　　——评长篇小说《银狐》
033　意义的发现：历史文化与诗性情怀
　　　——读厚夫的《走过陕北》和《行走的风景》
045　现实与隐喻：诗意的理解与哲性的沉思
　　　——评于晓威中短篇小说集《L形转弯》
057　在历史与现实的细部寻找"生命的雕像"
　　　——高建群小说创作论
068　小说的难度
　　　——以冯玉雷的敦煌书写为例
084　爱情的童话与精神的寻踪
　　　——评徐兆寿的长篇小说《荒原问道》
097　文学何为与柳青文学创作的启示
109　"生命的真实"与"心灵的悸动"
　　　——陈忠实散文创作论
123　柳青文学的意义（笔谈）

127　以文化的目光打量陕北土地
　　　——评散文集《走过陕北》

130　"普世"况味的真诚表达与"蹉跎"生命的精神书写
　　　——评弋舟的中篇小说集《刘晓东》

142　陈忠实文学的当代意义与《白鹿原》的超越性价值

149　象征与隐喻：阿来"山珍三部"的文化密码

168　文艺批评，握好一把"中国尺"
　　　——关于文艺批评的风格问题

174　多元情结的凝聚与现实主义的生命力
　　　——陈忠实中篇小说论

189　"狂欢化"诗学与现代家族小说的同构
　　　——评马步升的"江湖三部曲"

206　叙事伦理：在冲突与融通中升华
　　　——评贾平凹长篇小说《山本》

223　从"乡土凝香"到"现实余韵"
　　　——陈忠实短篇小说论

237　众生杂语　暂坐"谜"中
　　　——评贾平凹长篇新作《暂坐》

252　人间·人心·人生：陈彦《装台》的三个面相

266　空间经验的审美表达与生命意志的精神书写
　　　——评吴文莉"西安城"系列长篇小说

281　徐兆寿文学创作的三次"转向"与三个"面向"
　　　——以《西行悟道》为中心的考察

297　神话的重构与神性的呼唤
　　　——评阿来小说《格萨尔王》

313　后记

生存状态的描绘与西部精神的展示

——评雪漠的长篇小说《大漠祭》

  作为一个初具风格的西部乡土作家，雪漠在把握生活的方式上有着独特的自我体验，发着自我独特的"声音"。他以作家的天性良知实践着人文关怀，我理解，这也正是他的作品好评如潮的根本原因。我们透过他诗意地铺陈乡村世界的文本表象，清晰地听到"站在当代的高度对现代文明的深情呼唤"①。渴望现代文明与背负着的旧文化心理的二元对抗，昭示着文本内涵的历史沉重感与积重难返之艰难。雪漠对文本所呈现的文化背景予以哲学性的关注，使得作品对现代文明的呼唤不仅仅停留在表层。西部乡土世界以鲜活的具体的形态，编织着丰富多彩的艺术世界。《大漠祭》的背景是腾格里大沙漠，作品中的人物都是沙漠腹地顽强生存着的山民。这是一群远离现代文明的极普通的农民，作者以艺术化的建构手法，在广袤雄浑的大漠中，筑起了一个生存的"城堡"。著名文学评论家雷达先生对《大漠祭》的这一内蕴把握是准确的。他说：

  我理解《大漠祭》的题旨主要是写生存。写大西北农村的当代生存，这自有其广涵性，包含着物质的生存、精神的生存、自然的生存、文化的生存。所幸作者没把题旨搞得过纯、过狭。它

---

① 赵学勇等：《新文学与乡土中国》，兰州大学出版社，1993年。

没有中心大事件,也没有揪人的悬念,却能像胶一样粘住读者,究竟为什么?表面看来,是它那逼真的、灵动的、奇异的生活化描写达到了笔酣墨饱的境界,硬是靠人物和语言抓住了读者,但从深层看,是它在原生态外貌下对于典型化的追求所致。换句话说,它得力于对中国农民精神品性的深刻发掘。[①]

生存状态、生存意识与西部精神构成文本的多个向度。

一、生存意识:构筑文本西部精神的基石

西部独特的地理风貌孕育出西部独有的独立的文化形态。高、险、奇的西部特征决定了在这块土地上,人与自然的关系始终是西部社会的主要矛盾。生存,始终是摆在西部人面前最大的难题;生存意识,始终是西部人难以摆脱的结。作家以其厚重的西部情结、西部人文关怀精神,绵密工整地为我们营构了一个西部特有的人文世界——栖居的大漠。

在西部,人容易进入极限体验。生存的本能与死亡的考验可以不通过任何中介因素而直接地呈现出来。这使西部人拥有了罕见的生存能力和强悍的心理承载能力。老顺每次走入大漠,放鹰抓兔子的激动、喜悦和孟八爷进入大漠腹地打狐狸的神采飞扬劲儿,就是这种精神的最好注脚。生存境遇的恶劣和死亡之神的经常性触摸,造就了西部人博大、强悍、勇武的秉性。这种特别的人性质地和西部地形的奇峻,又使西部人在生存过程中显得乐观、浪漫、独立、坚忍而又自足,内在的苦难与坚忍常常表现为外在的乐观和浪漫。《大漠祭》中的人物群像所表现出的风采,以鲜活的艺术化形象,诠释着这西部独特的精神。

在西部,人与自然的关系持久激化,人与人的关系却亲近、友善,因而西部是一块流溢着火热情义的土地。在西部人的粗暴、冷酷的后面往往

---

① 雷达:《思潮与文体》,人民文学出版社,2002年。

隐藏的是强烈的温情和爱恋。西部亘古如斯的戈壁大漠的寥廓与寂静，同西部地域环境所保持的广袤、本真、神秘，乃至原始自然的特征，与人类的生存本性达成对应或同构。孟八爷、花球、灵官进沙湾打狐狸，花球与拾发菜姑娘的野合，孟八爷与红脸汉子的狐狸之谊，乡民们为瘸五爷的慷慨解囊，共同营构着这西部的童话。

在西部，贫穷是压在农民头上的一座山。恶劣的自然环境，造成农民普遍贫穷。穷的直接后果，就是缺医少药。试想一下，倘若五子的病早日诊治，果真就治不好？最后，他被瘸五爷残忍地"做"了，瘸五爷就那么惨无人道？同样是贫穷，造成了许多年轻人的终生不幸，兰兰和莹儿的互相换亲就是例证。农村中像这样为了成全兄弟的学业、婚姻而牺牲自己青春和终生幸福的姑娘，恐怕为数不少。聪颖、活泼而又富有思想追求的莹儿，却与老实木讷、憨憨傻傻的憨头结为百年之好。对人生伴侣的绝望，也就注定了莹儿与灵官背叛纲常、偷情寻欢的悲剧命运。然而，和贫穷相伴而生的往往还有愚昧。因为穷而上不起学，接受不了教育，最终造成这些人的迷信、愚昧，以至酿成人间惨剧。每次读到引弟之死，都激起我心灵强烈的震颤。一个活泼伶俐的小女孩，竟平白无故地死于她愚昧的父亲之手。这是西部的悲剧。

在西部，人因土地的贫瘠蛮荒而更贴近自然，因环境的恶劣而生命力更强大，因生存的艰难而精神的状态更虔诚，因生命的极限体验而更豁达、更浪漫，因与自然的直接对峙而民风民情更淳厚、更质朴，因群峰大漠的绵延起伏而性情更刚烈、更突兀。这便是西部的精魂，西部人的精神形态，文本世界的内涵所在。面对这西部奇特的世界，作家的心海荡漾起波纹。文本中，作家花费大量的笔墨，写大漠的世界——大漠中放鹰、抓兔子，大漠中打狐狸，大漠中搂黄毛柴籽。这看上去有些冗长、拖沓，然而，也就因为这些铺张的文字，使读者对作品产生了极大的阅读兴趣。有评论者责难作家，认为小说的前面部分过于铺张。的确，小说在叙事上显得有些铺张，不够紧凑，不够和谐，甚至有些匆忙、零乱。但是，这正是作家人生背景、心路历程的真实投影。面对这样一个苦难的旅行者，和他营构的苦难世界，理解和沉默是最好的回答。

二、西部精神：诗意生存的文化之维

西部精神，就其本质而言，是一种以某种自然观为轴心双向展开的生命现象。西部精神的发生是以某种自然观的确立为前提的，因为西部精神归根到底是从人与自然的原初关系中滋生出来的。人在自然精神的沐浴和洗礼中，烙上西部精神的印痕，呈现出博大豪迈的独特风度。这就是西部精神的魅力。

在西部，人与自然的关系最严峻，自然神话向主体性神话的转化是西部人生命发展的必然过程，是西部人强大生命力的所在。主体性神话构成西部人勇武强悍、乐观自信、坚韧不拔、开拓达观的精神品格。自然性神话则导致西部人主体精神的失落和对肉体存在的满足，从而形成西部人性格中对土地、对人的依附性。脆弱卑微、自私自利、苦难意识、封闭守旧，成为西部人精神品格的另一极。这也许就是雷达先生对《大漠祭》的准确把握——"诗意的生存"。[①]主体性神话和自然神话是西部人精神的两极。这两极在西部人的精神性格中相互对抗、相互认同，达成理性的一致。《大漠祭》的世界是西部人的世界，西部人的世界充满西部的精神气儿。在作家营构的家园世界中，我们感受到生命脉息的沉重与灵魂震颤的回响。

丰富的人生体验和痛苦不堪的历史记忆扎根于作家的心灵，作家以痛彻入骨的苦难精神谱写出一曲迟迟走不出"阴霾"的古老歌谣。作家敏感的触觉，触及了生于斯长于斯的乡民世界的悲剧命运。真正的诗化意蕴，就是沉潜于这种痛苦深渊之中，并由此升起人类精神之光。这也许是文本

---

① 雷达：《思潮与文体》，人民文学出版社，2002年。

所呈现出的"诗意的生存"味太浓的一个很好注脚。作家以近乎迷恋的姿态去极力描绘这一原本苦难的生存世界。西部大漠被上升到人类生存的背景意义上，凸显出人与生存抗争的力量与壮美，给人一种在生存之旅艰难跋涉的沉重感、悲壮感。

人类的生命精神的存在本身就是一种对抗。作家在沉重地咀嚼着苦难的经历过程中，于苦难的深渊里获取了歌吟的灵魂，创造了具有较高审美层次的"大漠世界"。悲剧的人生历程渗透到文本世界，凝固成"生命的独特风格"。西部恢宏博大的自然精神与文化精神有力地影响着作家，富有奇幻感的西部大漠风光，往往唤起作家的情感记忆并与其发生神秘感应，虚化或生发出艺术的想象，这也是作家灵魂与西部大漠意象亲和的智慧性创造。作家往往将西部深刻的体验和顿悟以具体独特的形象赤裸裸地呈现于文本之中，透露出恢宏、沉雄与苍凉之感，形成了博大浑厚、自由洒脱的美学风格。作家在文本世界中着意营造的西部意象，既包含着一种中国人在困境中的审美精神，同时也体现了西部世界的丰富的审美意趣。作家能十二年如一日，超越浮躁回归大化淳流的境界而磨一剑，是自我超越精神的极致体现。作家雪漠坚守着"西部人"的操守，既因避免了功利因素，而成为有良知的优秀作家，也因民族文化心理与人类现代意识的投射，而表现出郁勃的个性生命气息和旺盛的创作激情，是人品与文品的深度显影。

作家在构建自己所热爱的乡民世界时，呈现出一种愚愚憨态。老顺、憨头、灵官、孟八爷、瘸五爷、莹儿、兰兰等乡民，都是作家现实生活中熟悉的影子，作家深深地爱着他们。然而，作家在塑造这些形象的时候，却又无法剔除他们骨子里沉潜的过分依附于自然的禀性。他们的灵魂烙上了自然性神话的鲜明印迹。灵官是作家的美好寄托和理想化身，灵官的最终出走寄予着作家良好的期盼。这是主体性神话向自然性神话的彻底决裂，是对"诗意的生存"的绝望和背叛。灵官是新生代乡民的代表，灵官的希望无疑是乡民们未来的希望。"诗意的生存"背后，涌动着不安的灵魂。

三、生存状态：文本世界的理性审视

　　真正意义的文学作品都是作家心灵沉潜的结晶，是作家身心血肉的呈现。没有这种率真、拙朴而又全面深刻的呈现，其创作的文学作品就会大打折扣，审美价值趋向虚无。《大漠祭》是作家悟透文学真谛之后的硕果，是他文学创作生涯的里程碑式作品。同时，也为当代文学创作提供了一种范式，一种新的美学原则。也为西部文学走向世界，开创了新路径。他的作品的生命价值，是确立在他对世界和人生的独特感受认识之上的。《大漠祭》的独特价值本质，在于从生存及生存意识与西部精神的视角观照和洞悉乡土世界，并试图以此为基点，体验生存的意义和生存的现实情绪状态。作家沉重的人生体味，以蓬勃的生命张力，溢满文本。也正是由于这种体验的积淀，作为一种底蕴和力量使小说获得了整体上的深刻、厚重的思想意义，从而提升了文本的美学价值。

　　小说和一切艺术一样，其最高旨归是接近自然，即用最切合某种生命状态的语言，塑造最切合自然的生命，从而实现自然、生命、语言的三维统一。《大漠祭》文本的整体精神，便是这个三维同构的世界的哲学显影。在那大漠的世界里，人的本真天性和作为这种天性的存在方式的天籁语言，与大自然的跃动进入最高的和谐；在那栖居的天地里，人类的理性与非理性进入最佳临界状态。灵官与莹儿的每一次"欢悦"，都使灵官的愧疚感更加强烈，莹儿也有伦理割伤的隐隐之痛。但是爱与欲的燃烧使他们无法理智，人的自然天性趋向了初始状态。双福女人与猛子的"孟浪"之举，凸显出女人渴望情爱的大胆与率真；猛子的拘谨与怯懦在对照中则折射出生存的软弱。生存成为人们无法直面的惨淡现实。人性的弱点在现实的挤压下，开出凄婉的恶之花。人的自然生命同社会生命在对抗中趋向统一。

　　生存是西部最为沉重的话题。作家以诗意的笔触探寻生存的艰辛。

由于特殊的人生经历，作家对人生的苦难有着切肤的体悟。当他把酝酿已久的笔触，真正深入生养了他生命的那贫瘠的腾格里沙漠，扑面而来的是那大漠的深沉厚重和生息在这荒沙世界上的生命的苦难。生存的艰辛和那艰辛地生存着的乡民，强烈地震荡着作家的情感，使作家无法理性地直面文本。在文本的字里行间，流溢着作家对这块土地切入骨髓的理解，以及与这块土地上生灵的神会。作家一方面写乡民们诗意的生存，另一方面又不无悲哀地赋予人的生命以悲剧形式。在生命的悲剧形式中，才真正呈现了作家对人生的深刻感悟。憨头勤劳、诚实、憨厚、木讷，是所有善良乡民的缩影。作家是以近乎"欣赏"的笔调塑造这一形象的，这一形象源于作家的弟弟。他说："弟弟具有憨头的一切优点。"①面对生存，面对生活的无边苦海，憨头以坚毅的韧性与病痛对抗。憨头的悲剧性结局，体现作家乡民生存情结之大悲悯。作家无法摆脱这一悲痛的阴影。灵官的最终出走，是忘却这一悲痛的最好期望和安慰。一字不识的憨头在弥留之际让弟弟用梨子车拉上逛一趟武威的文庙，"这情节给人悲凉而悠长的思索"。②这也是作家寓意深远的一种精神寄托。

雪漠的审美意识中有着沉重的生存意识和人生意识。他摄取的审美对象往往超越了生活的表象，凸显出生活的真实风貌，烙有沧桑的生存感和人生感。人作为一种社会生命，维持自身生命的过程，同时也是耗尽生命力量的过程。生存的过程正是这种生命力量与客观世界碰撞激荡，对客观环境的改造和适应的过程，本质上是这种生命力对社会环境和自然环境中，阻碍这种生命力实现的客观力量的克服。这一永恒矛盾便构成了人生的苦难和生命的痛苦，而也正是这种痛苦和苦难，成为人及人类生命力量的显示和人的本质的反证。没有痛苦的人生不是真正意义上的人生，现实中不存在没有痛苦的人生。因为从客观角度看，任何个人都不能超越自身的生命，也正如任何生命都不能超越痛苦一样。这就是人的生命的悲剧所

---

① 雪漠：《大漠祭》，上海文化出版社，2002年。
② 雷达：《思潮与文体》，人民文学出版社，2002年。

在。憨头之死、引弟之死、瘸五爷的傻儿子之死，无不笼罩着让人心悸的悲剧色彩。追求这种苦难意识的张扬也许是作家反抗苦难的另一种极端显示。

雪漠所描绘的《大漠祭》世界，流溢着他对生命及生存的悲剧性体验。文本的主色调是灰暗的、阴冷的。面对乡民的世界，悲悯之气沉重得令人窒息。作品从总体上流露出对现实、人生及西部人命运的迷乱情绪。从近距离具体地看乡民们生活的世界是乐观的、盲目的；从远距离宏观地审视乡民的世界却又是悲悯的、清醒的。也许是作者对乡民的情太深、义太重的缘故，他无法直面，进而无法尖厉地批判这乡民们生存的世界。他只好把这种希望寄托在稍有文化知识的主人公灵官上，灵官的出走也许是这种希望的未来。

面对乡民世界中发生的一切故事，雪漠持理解的态度。人作为生命个体往往是脆弱的，在自然生命和社会生命的双重压制之下，人的坚韧和激情趋于柔弱，人的道德走向失衡。生存是个复杂的命题。灵官与莹儿的乱伦性情爱，猛子与双福女人的热烈浪漫，都是在极大的宽容中发生的。甚至瘸五爷亲手弑子，也无不流露出理性的谅解。撩开大漠温情的面纱，乡民的世界充满生存的艰辛。人性的善良、同情、爱，混同着穷乡僻壤的野性编织出真实的世界。从生存角度观察人的生存和人的本性的这种复合性，使他在审美过程中超越了道德标准。事实上，在特定的生存环境中，传统的道德价值和善恶标准是无法论断人性的复杂性的。

应当承认，雪漠对乡民生存的艰难、命运的悲惨，对他们的勤劳、忍耐和愚昧都有深刻的体悟，从而摹写出了他们生存状态和心理情绪所蕴藏着的整体的悲剧氛围，使文本具有一种从生活底层打捞出血汗的沉重分量。这种体悟包含着严肃认真和悲壮的审美情绪，这是对他切身的生活感受的直接再现和贴近具体现实生活形态的近距离凝视的审美再现。悲剧意识的直观呈现和对悲剧的无法摆脱、超越使雪漠难以找到一条希望之路。作品中承受生活中最大痛苦的人物往往无声无言，而这一切痛苦只有在他们的感受中才得到了深刻的全面的再现。而且，真正理解了人生痛苦和生命悲剧的必然性后，就没有言语的必要了。老顺面对憨头之死的现实，是大悲导向无悲；灵官面对憨头之死，除了出走没有什么能承载他那颗悲痛至极的心。

结　　语

雪漠的《大漠祭》是西部文学的典范，体现着西部文学一贯的审美追求。作家以新的美学视角，对西部生活做了独特的观照和抒写，并富有创造性地将当代人的思考融于西部社会生活和自然景观之中，使西部世界和时代精神在内质上趋于一致。

总之，雪漠以真实而深刻的感觉，创造了他的乡民世界。他以极大的人道关怀热情，为人们创造了一个西部诗意的世界。他在文本中着力发掘生存的真实与苦难的对抗。人的存在本性，在自然生存、社会生存和精神生存中自由舒展。西部情绪、西部风度、西部精神为文本的艺术价值赋予了亮丽的辉光。生存和生命与文学一起熔铸着西部精神。

原载《唐都学刊》2005年第1期

（本文系与王彩凤合作）

激情的介入与诗意地拯救

——《湖光山色》与《雪豆》的比较解读

周大新的《湖光山色》，是第七届茅盾文学奖获奖作品，小说写出了农民走向商品经济的艰难历程，当外来资本为农村发展带来新的机遇后，传统的家庭伦理即刻面临严峻的考验。作品对乡村中国的艰难发展做了深入的探讨，同时也对乡村发展的前景做了理想式的表达。在这个结构严密又充满悲情和暖意的小说中，周大新以他对中国乡村生活的独特理解，书写了乡村表层生活的巨大变迁和当代气息，也发现了乡村中国深层结构的坚固和蜕变的艰难。

仡佬族女作家王华的长篇小说《雪豆》（也称《桥溪庄》），是第九届"骏马奖"获奖作品，它的意义在于：作家超越了乡村立场抑或城市立场，站在全人类的高度，以人类特有的悲天悯人的情怀，观照桥溪庄人的生存，零距离接触当下农村的现实问题。在寓言式的外壳下，隐藏着人类生存与发展的全部困惑，这既是《雪豆》的悲愤所在，也是深刻所在。

《湖光山色》和《雪豆》两部小说，都以女主人公的命运贯穿始终，共同展示了人物性格的种种变化以及心理的畸变，具有现代性的实验痕迹。在叙事风格上，都展现了宏阔的现代视野和当代性的观照。作家以独有的乡土情怀介入文本世界，寄托自己的诗意理想，也为人类的生存提供了一种文学上的范式。

一、"含泪的笑"：乡土的忧思与诗意的情怀

1. "乡土忧思"谱写的乡土挽歌

两部小说都揭示了人物性格的种种变化以及心理的畸变，具有现代性的实验痕迹。以女性的命运作为叙事的主要线索，女主人公都寄托着作者的诗意理想，可以归结为一点，那就是对生存的反抗，对苦难的隐忍与不屈。这是两部小说共同传递给读者最真实、最具启发性的东西。这种深刻从小说中迸发出来，照进冰冷冷的现实世界，它的普适性必将得到广泛的认同。

城市永远是乡里人的梦，而乡村则是乡里人的根。对于《湖光山色》中的暖暖来说，渴望城市生活是她简单而又朴素的理想，但未等完全施展本领，就因家庭的变故重新走入贫穷闭塞的小村庄，从此开始了她扎根乡土、拯救乡土的生命历程。

在周大新笔下，女主人公活脱脱是一个男人的品格，从小就跟从父亲下湖捕鱼。小而机灵的暖暖跟随父亲捕鱼的情景让人难忘，她只身纵入水中帮父亲拿回帽子的洒脱与打鱼归来的欢喜，无不透露出农家人真挚的情感和单纯的美好。小说的第一个精彩的部分莫过于对"父女情"的渲染以及暖暖出生时传奇性的讲述。家庭的变故促使暖暖开始了新的道路，也是家庭的熏陶积聚了她承受生命之重的底蕴。是丹湖的水滋养了她、温暖了她，她身上有着丹湖水一样的博大与温情。小小的农家是乡村的缩影，这种割舍不断的亲情伴生着对故土深厚的乡情，也使得日后的"乡土际遇"变得顺理成章起来。小说中孩童友情的描写也是似真似幻，为情节的发展埋下一条灰色的线。童年萌生的友谊丝毫没有掺杂肮脏、腐烂的东西，也正是这种本真的情感最后变成她抗争的巨大动力。

为争取婚姻的幸福，他不顾家人的反对和村主任詹石磴的威慑，毅然走进了贫困寒酸的旷开田家，随即开始了辛酸的跋涉。起点处的不平凡

有两种深意，一是对家庭伦理秩序的冲击，二是对农村固有的地方权势的挑战。

从城市回归乡村，迎着生活的磨难并与之抗争，在坚守中一步步思考着重生，可以说，她的精神是内倾的，是对苦难的一种隐忍，也是作家所呼唤的一种坚韧不拔的生命力。"'苦难意识'不仅是作为艺术家对生存内省意识的理论概括，作为进入生活内部的思想导引，而且作为历史的自我意识，那是人类生存不屈的自觉表达。"①沿着这条轨迹，她洒下了血与泪、刻下了善和恶。这种利他性动机源于家庭成员之间的温情，也是人类在无休止的悲剧中保持生命尊严的另一种方式。周大新在谈到创作《湖光山色》时说：

> 人类生活的目的，可以概括为四个字：寻找幸福，表现这种寻找的过程是作家们的义务，我于是把笔对准一个名叫暖暖的女性。②

在《雪豆》中，刚刚出生的主人公就惊世骇俗地喊了一声"完了"，随后就神秘莫测地传开了，"完了"进而成为桥溪庄的判词，这个小地方从此也就"无根绝后"了。雪豆的啼哭成了末世的啼哭，随后进入混沌、疯狂的状态。"雪是上天赐给地上性灵万物的最圣洁的礼物，老天要是不给桥溪庄雪了，就说上天是要抛弃桥溪庄了。"③尽管作为父亲的李作民不相信自己的耳朵，但此后厄运的不断光顾还是让他不寒而栗。"他们的孩子生下来，名字里都要带个雪字。"④对生存的不悲观与抗争在言语上的寄托，表征着人性最为朴素的生命意识，即使这种抗争也只是语义上的自我安抚。

满怀着对乡土无尽的爱与忧思，周大新的笔触更多地伸向了赤裸裸的

---

① 陈晓明：《无边的挑战：中国先锋文学的后现代性》，广西师范大学出版社，2004年，第102页。
② 李丹宇：《让世界充满温情和美好——作家周大新访谈》，载《黄河》2007年第1期。
③ 王华：《雪豆》，中国电影出版社，2007年，第1—2页。
④ 同上，第2页。

现实社会，他对乡村细微的变迁有着敏锐的洞察。在《湖光山色》中，几个场景设置独具匠心，最终聚合成为一个荡气回肠、意味深长的故事。每个场景都是一个风波，每个风波中都有悲与喜的转换、哀与乐的交接、爱与恨的更迭。每一个情景的上演，都凸显了人性的闪耀和暗淡，暗含了关系的亲近与疏远。王华笔下的雪豆更具有强烈的寓言式的象征意味，或者说更具有浪漫情怀。雪豆的出生带着末世的绝望也承载着末世的希冀，她的躯体和灵魂最终成为恶与善搏斗的主战场，那些被撕碎又重建的悲剧的上演，最终达到了振聋发聩的目的。

2. "诗意情怀"构建的理想家园

周大新曾说："世界上绝大部分罪恶和苦难都是男人制造出来的"，因此，他"想把温暖的、深情的颂歌唱给女人"。① 可以看出，周大新仍然是唯美的，有了暖暖的存在，诗意便不会消失。从《汉家女》到晚近的《战争传说》再到今日的《湖光山色》，周大新从来不愿随便写出一个纯净善良的女子又去随便玷污她。小说中暖暖正是属了水命，她注定要被土命的旷开田所掩，但全书终以克火之水结束，反映了作家的理想情结。如果按照道家对水的认知，水具有种种美德，滋润万物而不与万物相争，一成不变地保持着固有的平静——上善若水，坚韧如水，这或许也是周大新的世界观。暖暖身上凝结了美丽、善良、坚毅、智慧等闪光的因子，她的心存高远、重情重义完全凌驾于"楚王庄"男人们之上，这种塑造加重了人物身上的理想印记，反映并折射出周大新贾宝玉式的个人倾向。

在《湖光山色》中，暖暖对婚姻幸福的竭力争取源自小时候积聚的情愫，而随后经营草药被骗的经历确实又让她重新思考眼前的一切。青年男女婚后渴望发家致富的心情迫切，在送上门来的利润面前，放弃了对人性恶的警惕，从而向命运的深渊滑落了一大步，即旷开田被刑拘。当仗势欺人的詹石磴悠然自得等待着可心的女人送上门时，主人公的命运让人顿生

---

① 李丹宇：《让世界充满温情和美好——作家周大新访谈》，载《黄河》2007 年第 1 期。

唏嘘。小说着意描写了詹石磴的房子,像是魔鬼眼睛在俯瞰:

> 主人家的房子是一座两层楼,这是楚王最气派的房子了……暖暖在晒台边站了一刹,发现坐在这晒台上能看清全村的景致。①

为了争取丈夫的自由,暖暖献出了自己的贞操,这是小说第一个震撼人心的地方,与那个冲破伦理常规的甜蜜婚姻连缀起来,升腾起喜与悲的戏剧性迷雾。在经受反抗的自我成长后,还要经受被逼无奈的磨砺。小说到此并没有告一段落,因为这件事成为平庸丈夫旷开田"背叛"的导火索。在突如其来的外来势力面前,暖暖又做出了超出常人的举动,她对恶势力、强权势力的反抗发生了强烈又深刻的变化。她的性格得到了钢铁一般的锤炼,她的光辉形象再一次闪耀整个的文本世界。

在《雪豆》中,桥溪庄这个小地方一出现就被涂抹上了末世的色彩。主人公雪豆同样是女性,一个从啼哭的婴孩到豆蔻年华的乖乖女直至青春萌动的女性,看上去与同龄人相似的生活,在小说中却呈现出与众不同的意味。雪豆生下后的十年中,桥溪庄再也没有降生过一个婴孩,即使有"怀孕"的欣喜,也只不过是"怀气(淘气胎)"的伪饰。与暖暖成熟的英姿不同,雪豆身上始终带有少女的纯真和天性的善良。在小说中,雪豆扮演着预言家、历史的观照者以及救世圣母三个角色,她像女神一样俯视着这片土地,桥溪庄的悲情意味在她身上表现得淋漓尽致、触目惊心。

雪豆这个单纯惹人怜的小女孩,生来的预言和日后的不寻常行为都带着抵抗厄运的色彩。尽管我们承认这是作者有意加重主题的设置,但同时还应看到,这种高于现实、不拘泥于现实的虚构更具有表现力。雪豆以少女的天真以及率性的疯傻,暗合着小说其他人物的病态举动,不时地叩击着读者。雪山喜欢雪豆,雪豆却钟情于外乡人山子,而山子的另有所属以及雪山的一往情深令雪豆陷入情感的分裂当中。雪豆要寻找生命中的童子,这个童子不是雪山,"山子的突然出现使她以为她真遇到了人间的观

---

① 周大新:《湖光山色》,作家出版社,2006年,第7页。

音童子，以为她已经找到了能一辈子给她幸福的人了"①。"童子"属于外乡人的身份，不也是桥溪庄末世语境的反衬吗？当哥哥雪果像恶魔般发狂时，雪豆和母亲都沦为他欲望的牺牲品。这里让人看不到希望，只有走出去，才可能寻到救命的灵药。

小雪豆既是来世的预言者，也是现世的救世主，像个小圣母一样降临到人间。在被雪山掳走的两个月里，雪豆有了身孕，从疯癫的茫然到灵魂出窍后的凝神，在小说最后的恍惚言语让人动容：

> 雪豆在天上看着桥溪庄。雪豆说，作民爸，告诉他们，我怀的是雪山哥的孩子。雪豆说，作民爸，你跟他们说，离开桥溪庄。雪豆说，作民爸，我生下来的时候就告诉过你们桥溪庄完了。雪豆说，作民爸，我要去找雪山哥，我要生下他的孩子。②

在作者富有寓意的笔调下，小说显得朦胧又婉转，既像是在娓娓讲述，又有着不情愿讲述的胁迫。当人们身处危机，对生存的思考便加剧了表达的急切和矛盾，迫使作家用文学进行符号化的塑形，既是等待中发自内心的呼喊，也是反思后理想主义的张扬。

比之《湖光山色》中暖暖的遭遇，雪豆的际遇似乎有命中注定的意味，在那个小小的桥溪庄舞台上，她始终被压制在承受悲哀、拯救未来的命运下。《湖光山色》有着情节层层推进的精彩，《雪豆》中也有对生存的单向度拷问。

综上所述，两部作品显示了迥然不同的反抗方式和反抗结果，也昭示了命运的无常和人面对命运时的弱小。尽管周大新和王华都在不断加重人物反抗对象的分量，但最后光芒普照的结局还是给人以信心和喜悦。弱小反抗强势的勾画，完全没有悲观和绝望，更突出了作者的理想性诉求。文本在高潮处给予读者以高峰体验，在结尾处的曙光又与读者发生共鸣。或许，这不是作者一意孤行缔造的虚幻情景，而是人类前进与发展的必由之路。

---

① 王华：《雪豆》，中国电影出版社，2007年，第101页。
② 同上，第150页。

二、"活在当下"：叙事风格的接续与嬗变

对乡土世界中政治、经济、阶级斗争问题的关注，是现当代中国的乡土文学相当重要的一个叙事特征。以乡土文学为题材的小说家，几乎都无法回避现代意识和外部世界对乡村的影响。作家的叙述可能会表达对现代文明的某种否定态度，有时以直接冲突的方式表现出来，有时会含蓄地表现出来。同属于乡土类型的《湖光山色》和《雪豆》，都展现出与以往同类型小说相异的叙事模式。可以说，是对传统乡土叙事的接续，也在接续中发生着嬗变。作者力图展示人与人、人与自身关系的紧张状态，而且是在一面黑色巨网笼罩之下的紧张状态。

1.言说的当代性

周大新曾在获奖词中说：

> 由于城市化进程和资本向乡村的流入，中国的乡村正发生着巨大和深刻的变化，身为一个农民的后代，我热切地关注着这种变化。在我的故乡，这种变化使我的父辈、平辈和晚辈们既感到高兴和充满希望，又感到惶惑、不安和痛楚。为了表现这种心态和心境，我写了这部书。①

正是有了这种写作的倾向，作品才流露出现实的使命感和理性精神。

在城市化进程中，乡村必须遵循着城市的发展逻辑，某种程度上也可以说，乡村需要城市来定义自身。《湖光山色》寓言化地反映出城市与乡村之间的相互注视、相互发现。楚王庄的人对城市文明充满向往之情，他们以热切的眼神注视着城市，以惊讶的目光去发现城市文明的细节。小说主人公暖暖就在内心里认同城市，并且盼望下一代能够成为城里人。对现代文明的认同在这一代农民心里越来越浓重，但不可否认的是，这种心理

---

① 周大新：《湖光山色》，载《美文》（上半月）2008年第12期。

的产生是由于城乡对比在农村人心理上造成了落差。

无论是乡村对城市文明的向往,还是乡村被置于城市人目光的注视下,乡村在城市化的进程中都缺乏足够的主动性。在小说中,省城五洲旅游公司的薛传薪经理如此说道:

> 如今,农村在对国家的经济贡献上,已经谈不上有多大价值,一个乡村能不能引起人们的重视,就看它有没有被看的价值,换句话说,就看它有没有游览的价值,有,它就有可能发展并热闹起来;没有,它就有可能衰败并且荒寂下去。①

对这一点,贾平凹有着清醒的认识:

> 农村走城市化,或许是很辉煌的前景,但它要走的过程不是十年、二十年,是一个漫长的过程,它必然要牺牲一代、两代人的利益……但是从整个历史来讲,可能过上若干年,农村就不存在了,但是在中国的实际情况又不可能。路是正确的,但是具体来讲就要牺牲两代人的利益。②

可以说,与贾平凹的诸多作品一样,《湖光山色》和《雪豆》也表现出了独特的当代性。因不同作家的参与而显示出不同的表达方式,但"它主要表现为积极介入却深感无奈、激烈批判又理解同情以及情感与文学风格试验方面的复杂无序又混沌庞杂等特质上"③。

2.高端对低端的祛魅

在《雪豆》中,桥溪庄的人整天的生活也仅仅围绕着"寻找希望"进行,小说的主要人物便是最好的代言者。雪豆曾说自己不想做一个女人,她不愿意承受命运胁迫的苦难,但与生俱来的身份使得她不得不那样做。雪豆儿时懵懂的追问,得到了那位石匠叔叔的胡诌,这个童子就变成了

---

① 周大新:《湖光山色》,作家出版社,2006年,第207页。
② 韩鲁华主编:《〈高兴〉大评》,陕西人民出版社,2008年,第27页。
③ 陈国和:《20世纪90年代以来乡村小说的当代性——以贾平凹、阎连科和陈应松为个案》,载《文艺评论》2008年第1期。

男性对象的"原型",石匠的无稽之谈也成了她一生的写照。从此,雪豆甘愿沉浸在对山子的眷恋之中。少女怀春的隐秘心理,少女渴望爱情的生命冲动,将作品的叙事一步步推向高潮。同样的故事发生在不同的人物身上,而且涉及每一个主要人物,李作民与青梅、雪果和田妮、雪强和英哥等等。求之而不得、不求反自得的悖谬让作品中的人物痛不欲生,同样也让作品外的读者难以释怀。

小说没有直接描写工业污染的可怖后果,而是对准了一个个鲜活的乡民形象,充分展示了人物性格的变化、心理的畸变。这种叙事视角对重大问题做了"回避",从而增添了叙事的张力。"小说文本(故事或者论说)要说的总是不同于它所陈述的。"①对人类生存窘境的反省虽然没有做宏大叙事层面上的解读,但通过寓言式故事的构筑,也达到了四两拨千斤的效果,是低端叙事对高端叙事祛魅的完美阐释。《雪豆》做到了这一点,而且,它们也都涉及必要的社会问题,"虽然作者偏重于表达个人社会信念的事件,但除了高端行为,小说同样还记录了大量跟日常生活特别是情欲的满足有关的'低端行为'"②。个人情欲活动构成了一个隐秘的,相对其社会活动而言独立的事件,也就是说"情欲渴望"推动着这部小说的情节发展。

小说中的人物无一不是围绕"桥溪庄无后""桥溪庄完了"叙事元展开活动的。他们一登上小说的舞台,便带着自身独有的变化加入叙事结构中。因为"无后"的病根,因为这种不可突围的绝境,人物性格才会陡然急转。起先是陈小路因为妻子的出走而远走他乡,不是为了改变原有的物质生活,而只是寻找南方女子,因为他认定南方女子可以治愈北方男子的不育症,但结果却事与愿违,无情的结局让他节节败退。雪豆的哥哥雪果

---

① 贝尔纳·瓦尔特:《小说文学分析的现代方法与技巧》,陈艳译,天津人民出版社,2003年,第120页。
② 程文超、郭冰茹主编:《中国当代小说叙事演变史》,中国社会科学出版社,2006年,第225页。

也面临同样的境遇，却愈发让人神情恍惚、毛骨悚然。雪果与雪朵情投意合，他们曾经一起在后山偷食禁果，一起享受幸福时光，但不育的事实还是摧毁了原有的幸福。为了治病，桥溪庄的药味越来越浓重，以致引起村民的严重怀疑，雪果自觉到这种怀疑的意味，基于尊严的维护和原欲的满足，最终发疯发狂，做出了困兽般的搏斗：

  他想把一辈子的爱一次做完，因为他已经在心里决定不娶雪朵了。①

  小说不止一次写到雪果与雪朵的爱欲场面，但与从前的温情不同，最后的书写成了雪果近乎兽性的纵欲，不断冲击着读者的眼球。也许，就如凤凰涅槃下的烈火，正是有了这种剧烈的炙烤，人的灵魂才会得到重生。

  同样，在《湖光山色》中，看似对日常生活问题的陈列，却具有以小见大、见微知著的功效。暖暖对自己命运的改变，也是对当代农村缩影楚王庄的改变。"暖暖是一个富有改革开放气息的新时代女性形象。"②面对必须和被迫承担的责任，暖暖总是有如神助，巨大代价的付出、生活的百感交集，结局鲜有暖色调的团圆，有的只是一种辗转低回的扣人心弦。

  个人在践行社会身份责任的过程中可能伴随着利益目的，比如暖暖和雪豆，她们最终可以在宏观的社会发展与变化的进程中确认其意义。同时，她们的利益动机没有压制社会责任意识，也是小说不回避社会现实的一种反映。高端行为的主导地位未受到威胁，由于强调社会的决定性，小说反过来会注重个人行为的社会身份以及社会变化对低端行为的影响和干预。无论是工业污染的生存环境问题还是农村在城市化进程中的发展问题，都是人物活动的内在动力。

---

① 王华：《雪豆》，中国电影出版社，2007年，第228页。
② 赵淑芳：《诗意的浪漫与清醒的深刻——〈湖光山色〉暖暖形象意蕴探析》，载《电影文学》2008年第6期。

3. 现代理性意识

《雪豆》容易使人联想起马尔克斯的《百年孤独》，一个传统意义下的乡村和一个充满寓意的孤独世界。它们都受到了外部势力的冲击，这种历史的隐喻性历程，既是作者有意反思的探索，也是不可抹杀的客观现实。当中的角色们或者苦守成规，或者敏锐崛起，保守与开放的姿态都遭遇了现代性的激烈与残酷。而女主人公角色设置以及定位，反映了知识分子一种诗意的浪漫情怀和反思后的征候式的文学性解读。

在《湖光山色》中，考古学家谭文博教授改变了楚暖暖及其家庭因假农药事件负债的物质困境。

> 这是一种外来者的介入带来的现代性启蒙，中国农村深固的生存结构，靠生活其中的村民是无力自我拯救的，村民处于一种自我无意识的蒙昧状态，处于启蒙下的乡土，生存结构的改变需要异质的外力。①

而打工者被拉入了故土这一尚需现代性启蒙的乡土生存视域中，这就使乡土现代性叙事具有了文化隐喻的话语表征。小说借凌岩("灵验"的谐音)寺天心师傅之口在暖暖落草的丹湖水岸边道出暖暖的命运隐喻：命里注定多水，日后，会滋润土的。这个"土"即指丈夫"旷开田"，而这个狭义的"土"不也是楚王庄这片处于启蒙状态的土地吗？

现代性本身复杂而多元，决定了启蒙的二元结果。即使启蒙是现代性的精神内核之一，也不可避免地造成救赎背后的另一种陷落。在小说"金"的一章中，自称城市的价值观念冲击着乡村的价值体系，包括人性的蜕变、爱情与欲望，主人公楚暖暖无可挽回的婚姻悲剧与这种现代性欲望有着一定程度的关联。在现代性的整体进程中，农村纳入了城市化发展的轨道，人们潜在的欲望被唤起，物质满足没有拒斥与之俱来的新型的消费意识，最终使得传统意义上的农村走到现代化建设的步调上来。

---

① 巫丹：《现代化进程中滞重乡村的裂变——评周大新的〈湖光山色〉》，载《当代小说》2009年第3期。

《湖光山色》的结尾,是众多的国外游客来到楚王庄观赏丹湖的迷魂烟雾,当碧绿的水面上袅袅升起如梦如幻的烟雾,各种奇异的景观如海市蜃楼般在游客们眼前出现时,暖暖用英语对众人说道:在烟雾里你们会看到你们心中特别想看到的东西。在虚幻的烟雾中实现自己的愿望,这不就是一种乌托邦吗?

> 田园风光可以说是小说情节结构的黏合剂。因为,田园风光是一个比土地更为重要的乡村资源,不仅具有经济价值,也具有文化价值……当周大新把物质与精神的矛盾引入乌托邦时,他就使乌托邦具有了现代的意识。①

原载《中国社会科学院研究生院学报》2010年第2期

(本文系与董亮合作)

---

① 贺绍俊:《接续起乡村写作的乌托邦精神——评周大新的〈湖光山色〉》,载《南方文坛》2008年第3期。

人性的拷问与理想的憧憬

——评长篇小说《银狐》

蒙古族著名作家郭雪波，被誉为"沙漠文学"写手。他的大部分作品写大自然，写人与动物、人与自然之间的关系。他的故乡科尔沁草原、沙地经常是他作品中的故事发生的场所。从20世纪80年代至今，他创作了一系列呵护生命、呼唤和谐的佳作。长篇小说《银狐》，直接切入中国当下的现实问题，呼唤人与自然的和谐，引起了广大读者的关注。

《银狐》讲述的是科尔沁草原和沙地上一只具有灵性的银狐的故事。俄国人和东洋人之间的战争发生，人类放火烧毁森林，在科尔沁这个偌大的草原上，银狐无处藏身，最后闯进了老铁家的祖坟地，但这里并不是它美满的栖息地。在这里，人与动物之间的矛盾冲突开始。先是村里的女人闻到了银狐的怪味开始神魂颠倒，后又因为老铁头认为千年老槐树下的银狐洞影响了老铁家的坟地风水，由此，人与狐展开了一场生死搏斗。就在银狐面临人类的追杀与劫持时，珊梅也遭受着丈夫无情的殴打和村人的嘲笑唾弃，在白绫挽上去的那一刻，银狐解救了她。从此银狐与珊梅，兽与人，成了好朋友，共同踏上了寻找生存家园的路。他们相依为命，在大漠深处生活着。珊梅把银狐当作自己深爱着的丈夫，饿了银狐为她找食，渴了银狐为她找水，夜晚银狐柔软的皮毛是她和腹中婴儿温暖的床铺。这时，带着寻找银狐、追杀银狐梦想的老铁头和有志于调查萨满教历史的白尔泰被掩埋在流沙下，生死存亡之际是银狐以自己的灵性带领珊梅扒开层层流沙将他们救出，银狐成了他们的"救命恩人"。至此，一个人类与动物、与大自然和谐共处的理想社会——人类向往的世外桃源在荒漠深处的黑土城中出现。在这里，没有追杀，没有敌视，人与狐充满着对美好生活的希望和对未来的憧憬，他们生活在神话般的世界中。

《银狐》之所以能产生如此大的影响，是因为它与同时代的其他作品相比具有很大的超越与创新之处。首先，一般的生态小说都是运用一种写实主义的创作手法，普遍看重对现实的反映，以及指导现实的"说理"，热衷于真实摹写"生态事实"，以写实的结构贯穿始终。而郭雪波的《银狐》采用了写实与想象相结合的创作手法。其次，作品对生态意识的表达是对长期以来"人类中心主义"的颠覆，它没有仅仅停留在生态问题的暴露和批判的表象层以及危机的展示上，而是集大部分笔墨在生态问题的解决上。还有，虽然作品中有因为自然毁灭而引起的悲痛和激发人们深省的悲剧性意识，也有因为美好的大自然遭到无情的毁灭对"人类中心主义"的强烈谴责和对破坏自然环境的愚蠢行为的愤慨，但是作品最终以人与自然和谐相处的喜剧结尾。这种"大团圆"结局，不同于日常生活中的喜剧，它是一种更高层次、更高境界的喜剧，是日常生活喜剧的升华与扩大，反映了中国传统思想中"善有善报、恶有恶报"的理念。同时，作者以这种想象的神话结局也表现了自己的愿望与理想。

一、真实与想象：人与动物的完美融合

郭雪波的《银狐》以纪实的笔调，讲述了科尔沁草原沙化、自然环境遭受破坏的现实。它在再现真实生态事件的同时，渗透了作者丰富奇幻的想象。这种想象不是凭空乱想、胡编乱造、天马行空的想象，而是以真实的现实生活为基础，把自己独特的艺术想象最大限度地融入真实叙述中，来表达作者对人与自然和谐关系的渴望。正如编者所言：

郭雪波是来自中国内蒙古大草原的作家，在他的中长篇小说里，突出描写了草原沙地的绚丽风貌，文笔雄浑朴实，故事奇异粗犷。[①]

他笔下的银狐充满了神奇色彩，"遍体白毛，灿如银雪，融入月色，与皑皑雪地共色"[②]，"行走如云，快步如飞"[③]，无声无息，无影无踪。在遭受敌人的袭击时，它能以一种奇特的具有强烈刺激性的骚臭之味使敌人神魂颠倒、望而却步。它的尖吠，几乎具有一种勾人魂魄的魅力。但是在整部作品中，作者花大量的笔墨褒扬了银狐神奇的灵性和善良的人性。狐狸给我们的最初印象是狡猾、奸诈，但是在作家郭雪波的笔下，银狐已经摆脱了人们赋予它的这种惯常形象。作家对它的形象进行了颠覆式的改写，使它不再是狡猾、狐惑的代名词，而是象征着灵性与神性的吉祥之物。在珊梅绝望到想自杀的时候，银狐解救了她；在老铁头和白尔泰被掩埋于流沙下时，银狐把他们从死亡线上拉了回来。作者还通过想象写出了银狐的神奇，写它像施展魔法似的使全村的女人失去理性、疯狂哭笑。综观我们读过的写草原生活的作品，大部分都写得粗放，把生活写得像草原一样辽阔，像沙地一样热烈，但在《银狐》中，作者有意揉进沾染了狐气的那种神奇和媚丽，给作品注入了一股新鲜的血液，使作品更引人入胜。

作者以自己怪异的奇思妙想，写出了诡异的奇闻逸事。银狐穴居千年古墓，老树洞中飞出无数蝙蝠，人与兽厮守，生死与共，大漠深处沙埋辽代古城，"火海烧孛"事件等，实际上它们并非全部是想象，而是史有记载。这些奇闻逸事是理想与现实的结合，也是传说与真实的完美结合，这使作品既具有了真实性，又充满了浪漫主义色彩。如"火海烧孛"事件，书中附注：

据史料称这次"烧孛"只幸存四名孛，而民间传颂则有13名

[①] 郭雪波：《银狐》，漓江出版社，2006年，封底。
[②] 同上，第1页。
[③] 同上，第1页。

大"孛"完全脱困,毛发无损。①

另外,小说的"奇"还体现在作者构思上的奇巧。他把小说最深层的意蕴隐含在珊梅身上,把银狐的生命与这个沾染上狐气女人的命运紧紧契合在一起,写出了更富有人性本真的生活。老铁头追杀银狐,他明明知道自己打的是银狐,可为什么铁砂却打在了珊梅的腿上呢?老铁头认为这是"魔鬼附体"或"鬼魂附体",是银狐有可能附身在珊梅身上。这样,银狐既保全了自己,又惩罚了老铁头一家,使他渴望抱孙子延续香火、传宗接代的梦想成为泡影。珊梅这样一个美丽纯朴的农村女人,因为日夜想要生儿子而得了疯病,她的身上会放出奇异的香气,这显然就是在隐喻她就是银狐附身。这就为人与动物、人与自然的交融打下了基础。

总之,这部小说的一个突出特色是作者在为我们讲述真实事件的同时,又以自己的奇思妙想,构思出了一部奇幻的《银狐》故事。

二、宗教:人与自然和谐发展的依托

纵观《银狐》整部作品,全文都是围绕着一条主线——萨满和萨满教的兴亡来写的。作者对萨满教的关注和对其教义的弘扬,是对蒙古族生态危机意识的表达。作者试图从古老的萨满教教义中寻求人与自然和谐发展的依据。

萨满教是20世纪50年代以前在科尔沁地区留存的一种宗教形式。

> 它没有成文的、系统的经典教义,没有共同的创始人,没有庙宇建筑,宗教活动也没有统一的规范,只有通过氏族或部落的巫师口传身授,世代流传下来。②

但它却有半职业的宗教活动者——"萨满"。萨满教是蒙古人最早信仰的原始宗教,成吉思汗对萨满教非常推崇和信仰,萨满教的法师"孛"

---

① 郭雪波:《银狐》,漓江出版社,2006年,第251页。
② 宋恩常编:《中国少数民族宗教》(初编),云南人民出版社,1985年,第13页。

更是成吉思汗强有力的精神支柱和号召众族的统一的神明。但是，到16世纪中叶，清朝建立后，为了统治的需要，统治者向蒙古地区大力推广喇嘛教。有组织、有势力、有固定庙宇的喇嘛教后来居上，取代了"孛"的地位，喇嘛教成为主要信仰的宗教。萨满教由此湮没成为历史，但信徒并没有灭绝。他们成为萨满教传承的代表人物，把萨满教的大自然崇拜精神一直生生不息地流传下来。作者郭雪波认识到现在的科尔沁地区沙漠化严重、自然环境恶化就是人们不崇拜大自然，肆意破坏大自然，破坏山河峡川、草原、绿林造成的。人类受功利主义价值观的影响，以"自我中心主义"自居，不断向大自然疯狂地掠夺与豪取。在这里，作者把反思的笔触伸向了"人类中心主义"的价值理念体系，开始思索人与自然、人与动物的关系，具有强烈的环境保护理念和生态伦理意识，对人类寻求和谐生存环境具有重大意义。小说中，萨满教中的崇拜大自然的人类的代表——白尔泰，在感受到生存环境对自己不利，为自身的处境深感痛苦之时，就对自己的罪恶行径进行解剖，渴望摆脱大自然的惩罚，以寻找到精神上的支柱，并获得美好和谐生活。即吸取萨满教中的有益成分，崇拜长生天，崇拜长生地，崇拜永恒的自然，改变"人类自我中心"意识。因为一切生灵，无论植物还是动物，都是有生命的，都是平等的。

> 它们都有自己生存的权利，一切有生命的东西都应该受到尊重，甚至大自然中的一切，包括山脉、河流、天空、大地在内，都体现了宇宙间的一种神圣与和谐，他们的存在都应当受到尊重，它们的完整性、稳定性都应当受到维护。①

从生态批评理论的视角解读《银狐》，可以发掘出蕴含于其中的生态警示——人类只有摒弃"人类中心主义"的思想行为模式，尊重任何生命，努力抑制自己不断增长的欲望，才能避免走向灭亡的生态悲剧。

人类要走出混乱，达到人与自然的和谐发展需要一种精神去引领。从

---

① 鲁枢元：《生态文艺学》，陕西人民教育出版社，2000年，第377—378页。

科尔沁草原沙地走出来的郭雪波，把这种精神和他对未来的希望都寄托于银狐——姹干·乌妮格身上，寄托在人类希望的图腾——银狐身上。

  作为荒漠精灵和图腾象征，银狐的美丽和魅力，神奇和灵性，痛苦和欢欣，融入草原的博大和神秘，原始萨满教的慈悲和神圣，历史的丰富和深厚，映衬人类寻找迷失的自我和精神家园的挣扎和希望，氤氲着作家呼唤、寻找大自然守护神的悲天悯人的情怀……①

三、狐性与人性：罪恶的讨伐

  郭雪波的作品中有三类人物形象异常醒目，从他们与自然和动物的关系看，分别为：保护者、破坏者、受害者。《银狐》中作为沙漠和生态保护者的是探索治理沙化办法的老铁头和有志于重扬萨满教教义的白尔泰，以及对一切维护民族利益、推动人与自然和谐发展给予大力支持的古治安旗长等。作者有意识地把这些老人和青年知识分子塑造成为作品的正面人物形象。因为老者与大自然契合，他们对生态环境有着集体无意识的维护感。而青年知识分子他们代表着先进文化，是有觉悟、有希望的一代。作者有意将生态文化建构的希望投放在他们身上，渴望他们能担负起维护生态的重任。在这里，作者"借这些正面人物意在挖掘传统的生态思想，追忆往昔的生态环境，以激起读者共同的心理和弦，同时，作者的生态言说也通过老人的传达，获得了合法的、权威的、坚实的内在根据"②。

  而人物胡大伦作为一个反面人物——一个沙漠和动物以及人类的破坏者而出现的。狐族的溃败就起始于他泯灭人性的枪杀。人类以现代先进的武器残忍地对付非人类。他说：

  对这些闹狐，就得来硬的，决不能手软！这天是我们的天，

---

① 郭雪波：《银狐》，载《中国环境》2017年第10期。
② 雷鸣：《中国当代生态小说几个问题的省思》，载《北方论丛》2008年第4期。

山是我们的山，水是我们的水！岂能容忍这类异类称霸！①

郭雪波说过："人类也只有靠枪了，不靠枪他们什么也干不成。"②这是作者对人类残忍行为发出的痛斥，也是对持枪人类的蔑视。银狐发出的那一声声"呜——呜——呜——"尖厉、刺耳、骇人的哀嗥，是对大自然，对人类发出的控诉，也是对持枪的人发出的挑战。这里，在叙述视角上，郭雪波提供了诸多与人类视角对等的非人类视角，让它们发出自己的声音以完成对贪婪无知的人类的控诉。

那悠远而泣诉般的声音中透出一股对天地间遭遇的深深不满和控诉，是一种绵绵的哀怨和愤怒。

这是经历过旷古的大悲大哀之后才会产生的哀鸣长嗥。③

它们要是会说话，肯定会破口大骂："人是一个多么不讲情意，自私狭义的家伙啊！""狡猾的背信弃义的不如我们狗类的人。"④天地万物齐声谴责了人类的贪婪自私和背信弃义。

在整部作品中，狐族两次面临着被灭绝的危险，而且每次银狐都是幸存的一只。作者借这个唯一幸存的动物，投以"挽歌式"的目光，意在拷问人性的邪恶和贪婪，也对人类"自我中心主义"的反生态意识予以了强烈的鞭挞。

作品中的反面人物胡大伦，他不仅对银狐采取了残忍的手段，而且也没有放过神魂颠倒的珊梅。而银狐，它在珊梅走投无路想到自杀的时候解救她，对追杀自己的"仇人"也给予了解救。兽犹如此，而人呢？难道人世的关怀非得要兽类才能展现吗？在整部作品中，珊梅始终是一个神秘而又令人同情的女人。每次翻开书，我的思绪都被这个神秘可怜的女人的命运紧紧牵引着，一遍遍地为她在人世间的生活而难过、悲伤，但同时又为

---

① 郭雪波：《银狐》，漓江出版社，2006年，第193页。
② 郭雪波：《沙葬》，见《天出血》，百花洲文艺出版社，2000年，第61页。
③ 郭雪波：《银狐》，漓江出版社，2006年，第254页。
④ 郭雪波：《沙葬》，见《天出血》，百花洲文艺出版社，2000年，第88页。

她最终能找到生活中的"伴侣"而庆幸。她们在一起相依为命的日子是她真正作为一个女人应该享有的生活，这比她在人世间的生活好得多。她嫁到铁家三年没有生子，因而她总觉得欠着铁家的一笔血债，疯了似的千方百计想要个孩子。这也是造成她悲剧命运的一个方面。在古代中国，不孝有三，无后为大。在比较偏远的地方，人们观念落后，母以子贵，没有儿子，就意味着没有家庭地位，没有正常人应该享有的家庭权利。在她神志不清时，遭到丈夫的殴打、邻人的嘲笑和恶霸的侮辱是理所当然的，她的地位就决定了她的命运，她无法改变，只有忍受。在无法忍受的时候，只能以死来了却自己的生命。整个社会抛弃了她，有感情的人抛弃了她，连同眠共枕的丈夫也抛弃了她，唯独银狐这只不会说话的，但有着比人类更永恒、更真挚情感的非人类把她从死亡线上拉了回来，陪伴她走上了一条寻找生存的道路。这也许是对这个可怜女人最好的补偿吧！难道对人的关怀只有动物才会有吗？这是人类的悲哀。

在整个人狐情感发展的过程中，白尔泰是作为一个外来者的身份出现的，是一个追求人与人、人与动物和谐的先进文化践行者。他来到此地调查、搜集萨满教的材料，却无意卷入了一场人与兽、人与自然的冲突中。他是一个具有现代文明意识的人物，却对古朴的自然，对蒙古族的历史文化有着深厚的感情。他放弃了现代文明与现代女性白桦，选择银狐和以银狐为伴的珊梅一起退居沙漠。他认为，只有在这种纯净的自然怀抱中，在毫无巧取豪夺、世俗纷争的环境中，在天人合一的状态下，才能有真正的思考和感悟，也只有这种环境才是超脱虚伪的世界。

四、人与自然：和谐的诉求

《银狐》是一部表现人与自然关系的文学作品。这沿袭了作者一贯的写作风格，以"自然与人类融为一体"作为主题。银狐和珊梅同为雌性，一为动物，一为人类，她们都遭遇着人类男权的压迫。银狐觉得女人才是人类中与它们相通一致的群体,而持枪的两条腿的男人只懂得杀戮和破坏。当银狐与女人逃到沙漠深处,相依为命的时候,我们实际上就已经看到了人类与自然界的一种富有象征意义的和谐共处。

实际上,珊梅的得救,也只有在人与动物、人与自然相融的情境中才能解脱,人狐相依为命本身就体现了人狐的和谐。老铁头、白尔泰和珊梅找到黑土城子,在那里遇到银狐,而且得知银狐救了珊梅和腹中婴儿的命,其实人已经对动物怀有了一种感激之情。后来风暴突袭,老铁头和白尔泰被流沙掩埋,生死存亡之际,幸亏银狐扒开层层泥沙及时相救。这一刻,人理解了动物。人与狐的和解,并不是因为它在风暴与流沙中挽救了主人公的生命,而是因为它让我们人类重新审视了自己,审视了人与动物、人与大自然的关系。虽然小说中人与动物的和解有点突然,有点刻意构筑的痕迹,但是作者这样写对构造一个人与动物、人与大自然和谐共处的理想环境是难能可贵的。

小说中的白尔泰,他对大自然的理解,对人与自然关系的思考,就直接代表了作者在当下的思想,也代表了爱好和谐的人们对理想生存环境的渴望。可以说,郭雪波的《银狐》给中国当代文坛带来了一股新的活力,一个新的视角。著名的评论家崔道怡说:

> 早在八十年代中期,我就被郭雪波的《沙狐》震撼过了,最近阅读他的新作,我又一次受到震撼。我用"震撼"来形容我的感受,是因为我找不到更恰当的词汇。他把人类和自然亲密无间、同生共死的关系,书写得如此瑰丽雄浑,动魄惊心。[1]

尽管郭雪波本人说,"当1985年第一次发表《沙狐》时,自己并没有想过什么'生态文学'之类的命题,只是想把老家人与动物的生存状况及命运展示给后人而已。但这种血管里流的是'沙子'吐出来的也是沙子"[2]的写作中分明时时处处弥漫着沙漠的叹息和草原的哭泣,处处可以

---

[1] 郭雪波:《银狐》,漓江出版社,2006年,封底。
[2] 郭雪波:《哭泣的草原》,载《森林与人类》2002年第7期。

找见生态文学的影子。

在作者生活的科尔沁地区，自然是曾经的草原，现在的沙漠。长期以来，人类在"人类中心主义"的主导下，面对自然时习惯以主宰和征服者自居，以万物灵长身份任意奴役和驱使大自然和其他生命体。但郭雪波的《银狐》发出了别样的声音：自然不是人类奴役和征服的对象，它们和人类一样都是平等的。如果人类无视自然法则，为自己的私利而胡作非为，必然导致人类自身的毁灭。世间万事万物是联结在一起的有机整体，它们相互联系、相互依赖，在自然之中，人的生存与其他物种的生存状况密切相关，其他物种的存在状况关乎人类的生存质量。人类唯一的出路、唯一自救的希望，就是回归自然，与自然融合，唯有这样才能恢复我们正常的生存环境，这是大漠银狐的预言。

> 荒漠的图腾，在大漠中闪现，这是一种启示。回归自然，这是神狐图腾的预言和启示。①

同时，对银狐族群的血腥屠杀和哈尔沙村生存混乱状况的描写，是作者给世人的一种警示：如果人类无视自然法则，为一己私利而恣意妄为，必将导致人类自己生存空间的混乱和人类自身的毁灭。

结　　语

评论家孟繁华说："文学是人学，写动物不过是从别的角度表现人。"②每位读者都能从作品中的动物身上反观自己，并受到强烈的精神感染和道德洗礼。其实，生态文学作品带给读者的不光是文本本身所呈现出的形式意义，更多的是一种心灵的警示，是透过文本所诱发的感情、道德与心理上的启示。

郭雪波的《银狐》可称得上是一部佳作。因为，它不光能打动读者，

---

① 郭雪波：《银狐》，漓江出版社，2006年，第301页。
② 孟繁华：《底层经验与文学叙事》，载《当代文坛》2007年第4期。

而且还能让人感受到"象外之象",能够使人读到作品深层的文化意蕴,从而启发读者、警示人类。《银狐》为我们展现了科尔沁草原沙地动人的异域奇观,以作者对故土的挚爱写出了那种宗教和历史底蕴,以及草原上人类与非人类内心的悲苦。特别是作者通过人与动物的关系,写出了那片土地上神奇诡媚的文化蕴涵,写出了人与动物对自然和谐环境的渴望,并为我们描绘了一幅感人的"人狐相依图"。《银狐》让我们看到了现代人只知征服、只知索取、只知强取豪夺、只知追求表面上的"现代"的本性,却失去了人的自然状态,毁灭了大自然的自然状态。正如著名作家王蒙所说:

　　越是现代性越是需要郭雪波,需要他把我们带进另一个世界里去,更纯朴,更粗犷,更困惑,更浪漫,更有想象力,也更温柔。①

原载《小说评论》2010年第3期

(本文系与赵仁娟合作)

---

① 郭雪波:《银狐》,漓江出版社,2006年,封底。

意义的发现：历史文化与诗性情怀

——读厚夫的《走过陕北》和《行走的风景》

《走过陕北》和《行走的风景》是作家厚夫的两本散文集。这两本散文集在题材上有着一定的延续性，书中所反映的都是关于陕北的历史文化内容。从某种意义上来说，这两本书的主旨是一脉相承的。而作者所描写的陕北，也不是狭隘的陕北，而是延伸的陕北，甚至可以说是整个西北的延伸。作者眼里的风景，也不是平面的、单调的风景，而是立体的、贯穿于历史的大风景。陕北，这个历史上具有重要意义的文化膏腴之地，有着深厚的历史积淀与文化底蕴。作者将思考的原点放置在整个陕北文化系统中，通过对陕北具有典型意义的历史废墟、古迹的寻访来阅读和思考陕北，与陕北的历史进行有意味的对话。作者立足于陕北的土地与生活，以一种睿智的诗性情怀，发掘出沉积于陕北历史之河的"英雄"，以及流淌在陕北人血液里的"英雄气质"。作者钟情于这片生长的土地，真实地记录了这片土地上的眼泪与欢笑。作者的笔触有时候游离到陕北之外，这是一种以陕北人特有眼光和观念来看外面的世界，是一种独异的文化视角。

一、走进陕北：与历史和未来握手

对历史人文的感受与挖掘，促成了作者独特的文风与视角，也注定了他的文章不是肤浅的文字堆积,而是有着深刻的人文关怀;不是矫揉造作的无病呻吟,而是饱含真情的热爱眷恋;不是辞藻华丽的修饰赞美,而是深沉厚重的历史体验。陕北的黄土地,是他固守的精神家园,历史的长河中,有他独自行走的潇洒与飘逸。由此,他的作品展现出这样的特征:

> 作者融史料、知识和思辨为一体,通过有思想的头颅表现出对人生际遇和历史文化的理解。[1]

无论是《行走的风景》还是《走过陕北》,都表现出作家对陕北历史文化的深切关注。在《行走的风景》中,作者以《漫步秦直道》起篇。这条有着古代高速公路称号的秦直道,不知引来过多少人行走与追索,而今天踏着千年历史的足迹,任是谁都会产生深刻的感触:昔日的战火早已熄灭,昔日的雄风已成过往云烟。剩下的不过是在岁月风尘中淹没了的依稀可辨的沙化了的草地。或许站在历史的边缘,和着夏日暴晒的大地腾起的茫茫云烟,头顶骄阳,足踏厚土,极目四望,会看到云烟中那些雄心勃勃的霸主、谋臣、说客、战将乃至智者依稀的面容。历史总使人无端生出"昔人已乘黄鹤去,此地空余黄鹤楼。黄鹤一去不复返,白云千载空悠悠"的感慨。作家伫立在旷野中的秦直道上,追思、联想、展望。在作家充满激情的文字里,我们也被深深感染、感动。秦直道的存在从来都是一个神话,因为它的逝去,我们更加铭记如神话一样的历史。

作家钟情于发掘陕北深厚的历史文化,这一点在他的散文中处处可见。从延安的宝塔和壶口,从对长城的随想到李自成行宫前的沉思,从对范仲淹的凭吊到对路遥的阅读,作家对陕北历史文化的深厚积淀让我们对这方土地有了更多的了解和体悟。

《走过陕北》中,作者以延安为切入点,在对历史的找寻中挖掘陕北的精神文化内涵。在文中,作者细致地介绍了陕北的人文和自然景观。

---

[1] 梁向阳:《90年代散文创作中人文精神因素的考察》,载《延安大学学报》(哲学社会科学版)2000年第3期。

结合历史知识与人物传记，把那些在岁月风尘中凝固了的历史，通过自己的审美体验与理解表达出来，引导读者从容地走进陕北博大精深的历史文化天地。陕北是一部精博深广的大书。没有热爱，便没有抒发，作者对陕北的历史文化充满了自豪与热爱，在他的文字里，总是有一股表达的激情潜涌在字里行间。他要展示陕北深厚的文化历史，他要表达作为一个陕北汉子的自豪。作家走走看看，流连自然山水，我们也和作家一起感受到了陕北独特的历史文化现象。在《去看那个景》这篇中，作者突然产生了要去看看延长县城那架"中国大陆第一口油井"的想法，紧接着作者围绕着这口有着精彩历史的油井，讲述了最早尝试利用石油的沈括的事迹，以及他在陕北对石油的偶然却又意义重大的发现。从沈括研究石油，到中国石油最早的工业开采，时间竟过了一千多年，从中国石油最早的工业开采，到中国摘掉"贫油"的帽子，时间是半个世纪。而陕北，早已变成了世界级的大型油田，作家为陕北的神奇，为陕北对中华民族的贡献而感叹，自豪之情油然而生。《激情壶口》中，作者注视着黄河之水犹如脱缰的天马，在长嘶与咆哮间腾起重重水雾，壶口瀑布气势磅礴的形象跃然纸上。作家用饱含激情的文字描写那飞瀑狂舞、乱石穿空的壶口瀑布，令未见过壶口瀑布的读者也产生了深深的向往之情，依稀会想起明代陈维藩《壶口秋风》诗句"秋风卷起千层浪，晚日迎来万丈红"。在《榆林城记》《大风中的西夏王陵》以及《桥儿沟之思》，作家的思绪飘忽辗转，从神奇的有"小北京"之称的榆林城到大风中对西夏开国皇帝李元昊的祭拜，一直到桥儿沟教堂前的沉思，作家浓墨重彩于此，思接千载，神与物游。而在《凝望宝塔》《禹迹陕北》《千古范仲淹》中，从对宝塔的凝望，到对大禹在陕北踪迹的追寻再到对范仲淹的感叹。在一篇篇关于陕北的文章中，作者细解陕北辉煌的为后人熟悉或鲜为人知的历史、文物、古迹。诸如陕北有壶口瀑布、延河、洛河、无定河，有宝塔山、清凉山、凤凰山，还有黄帝陵、统万城、蒙恬墓、扶苏墓、秦直道、香炉寺、白云山等等。但作家并没有将目光简单地停留在过往的历史中，他在触摸历史肌肤的同时又在沉思,他的文字因此愈发厚重,随着抒写角度的转换,我们也跟着他将目光如电影长短距一样在历史与现实间转换,那些交替的画面带给我们一种恍惚却又稳定的视觉快感。

从历史到今天,又从今天畅想到未来,作家用笔勾连了没有间隙的时空。在《延川红枣记》《故乡的河》《三月的风》《河畔行》这些文章中,他欣喜地看到了延安在一天天改变着,家乡在一天天发展着。《三月的风》中那拦羊汉的信天游这样唱道:

羊要吃草上坡畔,

受苦人吃饭靠血汗。

春种禾苗秋收谷,

咱黄土里笑来黄土里哭。①

这就是陕北人特有的吃苦耐劳的韧性精神,它是陕北的希望所在。

在《延安二道街》中,通过对延安有名的二道街从简陋到繁华的发展的描述,让我们更多领略到陕北的现代文化气息,也感受到陕北的风景、商业文化等。作家在篇尾这样称呼那些背着包的外国游客:"他们是来旅游的,他们是来看风景的。"②简单的一句话,深深流露出他的自豪和对陕北美好未来的信心。在《陕北守望》中,站在历史与现代交汇的今天,面对着陕北一片片连绵起伏宛如陕北泛黄的历史的黄褐色的群山,作家和我们或许都会想到一个问题:陕北究竟是什么? 陕北泛黄的历史,从黄帝和治水英雄大禹的故事到秦国对华夏的统一,从北宋与西夏的对峙到五六百年后陕北境内一千多公里的明长城的伫立。陕北经历的战争的硝烟已在历史的上空淡去,如今,陕北将被改造为一个山川秀美的地区。是的,历史是一面明镜,承载昨天,启迪未来。或许可以用文中的一句话来表达作者的心愿:"走进陕北,与未来握手。"③

---

① 厚夫:《行走的风景》,西安地图出版社,2000年,第140页。
② 同上,第44页。
③ 厚夫:《走过陕北》,西安地图出版社,2001年,第262页。

二、阅读英雄：点燃另一种美学

陕北的神奇，在于普遍的英雄情结像黄土一样埋藏在每个人脚下，体现在普通人身上似乎不经意，犹如与生俱来。于是寻找英雄、礼赞英雄、探秘英雄，就成为顶天立地的轴，从而装订起他的这部书。在陕北的英雄家族中，那些创造历史、叱咤风云的伟大人物无疑构筑了英雄的高地。

对英雄的膜拜是一道风景，它塑造着陕北的博大精深，它是一道桥梁，让我们去洞穿其中的神髓。于是天、神、人凝为一体，地、物、景连为一线，共同构造出陕北伟大的土地、伟大的人民和伟大的景致，让人来体验英雄的豪迈和与英雄同行的愉快。在《激情壶口》中，作家难掩激动之情：

> 我必须到壶口去，到那飞瀑狂舞、乱石穿空的壶口瀑布去，让粗犷而激越的自然之水涤荡自己的心灵……但必须到壶口去，在喧天的涛声中阅读黄河的大气磅礴，在急流勇进中阅读中华民族英勇不屈、前仆后继的性格动因。①

在《叩访蒙恬》中，跟随着作者的步伐，我们看到昔日大秦帝国逐匈奴、筑长城、叱咤风云的一代名将蒙恬最后的归宿，他的身骨竟然被埋在绥德县一所中学的校园深处。作家由清晨探访蒙恬墓开始，回顾了这位古代英雄悲壮的一生，他不仅惋惜封建君王的争权夺利使一代名将屈死在无定河畔，同时也深深地敬仰那些虽遭厄运却不失正义之心的英雄。岁月无情，江山依旧。作家叙述语气平静，但我们都能从平静的语句下读出其滚烫的对英雄深深的敬仰之情。同样的情致也体现在《千古范仲淹》中，不加掩饰地时时溢出言外。在这篇文章中，作家以充满自豪的笔调讲述了范仲淹在陕北选将领、修堡塞、兴屯田、争民心等一系列的举措。在陕北

---

① 厚夫：《走过陕北》，西安地图出版社，2001年，第22页。

戍边的艰苦日子里,范仲淹曾写下"愁肠已断无由醉,酒未到,先成泪"(《御街行》)抒发悲苦。对英雄的这种心境,作家认为正因有如此真实情感的表露,范仲淹的人格魅力才更具光彩。作者由此发出了"伟人之所以成为伟人,就在于他不管遭遇到什么样的艰难困苦,他会始终不渝地为理想而奋斗……"的感慨。①

如果说作家的心中始终深藏着英雄的情结,那么在《成吉思汗陵遭遇》这篇文章里则表现得更为直白。他"为寻找成吉思汗不灭的灵魂而来,强忍着烈日的酷热剥蚀着我的肌肤,但我的热情不减",在文中,更有一段激情的告白:

此刻,我伫立在一片旷野之上,任阳光的蛮横无理,搜敛着我的无比热情和欲望。

我知道,在令人绝望的背景之上,便是无限神奇的景致,它是专为我而设计的……它该是一个惊天动地的场景,一场壮怀激烈的行动,因为我站在成吉思汗的影子里。②

陕北特有的地理环境造就了陕北人粗犷、豪迈甚至是辽阔的性格特征。陕北在我国历史上是一个重要的地区。在周秦汉唐等朝代,陕北是周京沣镐、秦都咸阳、汉唐长安的屏障;就是在宋金元明等时期,陕北也是军事要冲、边防重地。历代王朝为了占有陕北这块土地,曾付出了很多代价,耗费了大量的人力、财力,而最终也带给了这块土地更多的荒瘠和破坏。我们都知道所谓的"15英寸雨量线","线之西北,经年雨量不及十五英寸,无法经营农业"③。因此,在描写英雄、抒写英雄的过程中,作家并没有落入狭隘的英雄崇拜和偶像崇拜的窠臼,作者更多地将目光转向寻常的平民和逝去的沃土上。在《可怜无定河畔骨》中,作者追述了发生在无定河畔的古银州城附近永乐城的宋夏古永乐大战。英雄早已逝去,

---

① 厚夫:《行走的风景》,西安地图出版社,2000年,第167页。
② 同上,第35页。
③ 黄仁宇:《赫逊河畔谈中国历史》,生活·读书·新知三联书店,1992年,第28页。

而在历史的长空下,当年的古战场也已经是一片茂密的庄稼地了。在《统万城寻踪》中,在寻访古迹的旅行中,在大夏王朝的首都统万城兴衰和昔日英雄的追溯中,作家更是发出了这样的呐喊:

>英雄可以少产生几个,但逝去的沃壤不再拥有,我们需要的是爱与和平![①]

由上所述,《走过陕北》不仅是送给英雄的一曲颂歌,更是献给英雄的挚爱情歌。英雄的气度、厚重的文化、深挚的情感和朴素的美,怎能不引发作家对陕北的无限深情?作为生于斯、长于斯的陕北土著,与生俱来的黄土情结,使他对陕北有割舍不掉的热爱与眷恋,随便翻开一篇文章,都可以浓烈地感受到这种情愫。作家将自己对陕北的热爱灌注在字里行间。无论是历史景观,还是自己的喜怒哀乐,全是作者心灵的感悟,是作者对陕北这方土地的深爱流露。

三、追忆乡土:眼泪与欢笑的牧歌

"故乡"具有双重含义,一是实有的地理空间,二是作家在离乡后回望家园,自发构建的内在心理空间。从这个意义上说:

>故乡因此不仅只是一地理上的位置,它更代表了作家向往的生活意义源头。[②]

关于乡村生活的回忆,回忆中掺杂着眼泪和欢笑、甜蜜和辛酸。作家在乡村养成的朴实性格注定会永远眷恋着年少时的生长环境,这些都化作了作者的陕北情结、故乡情结。

受河套文化滋养的陕北,有很多独特的东西,是北方文化的典型代表。这里不仅有强悍和质朴,也有柔情和细致,而且陕北的地广人稀,让

[①] 王德威:《想象中国的方法:历史·小说·叙事》,生活·读书·新知三联书店,2003年,第225页。
[②] 厚夫:《走过陕北》,西安地图出版社,2001年,第91页。

这里特别有人情味。当大都市里人与人的关系趋于利益化时,这种东西就显得特别有亲和力。作品透露出的朴实灵动,与生活的实际紧密地结合。从生活的大地上吸取营养,升华成精悍的文章。比如《关于城市和乡村的一些问答》,这篇文章令人想起了自居为乡下人的作家沈从文。虽然生活方式城市化了,然而骨子里却浸染着乡村的生活习惯。所以,即使在成名之后,沈从文也始终以"乡下人"自居。他说:

  我是个乡下人。走到任何一处照例都带来一把尺,一把秤,和普通社会总是不合。①

像沈从文这样过着城市生活的乡下人很多,作者的问答,或者也可以理解为自我的对白,流露出所有根在乡下的城市人内心对记忆中乡土的怀念、无奈之情。在《穿越高原》代后记中,作者说道:

  站在都市浩瀚的人海中,我眼睛里跳动的却是深黄色的土地,和土地上的人们。望一望陕北,那是我的故乡。望一望陕北,我有种莫名的乡愁。我的心在怀念中成长——那二牛抬杠式的农业节奏,生长成我刻骨铭心的情绪。家乡啊,你为何走不出信天游千年的忧悒?②

我们从作者对家乡的深情告白中,读出了作者内心的爱和忧愁。而这文字,就如同优美中夹杂忧伤的一幅画卷,将我们的思绪飘拽到很远。《酸菜》这篇作者写自己对酸菜的那种感觉,不亚于今天气派地坐到烤鸭店里吃烤鸭时的心情。与其说是写酸菜本身的味道,不如说这是作者对儿时生活的追忆,酸菜对作者而言,是儿时那苍凉寂寞日子里的贫瘠却珍贵的慰藉。物质生活虽然苦闷,精神却格外饱满。

  作家在童年和青少年时观察世界,一辈子只有一次。而他的整个写作生涯,就是努力用大家共有的庞大的公共世界,来解说

---

① 沈从文:《水云》,见《沈从文文集》第10卷,花城出版社,1984年,第226页。
② 厚夫:《行走的风景》,西安地图出版社,2000年,第222页。

他的私人世界。①

也因此,作者成年之后回想起曾经的艰辛生活,就会格外珍惜和回味记忆里这一段虽苦亦甜的岁月。作者文笔朴实自然,如果没有真实生活的经历,是不会写出这种看似平淡却又真实隽永的文字的。

在《祖父、父亲和我》中,通过对一家三代人的生活讲述,描写了三代人朴实坚定的陕北性格,虽然生活形式不同,但血脉相通却使得他们有着相同的本质:认真做人,认真做事,认真读书,认真教书。作者写了三代教师的故事,笔墨虽然偏重祖父和父亲的经历,然而,在关于祖父和父亲的描写中,我们又分明清晰地看到了作家自己的身影。《听书》,这一古老的娱乐方式,也是儿时的作家获得快乐和知识的起源。

外面世乱,可苟且于大山深处的家乡人竟安然自得地生活。②

在《童年拾趣》中,作家的心中永远保留着一颗童心,这使得他在回想童年生活时虽然已是不惑之年,但仍然兴致盎然,对童年的怀念之情溢于纸上。本文写的几个小故事"逮麻雀""套鸽子""灌黄鼠"无一不活灵活现,为我们展示了乡村孩子生活的乐趣,充满了童趣。这是生活在城市钢筋混凝土森林里的孩子永远不可能体会到的快乐。在对永不可再得的童年欢乐的描写中,作家对北方乡村的怀念和眷恋一泻无余。

作家面对这写不尽的陕北,他在不断增加解剖的力度,也在不断叠加情感的热度。他想穿透结痂的硬壳,真正触摸到陕北的肌肤,他想熔化郁积的情愫,真情地拥抱陕北心灵深处那滚烫的热流。他透过陕北朴实粗粝的外表,感触陕北高贵而精细的灵魂、独特而芬芳的神韵,突破表层意象的阻隔,深入黄土文化内在的精神气质之中。作者向我们展示了一个博大精深的陕北,一个朴素高贵的陕北,一个柔美多情的陕北,一个充满哲理和智慧的陕北,一个大哉、奇哉、美哉、壮哉的陕北。作者内心世界的情感抒发,让一切景语都变成了情语,而这情语又是那样的广博、深挚,给

---

① 谢有顺:《写作是朝向故乡的一次精神扎根》,载《扬子江评论》2008年第5期。
② 厚夫:《行走的风景》,西安地图出版社,2000年,第116页。

人以隽永而厚重的回味。对故乡生活的回忆，正是作者心灵旅途中永远值得珍惜的风景，正宛如作者坐在一列时光的列车中，窗外的风景一幕幕闪过，不仅给作者带来过往的温馨回忆，也让画面之外的读者感受到同样美好的心情。

四、笔走龙蛇：行走在陕北之外

在《行走的风景》中，"心灵风景"和"灯下絮语"是作家心灵的对白与游走。在"心灵风景"中，他流连于人民日报社一个名叫"金台园"的小公园里融融的月色中（《金台月》），徘徊在江南古镇周庄的拱桥上（《周庄写意》）。他来到清华园探寻朱自清先生关于荷塘的梦境描述（《荷塘梦寻》），在雨中拜谒鲁迅先生的墓。他怀念着京城里那不起眼的叫"都乐"的承载过他的梦想的小书屋（《怀念"都乐"》），在北戴河寻找着童年未曾经历过的快乐，在春天欣赏樱花盛开的美丽（《观樱记》），聆听清晨林间的第一声鸟鸣（《鸟鸣林间》）。他在夏天与蚊子斗智斗勇（《夜起逮蚊记》），在母亲的爱中领会到了萝卜花的美丽和不平凡（《永远的萝卜花》），用心哼唱激励生命顽强前进的《一支歌》。在"灯下絮语"中，他思索着文坛中崇高与艺术的联系，在《由"山丹丹花"想到"野百合花"》寻求珍贵的"独立的自由的品格"。作家在《读画二札》中陶醉在米罗的眼睛中，而在凡·高传奇的生命中体会到生命的自信与自强。沿着中国文学《批评的足迹》开始了《梦的飞翔》，在《生活是一部大书》面前开始了《可贵的探索》，由《话说李春波》想到了《常回家看看》。

在"心灵风景"和"灯下絮语"集结的片段中，我们仿佛看到了作者在夜晚的灯光下或奋笔疾书，或握着一本书，任思绪飘得很远……鲁迅先生曾说：

"我常想在纷扰中寻出一点闲静来。"①

真正的学者在任何时候都会在世俗生活中保有一颗安静的心灵。我们从作者的文字中看到的是一个严谨的学者,在商品经济充斥一切的当下,仍然保持着一颗严肃、自由、独立的心灵。他在文学的精神家园里自由行走,不人云亦云,不与流俗趋同。在文学的精神家园里,他身未动,心已远。他始终与自己的读者进行着交流,把自己的心交给散文。正如余光中先生所言:

> 在一切文体之中,散文是最亲切、最平实、最透明的言谈,不像诗可以破空而来,绝尘而去,也不像小说可以戴上人物的假面具,事件的隐身衣。散文家理当维持与读者对话的形态,所以其人品尽在文中,伪装不得。②

结 语

整体来看,这两本书作家说的是陕北人文,看的是陕北风景,抒发的是陕北情怀。作家以行走的姿态将读者的目光引入陕北历史文化的辉煌中。在写作特点上,作家的语言优美不乏严谨,以对陕北历史文化知识的广博了解为铺垫,在写到陕北的人文风景时总能做到轻松地将史料知识结合起来,使读者也能够比较容易地接受平时略感枯燥的历史知识,这使它与枯燥的知识小册截然区别开来。同时,作家并没有对历史做一个单一的讲解,作家的内心世界很安静,作家怀着一颗对故土的眷恋之心,讲述陕北的历史、神话、传说。使读者"获得生命的感悟,学养的滋润,灵魂的慰藉,思想的启迪和审美的愉悦,从而得到高层次的精神享受"③。

---

① 鲁迅:《〈朝花夕拾〉小引》,见《鲁迅文集》第2卷,人民文学出版社,1981年,第229页。

② 余光中:《余光中集》第8卷,百花文艺出版社,2004年,第335页。

③ 梁向阳:《90年代散文创作中人文精神因素的考察》,载《延安大学学报》(哲学社会科学版)2000年第3期。

  作家以理性冷静的态度，让自己对历史的思索在过去和今日之间穿越，他的目光也始终穿梭在历史的时空中，这使得他既将读者带进历史的过往中，却又使读者始终关注现在的陕北、未来的陕北。陕北文化是中国文化的组成部分，不仅是古老的、多元的文化，更是开放进取的文化。在作家行走的旅途中，在作家与陕北历史的倾心对话中，在我们将目光随着作者的叙述从陕北的昨天落向今天时，我们相信，在文明的传承和未来的沟通方面，我们有义务更有责任研究陕北文化，了解陕北人的生产活动、生活方式、民情风俗、世态人情、价值观念和文化成果。现代是古代的继续，是历史与现实诸多矛盾的交汇点，也是未来发展的起点。没有历史的支撑，就没有现实的文明，就没有文明进一步发展的基础，只有借助历史，才能走向未来。或许这也正是作者在《走过陕北》与《行走的风景》背后想要传达给读者的情结之一。

原载《当代文坛》2011年第6期

现实与隐喻：诗意的理解与哲性的沉思

——评于晓威中短篇小说集《L形转弯》

20世纪90年代，中国的当代文学正经受着消费主义力量的考验：文学与读者关系的多元化导致文学逐渐成为一种消费品，文学与市场的寻租关系也使得商品的逻辑从作家的思维中弥散到文学作品里。当代文学作品中充斥着物欲、色情、暴力，这些"有趣又好看的故事"使文学作品的灵魂失去了本应该在作家的关注之下而重视的道德修养。作品感性魅力的丧失、作家风格的消逝、心灵感知模式的支离破碎，使作品充满了写实的欲望和速朽的物质快乐。身处商品化时代，我们从不否认文学也具有商品的属性，但是文学作品中的道德、温暖、理想、价值绝不可以等价交换给货币。追求美好和崇高的文学应该永远是自由的心灵艺术。

> 它让人对现实保持感觉的灵敏和灵魂的不安，它让人遁入时间内部镶满镜子的走廊，透视自己也环顾人生，它让人更加热爱生命。[①]

这是于晓威对文学使命的定义，正是这种使命感让于晓威在创作过程中做出了正确而富有价值的文学选择，而他的小说也得到了文学界和读书界的一致好评。2008年10月，于晓威的中短篇小说集《L形转弯》获全

---

① 于晓威：《流动或寻找》，载《当代小说》2006年第1期。

国少数民族文学创作"骏马奖",书中的小说是他自1997年以来,从发表在《收获》《上海文学》《钟山》《中国作家》《青年文学》《解放军文艺》《民族文学》等30多种国家和省级文学刊物的100多万字作品中,精选出20万字结集而成。

歌德在回忆自己小说写作时说:

> 在这个躁动的时代,能够躲进静谧的激情深处的人确定是幸福的。①

于晓威就是这样的一个幸福的人,他的创作不浮躁不张扬,谈到文学时他说:

> 如果时间是流动的,那么生命的过程就是不断寻找。文学也是这样。真理是要在无限的丰富性中做归纳的,它恪守稳定、追求单一,而文学,连带时间,连带生命,是要抵抗归纳、质疑稳定、突破单一的。这是文学之为文学的生存证。②

他的这种文学视界使他能够远离当下的写作潮流,始终坚持着自己的创作路线,坚守自己独特的充满道德化诉求的写作态度。

于晓威喜欢以娓娓道来的质朴语气,去呈现鲜活生动的人生百态、人物群的喜怒悲乐,为我们铺展一个生命力充沛的民间社会。他的作品都有很写实的品质、丰富的事实、经验和细节,但同时,他又没有停留在事实和经验的层面上,而是由此去构筑广阔的意蕴空间。他总是在以自己的方式去领略生活的风景,去体验生命的沉重。让我们对人的"此在"进行反思,而恰恰正是这种反思使作品闪烁着熠熠的光辉。

一、对现实世界的诗意理解

于晓威始终认为农村才是他艺术创作的源泉,在他的内心深处有着对

---

① 本雅明:《本雅明文选》,陈永国、马海良译,中国社会科学出版社,1999年,第97页。
② 于晓威:《流动或寻找》,载《当代小说》2006年第1期。

于"生于斯,长于斯"的乡土独特的理解。而只有当他以这种资源为模板去模拟现实生活时,他才能以最日常化、最生活化的笔调写出人性,写出人生存的根本处境。乡村世界只是他的叙事视界的始点,他真正关注的始终是作为普遍人性的心理和意识深处的东西,是纠结在灵魂深处的东西。小说集《L形转弯》的叙事在整体上偏重哲理性思考,"属于这种创作活动的首先是掌握现实及其形象的资禀和敏感,这种资禀和敏感通过常在的注意的听觉和视觉,把现实世界的丰富多彩的图形印入心灵里"①。于晓威善于以敏锐的眼光将琐碎而密实的生活化书写融入他笔下的乡村和都市、现实与历史,在文本中烙上人自己体验到和意识到的人性的印迹,将文学观念依附于自然民俗风情之上:婚外恋、选村长、童年的游戏、农民进城打工、办丧事等等这些生活化的内容增加了作品的真实感和亲切感,对一些日常琐事的描述使这种生活型小说具有极强的张力,有利于塑造极鲜明的人物群。人"首先是文化人,它为特定的文化所'塑造',其身上印刻着独特的文化性格"②。所以现代东北农村的风景、风俗一再地贯穿在于晓威所有的小说之中,如《孩子,快跑》中乡间风情、人情的描写,《丧事》中对农村典型居住格局、民俗的展示,都彰显出作者谙熟乡村的生活脉络和交往氛围。以此来审视人性,透视人生,掌握世界,使文学借助哲学的思考与反省振翅高飞,进而于平凡之中张扬人性。

在他的小说中总是能够清醒地直面现实并透视生命的根本境况,并在这一泥沙俱下的时代潮流中,去寻绎个体生命存在的意义,这也正符合他的文学追求。于晓威有着很强的叙事控制能力,他善于将人物置放在情节中,去看人性的改变的轨迹。如在《在深圳大街上行走》中,他以一个作家在深圳体验生活的视角,将一群都市边缘人的底层生活揭开。这是一个被人漠视的世界,这个世界潜伏于我们周围,虽与高楼广厦并肩而立,却总像野草一样蔓生于城市中阳光照耀不到的每一个角落。从"我"与林小

---

① 黑格尔:《美学》,朱光潜译,人民文学出版社,1958年,第348页。
② 王嘉良:《中国新文学现实主义形态论》,文化艺术出版社,2002年,第255页。

路的接触开始到我们离开那个繁华的城市，他的笔触并没有仅仅停留在语言文辞的层面，而是不断返回到"我"的个人经验与特殊环境中去，为那业已逝去的人们所经历过的一切留下心灵的化石，揭开那些被遮蔽着的朴实无华的生活事实，让我们记起我们曾经有过的尴尬的生活历程。他的小说将我们带入一个平凡人的世界，没有达官显贵，没有富豪名流，有的只是老百姓的心灵苦闷与生活艰辛。《L形转弯》则是通过文本凸显在现代都市中人们的生存状态，以此来反证人们精神上的焦躁、逃避、对抗，以及人们玩世不恭地沉醉于琐屑生活环境下的卑微与愉悦之中。在《L形转弯》中，男主人公杜坚是公安厅直属防暴队的队长，历年来获得过无数的嘉奖。女主人公乔闪是一名保险公司的业务员。两个人由于生活的空虚而走到了一起。可是当由婚外情而导致的多米诺骨牌倒下时，作者没有让我们见到爱情光环下的浪漫与甜蜜，而是以此为着眼点去探讨人在生活中的渴望被压抑以及灵魂深处的焦虑，从而进一步去发掘文本更深一层的意蕴。杜坚作为人世间公正与道义的代表，作者一方面赋予他特殊的身份——防暴队队长，另一方面作者又赋予他一个艺术家般极其敏感而脆弱的心灵。这种本我与自我的极不相融造成了悲剧发生的必然，也给后文故事的发展埋下了伏笔。虽然乔闪唯一倾心所爱的人是她的丈夫，乔闪仅是贪恋着与杜坚在一起的随意与快乐，而杜坚虽是一名警察，但他的感性让他贪婪地享受着乔闪带给他的生命活着的感觉，两人无节制地陷入了爱欲恣肆的虚无深渊之中。当乔闪选择与杜坚同归于尽时，作者在小说的结尾安排了这样一个细节："乔闪走到煤气灶前，扳掉鸣报装置，拧开煤气管道的最大阀门。接下来，她返回床边，躺上去，紧紧地同杜坚搂在一起。在意识丧失之前，乔闪看了门口一眼。卷帘门底下微暗的光线告诉她，真正的黑夜即将来临了。"于晓威为我们展示了爱让我们获得精神和身体慰藉的同时也需要付出代价。他对笔下的人物是充满了同情和理解的。他诗意地处理着小说中的死亡，至于什么是爱情？什么是幸福？他把评判的圭臬交给了读者。

于晓威作品中最出色的地方就是他在文本中的道德向度，"道德作为实践的实现价值的行动，是有目的的活动"①。"实践不再是像动物那样由生命本能支配的纯粹自然的行为方式，它在这里指的主要是有关人生意义和价值的活动。"②

　　对人生的价值和意义，于晓威有着自己的看法，他并没有因为创作题材的老套，而让《L形转弯》小说集成为当代都市文学下半身写作潮流中的又一文本，作者始终在关注着人物的自我反省与自我评价，在他的作品中人物的性格始终是复杂而更接近生活的。如杜坚这个人物的内心是丰富而立体的，当他因内疚而坚决辞掉公安厅希望他去参加的即将到来的全国射击比赛时，他说："我不知道这个子弹该往哪里打，除非是我的脑壳。"这让我们透彻地感受到他的灵魂深处并不是充满着荒芜与麻木的。这种内心的矛盾使人物具有更为丰富的精神向度和意义空间。又如在《孩子，快跑》中端午涯的父亲也是中国传统美德的化身，牛村长为了顺利当选下一任村长，给全村二百多投票人每人发了五十元钱，"端午涯的父亲叹口气，君子而不仁者有。小人而仁者未有啊。涯子，别攥着那脏玩意儿，把它擦腚了。端午涯的脖颈又爬了无数颗小虫子。父亲提高了声音，把它擦了腚！端午涯只好照父亲的话做"。这些都是于晓威在文本中对理想道德的诉求，也是对生命心灵向善与向美所做出的肯定。

　　于晓威以自己独特的艺术情趣对世间的道德与人性进行着诗意的理解。

> 小说的艺术情趣应该是人对于艺术的某种品质较为稳定的主观趋向性，它建立在对美学思想和艺术修养的基础上。③

　　在小说集《L形转弯》中，我们总是能够读到当贪婪和欲望与道德相抗衡时所产生的人性的各种断裂：生理与心理的断裂、理智与情感的断裂，正是这种断裂让我们看到人性深处最深邃的真实感。《L形转弯》《在

---

① 周中之主编：《伦理学》，人民出版社，2004年，第60页。
② 张汝伦：《历史与实践》，上海人民出版社，1995年，第216页。
③ 赵慧平：《探寻者于晓威》，载《当代作家评论》2007年第2期。

深圳大街上行走》《丧事》《游戏的季节》《北宫山纪旧》等小说以对当下的每一个生活细节、每一种精神线条的敏感,让我们被细致有趣、肌理丰满、处理盎然的叙事所吸引,他"在生活的丰富性中,通过表现这种丰富性去证明人生的深刻的困惑"①。但作者的叙事视点又让我们不会流连于故事的表面,而忘却了故事背后作者的精神跋涉。他始终以一种"理性"的眼光在人性与文化领域逡巡,试图在人性这座森林中构筑起理解的桥梁,以期打通人与人、人与社会的隔膜,他始终以自己独特的敏锐的感受力冲破旧的范式,这种纯客观的写作使读者在作者的美学视界中看到了人之本性。《陶琼小姐1944年夏》《一个好汉》《抗联壮士考》用新的形式,把人物放回至历史中,在过去与现在的对话中,在这些抗联时期的新历史小说中我们见不到"宁鸣而死,不默而生"(《范文正公集·灵乌赋》)式的英雄,对陶琼、李老枪、楚二双、赵四眼、胡成轩这些普通人的普通生活的描述,也没有揪人的悬念。于晓威仅靠叙事的超强驾驭能力来抓住读者,他将历史的母题加以整合,历史是延伸的文本,文本是一段被压缩的历史,历史和文本构成了对生活世界的一个隐喻。小说既恢复了现代社会人们业已萎缩了的历史意义,又使文本意义在过去与现在的阅读瞬间接通,人透过文本而寻绎到了生命的意义。

  历史是英雄的历史,更是凡人的历史,关乎情感的、非理性的生活细节、凡人的精神史共同构成历史的真实样态,这成为于晓威小说的一个主要表达元素。他提升凡人的生活元素,沟通生活与历史的联系,文字背后深层意蕴依然是在"焦灼"美学笼罩下的对生命的无根感与荒凉感,对个体生存的痛惜感。②

---

① 本雅明:《本雅明文选》,陈永国、马海良译,中国社会科学出版社,1999年,第97页。
② 晓宇:《凡人的生存寓言与精神史诗——评于晓威中短篇小说集〈L形转弯〉》,载《小说评论》2006年第2期。

二、对隐喻世界的哲性沉思

相对于长篇小说而言，短篇小说从文本创作上来说是极易完成的，但从其思想的容量上而言，富有深刻思想蕴含的小说却是极难创作的。但是于晓威的小说把握住了短篇小说的真正的本性：在有限的空间和叙述中进行富于历史深度的沉思。

莫泊桑、契诃夫、欧·亨利都是世界文学史上的短篇小说创作大师，他们的小说都以冷峻的叙述表现出普通人存在的困境、小人物生活的悲哀。强烈的戏剧性效果和社会批判意向是他们小说创作的鲜明意图。于晓威的小说也有这种明显的创作意图：《孩子，快跑》中端午涯因为没有钱买棉衣而不得不跑着去上学，但却因跑步速度打破了省里的纪录而意外地得到了梦寐以求的上重点高中的机会；《北宫山纪旧》中李能忆和妙悦的一段情缘与尘缘，在穆罕默德演示移山倒海的故事中画上了句号；《丧事》中死去的老妪平静地躺在外间，而里屋的一群吊唁的人却鲜活地上演着生活中的各式闹剧；《关于狗的抒情方式》中以一条黄狗戏剧性的命运显示出办公室中人们虚伪的心理流动；《圆形精灵》中借一个铜钱三百五十年的历史命运影射时代和人事的变迁。他这种独特的戏剧式的叙事结构造成的反讽效果导致这种阅读是一种"极乐"性的，会让读者感到煎熬，无法产生快乐而与文本融合，从纯感受的角度上，它给人一种痛苦的经历，但又使人的精神境界为之拓宽，像春蚕蜕皮一样，使人产生了一种更加理性的反省的阅读视域。

> 于晓威的小说里有一种确定了的从卑微的生活中凝炼出来的站在高处的主题。①

他的小说不在于营构故事的情节冲突，而在于小说本身所拥有的隐

---

① 周景雷：《温暖站在高处——关于于晓威小说》，载《当代作家评论》2007年第2期。

喻意趣。在他的小说中，秋天与死亡是贯穿于他小说的意象，《孩子，快跑》中端午涯在奔跑中度过了萌动青春，从上初中的第一个秋天到中考成绩下来的初秋，秋天象征着主人公的成熟，象征着年幼丧母的端午涯经历过生活的贫穷与磨砺，从一个少不更事的少年逐渐成长为自立自强、好学上进的青年。《L形转弯》中失去丈夫的乔闪如同一枚枯黄的树叶，不再是这座喧闹的城市中鲜活的生命，在这个秋天，她甚至连那曾经带给她快乐的性爱也让她感觉似乎"与死亡存在着某种天然的沟通或神秘的联系"。《隐密的角度》中的"她"死后，"他"用自己那空洞而失神的眼睛，看到"秋天到了，风把金黄的树叶吹掉，零落到那窗台上，仿佛硌痛了什么"。这些贯穿于小说中的再合理不过的意象，似乎与主题没有直接的关系，却暗中构成了人物命运的一部分，更是构成了于晓威创作的重要语境。在《九月玉米地》中，我们可以再次看到这种意象在作者笔下的显而易见的纵深。在小说的开篇，作者这样写道："端午节刚过，绿油油的土豆叶蔓上衬出粉白粉白的花，玉米棵子离结缨还远着，可也长到齐腰身高了，中间的叶窝里卷着一圈一圈无穷尽的待发的希望，叫人看了心里抑制不住的高兴。"然而这小小的满足感在这些认为"是艺就养人"的朴实的农民心中竟短得如同林间雨后的彩虹，那么真实却又转瞬即逝。秋分的最后一天村姑死去了。"林子蹲在山坡上，静静地看谷里自家的玉米地，阳光下，玉米地的叶子反射出灰亮亮的光芒。"林子"感觉时间是被脚踩凝固了，先前，林子一直就这么看：当他心里高兴时，就觉得眼前的庄稼是自己的孩子，林子怀着宽松的心情抚植它们，盼望它们成长；当他心里苦痛时，他就觉得眼前的庄稼是自己的父亲，什么委屈都是靠它的大手来抚慰，痛感就不知不觉烟消云散。可现在，林子心里苦痛时，他感觉广袤的玉米地原来不再是父亲，是欺骗他的，要是硬说是的话，也只是自己的没有血缘关系和血统承递的养父，而自己却是别人真正的弃子"。对林子来说，村姑就是眼前这唰啦啦的玉米地了，他不忍心割倒它们！是啊，怎么舍得割倒它们呢？这种心理视角的运用，使复杂的人物心灵世界更加丰满，更加因蕴含哲理而富于启发性。玉米地从端午到秋分的生长过程，见证了村姑的生命从在此到消逝。秋天本应是丰收和喜悦的季节，但是村姑的逝去却一点一点地揪扯着读者的心灵。于晓威在创作中总是自觉地沉潜在生活底层，以获取文学创作材料，获得生活与生命的艺术体验。如同鲁迅对叶紫的评价：

> 在辗转的生活中，要他"为艺术而艺术"是办不到的，但我们懂得这样的艺术。①

他了解农村的生活，了解农民的生活，他知道金钱与生命对朴实的农民而言，前者才是主宰着生活并让他们活下去的希望。如同作品中描述的：一间玉米仓、一头牛、一挂花轮套车，在村姑眼中是丈夫的居所，是半辈子置下的家业，这一切对于她来说意义远大于活着，所以才会发出"死一个人容易，原来生一个人多难啊！"这样无奈的感慨。对在现实细碎生活中农民的异常艰难的生存境况的叙写，让我们触摸到了作者心里那巨大的失落：面对沦入不幸境地的弱者，他并没有表示一种犀利决绝的道德上的义愤或蔑视的态度，而是对笔下的一切人物充满着理解的同情和温柔的怜悯。尼采说：

> 艺术家比迄今为止的全部哲学家更正确，因为他们没有离开生命循环前进的总轨道。②

于晓威以自己独特的艺术敏感展示着生命的声音，从生命与美学的角度来看，他虽以虚构的方式来总结人的存在状态与经验，但是作品中主人公的希冀与永不放弃却无疑体现了作者唯美主义的哲学思索。

他的作品总是以自由平实的叙事来衍生故事结构本身的内在张力，营造人性的想象空间，伸张自己的写作理想，建立自己的叙事美学。

---

① 鲁迅：《叶紫作〈丰收〉序》，见《鲁迅全集》第6卷，人民文学出版社，1981年，第220页。
② 尼采：《悲剧的诞生：尼采美学文选》，周国平译，生活·读书·新知三联书店，1986年，第387页。

文学的根本使命就是展开生命个体的灵魂冲突。文学是探究个体生命的，而个体生命天生是属灵的。如果不探究个体生命，文学就不能透彻，就有"隔"。在人类意识发展史上，生命个体的成熟是和追问"不朽"联系在一起的，这就产生了对灵魂的思索。……有了永生的追问与渴望，才有生与死的冲突、灵与肉的冲突、本我与超我的冲突、此岸与彼岸的冲突，也才有对灵魂的叩问、对天堂与地狱的叩问、对神秘世界与超验世界的叩问，以及对命运与存在意义的叩问。①

于晓威在他的小说中一直存在着一个隐喻的世界。在这个世界中进行着自己的思索，为我们在上述这些创作维度进行着探索。"水中的月亮能够证实天上有月亮，虚幻能证明现实。现实是真实存在的，可以证明，虚空也真实存在。""大海显渊旷，时至还枯竭；日月虽明朗，不久则西没。""树与土地的关系，缘起则树生，缘灭则树死。""生如寄，死如驻。"（《北宫山纪旧》）"时间！横亘了一切！"（《圆形精灵》），这些对超验世界的追问使他的小说从更深一个层面上关注着个体生命的本质，关注着人的生存本相，充满着死亡与神秘的体验。在他后期的小说《厚墙》中，这种风格日趋成熟，也是一个秋天，一个为了贴补家用而进城打工的少年，因砸墙工钱的纠葛而向他的雇主举起了铁锤。（这个曾经带给他许多羞辱的雇主也是这个城市中唯一帮助过他的人，当少年认出他来时已经太晚了）文本以对人性深处温暖与冷漠的洞察构成了小说话语的基本层面，透过少年的视界，我们窥见了城市的冷漠无情，人们不禁追问：这样善良的一个少年，何以会无视自己与他人的生命呢？人性的复杂，让我们永远不会停止追问生命的意义。他从一个独特的角度为我们阐释和呈现了作品所蕴含的丰富的艺术价值和思想价值。

作者写作的"坡度"都是倾向于某种哲学化的对人生极致的一种追

---

① 刘再复、林岗：《中国文学的根本性缺陷与文学的灵魂维度》，载《学术月刊》2004年第8期。

问。他的小说很难定位在某一类题材上,他智性地驾驭着各类题材。伊沃·安德里奇说过:

> 一个作家究竟是在表现过去,还是在描绘现在,或是勇敢地跃入未来,那都是无关紧要的,重要的是他作品中所蕴含的精神,以及他作品传递给人类的信息。①

无论是在处理乡村、都市题材,或是新历史题材上,他总试图在生存困境的意义上探讨人与人、人与社会的关系,探讨生死无常、逝者如斯,使文本在其意义上从时间、空间推展出想象的新疆界。作者思考的重心,不仅在于对人性的追问,也在于表现本我与自我,甚至与超我的博弈。他的这种审视,实质上是对人的存在、人的自由的终极思考,在作家言说自我生命体验的同时,显示出作家博大而深切的人性关怀。作者反思人的离去如同"春天里一场细细的小雨,夏天里轻轻飘荡的柳絮,秋天里疏疏斜下的落叶,冬天里默默无声的晦雪"。(《九月玉米地》)作者感叹时间缓缓流逝"像风一样……这样我们想起有点仿佛身边的人生……年老的走了,年轻的变老,崭新的出生,然后再变老。这中间有些遗落的东西,你是不知道的……"(《游戏的季节》)这种对个体生命与神秘世界的叩问,如同歌德的小说一样,表面上虽写婚姻和家庭,其实是在写深藏于命运之中的那种神秘感。

作者沉重的慨叹和成熟的忧思,空谷足音般回荡在读者心间。文学应该"写人世,它还要写人世里有天道,有高远的心灵,有渴望实现的希望和梦想。有了这些,人世才堪称是可珍重的人世"②。

于晓威做到了,他以一个作家的人文关怀穿透生活经验的表层而深触到了人性的灵魂,在给读者强烈生活实感认同的同时也加深了作品的思想

---

① 秦朝晖:《人性底线的寻觅与坚守——读于晓威的小说有感》,载《鸭绿江》(上半月)2005年第1期。
② 谢有顺:《中国小说的叙事伦理——兼淡东西的〈后悔录〉》,载《南方文坛》2005年第4期。

意蕴。读完于晓威的小说，一种无以言说的生命沉重感油然而生。这部小说给人的悲凉感不是在阅读之中，而是在掩卷之后，尽管小说并不蕴含着吸引人眼球的当代文学的图腾，它却很真实地浮现着当代农村以及与农村相关联的人与事的身影，带给我们更丰富、更完整的人生体验和自我的内省，正如美国学者史蒂·格林布拉特曾说："文学永远是人性重塑的心灵史。"于晓威也为我们重塑了一个反思的、多元的心灵史，为我们寻觅生命的丰富性与复杂性提供了一个新的契机。

原载《小说评论》2014年第2期

在历史与现实的细部寻找"生命的雕像"

——高建群小说创作论

高建群是新时期以来陕西的一位重要作家。他创作了大量的诗歌、散文和小说,有一些作品引起了较大的反响。他创作的小说作品主要有三个方面:一是边关题材,如《遥远的白房子》《伊犁马》《马镫革》《大杀戮》《要塞》《白房子争议地区源流考》《愁容骑士》等;二是陕北题材,如《最后一个匈奴》《骑驴婆姨赶驴汉》《雕像》《老兵的母亲》《六六镇》《古道天机》《统万城》;另外就是他书写自己家乡关中平原的《大平原》。高建群的小说既有历史的大书写,也有现实的深挖掘。他是"一个善于讲'庄严的谎话'(巴尔扎克语)的人;一个常周旋于历史与现实两大领域且从容自如的舞者;一个黄土高坡上略带忧郁和感伤的行吟诗人"[①]。

高建群是一位诗人,有着诗人的气质和禀赋。他的作品中充满诗的浪漫与激情,诗的品格与韵味让他卓然不群,让他不同于一般的作家。高建群同时也是一位深刻的思想家,他的作品有着史诗般的气魄与力量。鸿篇巨制承载着他的"远大理想",他把历史和现实凝铸成"生命的雕像"。他关注乡土中国的命运,他有着浓厚的人文情怀。在他的作品中,我们既

---

① 高洪波:《解析高建群——兼谈他的四部中篇小说》,载《文学评论》1992年第4期。

能感受到历史的厚重，又能体会到传奇与浪漫的温馨。他在历史和现实的细部寻找倾诉的对象，表达他的价值理想与人文情怀。

一、边地书写：传奇与浪漫的诗性表达

高建群小说创作的一个重要组成部分就是边地书写。他的这种边地书写和他的人生经历有着密切的关系。高中毕业后，他到新疆中苏边境的一个边防站当了五年的兵。当兵的孤独、寂寞让他热爱上了文学。当兵的这段岁月成为他后来文学创作不竭的源泉。他的第一部小说《遥远的白房子》，也是备受争议的成名作，发表于《中国作家》1987年第5期头条，就是书写他的这段岁月的。小说以"白房子"边防战士"我"的口吻，讲述了一段极富传奇性的故事。白房子边防站站长马镰刀是一个传奇性人物，他做过走私生意，当过绿林头目，后来被清政府招安当上了边防站站长。由于一张牛皮的失误，导致了一场外交风波。最后，主人公马镰刀因自责而自杀。女主人公萨丽哈在马镰刀死后，掩埋了行义的士兵，成了一个"美丽的传说"。小说以诗化的笔调，讲述了马镰刀的传奇人生与萨丽哈的超凡入圣和美丽多情。小说中的"白房子"是一个极具象征意味的存在。正如有学者所言：

> 也许是那些神秘的国界线、那孤独的"白房子"所具备的意象性的缘故，小说的思情寓意终于穿越时空的荒原，而进入了更富有人类意味的审美世界。[①]

也有评论家指出：这部小说的"一个贡献就是在于它改创置换了一种原型形式，使得这种原来随着岁月的流逝而已经变得苍白无力的形式变得生机盎然，并且由于参照了别的民族的同一的原型形式，探索了人在特定

---

① 周政保：《〈遥远的白房子〉：并不遥远……》，载《小说评论》1988年第4期。

的历史背景中的命运"[1]。

《遥远的白房子》以西部传奇故事的神奇魅力，为高建群赢来了文坛的关注。有很多学者和评论家开始关注他的文学创作，也同时坚定了他的文学创作道路。

高建群从"白房子"出发，开始了他那传奇与浪漫的边地书写。他的一系列作品，如《伊犁马》《马镫革》《大杀戮》《要塞》《白房子争议地区源流考》《愁容骑士》等，都是以中苏边境"白房子"为故事背景，以边防战士"我"的口吻讲述过去的历史与现在的故事，其间往往加入了浪漫爱情的元素，让"白房子"战士一下子获得了激情，燃烧起了爱情的火焰。这些富有传奇性的故事和浪漫的爱情，再加上作者诗性化的叙述，一下子就调动起了读者的阅读情绪，拓展了小说的审美空间。在《伊犁马》中，作者以饱满的热情书写了"我"对马的丰富情感和对生命意义的领悟。在《马镫革》中，"我"一看到腰间系有"马镫革"的战友，就情不自禁地回到了往事的回忆中。而在《愁容骑士》中，"我"不断地回忆着"白房子"的往事。

> 在这些小说中，扑面而来的是鲜活的、孤独的、苍凉的、雄奇的、浪漫的西部边关文化气息。[2]

边关意象在高建群的笔下凝铸成了富有象征意味的文化符号和生命符号。

高建群的"边地书写"，在"方法热"的80年代中后期，无疑是一种执着的价值坚守。如何在如火如荼的西方文化热、方法热、理论热中书写自我的中国经验，呈现曾经发生的和正在发生的"中国故事"，是高建群必须面对和思考的问题。他的"边地书写"系列作品开启了新时期"传奇

---

[1] 楼肇明：《荒原上的壮士歌——读〈遥远的白房子〉》，载《小说选刊》1988年第2期。

[2] 梁向阳：《传奇故事的诗性写作——高建群"边关"题材小说浅论》，载《伊犁师范学院学报》2004年第2期。

故事"的审美领域，并以"现实主义"价值立场对其进行了独特的美学思考和精神探寻。他的以"白房子"为标志的边防题材写作，不仅从题材上拓展了新时期中国文学的创作领域，而且在人物形象的建构、叙事技法的处理等方面都进行了新的艺术探索，意在打破"方法热""理论热"的壁垒，坚守中国当代文学的现实主义精神维度。"边地书写"所呈现的"传奇现实"与作家饱满的浪漫主义情感，汇成一股文学河流，为改革开放骚动的人们提供了心灵的慰藉。

二、陕北言说：在历史与现实的细部寻找"生命的雕像"

高建群小说另一个书写的对象是陕北。陕北既是他的成长之地，又是他的工作之地。（他的出生地是关中地区，这也是他为什么倾力写作《大平原》的原因吧。）他的陕北题材小说的背景是20世纪80年代，但这种时代文化语境在他的作品中既有很好的表达，又独树一帜。我们说他有很好的表达，是因为80年代时代巨变在他的创作中有很好的体现；我们说他独树一帜，因为在他的小说中有着作家的自我坚守。时代的语境要求作家突破创作的瓶颈、超越自我，但深入现实、进行精神的深度思考又让作家不得不反观自身、叩问灵魂、融入时代。高建群陕北题材的系列小说正是在这样一种背景下应运而生的。如他的中篇小说《骑驴婆姨赶驴汉》，小说的主人公李纪元是闯王李自成的后裔，是返乡青年，是腰鼓手，麦凤凰则是一个高傲自负、美丽多情的城市姑娘。作家在叙述故事和描写人物的时候，加入大量的陕北文化元素和符号，如"信天游""陕北剪纸""腰鼓""唢呐"等。这些文化元素和符号凸显了文化陕北的意味，同时作家还加入一些历史的元素，比如"秦直道""赫连勃勃""李自成"等。再比如《老兵的母亲》，作家有意地设计了一个吹鼓手老刘父子，他们是赫连勃勃的后裔，有着陕北文化的历史血液，让他们的优美的民间歌谣来叙述故事，刻画"母亲"，"母亲"的形象便一下子高大起来，伟岸的需要仰视才见。这是革命年代"陕北母亲"的伟大形象，陕北这块深厚的黄土地和"母亲"无私奉献、默默牺牲的精神融为一体，很好地诠释和升华了小说的主题。在《雕像》中，以画家"我"与单菊为视角审视、观照和追索大革命时期兰贞子传奇。画家在一次偶然的雕塑活动中，踏入陕北高原。陕北高原那"蓝天白云下，一个一个像大馍馍一样的山头向我簇拥而来，一种厚重的历史感和崇高感油然而生"①。

画家想要了解兰贞子的事迹，单猛老人以一张倾注自己半个世纪情感的照片真情告白，一下子打开了画家的艺术之门，凝铸成一尊"生命的雕像"。历史的苍凉和人的宽厚共同孕育了陕北成为"革命中心"的历史必然。

《最后一个匈奴》是高建群的代表作之一。他以家族传奇和革命变化为线索，将人物置身于历史时空中予以表现。小说主要围绕着陕北吴儿堡地区的杨贵儿一家三代人的生活展开，其间既有大的历史文化背景，又有陕北地区民俗文化的色调。诚如作家所言：

> 本书旨在描述中国一块特殊地域的世纪史。因为具有史诗性质，所以它力图尊重历史史实并使笔下脉络清晰；因为它同时具有传奇的性质，所以作者在择材中对传说给予相应的重视，其重视程度甚至超过了对碑载文化的重视。②

作者试图在历史的细部发现一些颇有意味的东西，向我们揭示这个民族的发生之谜、存在之谜。小说分为上、下两卷，上卷主要写的是共产党员杨作新深入土匪黑大头的老窝斗智斗勇，最后为革命事业屈死狱中。时间背景是20世纪20年代至40年代，这段时间正是陕北革命如火如荼开展时期。作家在革命叙事中有着自己独特的视角，他对革命的理解、把握和我们习惯了的革命文学是不一样的。他以全新的革命叙事方式解构了革命话语，这体现的是一种真正的历史主义。小说的下卷写的是"十一届三中全

---

① 高建群：《雕像》，载《中国作家》1991年第4期。
② 高建群：《最后一个匈奴》，作家出版社，1993年，第580页。

会"之后,作为市委书记的黑大头的儿子黑寿山带领全市人民治理沙漠,进行着物质领域的革命;作为作家的杨作新之子杨岸乡,努力创作,成绩突出,在精神领域不懈地耕耘和创造。他们都没有忘记先辈们的革命理想和传统,他们在为新的陕北建设努力奋斗。作家以一种诗意的浪漫的方式,书写了四个家族三代人的命运沉浮,勾勒出陕北一个世纪的历史风貌。这为我们了解陕北、研究陕北历史文化提供了一种独特的文学书写的视角。这种视角,既重视历史文化的丰富性,又凸显了文学的感性生命力。

高建群对陕北的黄土地有着特殊的情感,他总能在这块土地上找到书写的灵感。正如高洪波所言:

> 证明灵性,寻找灵性,直到用自己的作品发掘和再现黄土地的灵性,几乎成为高建群锲而不舍的一种追求。照我的理解,高建群寻找的灵性,其实是一种活力、一种激情、一种诗意笼罩下的昔日辉煌。①

其实,高建群的文学创作还有一个源泉,那就是在历史中激活灵性,挖掘历史成为他创作不竭的动力。他的《统万城》就是再现了匈奴这样一个消失了的民族。《统万城》有两条比较明显的线索:一条是主线,写的是大恶之华——匈奴末代大单于赫连勃勃传奇的一生,写匈奴民族唯一一个都城统万城的筑城史;小说的副线,写的是大智之华——西域高僧鸠摩罗什传奇的一生。高建群以一种大历史、大文化的笔触和气魄,书写了东方农耕文明与西方基督教文明之间的交错与碰撞。他以一种诗性的笔触,写出了历史的忧郁深沉,也写出了历史人物,尤其是女性人物的优美与浪漫。高建群的小说具有神秘的叙事特征,他把自己对历史、历史人物、苦难的现实,以及浪漫的理解融于笔端,形成了独特的自我表达,具有现实的浪漫主义品格。他的《统万城》是一部历史意识、乡土情结,以及对农

---

① 高洪波:《解析高建群——兼谈他的四部中篇小说》,载《文学评论》1992年第4期。

耕文明的追溯的一种史诗"复活"。可以说，小说重新建构了曾经消失的民族的时空场域，在毛乌素沙漠筑起了一座"童话之城"，再现了十六国时期"悲剧中的悲剧"。

三、大平原叙事：乡土中国的价值指向与人文情怀

高建群一直有一个写他的出生地——渭河平原的夙愿。《大平原》就是他的这一夙愿的杰作。《大平原》以渭河平原为地域空间，再现了高氏家族三代人的命运沉浮，以及高姓村庄从上世纪30年代到新世纪以来的沧桑变迁。小说以"乡间美人"祖母高安氏的"伟大的骂街"开始，以母亲顾兰子的临终遗言收笔，时间跨度七十余年，"写农耕文化的沉重艰辛；写中国农民的沉默坚韧；写活着很难，有尊严地活着就更难；写社会大转型中正在消失的村庄，如此等等"[①]。

我们透过高建群的小说描写，看到了支撑渭河平原上生活的人们的思维方式和精神方式，也就是这种深入灵魂的东西成了人们生生不息的力量之泉。小说的前四十章都是以一个关键词"饥饿"为轴心来描写高村人面对黄河决堤、水涝、大旱时的生存情形和生存状态。作家以一种冷静、客观的姿态书写了饥饿的体验，这种体验充满着生命的张力。作家试图以饥饿来凸显生命的强悍、生命的高贵和生命的卑微。"人们通过作家的文字，能够触摸到乡村灵魂扑面而来的实质。"[②]

我们可以看出，作家对逝去的"乡村诗意"是怀念的，甚至有一种欣赏的情结暗含于此。但是，这种怀念和欣赏不是简单的肯定，而是把他的笔触伸向"崛起的高新区"。从第五十七章开始，作家就开始书写转型之

---

① 雷达：《乡土中国的命运感——评〈大平原〉兼及家族叙事的创新》，载《小说评论》2010年第1期。
② 梁鸿鹰：《在中国故事的长河里——谈高建群的长篇小说〈大平原〉》，载《南方文坛》2010年第1期。

后的高村和高村人。作家很好地塑造了像王一鸣、刘芝一这样一些既机敏勇敢，又敢于冒险的人物形象。这些人物寄托着作家的情感与理想，承载着作家精神与现实共筑的梦想。诚如雷达所言：小说"以其强烈的主观性和写意性，以其苍凉的命运感，提供了较为丰富的文化信息"[1]。

高建群对传统乡村有着自我独特的理解，他以自己的方式突破了巴赫金对传统乡村的认识。巴赫金认为，传统乡村最突出的特征是循环性，"生长的肇始和生命的不断更新都被削弱了，脱离了历史的前进，甚至同历史的进步对立起来。如此一来，在这里生长就变成了生活毫无意义地在一处原地踏步，在历史的某一点上、在历史发展的某一水平上原地踏步"[2]。

在巴赫金看来，我们要将这种富有"循环性文化特征"的乡村纳入现代小说的秩序之中，就必须发挥"文学形象"的"时间性质"，把这些东西都"纳入所写事件和描述本身的时间序列之中"[3]。《大平原》打破了这种宁静的乡土叙述，以鲜明的乡土中国的价值指向和人文情怀让静止的时间活泛了起来，建构起一座乡村与高新开发区的桥梁。作家通过高村和高新第四街区两个地方空间转换的书写，表达了自我的价值立场和人文情怀。作家说，小说的原名叫《生我之门》，它有三个含义。

> 狭义讲，是指我的母亲，这个平凡的卑微的如蝼蚁如草芥从河南黄河花园口逃难而来的童养媳。广义讲，是指我的村庄，或者说天底下的村庄。再广义讲，是指门开四面风迎八方的这个大时代。[4]

我们可以看出，作家的这三重指向事实上也就是作家面对乡土中国现代性转型的文化心理。作家面对高村的消失和高新第四街区的崛起，没有

---

[1] 雷达：《乡土中国的命运感——评〈大平原〉》兼及家族叙事的创新》，载《小说评论》2010年第1期。
[2] 巴赫金：《巴赫金全集》第3卷，河北教育出版社，1998年，第430页。
[3] 同上，第453页。
[4] 高建群：《大平原》，北京十月文艺出版社，2009年，第413页。

过多的哀叹和惊讶,而是以一个成熟的作家心态面对这一历史巨变,对这一独特的"中国经验"和"中国问题"做出历史的、审美的回应和表达。

> 表达当下,尤其是处理当下所有人都面临的精神困境,才是真正的挑战,因为它是"难"的。①

作家以一种"浪漫主义骑士精神",赋予作品理想主义色彩,以理想点燃现实,让作品获得灵性与生命。如:

> 你见过那些古老的、笨重的、冒着炊烟的村庄,被从大地上连根拔起时,那悲壮的情景,那大地的颤栗和痛苦吗?②

这种喷薄而出的抒情和议论,是沉潜于作家内心深处的"人类意识"与"现代意识"的反映。也正是作家基于这样一种现实主义情怀,他才选择高村和高村的现代变体,即高新第四街区,并从政治、经济、文化、民俗、心理等方面进行了整体性的审美把握,重建了中国当代文学的现实主义精神维度。

高建群的《大平原》赋予地域文学书写以新的内涵。"消失的高村"割断了作家与土地的联系,文学表达的地域性差异也将不复存在。全球化与工业化成为历史发展的必然,高楼大厦取代了乡间茅屋,所有的世界都是一样的钢筋水泥。这些被严重物化了的世界,唤起了人们对地域性差异的关注与追求,也激起了人们对家园、乡村秩序与乡村伦理的怀念与向往。正是这样的一种全球化所导致的文学单向度写作和文学人物形象的单面性塑造,促使作家肩负起神圣的历史文化使命,重建人文信仰和价值理性。诚如高建群所言:

> 艺术家请向伟大的生活本身求救吧,因为面对伟大的变革时代,不断出现的新的人物和故事,是艺术长廊里从没出现过的,作为艺术家有责任去表现他们,为时代立传,为后人留下当代备

---

① 孟繁华:《乡村文明的变异与"50后"的境遇——当下中国文学状况的一个方面》,载《文艺研究》2012年第6期,第30页。
② 高建群:《大平原》,北京十月文艺出版社,2009年,第363—364页。

忘录。如果做不到,那是文学的缺位,是作家的失职。①

正是基于这样一种认识,高建群把他的目光投射到崛起的"高新第四街区",他要为中国当代的发展做"备忘录"。如果我们套用海德格尔的一句话,就是"哪里有危险,拯救的力量就在哪里生长"②。面对高新第四街区新的中国政治生态的创造性重建和新的历史文化语境,作家既要承载政治伦理建设的重负,又要彰显巨大的精神启示意义和思想价值,这也许是作家的一种更为宏大的精神建构追求。

总之,高建群以其丰富而厚重的文学创作实绩,给新时期以来的陕西文坛,乃至中国文坛带来了很多有价值有意义的作品。他的文学创作成为我们当代文学研究一个不能忽略的文学存在。他以一种诗人的浪漫之情和欧洲"骑士精神"为我们描绘了带有传奇色彩的异域文化和"白房子世界"。我们从他的作品中看到了惊天动地的爱情、荒凉的边界地、美丽多情的萨丽哈和由盗而成为边防站站长的回族小伙马镰刀,还有"一张牛皮大小的地皮"的传奇故事。透过这些浪漫的诗性文本,我们看到了边地的雄伟与奇崛、苍凉与孤独、鲜活与美丽,边地的政治、历史、文化、民俗风情尽收眼底。可以说,他笔下的人物既是生命的符号,也是文化的符号,有着独具特色的美学品格。他以一支如椽之笔书写着陕北的历史和文化,他的这种书写独特之处就在于,他以一种虔诚的文化寻根的态度来观照陕北,审视陕北高原。他的作品中充满了丰富而灿烂的陕北文化元素和意象,譬如神话、传说、民俗、歌谣,以及一些颇具意味的历史遗存物。他在故事中呈现陕北的历史,在历史的追忆中凸显陕北的文化。厚重的历史和丰富的文化,让高建群的小说获得了史诗般的品格。他以历史发展的见证者来写他的出生地——渭河平原,渭河平原上那个平凡的高村。

---

① 朱玲:《高建群:艺术家们,向伟大的生活求救吧》,载《北京青年报》2009年11月30日。
② 海德格尔:《人,诗意地安居——海德格尔语要》,郜元宝译,上海远东出版社,1995年,第137页。

高村平原作为物化符号永远从地球上消失了,但那慷慨悲凉的秦腔还在吟唱、生命力强盛的顾兰子还硬朗、高家的祖坟还在,传承高村血脉与精神的高新第四街区正蓬勃发展。①

高建群以文学的方式记录下了历史的发展。高建群的文学书写,既具有历史的沧桑与厚重,又有现实的鲜活与温暖。他总能在历史和现实的细部寻找到有意义有价值的故事,让故事成就人物形象,把他们塑造成"生命的雕像"。

原载《小说评论》2014年第4期,原题为《高建群小说创作论》

---

① 高红梅:《浪漫的重建——〈大平原〉的地域写作与乌托邦话语》,载《文艺评论》2012年第3期。

小说的难度

——以冯玉雷的敦煌书写为例

在当代文学创作中，敦煌题材一直备受青睐，有关敦煌的文学书写成为永不消退的文学热点。敦煌是博大的，也是精深的，其间蕴含着丰富的历史文化质素，要对敦煌进行文学的把握是有难度的。敦煌的文学书写要求作家既是文学家，也是敦煌学者，二者缺一不可。只有具有敦煌学者的修养才能真正书写出富有文学价值的敦煌文学作品。冯玉雷就是这样一位作家，他的三部长篇小说《敦煌百年祭》《敦煌：六千大地或者更远》和《敦煌遗书》就呈现出这样一种风貌。这三部小说以其创新性的后现代笔法、诡谲浪漫的想象、摇曳多姿的情感挥洒，向我们展示了一个古老而又充满灵性、至真至善的西部广阔画卷。如此丰富的内容展示，也增加了其小说解读的难度。小说自发表以来，产生了较大的影响，针对其内容与创作手法进行评论的文章和研究著作很多，但将其置于整个当代敦煌文学之中予以观照的研究相对较少，因此本文试图以"小说的难度"作为切入点，从叙事的难度、理解的难度和小说的高度三个方面深入分析和探讨文本中内蕴的价值。

一、叙事的难度

冯玉雷先生的长篇小说《敦煌遗书》①内容上是以斯坦因的四次中亚文化探险为故事线索，在亦真亦幻、亦虚亦实的叙述中，再现了小说发生的时代广袤西部大地上的历史、人物、艺术、宗教，乃至天地和大漠等的生命化和性灵化。小说还涉及中西方在这些方面的冲突，同时也牵扯到一千多年前文明的碎片史、追寻文化认同之根的民族史。由此，《敦煌遗书》可以说是一部讲述敦煌题材的百科全书。正如赵毅衡先生在《敦煌遗书·序》中所言：

没人如此写过敦煌，恐怕，今后也不会有人敢如此写敦煌。②

在叙事手法上，他几乎完全打破了传统小说模式。在叙事内容、叙事话语和叙事动作方面具有明显的后现代性。全书自由驰骋、天马行空、纵横捭阖，表现出一个成熟作家的奔放和洒脱。

后现代性的重要特征就是具有怀疑精神和反文化姿态，以及对传统的决绝态度和价值消解的策略，削平深度模式走向平面，继而历史意识消失产生断裂感，同时主体性的消失也意味着"零散化"，一切都充满着解构与重构、"不确定性"、"非原则性"等。③冯玉雷的敦煌书写明显地体现了这一点。他不是运用传统理性深度模式的写法，而是运用最原始的感性写法，用最原始的感受性书写来展现敦煌，这也是他叙事中的难度所在。

1. 情节的"碎片化"、意识流和非逻辑性

情节是按照因果逻辑或矛盾冲突组织起来的一系列事件。但是读完冯玉雷的小说我们会有一种感受，那就是整部小说的事件异常丰富多彩，然

---

① 冯玉雷：《敦煌遗书》，作家出版社，2009年，第1页。
② 同上，"序"第2页。
③ 朱立元主编：《当代西方文艺理论》，华东师范大学出版社，2005年，第360页。

而通过解构之后会发现，这些事件抑或环境和心理的描写等几乎都是零散的堆砌与淡化，随着意识的流转而流转，叙述有意模糊人物与情节，"不像小说"，缺乏传统小说情节的连贯性、悬念的紧张性和主要人物的一以贯之，它有意地切断故事的趣味线索，让人颇为不适。譬如《敦煌遗书》中第312—313页上一段是实写他回忆文书箱是否被人启动过和文书运往大英博物馆的推测，而下一段则变成了另一种叙述格调和叙述方式，写现实中采诗、善爱戴着他亲手制作的面纱跳舞，而他虚幻地想起了娇娇，接着又是现实的敬酒，之后却是斯坦因再一次幻想起和娇娇一起解甲归田的情景，最后则是他完全沉浸在自己的意识流幻想之中，憧憬着和娇娇与世无争的生活，心灵尽情地飞翔裸奔。这种意识的流动毫无阻隔和打断，甚至会在历史传说和神话传说的意象片段与现实实践之间反复穿梭或在此事件的基础上不断地联想不断地写意，由一个事件跳跃到下一事件像流水一般不断绵延下去。就这样，叙述的线索似连非连，让我们感受到了一个世俗的、热闹的、喧嚣的世界。同样在《敦煌：六千大地或者更远》中有种不知道情节展开的线索是什么的感觉，整篇文章就像一片混沌，每个事件都像是洒落满地的水银珠，彼此之间不能聚拢，但是每个"水银珠"里面所渗透的情感、信仰、灵魂却在光的作用下彼此映衬，相互呼应。正如赵录旺先生所言：

> 叙事不是在集中的矛盾冲突中以线性的因果逻辑组织起来的文本结构，而是在不同叙事视觉下形成的世界碎片杂糅而成的互文式结构。[①]

其叙述依据的是性格、情感的逻辑，艺术想象的逻辑，它本身就是独立自足的。当我们把这些"碎片"拼贴之后，就会获得作者情感与读者情感的共鸣。

---

① 赵录旺：《后现代主义小说叙事的新实践——冯玉雷小说书写艺术的一种阐释》，中国社会科学出版社，2011年，第16页。

2. 结构的非整一与复调化

与上面提到的相似，小说大的结构上也同样具有这样的特点，表现出与传统截然相反的一种非中心化、非线性的书写自由的小说文本。从小说连续的每一章标题我们就可以看出来，每一章的标题是完全不相干的事件的连接，上一章的文本结尾丝毫没有预示下一章内容，而下一章内容的书写也完全与上一章内容不搭，每一章都是一个全新的中心人物与事件，使我们不禁想起我国古代的章回体小说，其间的对比显而易见。除此之外，时间上和空间上的线索以及现实与传说共时性存在也有着明显的体现。例如，既有以斯坦因四次历史考古为线索的所见所闻，又有象征性意象以古代神话夸父逐日到当代夸父裸奔的线索和真假"遗书"的一次又一次的发现与颠覆的线索，以及以娇娇三姐妹、大夏八荒和骆驼客等六千大地上土著居民在文本时间与故事时间上亦真亦幻的传奇性生活的线索。这样的写作特色看似具有非整一性和非逻辑性，但实际却遵循着情感这条主线，各条线索之间又相互照应，自由书写，在多元视角下使故事的发生和情节的联想总能产生出人意料的变化，从而使故事产生独特的审美感受和艺术效果，形成一种文本间自由穿梭的游戏。

3. 叙述方式的多元视角

> 视角是作品中对故事内容进行观察和讲述的角度。视角的特征通常是由叙述人称决定的。①

作者冯玉雷在他的敦煌书写中颠覆了传统单一的焦点式透视的叙述视角，在文本叙事中重点突出叙事方式的多元视角。"它始终是叙述者与人物的混合或融合"②，甚至"多音齐鸣"。在这里每个人、物都是平等的，都可以以自己的视角发表意见。例如《敦煌：六千大地或者更远》中一段大概意思是孩子生下来没奶吃，"小娘子要求丈夫用新米熬汤，催

---

① 童庆炳主编：《文学理论教程》，高等教育出版社，2004年，第256页。
② 巴赫金：《陀思妥耶夫斯基诗学问题》，白春仁、顾亚铃译，生活·读书·新知三联书店，1988年，第50页。

奶。米汤说我无能为力"①。米汤也会在自己该发表意见的时候以自己的口吻说话。最明显的是《敦煌遗书》中《十一页桦皮书》的叙述，对同一件事，从十一种视角纷纷诉说。还有就是在《敦煌遗书》中，表面上作者是全知全能、无视角限制的旁观者的第三人称隐身叙述，但当我们仔细读完之后其实不然，叙事者的视角叙述超越了任何限制，成为一种无所不在的叙述。例如在小说中不仅主要人物斯坦因、蒋孝琬、娇娇三姐妹、大夏八荒等骆驼客在叙述，动植物如胡杨树、羊、骆驼等，甚至任何一种物品如文书、玉石、子弹等也在自我叙述。叙述视角又从人物转到各种动植物再转到无生命的物，具有多重身份，可能是他，可能是她，也可能是它，并在三者之间互相转移穿梭。当然，这也取得了一种多个叙述者共存的奇特现象，各种叙述者声音的狂欢，形成了一种多声部重奏复调的效果。然而这多元化的视角变化正是体现了叙述者的要求与希望，只有这样才能把自己的感情从不同的方面和角度淋漓尽致地展现给读者，让读者同样感受到叙述者的情感世界，而不是仅受一种视角的支配，剥夺读者多方面了解的权利。

4. 全知视角的独特运用

在《敦煌遗书》中的某些情节，作品更加注重叙述人物和事件本身，作者只是充当全知的见证者，至于真假的辨别或价值的评判则由读者做主，给了读者更大的自由空间。例如戈特究竟是被谁杀害的，是死还是活？作品中作者没有给我们任何明确的答复，只是在第一章从一个新疆士兵的口中得知戈特死于元浩对脚印绿洲的屠杀中，而后英国官方却称戈特是被拉孜所害；在第七章的第11页桦皮书上戈特自己记载是被拉孜所杀；在第十一章娇娇又告诉斯坦因在大屠杀中夸父救了戈特；第三十五章叙述英国驻喀什领事馆里出现一位叫戈特的流浪汉；到第四十六章艾伦坚定地指出送来五蕴文书箱的那位老骆驼客就是她的父亲戈特。以上这些作者都

---

① 冯玉雷：《敦煌：六千大地或者更远》，作家出版社，2006年，第39页。

没有给予辨别和确认，不对读者加以任何的引导或暗示，像这样的叙述方法还贯穿在如脚印绿洲的大屠杀因何而起，真正的佉卢文"遗书"到底有没有等之中。这些扑朔迷离的问题在小说中作者都没有解答，或许也正因为这种叙述的手法，给读者留下的参与空间太大，导致经常被作者牵引着走的读者会一时间感到不适应与茫然，甚至不理解，然而这也恰恰表明了作者的立场，对应小说所要表达的自由"裸奔"的态度，作者的"裸奔"是为了读者更好地"裸奔"。

以上的这些分析可以让我们窥探出冯玉雷小说的独特叙事艺术。不论是叙事内容中情节的"碎片化"、意识流和结构的非整一复调化，还是叙事话语中叙述视角的多元化，抑或叙述动作中叙述者的隐身退却，这些叙事上的难度确实让读者有一些迷惑，但是这并不阻碍我们能够从中体会到小说叙事的创新所带来的耳目一新的视觉感受。随着对这种叙事手法的阅读适应，我们将感觉不到其中的难度，相反是一种情感上的愉悦。

二、理解的难度

冯玉雷的这些小说发表后，读者反映最强烈的就是它的难以理解性。人们认为它的隐含读者是小部分的受众人群，作者光顾着自己书写的"裸奔"而没有考虑到读者，因此妨碍了阅读，造成小说阅读理解上的难度。造成其理解难度的原因，首当其冲的是小说叙事的难以理解，正如前所述，作者运用了大量的后现代小说的写法，这对于普通读者来说还是陌生的；其次是小说的文化语境造成的难以理解，如小说是以敦煌的万事万物作为背景的，但相对于那些对西部、对敦煌不甚了解的读者来说，一切都充满着陌生感。当然，还有其他方面的原因，如抒情性、写意性造成的理解上的难度，象征性手法的运用等。这些都是造成我们在理解上有难度的原因。

1. 文化语境的障碍使得理解难度增加

什么是文化？文化是包罗万象的，凡是人类创造的一切，不论是精神方面的还是物质方面的都可以称为文化，包括物质、制度和精神。物质生活方面，如饮食、起居等种种享用。①制度文化，是渗透了人的观念的社会的各种制度。精神文化，是最深层的东西，如文化心理、价值观念、思维方式、审美趣味、道德情操、宗教情操、民族性格等。那么读者则应该是通过"品质阅读"去发掘其背后的"价值阅读"，发现作品中的文化内涵。

  文化对文学叙事的制约作用体现在叙事发生的文化语境，任何叙事的发生都是在特定的文化语境中进行，因而对人物的塑造、对生活的理解、对意义的阐释等都是以文化为基础的，文化作为价值体系和意义规范成为文化人理解自我和世界的根基，也成为故事内容和人物性格刻画的内在规范。②

冯玉雷《敦煌百年祭》《敦煌：六千大地或者更远》和《敦煌遗书》三部小说中设计了大量的文化意象，如波斯文、汉文、突厥文、于阗文、藏文、回鹘文、粟特文、梵文、佉卢文等语言文字文化，壁画艺术、弹唱艺术、行为艺术等敦煌艺术文化，它还包含了如夸父逐日等神话元素，斯坦因考察过程、第一次世界大战等历史事实，钟声、芦笛声、鸣沙山和月牙泉的声音等各种声响。此外，小说中提到敦煌、鸣沙山、喀什、莫高窟等几十处地名，如果对西部地理状况不那么了解，阅读这部小说简直如入迷宫。小说还有一些关于和田玉、佛教经卷、古代文书、刺绣与绢画的描述等，所有这些共同构成了这部复杂奇特的文本。

  它为我带来了强烈的视觉冲击和浩阔的阅读感受，包括大量

---

① 梁漱溟：《东西文化及其哲学》，见鲍霁主编《梁漱溟学术精华录》，北京师范学院出版社，1988年，第7页。
② 赵录旺：《文化叙事的风格化与多样化——〈白鹿原〉与〈敦煌：六千大地或者更远〉的一种比较性研究》，载《甘肃高师学报》2009年第6期。

> 关于敦煌和西域的神话传说，民间故事，历史疑案，科学知识。我相信读到这本书的人，也会和我一样，为它的历史意象的丰富，斑斓，多元，神奇和无极的寥廓感而发出赞叹。①

更何况这些大多数又都是敦煌在19世纪末至20世纪初这个地理大发现时期的事与人，因此就更需要一定的前期了解与铺垫才能轻车熟路地读下去。同样，如此包罗万象的文化，蕴含的是西部人，或者说是敦煌人几千年来的文化心理与审美情趣，在小说中都一一为我们渗透和呈现。从某种意义上说，小说是学者写就的，追求学术梦想的小说，属于学院派文化小说。冯玉雷的敦煌系列就是如此，如果不具备一定的知识背景，是难以走进他的小说世界的。

2. 情感抒发的象征性意象运用也使得理解变得更加困难

这里涉及三个关键词，分别是"情感""象征"和"意象"。情感的抒情是指表现、传达作者以情感为核心的内在心性。所谓"以情感为核心的内在心性"是指包括情感在内的诸种感性心理因素，这些因素包括情感、个性、本能、欲望、无意识等；所谓"表现"是指自然呈现作者的内在心性；所谓"传达"是指作者不仅要表现自己的内在心性，而且要将其传达给读者，使读者了解分享自己的内在心性。小说之所以在理解上有如此多的难度，与作者带有意象抒情性的叙述是分不开的，情感在某种程度上本身就毫无逻辑可言，是一种意识流般的呈现。《敦煌：六千大地或者更远》中就有大量的"直觉""禅悟""玄览"等非理性的写意词语的运用。不仅如此，目录中还运用如"乌鸦与麦田"等大量名画的名字作为标题，甚至在楼兰与唐古特的肌肤相亲中也不是写实的描述，而是运用"感到烟火的气息"这样带有意象性的抒情言语的表达。这种表达方式使得读者在阅读过程中难以直接抓住作者所要传达的内容和感情，从而也就增加了理解的难度。至于表现和传达作者以情感为核心的内在心性的手段与方

---

① 雷达：《敦煌 巨大的文化意象》，见冯玉雷《敦煌：六千大地或者更远》，作家出版社，2006年，第2页。

式也是多种多样的，作者冯玉雷采用大量的象征性意象来表现自己在这六千大地上难以用其他方式表现的情感，同时象征性意象本身又具有哲理性，必然会造成理解的难度。天、地、梵歌、夸父、西王母、楼兰、驼唇文、玄奘的脚印、和田钟、玉璧、藏经洞等等都是象征着作者那一时刻的与敦煌和敦煌人民之间的情感。黑格尔认为：

> 象征一般是直接呈现于感性观照的一种现成的外在事物，对这种外在事物并不直接就它本身来看，而是一种较广泛普遍的意义来看。①

在冯玉雷的小说中，这种具有"广泛普遍的意义"的事物着实很多。抒情要求以特定的声、色、味去暗示、阐发微妙的内心世界，抒情的策略就是通过象征的意象，使之充满丰富曲折、复杂多变、含混朦胧的"心里画面"，运用新颖别致充满隐喻、悖论的意象，予人以强烈的视觉冲击力和情感冲击力，令人过目不忘，读完小说后脑海里充满这种意象。在《敦煌遗书》中，有大量的"裸奔"意象。在那个"裸奔"的现场，"斯坦因"在六千大地上裸奔，"羊皮书"上的文字在裸奔，"钟声"裸奔于各个角落，"野骆驼"在裸奔，"眼泪"在裸奔，"三个少女"在裸奔，"元浩等破坏者"也在裸奔……"裸奔"到底是什么，这些许许多多的意象为何裸奔，这些意象的裸奔又象征着什么？我想其中隐含着作者难以用其他方式言说的情感，只有通过如此的抒情性表达，如此的意象象征才能把作者别有深意的对世界的体验表现出来，它拒绝粗浅的望文生义的理解。作者驰骋想象力，以富有丰富情感的诗性语言抚摸大地。因此这种抒情同时又是象征性文学意象，其本身就具有意义的模糊性、难解性，需要接受者去思考、揣摩和读解，需要在特定的社会文化语境和特定的心灵状态下去充分体验和领悟。

---

① 黑格尔：《美学》第2卷，朱光潜译，商务印书馆，1979年，第10页。

3. 小说人物事件时空穿越的荒诞性也使得对小说理解变得困难

读完冯玉雷的小说，不知不觉我们会被一些荒诞性的事件或情境扰乱，在许多的传说和现实之中自由穿梭、亦真亦幻。如《敦煌遗书》中"夸父"这个人物意象，作者首先上溯为古代逐日的大英雄，之后夸父转变为身后有斧头胎记并与于阗公主相爱，又跨越历史同高阳公主相爱，他又是在左宗棠军队前裸奔的精神病患者，随后是在荒漠中裸奔的乞丐、蒋孝琬不愿承认的生父等。这些不同时代的关于夸父的不同形象，被故事文本和现实之中的人们杂乱地提及与复述。还有就是，娇娇、善爱、采诗在敦煌的壁画前居然发现几千年前的壁画像竟与自己一模一样，蒋孝琬在千年前的木简上发现了自己的名字，以及关于他们前世的种种传说，映照了他们的前世今生，还有以不同形式裸奔的人物与动植物等在古代与现代、神话与现实之间的反复往返穿梭。此外，故事时间虽然是发生在19世纪末20世纪初，但是里面穿插了很多现代人的生活片段和价值观念，如在《请办理补票手续》里讽刺性地把裸奔看成一次演出并发出补票通知。故事文本里多次出现"裸奔""古惑仔""助听器""学术造假""我轻轻动一下翅膀，就带来罪恶的黑风暴"等当下热门词语和话题。这种手法在之前出版的《敦煌：六千大地或者更远》中也有所表现。以上这些古今穿梭的荒诞性叙述，作者是不加以提示的，如果读者没有认真体会的话就容易产生费解，出现阅读的混乱，也就难以把握故事所要表现的主题和意境。然而，这些似乎都是作者有意为之，意在提示我们正是敦煌的这段历史成就了我们现代的敦煌。作者只有通过塑造这种穿越时空的形象才能一代又一代地将传统文化延续与守护下去，从而对我们做出一种生命与精神的召唤。

冯玉雷的小说，读者在阅读上遇到的理解的难度，包括文化元素的驳杂带来的理解的难度、象征意象抒情性的阐发带来的理解的难度，以及人物事件穿越造成的理解的难度，在某种意义上的确给读者带来了诸多不便，然而，这并不等于排斥读者。首先，作家按照自己的意愿进行自由的书写创造，是创作个性的使然。作者自己也说过，他"写过诗歌、诗剧、散文、评论、电视剧本和小说，现在，主要进行小说创作。只有在小说中才能自由发挥，也才能最大限度地感受到创作的快乐"①。如果为了迎合大众的口味去进行欲望化的写作，那么带给读者更多的是感官上的感受，而不是心灵的陶冶与栖居。其次，许多新事物在创造之初有个认可的过程，甚至充满了坎坷，但是跨越之后我们则会从灵魂深处得到凤凰涅槃般的重生，这不仅包括作者，也包括读者。

三、小说的高度

正是由于"叙事的难度"和"理解的难度"才成就了冯玉雷敦煌书写小说的高度。从小说的语言、人物、情节以及思想高度来说，都是特有的冯玉雷小说的风格和张力。在科学技术高度发达的今天，冯玉雷书写了不同于市场文学和网络文学的寻找精神家园的敦煌文学，这既是作品艺术价值所在，也是作家创作走向成熟的标志。

1. 语言的高度

海德格尔说："语言是存在之家"，而语言的发生乃来于"存在的天命"。也就是说，海德格尔说语言言说并非人的言说——那种表达人的主观意图的言说，而是存在的言说，即意义化活动实现自身的方式。人类的世界不再是人栖居的家园，而是"技术的栖居"，人与世界变得越来越功利化、片面化和异化，从而遮蔽了自身。因而存在的自由的真理的言说失去了其本身的诗意性，成为信息化的言说。冯玉雷的敦煌书写让我们看到了人类那种存在的诗意自由的心灵空间，其自由书写的语言有别于传统小说的语言，更是对日常语言和对世界的意义束缚的解放。首先冯玉雷小说的语言也有着"叙事的难度"里碎片化、非整一、杂糅的特色，具有写意

---

① 权雅宁：《心灵的阳光——评〈敦煌：六千大地或者更远〉》，中国社会科学出版社，2007年，第139页。

性的特征和高度主观化的审美精神，其表现为语言的象征化、性情化、心灵化的美学特征。在《敦煌：六千大地或者更远》的第605页，作者在叙述中很突兀地让骆驼开始讲话，作者自我的声音被显现出来，同时在冯玉雷小说的语言中什么都可能说话，说话的样式和内容五花八门，只要能把作者的思想和自由书写出来就行，自由挥洒，语言随意而富有深意。语言一旦被书写则如洪流一般势不可当，善于用语言进行铺陈与渲染，语言与情感融为一体，犹如汉赋一般畅快淋漓地尽情言说，让思想和情感随着语言喷薄而出，增强了所写事物和事件的气势和情韵，很好地拓展了文本的审美想象空间。例如《敦煌遗书》第57页作者对钟声展开铺陈渲染，正如赵录旺先生所言：

> 语言自由动荡，叙述虚虚实实、开合跌宕，形成畅快淋漓的叙述节奏；而在语言的渲染中语义自由勾连、想象自由，但又切合其文本叙述的话语语境，既承上文，又为下文作了铺垫，看似随意的语言渲染、思想外驰，却能容纳西部世界丰富的文化元素，深得西部文化世界的精神。[①]

这些都是与传统小说相异的一种陌生化的叙述，是对习惯性语言的一种悬置和拒绝，让许多无法表达的情感由不可能成为可能，让世界以及人的灵魂在这样一种自由的书写中显现出来。冯玉雷凭着自己的灵性和审美情趣，以独特的言语方式来书写人类"诗意的栖居"。

2. 人物描写的高度

作者在描写人物时不再像传统小说那样来塑造典型人物，或者说是典型环境中的典型人物。在他的敦煌文学书写中没有从头到尾所要强化的主人公形象，换句话说，他的小说中每个人都是主人公，而每个人又都不是所谓的"高大全"形象，是圆形人物。在小说里，我们看不到具体每个人长的是什么样子，穿着什么样的衣服，谈到两个人相似时也仅仅是从比较

[①] 赵录旺：《后现代主义小说叙事的新实践——冯玉雷小说书写艺术的一种阐释》，中国社会科学出版社，2011年，第126页。

的角度来描写，因此刻画的人物都是神似，而不是形似，是写意的，每个人物都是作为一种文化符号出现的。我们看到这里有真善美的符号，有勇敢坚毅的符号，有执着追求的符号，同样也有利欲熏心的符号，而且这些符号人物事实上"不再突出其民族的，国家的，集团的意志代表，而更多的是以文化的，个体的，甚至人类精神的某种精神代表出现"[①]。

　　这些人物所代表的不仅仅是民族国家，而是一种文化意象。每个人物就如同一种色彩，各种色彩彼此重叠交错，共同在敦煌六千里大地上绘出震撼人心的文化画卷。具体地说，是作者通过亦实亦虚、碎片化的书写，展现了西部敦煌六千里大地上不同背景、不同身份、不同性格的人物。其中有带着西方科技与偏见，又对敦煌文明憧憬与向往的外国考古者斯坦因；有去敦煌寻找亲生父亲夸父，精通多种语言，协助斯坦因考古挖掘的中国传统的知识分子蒋孝琬；有率性天真，爱得不顾一切，富有牺牲精神和奉献精神的娇娇，以及善爱和采诗这真善美化身的三姐妹；有强悍智慧昆仑，恣肆飘逸的八荒，勇敢柔情的大夏等世世代代生活在这六千里大地上的骆驼客……他们真诚、信用、勇敢，千百年来遵循着自己的生活原则，生活在这片神奇的土地。这些人物的描写极具包容性，作者运用各种手法，从不同侧面展示他们性格的复杂性。如《敦煌遗书》中的斯坦因和《敦煌：六千大地或者更远》中的斯文·赫定，作者并没有把他放在外来的侵略者、文物的掠夺者、西方列强文化侵略者的角度上去展现，而是将敦煌放在大的文化背景中，不再突出其民族、国家、集团意志，相反讲述的是斯坦因四次敦煌之行和斯文·赫定的中亚探险对敦煌古老文化的展示。还有在《敦煌百年祭》《敦煌：六千大地或者更远》和《敦煌遗书》中都一直提到的王圆箓这个人物。他在余秋雨的《道士塔》中被描绘是"敦煌石窟的罪人"，一个被历史置于尴尬处境的小人物，他可能愚昧自私，但在冯玉雷笔下却不是这样，"（的确）王圆箓损坏了一部分敦煌壁

[①] 雷达：《敦煌　巨大的文化意象》，见冯玉雷《敦煌：六千大地或者更远》，作家出版社，2006年，第3页。

画，更使大量珍贵文物被盗卖，同时，也使那些珍贵的文物在百年间躲过重重灾难，被完整地保存在欧洲的博物馆中，供学者研究，游人观赏，最终使敦煌学成为资料丰满的国际显学"①。可以看出，这样的人物描写在冯玉雷的敦煌小说中比比皆是，体现的是对人物的尊重。总之，作者力求深入天、地、人万事万物的灵魂，还原情感的真实，展现本真状态下的生命个体，以凸显作者的文化理想和精神追求。

3. 思想的高度

冯玉雷的小说作品中一直充斥着"裸奔"这个词汇和意象，其实作者是在这种词汇和意象的重复上表现深刻的哲学思考，为我们传达一种精神的召唤。斯坦因在裸奔、夸父在裸奔、阿古柏和元浩在裸奔、八荒大夏三姐妹及骆驼客在裸奔、金玉神驼在裸奔、芦笛在裸奔，一切的一切都在裸奔，在裸奔的激情中迷失、彷徨、寻找和渴望。而这"裸奔"或者如前所述是随着意识流转的碎片化事件和作者看似杂乱无章的呓语，所要传达的到底是什么？是处在西方文明带来的社会危机和精神危机的当代，作家面对现代文明对人性的异化而表现出的不能拒绝的心灵的净化与崇高、宁静与圣洁，在自由诗意的栖居中体会生命深处至情至诚的善。在《敦煌：六千大地或者更远》中不论是英国籍作家梵歌，还是俄国探险家普尔热，都希望将自己"嫁给了六千大地"。正如李清霞所言：

> 在个人化写作、欲望化写作日益流行的今天，文学正在走向边缘化、新闻化、世俗化、市场化……现在的文学越来越满足于讲故事，停留在生活的表面，中国当代文学已经进入了机械复制的时代，世纪之交还出现了小说消亡的论断，难道文学真的只能走向"微缩""深奥""先锋""荒诞"和"下意识""下半身"吗？我想，真正的文学绝不是个人自恋式的精神抚摸，或卖

---

① 李清霞：《敦煌文化精神与行为艺术——论冯玉雷〈敦煌遗书〉的叙事伦理》，载《小说评论》2009年第5期。

弄文化、戏说历史，而是像《红楼梦》和《人间喜剧》那样的百科全书式的文学经典。然而知识储备的不足和精神的浮躁却使相当一部分作家有意识地回避重大的历史文化题材，冯玉雷却具有丰富的历史文化知识——生态学、考古学、文化学、人类学、宗教，尤其是神话和绘画艺术的深厚功底使小说犹如一座巨大的知识宝库，它需要我们用心去阅读，从中不仅能了解历史，获得人生的启示；还能获取知识，净化心灵。①

李清霞一针见血地指出了新时期文学创作中的主要弊端：大多数作家只是浮躁地反映表象化的生活，却忽略了自身学术修养的充实、提高和对时代需求的敏感把握。冯玉雷的敦煌书写以一种截然相反，甚至令人费解的手法给我们创作了当代人最需要的文学文本，这不仅仅是对我们历史文化等方面知识的补充，更是有效地阐释了敦煌的历史文化和人的生存状态所带给我们的心灵的栖居——自由、浪漫、真诚。"在诗意漫游中营构人栖居的精神家园"②，这不是所谓的"精神快餐"，这正是我们现当代文明迷失的理想碎片。《敦煌遗书》的主人公斯坦因在面对死亡的终极思考时悲痛而后悔地说："我忽然迷失了方向，不知道自己多年来究竟追逐什么。"而斯坦因死后所有四次中亚考察的奖章都不翼而飞的事件，引发了现代人对生存意义的思考。冯玉雷敦煌书写的这种独特性在当代作家中是独一无二的，是一种文学创造与敦煌文化共融共生的结晶。

冯玉雷每一本书写敦煌的小说都如砖头般的厚重，作者写起来必然是皓首穷经，能够让读者一本又一本地读完也是需要耐力的。他的小说既具有叙事方面的难度，又有理解方面的难度，那么是什么吸引我们一直坚持到底读完呢？答案就是冯玉雷小说所具有的不同于传统，也不同于其他作者的高度。这里既有庞博的历史、地理、人文等知识，让我们大开眼界；

---

① 李清霞：《博大：源于对存在的敬畏——评冯玉雷长篇小说〈敦煌·六千大地或者更远〉》，载《西北成人教育学报》2009年第2期。
② 海德格尔：《荷尔德林诗的阐释》，孙周兴译，商务印书馆，2000年，第46页。

更有后现代手法天马行空般的自由书写、丰富的象征意象，让我们在陌生化体验之后达到"极乐"①世界。当然，这里面最重要的莫过于读完小说后久久不散的那种心灵的释放感。在这样一个物欲横流的时代，我们的灵魂再一次受到了洗涤，这种持久的心灵的栖居让我们对神圣的敦煌产生了无限的遐想与向往。

总之，笔者以青年作家冯玉雷的敦煌书写为例，对其小说所呈现的难度进行分析，就是想以这样一种方式对中国当代长篇小说的创作观念方面存在的问题做一回应，以试图"'解脱'种种外在观念的捆绑，突出重围，以恢复一种自在、自觉的文学行为"②。

雷达先生认为：

> （当代）长篇小说的创作观念出现了诸多症候：一种非写百年长度的"史诗观念"，破坏了语言艺术的完整性；一种非要追求虚悬思想深度的"宏大目标"，牺牲了叙事艺术的审美性；一种为通俗而通俗的"趣味性"写作，使创作沦为商业行为的奴隶。③

正是这种创作观念，使得中国当代长篇小说的创作难以"突破"。冯玉雷的这种创作理念和手法，打破了这一"僵局"，为当代敦煌文学以及当代文学提供了一种参照，这也许就是冯玉雷敦煌小说创作的文学意义之所在。

原载《北京联合大学学报》（人文社会科学版）2014年第4期

---

① 特伦斯·霍克斯：《结构主义和符号学》，瞿铁鹏译，上海译文出版社，1987年，第118页。
② 雷达：《亟需"解脱"的中国当代长篇小说》，载《西北师大学报》（社会科学版）2013年第5期。
③ 同上。

爱情的童话与精神的寻踪

——评徐兆寿的长篇小说《荒原问道》

在2003年杭州作家节上，中国的一些知名作家就"中国当代文学缺什么"这个话题展开了热烈的讨论。与会作家畅言了他们的观点，如陈忠实先生认为中国文学缺乏"思想"，莫言先生认为缺乏"想象力"，铁凝女士认为缺少"耐心和虚心"，张抗抗女士认为缺"钙"。这些观点都从一个方面道出中国当代文学存在的问题，可谓"仁者见仁，智者见智"。其实，关于这个问题的讨论一直伴随着中国当代文学的发展。雷达先生就写过一系列文章，如《新世纪长篇小说的精神能力问题——一个发言提纲》（《南方文坛》2006年第1期）、《现在的文学最缺少什么》（《小说评论》2006年第3期）、《原创力的匮乏、焦虑，以及拯救》（《文艺争鸣》2008年第10期）、《中国当代文学呼唤人道的精神资源——雷达先生学术访谈录》（《甘肃社会科学》2009年第6期）等。这些文章就当前文学创作的一些重要问题做了学术性思考，并提出了很多富有建设性的意见和建议。这对我们当代文学的发展有着很好的促进作用，同时也催生了一些优秀作品。在李建军看来：

> 我们时代的相当一部分作家和作品，缺乏对伟大的向往，缺乏对崇高的敬畏，缺乏对神圣的虔诚；缺乏批判的勇气和质疑的精神，缺乏人道的情怀和信仰的热忱，缺乏高贵的气质和自由

的梦想；缺乏令人信服的真，缺乏令人感动的善，缺乏令人欣悦的美；缺乏为谁写的明白，缺乏为何写的清醒，缺乏如何写的自觉。①

在中国当代文坛，有一些作家，他具有几重身份，既是作家又是学者和评论家。徐兆寿先生就是这样的一位作家。他一方面进行着学术研究和文学评论，另一方面又积极地创作。他在创作的过程中，抽象、升华、提炼出一些重要的理论命题，如《论伟大文学的标准》（《小说评论》2007年第4期）、《"接地气"与"接天气"——兼谈对"人学"的超越》（《小说评论》2012年第4期）、《人学的困境》（《小说评论》2012年第5期）等。他的这些理论思考指导着中国当代文学的创作，同时他也践行着自己的理论主张，譬如他的新作长篇小说《荒原问道》就是一个很好的范例。该著随处可见他对人学的思考，人学的"困境"与"超越"成为一个永恒的主题。他"接地气"，他以"荒原"为意象，他思考着爱情、生命及其存在的意义和价值；他"接天气"，叩问爱情之道、生命之道以及人生之道。他以一种"问道"的方式，彰显了新型知识分子的价值立场，"洗漱两代中国知识分子的文化命运"②，中国当代知识分子的精神"焦虑"在光荣与苦难中"涅槃"。

一、哲学抑或童话：爱情的两个诗学命题

有人说，爱情是两个人的哲学。而我认为，如果从温暖和美好的层面上来讲，爱情是两个人的童话。在徐兆寿的《荒原问道》中，"哲学"与"童话"都成为他表达爱情的诗学命题。作家以一种哲学的高度和终极关怀来直面爱情。譬如，小说的开篇第一句话就说：

---

① 李建军：《当代小说最缺什么》，载《小说评论》2004年第3期。
② 徐兆寿：《荒原问道》，作家出版社，2014年，封面。

>远赴希腊之前，我又一次漫游于无穷无尽的荒原之上。①

作家以"荒原意象"撕开爱情的哲学内涵，让读者一下子获得了某种爱情的高尚与纯粹，爱情之河的闸门打开了，小说的叙事之门也打开了。小说就在这种"俗世远去。永恒回来"②的"荒原问道"之中展开了。小说的结尾，再次回应了"我"的爱情坚守：

>八月底的时候，我坐上了去希腊的飞机。我的怀里抱着她的骨灰。我要将她撒遍世界。我看着天空中的云彩，又一次想到了十六岁时的梦。不知过了多少时间，我看见一片蓝色的大海，我在心里默默地对她说，瞧，那就是爱琴海。③

作家的这种爱是圣灵和道的爱，是大爱至真。正如汤因比所言：

>我相信圣灵和道是爱的同义语。我相信爱是超越的存在，而且如果生物圈和人类居住者灭绝了，爱仍然存在并起作用。④

一个伟大的，或者说是优秀的作家，往往是一个生活的理想主义者，他用爱点燃人类和世界。徐兆寿就是这样一位作家，他用自己的新著《荒原问道》诠释了这一追求。他的内心充满深沉的忧愤、深广的情怀和忧郁博大的爱恋精神，他有着建构理想人生的精神追求和逐梦现实生活的美好愿望，他试图通过他的文学创作告诉人们，如何面对爱情、死亡，以及苦难的人生。不难看出，他的文学创作有着自我的"影子"，自我体验成为他叙述的重要内容，但这些体验超越了"自我"和"个体性"，上升到一种对人类命运的深刻领悟和终极关怀。他通过对现实人生的不断发问，"使人的心魂趋向神圣，使人对生命取了崭新的态度，使人崇尚慈爱的理想"⑤。

小说通过两个主人公好问先生和陈十三的人生经历和爱情体验，阐

---

① 同上，第1页。
② 徐兆寿：《荒原问道》，作家出版社，2014年，第1页。
③ 同上，第374页。
④ 汤因比：《一个历史学家的宗教观》，四川人民出版社，1990年，第344页。
⑤ 史铁生：《对话练习》，时代文艺出版社，2000年，第221页。

释了作家自己的爱情诗学。好问先生出身书香门第，但一生命运多舛，他在人生低谷的时候来到了钟家，认识了钟家的三位姑娘。面对钟家的三位姑娘：

> 他觉得春华懂事，漂亮，大方，沉稳，三个姑娘中他最喜欢她；秋香最漂亮，大胆，热情，给他还送过一双手套，对她既喜欢又有些拿不稳；冬梅当然就不能选了，漂亮是漂亮，但她还小，再说也太倔。他说，其实都挺好的。①

就这样右派的夏木就变成了钟家的二女婿夏忠。其实，钟家的三个姑娘都喜欢夏木，这里既有大姑娘春华的理性，也有二姑娘秋香的大胆与火辣，还有三姑娘的把爱埋在心里。王秀秀的出现，打破了夏忠的乡村医生的生活。他说不上喜欢和爱这个女人，但这个女人却常常激起他的欲望之火。渴望爱情的王秀秀千方百计地接近夏大夫，为的就是和这样一位"乡村另类人"有关系，她爱得艰辛，甚至以一种玉石俱焚的姿态逼迫夏大夫遂了自己的心愿。欲望的心草一旦疯长起来，枝枝蔓蔓，无法抑制。这也注定了他们的悲剧结局。作家把王秀秀写得很丰富，也很真实。我们在扼腕她的悲剧命运的同时，也禁不住要反思乡村伦理，也正是这种乡村伦理的存在才埋下了她不幸婚姻的祸根。他们之间谈不上爱情，但他们之间的爱情真的疯了。这些爱情的描绘与书写，既有哲学的味道，又充满童话的色彩，让人读后回味悠长。

陈子兴是小说的另一个主人公，也是作家的某种自我隐喻。在现实世界中，人们面对理想、学术、精神、爱情，以及性和欲望等，都会产生或多或少的无奈与怅然。作家借助陈子兴这样一个"当代知识分子的缩影"人物形象，展开对人生、命运、理想、精神、爱情、性等的"荒原问道"。陈子兴在初三的时候，喜欢上了美丽、漂亮的英语老师黄美伦。用主人公陈子兴的话说：

---

① 徐兆寿：《荒原问道》，作家出版社，2014年，第21—22页。

> 她就是一个女人，一个我此生无法惑解的女人，一个我深深爱过的女人，一个什么都不能替代的女人。①

他们之间的爱情，贯穿了小说的始终。他们的这场轰轰烈烈的爱情，既有青春的欲望发泄，又诠释着爱情的真谛；既有理性的分手与重归于好，又有着童话般的甜蜜与美好。这段"传奇爱情"一直温暖着"我"，在"我"的心中挥之不去。这也使得"我"不管和谁恋爱，永远想着的是"我的美伦"。"我"的爱情从美伦开始，也结束于美伦。

> 她曾经对我说，我的理想就是将来能去一趟国外看看，我特别想去希腊和雅典看看。②

也正是她（黄美伦）的这一句话让我（陈子兴）难以释怀。小说的第一句话就是"远赴希腊之前……"③，小说的最后一段的第一句话又是"八月底的时候，我坐上了去希腊的飞机"④，这两句话形成了小说爱情诗学的张力结构，也似乎有着某种隐喻的意味，在中国传统文化当中找不到"爱情之道"，那只有到西方世界的思想和哲学源头，也就是古希腊去寻找。这也正好回应了作家在作品封面所写之言："从西部至北京遭遇从西方到东方。"⑤在陈子兴后来的爱情世界里，又出现了很多女人，但这些女人"只是我生活中几朵幻彩，而她才是我真正的天空"⑥。陈子兴守望着自己的爱情天空，把它描绘成了美好的童话世界，也同时给予哲性的沉思，爱情之"道"获得了丰富的人文内涵。在作品中：

> 爱情绝不仅是欲望的满足或建构小家庭的途径，而是一直信仰和奉献，是两个人的宗教：一旦爱了，就意味着把自己的全部无保留地奉献给对方，就像奉献给神一样；同样，对方也将自己

---

① 徐兆寿：《荒原问道》，作家出版社，2014年，第32页。
② 同上，第119页。
③ 同上，第1页。
④ 同上，第374页。
⑤ 同上，封面。
⑥ 同上，第205页。

的一切无保留地奉献给你。有了爱，就有了信仰和活力，就能够忍受任何的苦难，甚至死亡。①

我们在徐兆寿的《荒原问道》中，读出了伟大的俄罗斯文学书写爱情的味道。爱情之"道"也许就是爱的信仰和活力，有了爱的信仰，让爱释放出生命的活力，"道"的韵味就会丰富而绵长。

二、"荒原"与"道"：生命之路的两道窄门

"荒原"与"道"是这部小说的两个关键词。"荒原"是整部小说得以展开的一个意象背景，是"问道"的现实场域。"问道"是知识分子的精神寻踪，是一种生命叩问。小说从"荒原"和"道"两个层面对两个主人公夏木，也即好问先生和陈子兴展开生命叙事。两个主人公代表着两代知识分子，他们的人生求索就是两代知识分子人生求索的缩影。他们都在努力寻找未被污染的自然生活和社会生活，他们在精神的寻踪中不断体悟人生之道。他们在人生不同的阶段，对"道"的理解和体会也有所不同。事实上，何为"道"？真的很难用一个简洁明了的词或者句来概括，也许还是老子的"道可道，非常道"最具解释的张力。诚如叶嘉莹对顾随先生所悟之"道"的理解：

　　一个人要以无生之觉悟为有生之事业，以悲观之体验过乐观之生活。②

叶先生以她的人生和诗词事业很好地例证了她所悟之"道"。小说中夏木的最后出走，也许就是一个很好的诠释。

"荒原"与"道"也是打开理解小说的两把钥匙，是生命之路的两道窄门。小说中有大量关于"荒原""荒原意象"的文字，如："我又一

---

① 徐葆耕：《叩问生命的神性——俄罗斯文学启示录》，广西师范大学出版社，2009年，第11页。
② 李舫：《诗词的女儿叶嘉莹》，载《书摘》2014年第6期。

次漫游于无穷无尽的荒原之上。""只有我知道,是那浩茫的荒原在吸引我。""我不禁长叹一声,望着高天上的长云,走进茫茫荒原。""荒原无边无际,一直到天边。"主人公夏木被打成右派,来到戈壁荒原。他冒死逃出戈壁,来到钟家,成为钟家女婿。他跟着钟老汉在无边的荒漠上放羊。他从一个荒原来到了另一个荒原。

他几乎热爱上了大地,热爱上了无边的荒漠。他既不愿意在土地上劳作,也不愿意走进教室,他就愿意这样在荒原上虚度岁月。①

他觉得真正的荒原是这世道,而戈壁荒原才是他丰盈的家园。只有那荒原认可他的一切,只有那荒原不需要他来隐姓埋名。有的时候,他看着茫茫戈壁,就觉得踏实。仿佛那里有真的东西,仿佛那里有他的灵魂。②

与其说夏木在茫茫戈壁上放牧,不如说他在进行灵魂的巡礼。他问道荒原,在荒原中发现了"真",找寻到了他的灵魂。他的精神在荒原的游牧中得以升华,进行着精神的"涅槃"。

"荒原"与"道"是走进小说内部的两个通道,但这两个通道却能殊途同归,共同诠释着小说的真谛。苦难的生活环境和不幸的时代让小说的两个主人公夏木和陈子兴不得不面向"荒原"而"问道"。他们两个都曾经充满自信与豪情,但这些与时代的"硬壳"一经碰撞就已灰飞烟灭。夏木的人生历程就是一个很好的证明。他出身于书香门第,他热衷于学术,他两度进入西远大学,他曾经是西远大学最优秀的学生,也是最受欢迎的老师,他是最富有学术洞见和智慧的学者,他只能述而不著……他面对这些"硬的乌托邦主义"③理念,只能选择沉默或者出走。这种沉默或者出

---

① 徐兆寿:《荒原问道》,作家出版社,2014年,第40页。
② 同上,第41页。
③ 这是美国哲学家尼布尔的观点。他说:"他们宣称代表着完善的社会,因此他们觉得自己在道理上有理由使用任何诡诈或强暴的手段,来反对那些不赞成他们所自以为完善的人。"(利文斯顿:《现代基督教思想》下卷,何光沪译,四川人民出版社,1999年,第931—932页。)

走的姿态本身就很好地隐喻了"荒原问道"。如果说夏木的这种"荒原问道"是消极的、被动的话，那么陈子兴的"谎言问道"就显得较为积极和主动。这种"主动被理解为那种能够将人们内在力量带动，并表现出来的东西，有助于新生，给我们身体感情以生命，并给予我们以知识和艺术的力量"①。

陈子兴从小生活在茫茫的荒原之中，荒原是他的最初世界，也是他一生守候和"问道"的世界。他以生命原初的方式叩问荒原，他的梦中总是出现那只迷失的小羊羔，他的生命历程在荒原上展开，在荒原上绽放。陈子兴在精神上皈依传统文化，在现实中膜拜夏木，传统文化和夏木的精神理想共同熔铸了他的文化人格。不可否认，陈子兴这个人物形象中有着作家的"影子"。作家在现实人生中有着很多的人生困惑，他试图借助陈子兴这一人物形象来表达他的观点。中国社会的快速发展、全球化浪潮的卷袭让人们应接不暇，人们面对这个日新月异的社会显得无所适从。人们的世界观、人生观、价值观发生了很大的变化，传统文化和观念受到了严重的挑战。作家面对这样一个无奈的社会，以一个知识分子的良知来思考和书写这一问题，从而引起疗救的注意。这也许是作家写作的终极价值取向。作家以荒原为隐喻背景，以问道的方式直指现实社会和现实人生。"荒原"和"问道"成为作家表达思想和理念的策略和方式，也成为读者接受的两条通道。"荒原"和"问道"以互文的方式"澄明地显身敞开"。

人生的苦难与不幸是开启"荒原问道"的有效之门。小说的两个主人公都是苦难与不幸的化身。他们苦难与不幸的人生历程让他们不得不深思，不得不寻求"荒原问道"。不管是命运多舛的夏木，还是历经爱情伤痛的陈子兴，他们都是历经磨难的痛定思痛者。作家的这种表达也契合了史铁生的观点，他说：

---

① 埃里希·弗罗姆：《生命之爱》，王大鹏译，国际文化出版公司，2001年，第9页。

我越来越相信，人生是苦海，是惩罚，是原罪。对惩罚之地的最恰当的态度，是把它看成锤炼之地。①

　　小说的两位主人公通过人生苦难的锤炼，夏木选择了"远方"，陈子兴选择了远赴希腊。他们似乎在多年的"荒原问道"之中有所领悟，读者也似乎明白了一些东西和道理。小说很好地诠释了"无缘无故地受苦，才是人的根本处境"②这个道理。夏木总是无缘无故地受苦，也正是在这种苦难经历中，让他明白了自我的有限性和无限性，让他产生了向上的动力。诚如乌纳穆诺所言：

　　受苦是生命的实体，也是人格的根源，因为唯有受苦才能使我们成为真正的人。③

　　两个主人公在受苦的过程中不断历练，从而成为真正的"得道"之人。

三、信仰抑或精神：荒原叙事的艺术策略

　　信仰叙事抑或精神性写作是该著叙事的又一大明显特点。人类进入21世纪以来，遇到各种各样的生存困惑。海德格尔"存在的忘却"，布伯"上帝的暗淡"、拉纳"冬天的宗教"，以及欧阳江河所说的"拥有财富却两手空空，背负地狱却在天堂行走"，还有赵本山小品中小沈阳所说的"人没了，钱还没有花"，这些共同表达了人类面临的困境。徐兆寿正是基于这方面的思考，以"荒原问道"的方式直面人性和人的存在。小说的主人公夏木虽然历经艰辛，但他有着自己的信仰，可以说，他的信仰支撑着他的生命。小说的另一位主人公陈子兴面对爱情、事业和他热爱的学术，也是信仰，爱的信仰让他获得了生命的力量。

---

① 史铁生：《对话练习》，时代文艺出版社，2000年，第142页。
② 同上，第131页。
③ 乌纳穆诺：《生命的悲剧意识》，北方文艺出版社，1987年，第124页。

> 人生就是这样，当我们觉得山穷水尽的时候，恰恰是另一条道路的开始。那就是我和张蕾的开始。我们都告别了过去，没有多少痛苦，因为在此之前我们早已进入彼此的生命。①

爱情让陈子兴的生命变得精彩而灿烂，生命在爱情的涅槃中得以再生。面对人世间的不幸与苦难，儒家主张顺则兼济天下，逆则独善其身，主张"上达"以契证天道、天德，"下学"以明通人事。徐兆寿深受中国传统文化的影响，他本人也在讲授和研究中国传统文化。可以说，中国传统文化深深地浸染了他，他有着浓郁的中国传统文化情结。他思考中国当下问题的逻辑出发点和归宿都离不开传统文化，传统文化成为他"接地气"的背景基础，也是他表达思想的依据。在小说中，这种思考和表达有着很好的体现。夏木无奈的出走，既是对中国传统文化的精神寻踪，又是一种精神皈依。也许，对现实的逃离恰恰是以这样一种方式试图寻找解决现实问题的办法和途径。这给我们带来很大的冲击，让我们不得不深思。陈子兴的童年在荒原中度过，他在荒原上的徜徉中学会了思考，也是在荒原中产生了走出去"问道"的想法。他崇拜夏木，事实上也就是崇拜"传统文化"，传统文化成为他"荒原问道"的终极世界。

关于信仰叙事，吴子林先生有过很好的阐释。他说：

> 何谓信仰叙事或神性写作？首先，作为文学叙事言说的对象，信仰成了文学作品的具体精神质素，提升了文学的审美品格，建构了文学的崇高、英雄主义、浪漫主义的美学意义；其次，作为"根植于我们人类生存的结构本身之中的东西"（麦奎利），信仰与"中国问题"对接，回到人的真实存在之中，提示、呼唤人类回归曾有的终极信赖，建立人的尊严和荣耀：这既是对自身生命力量展现的认可，也是对生命责任的承担。这两个维度的统一便是信仰叙事或神性写作的真义所在。②

---

① 徐兆寿：《荒原问道》，作家出版社，2014年，第187页。
② 吴子林：《信仰叙事的内在难度》，载《小说评论》2014年第3期。

在徐兆寿的《荒原问道》中，信仰是整个叙事言说的对象，也正因为信仰这条内在的精神主线的存在，丰富了作品的内涵，提升了作品的精神质素。小说在书写和表达"荒原"及"荒原意象"的时候，我们读出了文学的崇高；小说在书写和表达爱情的时候，我们读出了浪漫主义的温馨；小说在书写和表达荒原逃离、深入荒原等的时候，我们读出了英雄主义。人的存在的真实在回归中得以展开，在展开中绽放。这种生命力量的展现和对生命责任的承担才是人的真正的尊严和荣耀。《荒原问道》的这种深意彰显了作品的价值和意义。

> 唯有通过灵魂之"眼"和灵魂之"耳"，信仰叙事或神性写作才能开启新的视域，倾听和凝视那来自另一个生命源头的声响和光亮。①

《荒原问道》就是通过灵魂之眼和灵魂之耳来进行神性写作的。小说的主人公一次又一次莫名其妙地梦到"迷失的小羊羔"就是一种灵魂之耳的谛听。譬如：

> 但我回到北京后，那只小羊又来找我了。每天夜里，我都回到童年，梦见那只失散的小羊，我又陷于一个没有人烟的陌生村庄，到处是苍白的月光和月光下村庄与树的阴影。我先去寻找着那只从来都不知道什么形象的小羊，后来就只能听到它若有若无的惨叫，最后我忘记了那只小羊，只想着自己如何从那个荒凉而又陌生的村庄里突围，再次回到辽阔的戈壁上。②

灵魂之"眼"成为小说精神叩问和"荒原问道"的原点，小说中不断地出现这样的语句：

> 我无限悲哀地又一次发现，荒原也彻底地向我隐身了。③

---

① 吴子林：《信仰叙事的内在难度》，载《小说评论》2014年第3期。
② 徐兆寿：《荒原问道》，作家出版社，2014年，第195—196页。
③ 同上，第178页。

荒原啊，在你死去之前，我要离你而去。①

这个时候，他又一次感觉只有大地是宽广的。②

你看，城市越大，世界越荒凉。其实，这才是真正的荒原。③

这些富有信仰叙事和神性写作的语言，是神圣感性的直觉观照。作家正是有了这种在人的心灵深处筑起精神之座的支撑，才使作品获得了生命意义和文学意义。我们可以这样说，徐兆寿将"普遍的东西赋予更高意义，使落俗套的东西披上神秘的外衣，使熟知的东西恢复未知的尊严，使有限的东西重归无限"④。

徐兆寿的这种信仰叙事和精神性写作是富有启示性的艺术创造，它以生命与心魂般的文字，直面生命的意义和人的存在的终极问题。他是一位真正的作家，一位真正的创造者，一位世俗世界的颠覆者，他立足于现实，他接地气，他从自己的灵魂中本原地创造出一种理想、一种诗化语言，并用它来观照世界。徐兆寿的"问道"带有某种宗教般的精神，似乎有些"神的显现"和"神性昭然"的意味。徐兆寿的这种"问道"精神，是对人的本原的向往，是对生命价值的深刻感悟。他以一种"救世""救心"的姿态，让人类绝境边缘的"心魂"得以复活。这也许就是"荒原问道"的终极旨归。

总之，徐兆寿的《荒原问道》是一部比较优秀的当代小说，其思想价值大于艺术价值。小说也存在一些明显的问题，比如叙事背景设置中有意地重复出现的荒原及荒原意象；比如，西远市还是兰州市？实指和虚指的相对混乱；比如，缺乏有节制的过渡和铺陈；等等。这些问题的存在并不影响小说的价值和意义，只是略欠完美而已。徐兆寿的《荒原问道》对信仰和俗世困境对立主题的探讨和揭示，是其主要的美学内涵。这种美学内

---

① 徐兆寿：《荒原问道》，作家出版社，2014年，第197页。
② 同上，第236页。
③ 同上，第321页。
④ 刘小枫：《诗化哲学》，山东文艺出版社，1986年，第33页。

涵的丰富和呈现，是他对中国当代文坛的一大贡献。中国当代文坛缺乏的就是这种精神性和思想性写作，徐兆寿以自己的文学创造实绩，诠释了他那伟大文学的标准。

原载《中国现代文学研究丛刊》2015年第12期，原题为《论徐兆寿的长篇小说〈荒原问道〉》

文学何为与柳青文学创作的启示

"文学何为"是我们当代作家和文学研究者都必须面对的一个文学命题。我们时代的文学应该以何种方式、何种面目服务于我们生活的时代,成为滋生思想者的沃土?文学应该成为变动着的中国的催化剂和镜像。时代因文学而丰富、生动、深刻,文学在时代发展的参与中获得完满与通脱。柳青丰富的文学创作实绩和其在文学道路上熔铸而成的文学精神,不仅成为路遥、陈忠实等陕派作家的"精神导师",也引领他们创造了陕西文学的辉煌。柳青对文学的执着,柳青强烈的文学的时代使命意识,柳青洞悉幽微的历史眼光与胸怀,对我们当下的文学创作有着一定的启示意义,这也许就是我们今天重提柳青文学的意义和价值所在。

一、文学何为与文学的时代诉求

一个时代有一个时代的文学。我们无法用古今中外经典文学的标准来衡量今天的文学。柳青所处的"文革"前"十七年"文学,每年出版长篇小说十几部,而"十七年"总共出版的长篇小说也就二百部左右。在今天,文学出版可谓空前的繁荣,每年出版的长篇小说大约三千部。如此庞大的长篇小说出版量,不尽如人意之处在所难免。然而我们不能因为一部分作品,甚至是一大部分作品的不尽如人意就否定整个中国当代文学。当然我们研究者和文学批评者,也可以就当前文学存在的问题提出富有建设性的批评意见，这样才能有效地促进中国当代文学的发展。刚刚揭晓的茅盾文学奖，五位获奖作家谈了他们的获奖感言。格非说：

> 我现在的观点是，文学的变化是微小的，同时也是深刻的。文学发展到今天，其实有意义的微小变革也并不容易。①

格非所言有两个关键词，即"有意义""微小变革"。这两个关键词意在说明文学在蜕变过程中裂变的艰难与逐梦文学的不易。王蒙说：

> 真正的文学拒绝投合，真正的文学有自己的生命力与免疫力，真正的文学不怕时间的煎熬。不要受各种风向影响，不盯着任何的成功与利好，向着生活，向着灵魂开掘，写你自己的最真最深最好，中国文学应该比现在做到的更好。②

当代文学呼唤有生命力和免疫力的文学。真正的文学，是提供高端的精神果实，是充满信仰和爱意的，是温暖的文字，是开启心智和净化灵魂的，是具有免疫力的。李佩甫说："感谢我的平原。"

> "平原"是生养我的土地，也是我的精神家园，是我的写作领地。在一段时间里，我的写作方向一直着力于"人与土地"的对话，关注"平原"的生态。这部作品能够获奖，对我来说意义特别，这是对我笔下平原大地的感念。所以，我要感谢我的平原。感谢平原上的风。感谢平原上的树。③

李佩甫直率地表达了文学创作的"土地情结"，其实这种情结也可以说是"根的情结"。每个作家都有他的"生命的土地"。柳青、陈忠实笔下的关中平原，路遥、高建群笔下的陕北高原，贾平凹笔下的商州等，优秀的作家莫不是开垦生存土地的高手。作家在自己的生存土地上构筑起生命的峰峦，让生命在文学中熠熠生辉。金宇澄说：

> 用方言写《繁花》可以说是有意为之。艺术需要个性，小说

---

① 格非：《有意义的微小变革也并不容易》，载《文艺报》2015年8月17日。
② 王蒙：《真正的文学有自己的生命力与免疫力》，载《文艺报》2015年8月17日。
③ 李佩甫：《感谢我的平原》，载《文艺报》2015年8月17日。

需要有鲜明的文本识别度,我希望《繁花》显示出一种辨识度和个性,比如借鉴传统话本元素等等,中国文学学西方已有100多年,但我仍然认为,传统是我们生活乃至文学最基本的发动机,西方理论也说,作者感觉无力时,可以从传统中找到力量。《繁花》除借鉴传统的方式,也传达传统中国文化对于人生的看法。语言方面,选择一种改良的方言口语,相对于固定的普通话而言,方言更有个性,更活泼,它一直随时代在变化,更生动,也更有生命力。①

文学是语言的艺术。阅读一部优秀的文学作品,首先跃入读者眼帘的是富有生命质感的语言。语言的意义和美感,以其不可抗拒的力量征服了读者。读者在语言的美感中陶醉、沉思,放飞想象的翅膀。苏童说:

写作在某种意义上是作家自己呼吸、血液的再现方式,这种体会通过写作体现出来,可以说,写作是一种自然的挥发。②

这是一种有状态的写作,是一种作家与文学交织在一起的文学的释放。文学成为作家生命的自然流淌,作家的思想、情感、生命活力在文学中得以延伸、再生。五位获奖作家的感言,谈出了他们对文学创作的感想和对文学的理解,也同时折射了当下文学的现实状况,让我们在真诚的感想中忧思。

任何文学问题都源于现实问题,任何现实问题都蕴涵着文学问题。文学反映现实,现实烛照文学。因此,无论从什么情况看,说社会现实生活是文学艺术创作的源泉,都是正确的,难以驳倒的。文学史表明,伟大的作家除了个人的天才外,总是与自己拥有丰富的生活阅历和经验分不开。③

文学是时代的证言。文学就应该自觉地表达人类生存的困境,这种困

---

① 金宇澄:《小说需要有鲜明的文本识别度》,载《文艺报》2015年8月17日。
② 苏童:《写作是一种自然的挥发》,载《文艺报》2015年8月17日。
③ 张炯:《论文学的现实反映性》,载《兰州学刊》2014年第8期。

境既来自人类生命存在的"生存"问题，也来自人类生命存在的"发展"问题。发展的极限追求冲击着人类生存的底线，人类在长期的历史发展积淀中形成的生存信念和发展理想受到了极大的挑战，尤其是新技术革命带来的"全球化"问题和"物化"问题。"全球化"一方面给人们提供了无边的背景和宏大的视野，另一方面也让人们倍感渺小与虚无。"物化"问题直击人的精神和心灵，物成为衡量和评价人的有效尺度，物成为文学的表征世界。一些文学理论研究者也开始文学物性问题研究，探讨文学物性批评的诸个关联向度。

> 文学物性的四个关联向度：文学语言能指的物质性以及文本本身的物质属性；文学语境条件的物质性以及文学与起限制作用的社会世界和事实条件的物质关联；文学感知主体的物质性和审美经验借以发生的身体的物质性；文学表征对象的物质性以及经验客体和对象世界的物质性。这些批评向度之间策应互动，促发了文学研究焦点从"文本间性"向"事物间性"的转移，以及文学观念从"人性之表征"向"物性之体现"的过渡。①

这种文学物性批评研究的理论转向，从另一方面说明了文学承载着我们这个物化世界，物成为文学的一个重要内容和向度。文学也应该自觉地反映当代社会思潮，在人类自我意识的文化表达中推动社会的发展和进步。与传统社会重视"思想中的现实"大相径庭的是，当代社会以强调多元、相对与虚无的方式消解了传统的"绝对确定性"。

> 相对主义与虚无主义构成当代人类所面对的深刻的文化危机。②

"英雄"谢幕与"神圣形象"的消解成为这个时代特征，如果从文化层面上来说，就是"大众文化的兴起"和"精英文化的失落"。"扁平

---

① 张进：《论文学物性批评的关联向度》，载《文艺理论研究》2015年第3期。
② 孙正聿：《当代人类的生存困境与新世纪哲学的理论自觉》，载《社会科学辑刊》2003年第5期。

化""平面化""媚俗化""市场化"成为时代文化的主题词，文学也无可逃避地跌落到这个巨大的泥潭中。问题是，文学如何从这个时代的泥潭中跋涉出来，以一种理性的姿态来塑造和引导新的时代精神。李建军在谈到"中国当代小说最缺少什么"这个问题时，他给出的最重要的答案是：

> 缺少真正意义上的人物形象，缺乏可爱、可信的人物形象。①

李建军是从文学性的角度来谈当代小说的缺失问题，是很有道理的。但笔者以为，文学社会责任问题同样值得重视。小说在传达文学意味的同时，也应该强化对"作为人类生活的当代意义的社会自我意识"的思考。

> 文学社会责任是人们对于文学存在合理性的一种当然诉求……强调文学的社会责任和担当意识，其意义绝不仅限于文学领域，亦与社会主义道德体系建设、先进文化的发展、民族优良传统的弘扬以及"中国梦"的实现密切相关。②

文学何为？怎么样的文学才是无愧于时代的伟大的文学。

> 伟大的艺术作品像风暴一般，涤荡我们的心灵，掀开感知之门，用巨大的改变力量，给我们的信念结构带来影响。我们试图记录伟大作品带来的冲击，重造自己受到震撼的信念居所。③

中国当代文学的时代使命，应该包含这些命题。第一，中国当代文学应该表达多元化的时代发展问题。作家对时代的感性直观与理性把握，是文学的应有之义。当然"在对生活和生命的态度方面，文学必须摆脱'时代'和社会的束缚，必须超越阶级、性别、信仰以及族群的狭隘性，进而达到世界性和人类性的高度，否则，就很难成为具有普遍性和永恒性的经典作品，也很难对广大读者产生深刻而持久的影响"④。

---

① 李建军：《当代小说最缺什么》，载《小说评论》2004年第3期。
② 党圣元：《论消费主义语境中的文学社会责任问题》，载《兰州学刊》2015年第2期。
③ 乔治·斯坦纳：《托尔斯泰或陀思妥耶夫斯基》，严忠志译，浙江大学出版社，2011年，第1页。
④ 李建军：《一时的文学与永恒的文学——应该如何评价〈钢铁是怎样炼成的〉》，载《粤海风》2014年第6期。

柳青的文学就是时代的文学。他的《创业史》就是一幅"互助合作"运动的历史剪影。第二，中国当代文学应该表达普遍的社会人生观、价值观。社会普遍的人生观、价值观是一个时代精神的缩微，从中可以窥视出时代发展的气息。柳青以自己的文学创作实绩，阐释了他那个时代的人生观、价值观。如果从这个层面上介入，我们就很容易理解他为什么对梁生宝那么用心用情了。可以说梁生宝的价值观、人生观就是那个时代的人生观、价值观，也就是柳青自己的人生观、价值观。第三，中国当代文学应该表达中国人民崇尚和平的愿望。和平一直是中国人民最朴素最真诚的梦想。在中国文学的历史长河中，"和平"承载着太多的民族苦难和悲剧人生，尤其是积贫积弱的近代中国，更能说明问题。中国人民历来是向往和崇尚和平的，中国文学应该表达中国人民对和平的深刻领悟。第四，中国当代文学应该表达"和谐中国"。和谐是一个人、一个家、一个民族、一个地区、一个国家，乃至世界发展的共同基础，没有和谐就谈不上发展与进步。文学是人类情感与精神的共同的场域，文学让我们心潮激荡，感慨系之。文学不仅仅要反映和表达时代精神，而且更为重要的是塑造和引领新的时代精神。第五，中国当代文学应该表达"个人梦与中国梦"。无数个"个人梦"就汇集成了"中国梦"，"中国梦"又是我们"个人梦"得以实现和起航的"精神场"。中国当代文学有责任也有义务表达"个人"与"国家"。第六，中国当代文学应该表达"党的时代旨意"。党带领我们中国人民摆脱了积贫积弱、任人宰割的历史，党也正带领着我们中国人民朝着伟大的"中国梦"阔步向前。我们的文学应该表达"党的时代旨意"，成为时代发展的助推剂。

　　总之，文学何为，是我们文学研究者应该沉重思考的一个问题。这也是我们重提柳青文学、柳青传统的意义和价值所在。阅读柳青文学，他让我们不得不思考文学的价值伦理。"为谁写""为何写""写什么""如何写"，这几个关键词是打开柳青文学很好的切入点，也是凸显文学柳青意义的几个重要层面。

二、柳青文学创作的启示意义

柳青是"十七年"文学时期的一位重要作家,他的《创业史》以其宏阔的视野,描绘了20世纪50—70年代中国农业合作化运动的成败与得失,"是'十七年'社会生活的一种标本和'十七年'文学创作的一种范式"①。

但从80年代末期"重写文学史"以来,"这部具有里程碑意义的'史诗'被不断质疑和重估,它对之后的农村长篇叙事的影响也在不断被梳理和揭橥"②。

这就要求我们思考如何在新的语境下,走进柳青的文学世界,发掘出文学柳青的真正价值来。柳青的文学态度是真诚的,文学理想是纯粹的,甚至可以说是干净的。柳青自己说,他是一个"永远听党的话"③的作家。为党写作,为人民写作是柳青文学创作意义生成和价值建构的基本原点。韦恩·布斯在《小说修辞学》中说:

>小说修辞的终极问题,就是断定作家应该为谁写作的问题。④

在布斯看来,写作理想直接影响作家修辞策略的选择。柳青的文学实践很好地诠释了布斯的观点。柳青是1940年"整风"运动以后在陕北解放区成长起来的作家,《在延安文艺座谈会上的讲话》深刻地影响着他的创作,他甚至将其奉为圭臬。在柳青看来:

>只要他时刻考虑自己对劳动人民的责任心,不要把文学事业当作个人事业,不要断了和劳动人民的联系,他就有可能不发生

---

① 周艳芬、杨东霞:《〈创业史〉:复杂、深厚的文本》,载《西安联合大学学报》1999年第3期。
② 王鹏程:《〈创业史〉的文学谱系考论》,载《中国现代文学研究丛刊》2014年第3期。
③ 柳青:《永远听党的话》,载《人民日报》1960年1月7日。
④ 韦恩·布斯:《小说修辞学》,付礼军译,广西人民出版社,1987年,第408页。

停滞和倒退的现象，而逐步走向成熟。①

柳青是一个有着极强的社会责任感的作家，他深受苏俄文学精神里的底层意识、苦难意识、人民立场和诗性气质的影响，他以一种温暖的笔调书写着崭新的社会主义"新人"梁生宝。"人民性"成为柳青文学创作的美学纲领。

> 真正的小说关心的是人，叙写的是人在某种特殊的生存环境里的人生遭遇和内心体验，小说家的写作目的，就是要通过有意味的情节事象和具有典型性的人物形象，帮助读者认识社会，认识生活，向读者提供人生的经验和智慧，从而对读者的人格成长和道德生活发生积极的影响。②

柳青的《创业史》以梁生宝领导的互助组为故事发展和结构的主线，紧紧围绕借贷、购种、捎竹子、密植水稻、统购统销等事件，展现了下堡村在农业合作化过程中的历史风貌和农民思想情感的转变，从而很好地塑造了社会主义"新人"梁生宝这一人物形象。爱伦堡说：

> 作家就应该在短暂的一生中体验很多很多生活，他应该燃烧自己去温暖人们的心，他应该给人们的内心世界以光明，帮助读者更清楚地看事物，更充实更高尚地生活。③

柳青始终和农民融为一体，将笔触探入底层农民的灵魂深处，探究他们丰富复杂的心灵世界。在柳青看来，人民生活的大树万古长青，党性问题是原则问题，意识形态规范就得严格遵守，"讲话"精神永远是文学创作的灵魂。即使在写美好的爱情时候，主人公梁生宝首先考虑的也是互助社和党的革命利益。梁生宝"真想伸开强有力的臂膀，把这个对自己倾心相爱的闺女搂在怀中，亲她的嘴"，但"共产党员的理智，在生宝身上

---

① 柳青：《转弯路上》，见山东大学中文系编《中国当代文学研究资料·柳青专集》（内部参考用书），1979年，第20页。
② 李建军：《文学写作的诸问题——为纪念路遥逝世十周年而作》，载《南方文坛》2002年第6期。
③ 爱伦堡：《捍卫人的价值》，孟广钧译，辽宁教育出版社，1998年，第31页。

克制了人类每每容易放纵感情的弱点。……考虑到对事业的责任心和党在群众中的威信,他不能使私人生活影响事业"①。

革命的真诚和道德的善良,让生宝决然地放弃了爱情,理想和信念战胜了现实。柳青注重塑造具有鲜明的性格特征和丰富的人生内涵的人物形象。当然这种刻意的塑造,有时也有值得商榷的地方。譬如,严家炎就指出:

> 为什么《创业史》第一部的许多读者都觉得梁三老汉形象在书中写得最成功、最深厚、最丰满?为什么以较多篇幅写的主人公梁生宝形象,虽然已经获得很大的成就,但还使人觉得不十分丰满,比起梁三老汉形象来在精神状态的揭示方面略显得浅些?原因何在?②

这实际上也指出了柳青文学的当代评价问题。解志熙有个论述,也许是一个较好的回答参照。他说:

> 尽管柳青以为这些言行只表明梁生宝自小"学好"——"学做旧式的好人",而他则立意要把梁生宝塑造成一个"新式的好人"。但理念上的分辨显然未能压抑情感上的共鸣,所以柳青还是不由自主地把他笔下的梁生宝写成了"新式的好人"和"旧式的好人"的综合。而从某种意义上说,"新式的好人"梁生宝不也是"旧式的好人"梁生宝的继续和扩大么?因此人们尽管可以事后诸葛亮地断言他的创业必然失败,但那又何损于好人梁生宝呢?如果我们今天重评《创业史》这类小说,而只满足于从政治行情上贬斥它,那除了表明我们在政治上和学术上已势利到根本

---

① 柳青:《创业史》(第一部),中国青年出版社,1960年,第744—745页。
② 严家炎:《梁生宝形象和新英雄人物创造问题》,载《文学评论》1964年第4期;参见《中国当代文学研究资料》编辑委员会编:《柳青专集》,福建人民出版社,1982年,第344页。

不配评论这样的小说之外，恐怕再也说明不了什么。①

在今天，我们重新阅读柳青文学，试图以一种科学、客观的学术眼光来发现一些具有启示性意义的东西。杨义在《鲁迅给我们留下什么（上）》一文中说：

> 我想，不妨换一个角度，看鲁迅在精神特质和思想方法上留给我们什么启示。因为观点是具体的，容易随着历史的行进而增光或褪色；精神特质或思想方法，则具有潜在的恒久性和普适性，运用之妙，可以进入新的社会思考的精神进程。②

杨义为我们走进柳青、发掘柳青文学的价值提供了一个很好的切入点。我们从柳青遗留下来的文学作品探究他的心灵，发现他的精神轨迹，洞悉他的思想逻辑，这也就是杨义所说的"以迹求心"的思想方法。纵观柳青的文学作品，笔者以为柳青文学创作的意义首先在于，他启示了一代又一代的陕派作家，可以说陕西作家中的"40后""50后""60后"，甚至"70后"作家都深受柳青的影响。我们常听作家们说，我正在重读柳青的作品。这种"重读"，而不是"正在读"让柳青文学获得了经典的意义。这种重读是发现潜藏于作品中更多的细节、层次和含义。细节的经典化是柳青文学的一大亮点。路遥曾说：

> 像《创业史》第二部第二十五章梁大和他儿子生禄在屋里谈话的那种场面，简直让人感到是跟着这位患哮喘病的老头，悄悄把这家人的窗户纸用舌头舔破，站在他们的屋外敛声屏气所偷看到的。③

这种既直感又生动的细节随处可见，譬如"梁生宝买稻种""郭世福卖粮""高增荣借贷"等。就像刘纳所言：

> 无论对《创业史》持赞扬还是质疑态度，人们始终承认《创

---

① 解志熙：《"别有一番滋味在心头"——新小说中的旧文化情结片论》，载《鲁迅研究月刊》2002年第10期。
② 杨义：《鲁迅给我们留下什么（上）》，载《鲁迅研究月刊》2015年第1期。
③ 路遥：《柳青的遗产》，见《路遥文集》（一、二合卷），陕西人民出版社，1993年，第454页。

业史》描写的生动性。①

  细节描写是作家最基本的能力,也是作家最见功力的东西。一部伟大的作品往往就是由很多闪光的细节构成的,细节描写的可靠与生动,也是衡量一个作家优秀与否的重要方面。柳青细节描写方面的成功和才能值得我们学习。第二,柳青文学的意义在于对读过并喜欢它们的人构成一种宝贵的经验。这种经验往往以有形或者无形的方式影响着你的经验归类方法、价值衡量标准、美的范例与评判。柳青文学有一种特殊的魔力,我们阅读之后,可能随着时间的流逝渐渐淡忘了内容,但它却把种子种在了我们心里,在我们心里生根发芽,成为个体或集体无意识隐藏在深层记忆中。第三,柳青文学是"发现的文学"。我们每次重读柳青的作品,都有一种发现的快乐。这种快乐就像我们重读《红楼梦》一样,每次都有不同的阅读发现和阅读感受。陈忠实在西安万邦书城与读者见面互动,是这样回答主持人"对你影响最大的是哪一本书?"这个问题的:

  陈忠实想了想说,是柳青的《创业史》。《创业史》他前后买了读、读了丢一共有九本。到后来对内容已经烂熟于心,再读,只是随便翻到任何一页,就很有兴趣地读下去。②

  第四,柳青文学有着鲜明的历史意识和文化印迹。我们读柳青的作品,就感觉农业合作化的鲜活生活向我们走来,有着特殊的气氛,背后拖着时代文化的历史足迹。读柳青的作品,时常令我们感到意外。譬如,柳青自己十分相信农业合作化,也全身心地投入这场历史的洪流之中,但作品中往往有一些令人意想不到的反思。柳青在《创业史》写作的同时,创作了中篇小说《狠透铁》。柳青说,"《狠透铁》所反映的,是他亲自参加处理过的一个真实事件,故事本身很完整,他没有进行更多的概括与加工,就

---

① 刘纳:《写得怎样:关于作品的文学评价——重读《创业史》并以其为例》,载《文学评论》2005年第4期。
② 邢小利:《陈忠实与柳青》,载《唐都学刊》2011年第4期。

写成了"①。

在小说中，民主被破坏，小人得志，农业合作化运动后期的问题暴露无遗，这和《创业史》中他揭示的农业合作化运动的"历史必然性"形成了鲜明的对比，是"共名"时代中的"无名"思考。这也说明，一个真正的作家，就应该具有独立的思考和判断能力。此外，我们在阅读柳青作品的时候，往往获得一些令人满足的意外。譬如，我们总以为我们对哪个时代，以及哪个时代的发展轨迹有着清楚的认识，却没有料到柳青在作品中比我们思考得更深刻更透彻。如果我们拨开柳青文学上飘着的历史尘雾，作品的伟大与深刻顿时光亮起来，愈发令人崇敬。第五，柳青文学打破了我们对"十七年"文学的习惯性看法。研究中国现当代文学的学者们，总是有意无意地遮蔽了"十七年"文学，认为这段时期的文学太意识形态化、太政治化了。但如果我们实际阅读它们，就会感觉到它们的独特、新颖和意想不到，尤其是柳青作品。诚如刘纳所言：

> 今天的作者在"写什么"和"怎么写"方面超越《创业史》是太容易的事，但是能在艺术描写，艺术表现能力上与柳青一比高低的并不多。②

总之，在今天的文学语境中，我们以"文学何为"为切入点钩沉嘉惠，聚焦柳青文学的价值和意义，发掘柳青文学中值得借鉴的东西。柳青独立的个体思维方式，柳青对时代深层精神大问题的把捉意识，柳青强烈而鲜明的社会责任意识，柳青源于生活激情的真诚叙事，柳青文学描写的生动性，柳青文学给人们传达的信仰和善良的力量等，这些仍然是我们今天文学所期待的。

原载《小说评论》2016年第2期

---

① 《延河》编辑部：《座谈〈狠透铁〉》，载《延河》1958年7月。
② 刘纳：《写得怎样：关于作品的文学评价——重读〈创业史〉并以其为例》，载《文学评论》2005年第4期。

"生命的真实"与"心灵的悸动"

——陈忠实散文创作论

自从陈忠实1965年发表第一篇散文《夜过流沙河》以来，他结集出版的散文已达十余册。他在散文中讲述着他的生活、他的亲身体验，以自己深厚的艺术素养和舒缓的话语，叙述着他对生活的理解、对文学的热爱。诚如弗洛姆所言："没有爱，人类一天也不能生存。"[①]对文学痴迷让陈忠实"每当在生活中受到冲击，有了颇以为新鲜的理解，感受到一种生活的哲理的时候，强烈的不可压抑的要求表现欲念，就会把以前曾经忍受过的痛苦和寂寞全部忘记，心中洋溢着一种热情：坐下来，赶紧写……"[②]

他写出了在他生活中的每一个阶段的令人回味的美的东西，他以从容不迫、谦卑的笔调书写着一个作家心中最美的意象，他的散文往往让我们的心灵产生一种沉静的审美愉悦。充满着生命真实与心灵悸动的文本，表现出作家对人生、生命、天地大道的哲思。他的散文总是能够于现实中感悟精神的庄严与神圣，在物与我的双向的叙事中展示出灵动的生命。

陈忠实文学的创作动力与源泉就是生活。他说：

[①] 弗洛姆：《爱的艺术》，李健鸣译，商务印书馆，1987年，第14页。
[②] 陈忠实：《代自序 我的文学生涯——陈忠实自述》，见《陈忠实自选集》，海南出版社，2008年，第4页。

就我自己而言，散文就是一种心灵的独白，心灵对于现实对于历史的一种感悟，需要抒发，需要强辩，需要呜咽，有时候也需要无言的抽泣。感天感地感时感世感人感物，总而言之在于一个感，有感触有感慨有感悟而需要独白。①

正是源于生活的这种深沉而灵动的生命体验，让他的散文透射出生命与人性的美好。

一、关中热土：点燃生命激情的"原坡"

陈忠实的散文都是以自己生活的"原坡"作为创作的原点。

作品的产生可能取决于作者的根本经验；或许，作品的整体结构和个性特性在功能上会依赖于作者的心理特质、天分及其"观念世界"和情感的类型；因此，作品多少打上了作者全部人格的烙印并以他的方式"表达"这一人格。②

如果我们以一种整体、综合的视野去审视陈忠实的心路历程和他的文学理想，就会发现，他对文学的热爱源于这个"原坡"。我们仔细研究他的创作，就会发现他总是用洁净隽美的笔触吟咏着他的文学热土。在乡村与城市之间，他疏离城市，认同乡村；在功利与非功利之间，他疏离功利，认同非功利。在这一点上，他与沈从文先生有着惊人的相似。与沈从文先生不同的是，沈从文热衷于讴歌乡情乡景中人性的"真、善、美"，而陈忠实更偏爱于歌赞乡情与乡景。他的散文中描写最多的便是宁静的乡村景致，他用他经历过苦难的目光打量着曾经给他无数生活体验的原坡——灞河、老屋，因为这些东西承载着他的成长与记忆，是他曾经的生活。这些融入他散文的东西，是他生命的精神堡垒，是他对生活再度体验

---

① 陈忠实：《心灵独白》，见《陈忠实文集》第6卷，广州出版社，2004年，第238页。
② 英伽登：《文学的艺术作品》，转引自朱立元主编《当代西方文艺理论》，华东师范大学出版社，2005年，第134页。

的思想凝铸。

人要回归乡土,人性要回归自然。对自己的家乡,陈忠实永远怀着宗教般的虔诚。他曾经这样叙述家乡对自己的影响:

> 灞桥是我的家乡,生我,养我,培育滋润了我。①

他记忆中和烟和雨的灞水、映竹映村的灞桥,都是让他获得感动的契机。他对家乡人事、风情、风景的描述,正如同周作人所说:

> 人总是地之子,不能离地生活,所以忠于地可以说是人生的正当的道路。现在的人太喜欢凌空的生活,生活在美丽而空虚的理论里,正如以前在道学与古文里一般,这是极可惜的,须得跳到地面上来,把土气息泥滋味透过了他的脉搏,表现在文字上,这才是真实的思想与文艺。这不限于描写地方生活的"乡土艺术",一切的文艺都是如此。②

周作人所说的"跳到地面上来,把土气息泥滋味透过了他的脉搏",实际上就是浸染在创作主体中作品的特色。文学的生命其实就在于能够拥有自己的创作个性,而陈忠实的这种孕育在关中平原泥土气息中的创作,恰恰是他个性真诚的表达。

陈忠实是一位具有浓郁地方色彩的作家,关中平原美丽的自然景观、社会风情和人文传统,构成了他散文的世界。在他散文中,体现得最鲜明最充分的就是他的"生命之原"。他以脉脉的温情抒写着自己的"生命之原"。透过他的书写,我们看到的这一轨迹,其实就是他生命的一个延伸,是只有在这里生活过的人才有的血脉情怀。陈忠实所生活的"霸陵原,雄踞于关中腹部,横亘于灞水与终南山之间,原体高平而谷岸耸立,显得浑厚而见气势,确实是一个巨大的存在。但在陈忠实的笔下,它并非

---

① 陈忠实:《故乡,心中最温馨的一隅》,见《陈忠实文集》第5卷,广州出版社,2004年,第422页。
② 周作人:《地方与文艺》,见周作人:《自己的园地》,人民文学出版社,1998年,第126—127页。

单纯的自然物象,而更多是一种文化的和历史的象征。陈忠实像他所描写的那些人物一样,世世代代生于斯,长于斯。当他把自己半个世纪的人生体验对象化到白鹿原的巨大象征之中的时候,他也同时带进了对这一块土地的爱,带进了悠悠的乡心和乡情"[1]。

陈忠实倾心于这种自然与人的相融相谐。他描写原坡的时候,他的笔调永远是温馨的,但永远有一些撞击人心智的东西在里面。他的散文有意味、有色彩,他的创作融入了他全部的生命体验。他将他心跳的感觉、精神的疼痛,将他的感官与感性全部书写入散文中:"夏日一把躺椅冬天一抱火炉;傍晚到灞河沙滩或原坡草地去散步。一觉睡到自来醒。当然,每有一个短篇小说或一篇散文写成,那种愉悦,相信比白居易纵马原上的心境差不了多少。正是原下这两年的日子,是近八年以来写作字数最多的年份,且不说优劣。我愈加固执一点,在原下进入写作,便进入我生命运动的最佳气场。"(《原下的日子》)只有在原下,他才可以进入云卷云舒的自由创作境界,他以自己的深厚的生活体验描述着"我"或"他"的经历和在当下的生活,剖析与剥离着内心深处的我,展示着"我"的独特精神和情怀。

家乡的原坡河川、大道小径、蓝天白云、朝霞黄昏、禾苗花卉、虫鱼鸟兽,在陈忠实的眼中都是关中这灵秀土地所哺育的孩子。他在《拥有一片绿荫》《绿蜘蛛,褐蜘蛛》《三九的雨》《告别白鸽》中用质朴而多情的笔调书写着大自然的各式生命。他喜欢优美而健康的自然,他对土地及土地上的一切都有着极其深厚的感情:

> 于夕阳沉落西原的傍晚,我在湿漉漉的地皮上看见一根根刚冒出来的嫩黄的旋管状的包谷苗子时,心底发生了好一阵响动。我坐在被太阳晒得温热的土墚上,感觉到与脚下这块被许多祖宗耕种过的土地的地脉接通了,我的周身的血脉似乎顿然间都畅流

---

[1] 何西来:《文学鉴赏中的地域文化因素》,载《文艺研究》1999年第3期。

起来了。①

他的散文创作，就是他自我的张扬，就是他生命价值的书写。他自己曾说过，在写完《白鹿原》以后，很自然地偏向了散文与随笔的写作。他只想尊重自己的生命体验和艺术感觉。②一只鸟、一棵树，以及他所亲历的事情，都直观地诉诸文字。如果我们把这种感悟放大，就会发现我们可以从他自己的生命体验中，去观察、去感受、去佐证一个能够让人性自由发展的精神家园。

陈忠实喜欢讴歌健康而美丽的原，也喜欢讴歌健康而美丽的物。生命的这两种形式是他散文书写的表与里，从生命的向度去挖掘精神与理想才是他真正的散文创作理念。正因为他的散文创作紧紧系在他对生命意义的理解上，这就决定着他创作的向度。如他所说：

> 创作实际上也不过是一种体验的展示，……千姿百态的文学作品是由作家那种独特体验的巨大差异决定的。……生命体验由生活体验发展过来。生活体验脱不出体验生活的基本内含（涵）。……作家总是由生活体验进入到生命体验的，然而并不是所有作家都能由生活体验进入生命体验，甚至可以说进入生命体验的只是一个少数；即使进入了生命体验的作家也不是第一部作品都属于生命体验的作品。生命体验……是以自己的心灵和生命所体验到的人类生命的伟大和生命的龌龊，生命的痛苦和生命的欢乐，生命的顽强和生命的脆弱。③

只有在生命状态中体验生活，才是真正的创作。在散文中他展示着生活中的真，展示着人类的至善，更隐约地暗示着人的内在世界的追求与渴望。《汽笛·布鞋·红腰带》中一个农村孩子到三十里外的历史名镇灞桥

---

① 陈忠实：《接通地脉》，载《南方文坛》2007年第21期。
② 陈忠实：《关于〈白鹿原〉获茅盾文学奖答诗人远村问》，见《陈忠实文集》第6卷，广州出版社，2004年，第227页。
③ 陈忠实：《兴趣与体验》，见《陈忠实创作申诉》，花城出版社，1996年，第4—6页。

去考中学,在路上他的鞋底磨透了,脚后跟上磨出了血,血浆渗湿了鞋底和鞋帮,当痛苦使他想到放弃的时候,迎面而来的火车汽笛声惊醒了这个少年,"不能永远穿着没后底的破布鞋走路……"这就是生命最深处的声音。这种人生选择的痛苦、困惑、矛盾,在作者笔下呈现出一种难以言状的生命焦灼感。对这种灵魂深处的挣扎,作者这样描述道:"那个在人生重大抉择的重要关头,他不仅又一次听到了那声汽笛,而且想到了那双磨透了鞋底磨烂了脚跟的布鞋。有什么可畏惧的呢?本来就是穿着磨透鞋底的布鞋走进社会的,最终最糟失掉的大不了也就是又一双破烂布鞋……"在这个作家已过"知天命"的年岁,回顾整个生命历程的时候,所有经过的欢乐已不再成为欢乐,所有经历的灾难挫折引起的痛苦也不再是痛苦,变成了只有自己可以理解的生命体验,剩下的还有一生储存于生命音像带上的汽笛鸣叫和一双透了鞋底的布鞋。这里不仅有对理想的执着,更有为达到理想而付出的不悔。这也是所有曾经有过理想并为之奋斗过的人的心灵的缩影,是最真切的生命体验,这份苦难的历练支撑着他的文学之梦。

《生命之雨》中以满是宽容与柔情的笔调写着人与人、人与自然、人与历史的和谐。文中写的是一对年轻夫妇,在"文化大革命"中分属对立的两派组织,妻子向自己一派的造反队司令报告了丈夫的行踪,丈夫被抓去打断了一条腿。这位现在走路还颠着跛着的丈夫仍然和那位告密的妻子生活在一起。如今,被打断腿的这个跛子丈夫投靠了那个对他施刑的造反队头儿的门庭挣钱去了。作家说,我们"不可能解除所有痛苦着的心灵的痛苦,也不可能拯救所有沉沦的灵魂,……这就是生命之雨!"作家想表达一种人与自然的和谐,人与人之间的宽容与理解,他认为这种伟大的爱就是"生命之雨"。他形容父亲的去世说"那具庞大的躯体日渐一日萎缩成一株干枯的死树……",于是慨叹:"哦!生命中的雨啊!"无论生命以一种怎样的形式存在都是可贵的。这既是一种人道主义情怀,也是一种天地道心的境界。每个人都会经历生命之雨,我们应该如何看待这生命之雨呢?正如作家所言,"生命中也敏感雨而渴盼细雨的浇灌和滋润",我们应该以感恩的心去珍惜生命，让自己的心永葆温暖与宽容，只有这样才能在"生命之雨"中感受人间大爱。

　　在陈忠实的作品中，有一种情结寄寓在其间，那就是对人生美好事物的寻绎。这种情结使他以独特的眼光发现着生活，在作品中表述着他对生活的深刻领悟和品味，这也增加了他作品的灵动与风采。《三九的雨》《生命之雨》《原下的日子》都彰显着他所宣扬的美好而朴素的生命意识。《原下的日子》以一种沉思和虔敬的姿态，悲悯着原下的世事变迁。作家为我们生成了一个无限开放的思索空间，这是一种在人性和生命意义双重视域下的冥思。陈忠实的散文创作不只是对现实生活的模仿或虚构，他是在哲学地图解生活，他在文本中以对原下老屋的描写构建出一种家园感，虽是回归的家园，却并未给人以归属和安全的空间感。如果我们细研陈忠实作品中家园的空间结构，可以发现，它其实暗示着家园已经失落，即便重得，也不复可能是原来的模样了。这种回家的旅程其实也围绕着一种复杂而微妙的失落感，充满着一种追缅的怀旧情绪。作家无数次不惜笔墨反复提到他在原坡上的老屋，每次站在祖屋面前，万千微尘纷坠心田："我的脚下是祖宗们反复踩踏过的土地。我现在又站在这方小小的留着许多代人脚印的小院里。"在他的这种怀旧式回忆的语境中，让"过去"与"现在"在文本中瞬间接通，对时间的打破使文本形成一种既连续又断裂的感觉和反思的空间，使人透过文本而寻绎到生命存在的诗性意义。在这承载了许多历史、隐藏于岁月烟云深处的老宅中，作家无数次低回留恋、魂牵梦萦，它更像是作家的精神家园。因为它见证了历史与逝去的岁月，见证了乡村的沧桑变化。在陈忠实的笔下，民风淳朴的乡村是令人向往的生命乐场，他眷恋着他的生命之原。在他着眼于对美好生活的回忆或是对历史的追忆时，他总是推崇一种更人性的自然表达。德里达说：

　　　　回忆是这样一种东西的名称……即人们能够将其与现在的现在或将来的现在分离的过去的现在的一种心理"能力"。记忆投向将来，并构成现在的在场。①

在陈忠实的回忆中，正是由对"现在的在场"而构成的对"过去的现在"的书写，这种书写蕴含着他对生命本原及生命走向的思考。从中我们可以看出他对生活、生命的关注和审视。陈忠实笔下的老屋，是原上祖祖辈辈们劳作过的地方，在这个地方，时间与空间有一种特殊的关系：生命与生命间的冲突，胶着与背离都淋漓尽致地展现在这一空间中。诚如巴赫金所言：

> 生活及其事件对地点的一种固有的附着性、黏合性，这地点即祖国的山山水水、家乡的岭、家乡的谷、家乡的田野河流树木、自家的房屋。……祖辈居住过、儿孙也将居住的这一角具体的空间。……然而在这有限的空间世界里，世代相传的局限性的生活却是会无限的绵长。……世代生活地点的统一，冲淡了不同个人生活之间以及个人生活的不同阶段之间一切的时间界线。地点的一致使摇篮和坟墓接近并结合起来，使童年和老年接近并结合起来，使几代人的生活接近并结合起来，因为他们的生活条件相同，所见景物相同。②

陈忠实将自己与老屋、原坡、灞河在时间、空间上杂糅到一起，然后又从时间与空间上跳出来，打断了时间的连续性，让我们在另一空间向度上面对过去的事物，以"现在的在场"领悟事物原初的意义，从而真正理解生活，这是一种对人的存在的哲性反思。

二、价值理想：激活散文创作的"灵地"

陈忠实的散文与中国散文牧歌式情调的传统不同，他的散文有着浓

---

① 雅克·德里达：《多义的记忆——为保罗·德曼而作》，蒋梓骅译，中央编译出版社，1999年，第67页。
② 巴赫金：《小说的时间形式和时空体形式》，见《小说理论》，白春仁、晓河译，河北教育出版社，1998年，第425页。

重的济世情怀,他的散文以鲜明而炽热的感情歌赞关中,并熔道德、情感、审美于一炉。在陈忠实的散文中无论是叙事、写景、怀人都意在高扬生命无价,这是一种积极的写作精神。生活并不总是寄寓着人生温馨的情趣,人生皆有不顺的时候,他始终倡导要做有勇气有担当的人,我们不可以"用瞒和骗,造出奇妙的逃路来,而自以为正路。在这路上,……一天一天的满足着,即一天一天的堕落着,但却又觉得日见其光荣"①。

《三九的雨》《生命之雨》《汽笛·布鞋·红腰带》《晶莹的泪珠》通过对粗糙而质朴生活的描写,透彻而练达地思索着人性的善与恶。《贞节带与斗兽场》《北桥,北桥》《口红与坦克》《伊犁有条渠》以一种沉静而深刻的哲思,带人们在历史中评判着人性与真情。陈忠实就这样用散文带给我们无数生命的故事,这些故事将会植入人的心灵和精神世界深处。"无论往后的生命历程中遇到怎样的挫折怎样的委屈怎样的龌龊,不要动摇也不必辩解,走你认定了的路吧!因为任何动摇包括辩解,都会耗费心力耗费时间耗费生命,不要耽搁了自己的行程。"(《汽笛·布鞋·红腰带》)当我们面对来自现实汹涌的诱惑,"当各种欲望膨胀成一股强大的浊流冲击所有大门、窗户和每一个心扉的当今,我便企望自己如女老师那种泪珠的泪泉不致堵塞更不敢枯竭,那是滋养生命灵魂的泉源,也是滋润民族精神的泉源哦……"(《晶莹的泪珠》)生命中的灾难与转机,在他看来都是激活他创作的源泉。

在《贞节带与斗兽场》《北桥,北桥》《口红与坦克》《伊犁有条渠》这些游记中,作家并没有仅仅停留在对事件表面的记叙和对个人情感表达的沉迷。他在平缓的叙述中为我们讲述着个体生命刻骨铭心的体验。

> 痛苦是活力的刺激物,在其中我们第一次感到自己的生命,舍此就会进入无生命状态。②

---

① 鲁迅:《论睁了眼看》,见《鲁迅全集》第1卷,人民文学出版社,1981年,第240页。
② 康德:《实用人类学》,邓晓芒译,重庆出版社,1987年,第127页。

在《贞节带与斗兽场》中作家用一种更宽阔的视野去观察历史，走出个人经验的书写，进入一个更广阔的历史体验。他像一个勘探者，引领着我们回到被漠视的历史中去寻绎精神的脊梁。当我们跟随着作者的描述身处当年古罗马的斗兽场，贞节带与斗兽场带给我们深深的震撼，它以对历史的回顾为主题，将人性的苦难、生命的救赎等情感融合到一起，让这些感人的文字，真切地表达作家的心声。在《北桥，北桥》中，提到引发南北战争的北桥，作家以一块铭刻侵略者入侵行径的碑文激起我们反思历史情怀，以那没有仇恨的碑文表达了人性与人道的最宽容的胸襟。当年，北桥那边的侵略者母亲想念自己的儿子的时候，不正是十年后许多美国母亲在梦里思念战死在越南的儿子的时候吗？当硝烟散去，又给这人世留下些什么呢？这不是一种道义上的呼唤，这是北桥人民超越世俗的大爱。《北桥，北桥》《口红与坦克》都表现出这种人间大爱的极限。在文中，这些充满局限和极限的爱让人心生敬畏。在历史面前，我们不过都是沧海一粟、长河一掬，然而在历史长河中真正令人唏嘘的不是历史的成败功过、是非对错，而是这长河中的生与死，情与爱。正如哥伦比亚作家加西亚·马尔克斯所言："我对死亡感到的唯一痛苦是没能为爱而死。"正是源于对生命的本能的爱，才让生命绽放出耀眼的光芒。只有爱才更能体现人的完整性。在柏拉图对话录中有一个美丽的故事，据说人类原本是球形生物，后来因行为恶劣而被神劈成两半，从此，每个人作为被劈开的半个始终在寻求着生命的另一半，这便是爱。这描述的是一个整体破裂而重返整体的故事。它以美丽动人的方式揭示了人存在的原初本真，只有爱才会让我们变得统一完整。在陈忠实的散文中处处闪烁着爱的光辉，亦蕴藏着一种参透人生的豁达。

陈忠实丰富的人生阅历，让他的创作深度和广度都得到了拓展与延伸。他认为：

> 作家的生命的意义在于艺术创造，而创作唯一可信赖的只有作家自己的生活体验、生命体验和艺术体验。各个作家的那些体

验的独特性，从胎衣里就注定了各自作品的基本形态。①

  无处不在的生活体验在陈忠实看来不管是眼泪还是欢笑，都是我们生命的一个组成部分。我们所听、所见、所触，皆与生命有关，这种存在意识的体现，是他散文中最突出的特点之一。对个体生命意识的高扬，对道德与价值的讴歌，让他得以写出这人世最值得珍重的情感。他认为这种生命的体验才是作家艺术个性的全部之所在。作家一定要真实地展示在他的生活和艺术中用生命所体验到的一切，并将这种独特的体验诉之于文学。他自己也承认：

  我后来比较看重生命体验，这是我写作到八十年代后期自己意识到的。无论是社会生活体验，无论是作家个人的生活体验，或者两部分都融合在一块了，同时既是作家个人的生活体验，又是作家对社会生活的体验，在这个层面上，我觉得应该更深入一步，从生活体验的层面进入到生命体验的层面。进入生命层面的这种体验，在我看来，它就更带有某种深刻性，也可能更富于哲理层面上的一些东西。②

在回忆自己的创作时，陈忠实曾坦率地承认对柳青的学习：

  就自己写作的实践来说，我还是信服柳青著名的三个学校（生活的学校、艺术的学校、政治的学校）的主张，而且越来越觉得柳青把生活作为作家的第一所学校是有深刻道理的。③

他以柳青为榜样，柳青的文学创作观念深深影响着他。柳青曾说过：

  我写《种谷记》以前，接触过更多的行政村主任和农会主任。我写《铜墙铁壁》以前，除了沙家店，我在刘家峁仓库住过

---

① 陈忠实：《柳青的警示——在柳青墓前的祭词》，见《陈忠实文集》第6卷，广州出版社，2004年，第203页。
② 李遇春、陈忠实：《走向生命体验的艺术探索——陈忠实访谈录》，载《小说评论》2003年第5期。
③ 陈忠实：《我信服柳青三个学校的主张》，见《陈忠实创作申诉》，花城出版社，1996年，第52页。

一星期，在战时也有粮站的高家坬住过两天，我经常到米脂县仓库去看他们如何工作。我还在有一个民兵战斗英雄（他出席过1950年全国战斗英雄代表大会）的村里住过五天，又在有一个战时宁死不屈的村干部的村里住过三天。我到过五个区的领导机关，和他们乱谈战时的生活和工作。我到葭县城、乌龙铺、镇川堡，我下小馆和人们扯拉战时他们自己的遭遇。①

这就是柳青的文学创作精神，他把根深扎在生活中，他主动放弃了城市优越的生活条件，坚持在农村落户，过普通农民的生活。陈忠实同柳青一样有着独特而敏锐的时代感受力，善于将自己的生命融入自己的创作中，他认为：

作家的艺术触角感受生活的灵敏度，才是引发心灵激情和创造欲望以期形成创造理想的关键。而这个艺术触角的灵敏程度，既有先天的成分，更依赖后天的磨砺。我更看重后天的磨砺，磨砺艺术触角的途径便是知识的不断丰富和知识结构的不断更新，才能使自己以人类最新的视点去观照现实和历史。②

对于陈忠实来说，曾有的生活体验都是他散文书写的原点。那些曾经的生活故事，都构成他表达生命意识的叙述内容。他从回忆的角度书写身边的人与事，这样的内心经验根植于自己的记忆又反馈到文本中。时间与空间的变化，往往使这种回忆和发现为我们撩开社会人生的一角，也是作者不为而为的一种收获。"未有体验不谋篇"③这种更为真实的情感体验，可以缩短阅读的距离，并让这种距离仿佛是一种同作家的邂逅。

尽管人类的生命意志是强大的，但是在永恒的时间与自然面前，我们的征服能力与认识智慧都有一定的局限性，更多的时候，我们都是无能为

---

① 柳青：《回答文艺学习编辑部的问题》，见山东大学中文系编《中国当代文学研究资料·柳青专辑》（内部参考用书），1979年，第25页。
② 陈忠实：《真情无价——为周养俊著〈絮语人生〉序》，见《陈忠实文集》第6卷，广州出版社，2004年，第252页。
③ 陈忠实：《文学的信念与理想》，载《文艺争鸣》2003年第1期。

力的。达摩克利斯之剑永远高悬在人类的头顶,人的生存处境使人无处可逃,唯一可做的就是面对生活并在生活中生存,这是一切时代人最本真的处境。在《别路遥》《何谓良师》《何谓益友》《释疑者》中,陈忠实让我们重新去看待生命中的悲欢离合。生与死的不可料定,让生命充满了神秘感。我们在生命面前,面对生命中必然的"死",我们只有接受。苦难帮助我们理解人生,死亡却逼迫我们彻悟生命。诚然我们都贪恋生命与幸福,惧怕惨象与悲痛,如何让生命在有限中进入无限,在路遥看来:

> 作家的劳动绝不仅是为了取悦当代,而更重要的是给历史一个深厚的交代。①

但在陈忠实看来就是希望"写一部可以当枕头的书"②,将有限的生命融入历史的洪流,这似乎是一种世俗意义上的和解,但这也许是唯一能释然的办法。陈忠实的散文充满了生命意识和道德关怀,尤其表现在怀人散文中,这是一种对生命的沉思,更是一种自我完善。《别路遥》中的路遥、《何谓良师》中的吕震岳、《何谓益友》中的何启治、《虽九死其尤未悔》中的邹志安,这些可亲可敬的师友,让我们看到陈忠实游弋于此岸和彼岸的生命感悟,其态度持敬而虔诚。当我们终将失去一切,当我们叩问命运,追问生命存在的意义,当死亡让我们在离去的亲友身上看到我们未来的命运,知晓有一天我们终将深入时间的海底的时候,我们才真的对生命寄予无限的理解和敬畏。也许我们无法用文学对人类生命做出最终极的关怀,但是我们要珍惜大自然所赋予的万物,包括人类的宝贵的生命。

真正的文学创作必须是一种负责任的创作,不能一味地模仿生活而遗忘了自己作为一个作家肩上的担当。作家需要洞观与直面生活,但绝不是对生活异想天开、随心所欲的阐释,创作同样需要辛勤的劳动与深入的思考。虽然陈忠实没有理论专著,但他的创作思想和艺术见解在他的散文中

---

① 路遥:《路遥全集:散文·随笔·书信》,广州出版社、太白文艺出版社,2000年,第7页。
② 陈忠实:《陈忠实自选集》,海南出版社,2008年,第588页。

仍是有迹可循的。陈忠实的散文以自己的生活体验展示着他对人生的哲性理解、对文学理想的守护,他的散文其实就是他对自己这种无功利唯美主义倾向的一种阐释。在他的散文中,对人世间"真情"与"生命"的珍爱体现了他对现实的关怀,他不是以"为文学而文学"的姿态来实践他的文学理想,他的散文是为人生的艺术,应该是"真诚而不是虚伪地关注国家和民族的命运,热情而不是冷漠地注视当代生活的进程,……保持心灵世界里那根艺术神经的聪灵和敏锐,……发出既宏大又婉转的回声"[1]。他在散文中灌注着自己的内心的生命节奏,他将生活中许多生活场面"图式化",并综合成一个完整有序的客体世界,洞察其中的"观念"或"形而上",这才是陈忠实散文的精神所在。他将自己的艺术追求与对生命的哲学思考融为一体,正是有了这种探寻,才使他的散文韵味深长,才使他的散文获得了真正的艺术生命。

原载《当代作家评论》2016年第4期

---

[1] 陈忠实:《柳青的警示——在柳青墓前的祭词》,见《陈忠实文集》第6卷,广州出版社,2004年,第204页。

柳青文学的意义（笔谈）

今年是柳青诞辰一百周年，我们理应对这位当代著名作家进行必要的缅怀和纪念。缅怀是情感深厚，难以忘却；纪念是贡献非凡，意义重大。柳青对于我而言，两者皆具。柳青不仅是20世纪50—70年代中国里程碑式的作家，也是路遥、陈忠实、贾平凹等陕派作家的精神导师，同时他的文学作品也滋养了如我辈"70后"文学爱好者。柳青丰富的文学创作实绩和真诚的文学精神，是他留给我们的宝贵的精神遗产。在今天，我们纪念柳青，就是纪念通过他的文学作品和真挚的文学创作精神所凝铸而成的文学硕果。柳青对文学的那种执着和虔诚，柳青胸怀时代敢为天下先的文学使命意识，柳青洞悉幽微的历史眼光，对我们当下的文学创作都有着一定的启示意义，这也许就是我们今天重提柳青文学的意义和价值所在。

柳青文学的意义构成，我们可以从这几个方面来考察。

第一，柳青与中国当代文学。在中国当代文学的发展史上，柳青是一个独特的存在。这个独特应该包含这些质素。一是柳青有意"去作家化"，他深入农村第一线，落户皇甫村十四年，他把自己变成了农民，他不做社会生活的旁观者，而是主动成为社会生活的主人公。二是他对自己所处时代的积极书写和表征，他以文学的方式表达了他对时代的理解和思考。三是柳青的《创业史》是中国当代文学的一座丰碑，这座丰碑的生成机制值得我们深入探究。四是现实与理想在柳青文学中的沉潜与丰盈。这些丰富的内涵共同成就了柳青文学的伟大与独特。我们将柳青放在中国当代文学史的坐标上来考察，目的就是彰显其价值和意义，以期对中国当代文学的发展有所启示。

第二，柳青与陕西文学。柳青是中国当代陕西文学的代表性作家，也是20世纪长篇小说创作第二次高峰的代表性作家。他1959年出版的《创业史》成为这一次"三红一创、保林青山"（即梁斌的《红旗谱》，吴强的《红日》，罗广斌、杨益言的《红岩》，柳青的《创业史》，杜鹏程的《保卫延安》，曲波的《林海雪原》，杨沫的《青春之歌》，周立波的《山乡巨变》）集约式文学出场的标志性作品。柳青的文学创作启示了一代又一代的陕派作家，可以说"40后""50后""60后"，甚至是"70后"的陕西作家都深受影响。路遥就坦承柳青是他文学创作的精神导师。陈忠实、贾平凹也多次谈及柳青文学创作对他们各自的影响。在西安万邦书城与读者见面互动，回答主持人问题"对你影响最大的是哪一本书？"时，"陈忠实想了想说，是柳青的《创业史》。《创业史》他前后买了读、读了丢一共有九本。到后来对内容已经烂熟于心，再读，只是随便翻到任何一页，就很有兴趣地读下去"。[1]可见柳青文学对陕派作家的重要影响和意义。陕派作家的形成离不开柳青这面文学的大旗，也正因为柳青文学的启示才生成了中国当代文学版图上令人瞩目的陕西文学。

第三，理想主义与柳青的文学创作。柳青的文学创作有着浓郁的革命理想主义色彩。理想主义在柳青的文学建构中，可以说既是方法又是态度。从方法论意义上讲，他将历史与现实融通，他将人物赋予卡里斯马化色彩；从态度上讲，他投身农村，看到了农村真实的现状，他以革命事业必胜的理想主义激情秉笔直书。可以说，革命理想主义是那个时代的核心价值观，也是柳青献身社会、实现自我的精神灯塔。

第四，现实主义与柳青的文学创作。柳青的文学创作以现实主义小说为主，他的现实主义长篇小说《创业史》就是典型的文本。其实，柳青文学所体现出来的现实主义色彩，准确一点讲，应该是"革命现实主义"，

---

[1] 邢小利：《陈忠实与柳青》，载《唐都学刊》2011年第4期。

或者说是"社会主义现实主义"。现实主义是一个历久弥新、永葆艺术活力的方法论武器。我们从柳青文学中体悟现实主义文学创作的强大生命力和伟大魅力,目的就是在现代、后现代语境中重新认识现实主义的价值和意义。尤其是在新媒体语境中,各种穿越和幻象盛行,让世界变成了一个虚无的支离破碎的世界。丑和荒诞成为最重要的审美形态,成为人们表达美学趣味的有效途径。正是从这个层面上来讲,柳青文学所表达和倡导的真善美,更值得我们继承和推崇。

第五,《在文艺工作座谈会上的讲话》《中共中央关于繁荣发展社会主义文艺的意见》与柳青文学的启示。柳青是从延安走出来的作家,毛泽东《在延安文艺座谈会上的讲话》中所倡导的文学路线和文艺精神对他影响较大,可以说,他的整个文学创作就是在践行和阐释其精神。面对新世纪以来新的文学状况和文学生态,习近平总书记在2014年10月15日主持召开了文艺工作座谈会,其《在文艺工作座谈会上的讲话》全文公开发表;2015年10月,中共中央下发了《中共中央关于繁荣发展社会主义文艺的意见》。这两部重要的文献意在指导社会主义文艺繁荣发展。习近平总书记《在文艺工作座谈会上的讲话》中谈到柳青,这就让柳青文学在新的时代语境中"复活",成为联接跨世纪的两个讲话精神的重要载体,也因此让两个讲话穿越时空,形成学术意义生成的张力。关于柳青文学的启示意义,笔者曾试图这样归纳总结:(1)他启示了一代又一代的陕派作家,可以说陕西作家中的"40后""50后""60后",甚至"70后"作家都深受柳青的影响。(2)柳青文学的意义在于对读过并喜欢它们的人构成一种宝贵的经验。(3)柳青文学是"发现的文学"。我们每次重读柳青的作品,都有一种发现的快乐。(4)柳青文学有着鲜明的历史意识和文化印迹。(5)柳青文学打破我们对"十七年"文学的习惯性看法。这些归纳可能有不周到的地方,但其启示意义却是显而易见的。两个讲话和柳青文学在同构中生成了文学的意义时空。①

---

① 参见邢小利:《文学何为与柳青文学创作的启示》,载《小说评论》2016年第2期。

第六，柳青文学与文学的时代表达。关于文学的时代表达问题，笔者以为应该包含这些命题：（1）中国当代文学应该表达多元化的时代发展问题；（2）中国当代文学应该表达普遍的社会人生观、价值观。社会普遍的人生观、价值观是一个时代精神的缩影，从中可以窥视出时代发展的气息；（3）中国当代文学应该表达中国人民崇尚和平的愿望；（4）中国当代文学应该表达"和谐中国"；（5）中国当代文学应该表达"个人梦与中国梦"；（6）中国当代文学应该表达"党的时代旨意"。柳青的文学就是时代的文学。他的《创业史》就是一幅"互助合作"运动的历史剪影。柳青以自己的文学创作实绩，阐释了他那个时代的人生观、价值观，以及他对那个时代的理解和把捉。

第七，柳青文学英语译介的缺失与反思。中国文学要走出去，走向世界，就离不开文学译介。我们查阅到的只有外文社在1954至1964年翻译出版的柳青的长篇小说《铜墙铁壁》、《创业史》（沙博理译），其他时期的译本就很少见。当然这和"十七年"文学历史生成语境相关，是一种整体性翻译缺失。在文学作品的对外译介中，存在着"误解"与"正解"、他者与自我、"桥梁"与"瓶颈"、文学性的消解与补偿等问题。这些问题既是中国文学译介中普遍存在的问题，也是柳青文学走出去绕不开的问题。这些问题的解决、融通让柳青文学世界意义的生成成为可能，也让"十七年"文学在世界语境中获得新的诗学生命。

总之，我们从以上七个方面来探讨柳青文学，就是试图激活柳青文学的当代意义，让柳青文学穿越历史时空，对当代文学的生成和发展产生积极影响，尤其是柳青独立的个体思维方式，柳青对时代深层精神大问题的把捉意识，柳青强烈而鲜明的社会责任意识，柳青源于生活激情的真诚叙事，柳青文学描写的生动性，柳青文学给人们传达的信仰和善良的力量等，这些仍然是今天我们的文学所期待的。

原载《兰州学刊》2016年第7期，原文为多人笔谈，本文选取了部分内容

以文化的目光打量陕北土地

——评散文集《走过陕北》

厚夫生于陕北，长于陕北，执教于陕北。陕北的土地、历史与文化滋养和浸染了他，也内化成他生命中的有机组成部分。书写和表达陕北成为厚夫不竭的动力和永恒的追求。他将陕北放置在一个大的历史文化场域之中进行思考，从而在陕北的历史废墟和古迹中发现沉积其中的意义和美好。这种阅读陕北的方式，让厚重的陕北灵动起来，文化陕北的历史呈现与诗性表达在厚夫这里跃然纸上。

厚夫喜欢在陕北的大地上行走，寻访古迹叩问历史。他以现代人的美学眼光和人文理想直面陕北的历史与现实，凝铸成高远阔大的意象，历史的沉思和生命的悲悯在极具"人类性"的精神拷问中得以升华。再版的《走过陕北》，收录了二十七篇书写陕北的历史文化散文。这些散文既有触景生情的借物抒怀，也有讲述历史思考历史的睿智表达，更有如《阅读路遥》这样文学与精神共振的篇章。厚夫往往将观察和思考的原点放置在文化陕北的坐标体系中，发掘沉积于陕北大地上的"事情"。譬如《陕北守望》，作者站在历史与现代交汇的今天，面对如陕北泛黄的历史一般连绵起伏的黄褐色群山，有关陕北逝去的故事涌上心头，展望陕北美好的未来，油然生出"走进陕北，与未来握手"之慨叹。作者在表达和书写陕北时，似乎总有一股激情和自豪潜涌于字里行间。譬如《去看那个景》，作者开篇讲他突然想去看看延长县城那座"中国大陆第一口油井"的想法，接着将笔宕开，细致地讲述了中国石油化工的历史。历史上曾经被誉为贫油大国的中国，随着陕北世界级大油田的发现而成为历史，自豪之情难以遏抑。

　　厚夫的散文往往将史料、知识融为一体，有着鲜明的史识和思辨意识。他将个人的情感和思想诉诸笔端，书写出自己对历史文化和人生际遇的理解和思考。他的这种表达不是矫揉造作的无病呻吟，不是肤浅的文字堆积，不是华丽辞藻的修饰和赞美，而是饱含真情的热爱眷恋，是深沉厚重的历史文化体验，是真诚朴素的清洁文字。譬如《漫步秦直道》，作者面对这条千年古道，在追思和展望中激扬文字。昔日的战火早已熄灭，昔日的雄风也已成为烟云，剩下的只不过是被岁月的尘埃淹没的沙化草地。掩卷沉思，作者怅然喟叹："社会周期性溃疡湮没在群山万壑之中，可它所创建的辉煌却永远作为人类思想文化的高峰时时招引着人们的登攀。"笔意所指，情不可抑，作者不禁写道："秦直道功能的丧失与隐退，不是从另一方面旁证了国家的统一与富强吗？"作者写秦直道，不是为了抒发思古之幽情，而是以史为鉴反观当代人的生命困厄与乏陈，在历史的河流中找回民族的自信。诚如作者所言，秦直道是"中华民族坚强性格的象征物"。历史的沧桑和人生的曲折在作者笔下奏出生命的最强音，坚韧与顽强永远是中华民族向上不竭的动力源泉。再如《大风中的西夏王陵》《禹迹陕北》《统万城寻踪》等，作者通过鲜为人知的陕北历史、文物、古迹等的叙述与描绘，让人们在触摸历史的同时又不禁低头沉思，文化散文的厚重之美尽然凸显。

　　作者非常善于在陕北的历史文化与遗迹中捕捉和发掘有价值有意义的东西，这在《走过陕北》中有着明显的体现。从《陕北守望》到《禹迹陕北》，从延安的宝塔到激情的壶口，从长城的随想到在李自成行宫前的沉思，从《漫步秦直道》到《叩访蒙恬》《扶苏墓前》《统万城寻踪》，从对范仲淹的凭吊到对路遥的阅读，作者以延安为考察中心，在历史文化的找寻中捕捉中华民族的精神风骨和文化脉象。在这些篇章中，作者如数家珍地叙述着陕北的历史人文和自然景观。作者通过自己的审美体验和理解，结合历史资料和人物传记，激活了那些岁月风尘中凝固了的历史，从而让历史获得了生命的热度。

  厚夫的散文视野开阔、意境高远，既有着文学家的敏感和多情，又有着思想家的睿智与深刻。他的散文是真正的"尊灵魂的写作"，这在当下浮躁之气甚嚣尘上的大氛围中显得尤为可贵。在当今的散文写作中，能够将自己"澄明地显身敞开"进行灵魂叙事的作家凤毛麟角。散文不应该只是书写经验和讲述欲望，它应该站在人类历史文化的高度，重塑健全的精神视野和心灵刻度，让人们相信"希望的存在"和崇尚"灵魂的善"。厚夫的《走过陕北》正是这样一部作品，他以文化的方式阅读陕北和陕北的历史，有效地接通了文化陕北的历史和现在。

  总之，厚夫的《走过陕北》是一部陕北人写陕北事情抒陕北情怀的著作。作家以行走的姿态将读者的目光聚焦到陕北历史文化的辉煌中，从而让读者在倾听陕北的历史、神话和故事传说中获得生命的感悟、学养的滋润、思想的启迪和审美的愉悦。作者立足于陕北的土地与生活，从个体生命经验出发，真诚地书写大陕北，是一种真正的对文化陕北的历史呈现和诗性表达。

原载《光明日报》2017年2月15日

"普世"况味的真诚表达与"蹉跎"生命的精神书写

——评弋舟的中篇小说集《刘晓东》

弋舟是我熟悉而陌生的"70后"作家。说是熟悉，是因为我熟悉他的作品，他2000年以来的作品我都关注，尤其是近年来的作品；说是陌生，是因为我们虽然都生活在兰州市，但彼此从未见面。弋舟是作家，主要是文学创作，我在大学教文学理论和美学，疲于应付各种教学和科研任务，很多文债难以偿还。我生活在甘肃，并且吃文学研究这碗饭，我不是不关注甘肃的文学创作，只是琐事太多，无可奈何而已。当然，这也有逃避的嫌疑。甘肃近年来的文学创作成绩斐然，产生了很多较有影响的作家和诗人，譬如"小说八骏""儿童文学八骏""诗歌八骏"等。这些作家的文学创作很好地诠释了甘肃作为文学大省，尤其"小说八骏"，其产量之高、质量之优令文坛瞩目。弋舟就是"小说八骏"之一，他的作品主要有长篇小说《跛足之年》《蝌蚪》《战事》《春秋误》，长篇非虚构作品《我在这世上最孤独》，中短篇小说集《我们的底牌》《弋舟小说》《所有的故事》，中篇小说集《刘晓东》等。弋舟的小说往往以他生活的城市兰州（小说中是兰城）为背景，书写城市中各种各样的芸芸众生，以及城市病相，并试图通过对这些人物的精神和灵魂的拷问，来表达作家的生命理想和美学信仰。

一、"普世"况味的真诚表达

弋舟在《刘晓东》自序《我们这个时代的刘晓东》中说：

> 当我必须给笔下的人物命名之时，这个中国男性司空见惯的名字，几乎是不假思索地成了我的选择。毋宁说，"刘晓东"是自己走入了我的小说。我觉得他完全契合我写作之时的内在诉求，他的出现，满足甚至强化了我的写作指向，那就是，这个几乎可以藏身于众生之中的中国男性，他以自己命名上的庸常与朴素，实现了某种我所需要的"普世"的况味。①

这是弋舟对"普世"况味的真诚表达，也体现了作家创作的价值追求。弋舟将三篇中篇小说的名称都用中国人最熟悉，也最普遍的一个人名"刘晓东"来命名，很好地诠释了他的文学主张，即"降低生命姿态的写作"。他的这种写作理想，是朴实而真诚的。他以自己的方式来建构他的文学世界，表达他对最广大的城市人民及生活的理解和认识。他的这种文学表达的方式是独特的，是"弋舟式"的。弋舟以艺术的方式，试图通过刘晓东及其相关人物在城市生活中的是是非非，来探讨我们这个时代中一些重要的精神命题。这是弋舟小说思想的力量，也是他的作品获得广泛赞誉的奥秘所在。我们可以说，弋舟的小说是一种满含着力量的文学。我们这个时代最缺乏的就是弋舟这种有力量的文学，弋舟给我们的当代文学带来了正能量，他以文学的方式思考着这个时代。

弋舟的文学创作有着自觉的社会使命意识，是一种思想性写作，他能够敏锐地把握住时代发展的脉搏，进入时代的肌肤，对时代发问，书写思想中的时代。也正因为作家有这种写作之时的内在诉求，使得他不得不面对现实的困境。我们也可以这样说，弋舟的写作是一种直面现实困境的写

---

① 弋舟：《刘晓东》，作家出版社，2014年，第1页。

作。弋舟就是试图通过小说的形式来思考当下的题材,这也是一种挑战难度的写作。这种难度既有生活层面的难度,也有精神层面的难度。诚如弋舟所言:

> 天下雾霾,我们置身其间,但我宁愿相信,万千隐没于雾霾之中的沉默者,他们在自救救人。我甚至可以看到他们中的某一个,披荆斩棘,正渐渐向我走来,渐渐地,他的身影显现,一步一步地,次第分明起来:他是中年男人,知识分子,教授,画家,他是自我诊断的抑郁症患者,他失声,他酗酒,他有罪,他从今天起,以几乎令人心碎的憔悴首先开始自我的审判。他就是我们这个时代的——刘晓东。①

这个刘晓东就是他这几部中篇小说的主人公,也可以说是他面对的世界的众多人物的一个缩略符号。这时候的主人公刘晓东就不仅仅是一个简单的具体人物了,而是具有某种象征意味的存在。可以说,弋舟笔下的"刘晓东"既是一个很好的文学形象,也是一个思想意象,或者说是精神意象,其间隐含着作家的精神密码。面对城市的斑驳与浮华,作为知识分子的作家与小说的主人公都很困惑。作家让他小说的主人公刘晓东自我诊断为抑郁症患者,一方面体现了作家人文精神的坚守,另一方面也表明了他的无可奈何。这是当下知识分子真实精神状态的写照。在《等深》中,刘晓东矛盾地面对着自己曾经的女朋友——茉莉,以及茉莉的丈夫,他的大学同学周又坚,他的儿子周翔。在刘晓东心目中:

> 现在的茉莉,一定比从前更具魅力,应该像一把名贵的小提琴了吧。②

作家把茉莉隐喻为小提琴,具有了某种象征性意味。在作品中,多次出现了小提琴这个词。譬如:"恋爱的时候,我觉得茉莉的身体之于我,

---

① 弋舟:《刘晓东》,作家出版社,2014年,第2页。
② 同上,第6页。

就像一把没有完成的小提琴,怎么拉,都是艰涩的。"①"茉莉穿着件窄肩的连衣裙,下摆很宽松,浅咖啡色,配合着她的肌肤,像一把优雅的小提琴嵌在幽暗的门框里。""她的身体如琴身一样和谐,奏响之后发出的声音如一道匪夷所思的光芒将我笼罩。"②"这把小提琴,在大多数时间里,不会让自身顺从于我的聆听。"③"但越是这样,越令我想起茉莉,想起在她身上如奏琴弦般的迷醉,想起那个犬声如沸的夜晚。"④

作品中的"小提琴"正如作品的题目《等深》一样,是一种较为深刻的隐喻。在作品中,甚至让人物也成为某种隐喻,比如《所有路的尽头》中的诗人尹彧,尹彧的谐音就是隐喻。笔者以为,弋舟在文本中表现出的这种自觉不自觉的隐喻,从另一个角度达成了对社会和人性深度解析。这个本应该由刘晓东拉响的女人,由于她的善良,她的同情心,或许还有别的因由,"茉莉这把小提琴,也许早已被周又坚和谐地拉响过了"。⑤

爱情的诗学被城市这把利剑击得粉碎,沉重的肉身在无奈的现实中泅渡。

> 灵魂与肉身在此世相互找寻使生命变得沉重,如果它们不再相互找寻生命就变轻。⑥

弋舟以温暖的笔调,书写着城市生活的无奈与荒诞。这也许就是他将三个中篇的主人公都命名为"刘晓东"的内在诉求,也是一种普世"况味"的真诚表达。这实际上也就是克尔凯戈尔所强调的"那个个人"⑦才是他唯一的出发点。笔者以为,弋舟之所以将多重身份的城市生存者,或

---

① 弋舟:《刘晓东》,作家出版社,2014年,第19页。
② 同上,第22页。
③ 同上,第40页。
④ 同上,第51页。
⑤ 同上,第19页。
⑥ 刘小枫:《沉重的肉身(第六版)》,华夏出版社,2007年,第102页。
⑦ 克尔凯戈尔:《那个个人》,见W.考夫曼编著《存在主义》,陈鼓应、孟祥森、刘崎译,商务印书馆,1987年,第93页。

者是患有抑郁症的城市思考者集于一个符号化的人物形象，原因可能有三：一是变化着的城市、城市生活是偶然的、不可知的；二是充满宿命意味的当代文化心理结构使然；三是历史记忆与现实情境虚实交相辉映。思想和变动着的当代中国，在发展中裂变。这种裂变既凸显出了历史发展的必然，同时也暴露出了许多复杂的问题。对这些复杂问题的认识，抑郁症患者的视角，是一种别样的视角，它是一种不同于一般的思考角度。弋舟的这种书写和想象，其实也就是海登·怀特所说的任何历史都是"作为修辞想象的历史"，只是弋舟的作品更有诗性意味而已。

诺思洛普·弗莱曾说：

> 文学位于人文学科的当中，它的一侧是历史，另一侧是哲学。由于文学本身不是一个系统的知识结构，于是批评家必须从历史学家的观念框架中去找事件，从哲学家的观念框架中去找思想。[1]

我们面对弋舟的《刘晓东》，如果从历史和哲学的双重视角去把握，就可以窥视出作家对城市人生、城市生活的普世情怀。城市发展变动的历史让主人公刘晓东成为聚焦的对象，而以哲学家的观念去找思想又无疑成为作家创作的价值指向。譬如，在《等深》中的周又坚。这个人物看起来是一个精神失常者，但实际上作家是想通过这个人物表达自己的某些观点和思想。

> 周又坚就是这么一个怒吼着的男人，他总是令人猝不及防地从沉默中拍案而起，对生活进行激烈的斥责。他不宽恕，一个也不宽恕。[2]

当纯洁的精神面对污黑的世界的时候，要么沉默，要么抑郁或者精神分裂。周又坚在沉默中爆发，他注定就是一个精神分裂者。正如作家所言：

---

[1] 转引自盛宁：《历史·文本·意识形态——新历史主义的文化批评和文学批评刍议》，载《北京大学学报》（哲学社会科学版）1993年第5期。
[2] 弋舟：《刘晓东》，作家出版社，2014年，第15页。

> 整个时代变了,已经根本没有了他发言的余地。如果说以前他对着世界咆哮,还算是一种宣泄式的医治,那么,当这条通道被封死后,他就只能安静地与世界对峙着,彻底成为一个异己分子,一个格格不入、被世界遗弃的病人。①

周又坚的正义行为在现实世界中处处碰壁,他内心的羞耻心在聚集中走向毁灭。

> 他生理上的痼疾,其实更应当被看作是一种纯洁生命对于细菌世界的应激反应。②

在《而黑夜已至》中,徐果这个悲剧性的女孩,是善良和爱的代名词,甚至是她的诈骗行为也获得了某种崇高的意味。一个可恶的罪恶的行径,在她的身上就变得温暖起来,怎么也生发不出一点恨意。在《所有路的尽头》,邢志平这个充满悲剧意味的人物,是被那个理想主义时代的大火灼烧和毁灭的。刘晓东送给他的那幅画,和他目睹的现实,成为他挥之不去的记忆。画和现实在爱情和欲望的同构中,形成一张巨大的精神之网,让他无处躲藏。他这个"弱阳性"的人,这个多余的人,替一个时代背负着谴责。

刘晓东不是城市结构中的"个人悲伤",而是社会悲伤的符号化表达。这种悲伤是社会的集体的悲伤,其间包含着作家对这个时代人的命运的思考和叩问。诚如吴铭在《中国文学重新出发》中所言:

> 绝望感突出为一种醒目的社会存在,是一种新状况。……在这一问题上,中国当代文学似乎重新拥有了介入当代社会进程的强烈愿望、动力与能力,并获得多年未见的反馈。③

在弋舟的小说中,绝望感突出地成为一种挥之不去的底色,这也从另一个层面表明弋舟的文学创作已经成为变动着的中国的一个组成部分。思

---

① 弋舟:《刘晓东》,作家出版社,2014年,第39页。
② 同上,第76页。
③ 吴铭:《中国文学重新出发》,载《21世纪经济报道》2013年9月23日。

想着的中国需要弋舟这样有思想的作家,伟大的作家往往也是伟大的思想家。弋舟以文学的方式重述社会经验,真诚地表达了"普世"的况味。

二、"蹉跎"生命的精神书写

玛莎·努斯鲍姆在她的《诗性正义:文学想象与公共生活》中说:

> 文学在它的结构和表达方式中表达了一种与政治经济学文本包含的世界观不同的生命感受;而且伴随着这种生命感受,文学塑造了在某种意义上颠覆科学理性标准的想象与期望。①

她所说的这种诗性正义和诗性裁判有着人性关怀的温情,她试图在文学中寻找一种重构人类正义伦理的诗性准则。弋舟小说《刘晓东》中所展现出来的就是这样一种丰富的人性本能,尤其是那种富有疼痛感的爱情与情欲的书写,把人类隐秘河流中的景观呈现无遗。譬如在《等深》中,"我"与茉莉"在那个夜晚我们进行了淋漓尽致的演奏。……我可以感觉到她起伏的波动,却听不到她的声音。……我沉溺在一片凄凉却又迷人的乐章里,整个世界仿佛都陷入在一场辽阔的交响乐中"②。

在《而黑夜已至》中,"我"有一段暧昧说明:

> 人的欲望很糟糕,可以和自己儿子的小提琴教师上床……可是,起码每个人都在憔悴地自罪,用几乎令自己心碎的力气竭力抵抗着内心的羞耻。③

在《所有路的尽头》中,邢志平这个被时代和爱情打湿的男人,"臆想着丁瞳,臆想着尹彧,忧伤地抚慰着自己"④。

作家打破单纯的审美标准,从更宽的层面和更多的角度来阐释人类精

---

① 玛莎·努斯鲍姆:《诗性正义:文学想象与公共生活》,丁晓东译,北京大学出版社,2010年,第12页。
② 弋舟:《刘晓东》,作家出版社,2014年,第22页。
③ 同上,第168页。
④ 同上,第243页。

神的阔大空间。弋舟将人物生命内在的丰富性和复杂性努力地呈现出来，并试图将其悬置于生活现场，"蹉跎"生命的精神昭然若揭。

张存学说：弋舟小说是"将人的被忽视的，其实也是人最重要，最根本的生命底色呈现了出来"①。这种生命底色的呈现，让弋舟的小说获得了"沉默的尊严"。弋舟说：

> 如果说，我的小说中，具有这样的一种力量，那么这样的力量只能来自我们描述的对象本身——人。是"人"最重要、最根本的生命底色令我们战栗。这种底色被庸常的时光遮蔽，被"人"各自的命运剪裁，在绝大多数的时刻，以卑微与仓皇的面目呈现于尘世。②

弋舟以自己的创作实践，诠释着自己的这一观点。在《刘晓东》中，不管是刘晓东，还是茉莉、杨帆、徐果、邢志平、丁瞳、尹彧，作家都将其置身于阳光与苦难之间，以降低生命姿势的方式将他们卑微与仓皇的面目呈现出来。这实际上也体现出了作为小说家的弋舟的敏感和创造的勇气。弋舟所说的卑微，是小说家特有的谨慎与悸动。弋舟所说的仓皇，是小说家写作之时内心的那种匆忙。这些谨慎、悸动与内心的匆忙，让作家摆脱了一切俗世的羁绊，获得了人格的独立和心灵的自由，能够站在人类性的高度来表现生活、刻画人物。

> 弋舟的小说容纳了对生命最敏锐的觉察，他作品中的人物庄严、孤独、犹疑，保存了梦想的活力及现实中精神的闪电。他在文本中建立了一个个有秩序的心灵体，他们的故事则是人物在这世界的深刻划痕，那蜿蜒跌宕的情节或可称之为命运的轨迹。他用作品不断提醒我们：小说深入潜意识，描绘人物行为潜在出发点的必要性；小说是为人们渴求的生活，发出内心的声息。弋舟

---

① 弋舟、张存学：《最好的艺术表现最多的生命真实》，载《创作与评论》2013年第14期。
② 同上。

试图在词语中挣扎，强烈的瞬间情感在他小说的生命体中发出电击般轻微的冲击波。弋舟注重小说中生命意识的呈现，注重文本的建构，他的叙事在潜意识、行为、命运间架设桥梁，他的写作实现内容与形式的深度融合。有鉴于此，我们将本届的"青年文学创作奖"颁给弋舟。①

弋舟用小说的笔触拨开城市生活的根脉，他从现实出发，他又往往能够摆脱现实的束缚和羁绊，他从日常重复的生活中，发现自我的世界，成为真正关注自己内心的作家。小说之于弋舟的价值，不仅仅是倾诉与书写，可以说，"写小说不是为了讲述生活，而是为了改造生活，给生活补充一些东西"②。这也许才是弋舟"蹉跎"生命精神书写的价值和意义之所在。

贺绍俊说：

> 小说并不是为了告诉人们现实发生了什么事情，而是要告诉人们，作家是如何对待现实的。小说正是以这种方式，抵达了现实的纵深处和隐蔽处，我们从小说中看到了别样的风景。③

弋舟的《刘晓东》就让我们看到了这种别样的风景。在《所有路的尽头》中，邢志平暗恋着丁瞳，崇拜着尹彧，丁瞳更是近乎痴狂地追求着尹彧，崇拜着这个"伟大的诗人"，可是邢志平在女友尚可所写的《新时期中国诗歌回顾》中找不到尹彧的名字。他被告知，尹彧当年的诗"不足以进入文学史"。内心当中的精神雕像轰然坍塌，一个曾经让人激情澎湃的时代黯然地消失在历史的长河中，甚至激不起一点波澜。

> 他这个无辜而软弱的人，这个'弱阳性'的人，这个多余的人，替一个时代背负着谴责。④

---

① 弋舟：《跛足之年》，安徽文艺出版社，2015年，第329页。
② 巴尔加斯·略萨：《谎言中的真实》，赵德明译，云南人民出版社，1997年，第72页。
③ 贺绍俊：《别样的风景——2014年中短篇小说评述》，载《光明日报》2015年1月5日。
④ 弋舟：《刘晓东》，作家出版社，2014年，第244页。

弋舟以小说的方式书写那些城市生活中的失意者、失败者、无奈者、患病者，并让这些人物吐露自我心声，从而不仅丰富和扩展了自己的生命，也同时通过这些人物来呼唤诗意而温馨的生活。面对生活中阴霾重重的世界，弋舟思考人类生存的价值和意义骤然升温，发出耀眼的光芒，激活了的精神能量拨开生活的雾霾，以道德和阳光的名义抚慰人们受伤的心灵。弋舟小说中的主人公刘晓东是一个精神疾病的患者，正是这样一种超乎常人的视角，让我们看到了世界的真与丑。这也是作家艺术手段的高妙之处。小说的合理与不合理都在这样的叙述视角中展开和延宕，艺术之真与生活之真在同构中走向圆熟。弋舟小说呈现出的这种生命关怀，寄托着他对蹉跎岁月的理解与思考。

好的小说"帮助人能理解自己，提高他对自己的信心，发展他对真理的志向，反对人们的庸俗，善于找出人的优点，在他们的心灵中启发羞愧、愤怒、勇敢，把一切力量用在使人变得崇高而强大，并能以美的神圣精神鼓舞自己的生活"[1]。

《而黑夜已至》中的徐果，本是一个善良、孤独，甚至是可怜的女孩，但她为了说不清楚算不算男朋友的左助出国和给她的老师买套房子付首付，不惜勒索别人，并最后遭遇车祸而亡的悲剧人生，读来令人心酸。在这里，我们读出了人性伟大的善良，"伟大即善良，它意味着虔诚和敬畏，意味着爱和牺牲，主要是指在日常生活的考验情境中所表现出来的执着而慷慨的利他主义精神"[2]。

爱和牺牲在日常的平凡生活中获得了高尚的意义，徐果的善良行为很好地诠释了这一命题，也直击人们灵魂深处的"小"，让我们在疼痛中收获了启迪。同时也让我们深刻地感受到"美丽而圣洁的东西，在这个罪恶的时代无法生根，其无可挽回的毁灭，给我们灵魂带来震惊、洗礼以及对

---

[1] 牟雅斯尼柯夫：《高尔基与文学问题》，见叶林果等《高尔基与俄罗斯文学》，赵侃等译，新文艺出版社，1957年，第44页。
[2] 李建军：《苦难境遇与落花生精神——许燕吉论》，载《小说评论》2014年第2期。

美丽圣洁的永恒向往"①。

弋舟以小说的方式叩问人性的善良与美好。不管是《等深》中的茉莉、周又坚、周翔,《而黑夜已至》中的杨帆、徐果、左助,还是《所有路的尽头》中的邢志平、丁瞳、尹彧,他们都是这个城市生活中芸芸众生的一员,他们面对城市生活的无奈,发出富有隐喻性的声音,"我们是等深的","而黑夜已至","所有路的尽头"。这三篇中篇小说的题目就构成了城市生活的隐喻系统,小说的主题意义凸显明朗。弋舟借助徐果反复唱的一段歌词来表达他对城市的真切感受。

这城市那么空/这胸口那么痛/这人海风起云涌/能不能再相逢/这快乐都雷同/这悲伤千万种②

弋舟喜欢用诗句和歌词来点化主题和营造氛围,这从另一个角度表现了弋舟小说的诗化追求和思想性品格。弋舟喜欢和现实对话,这种对话既凸显出了作家思考问题的能力,也从一定意义上决定了小说的深度。弋舟以一种力透纸背的精神之力来书写"蹉跎"生命,他在完成人物形象的塑造的同时,建构起了崭新的精神世界,从而实现了对现实的超越性认识。

总之,弋舟的中篇小说集《刘晓东》是一部中国当代文学不可多得的精品力作。作品以刘晓东这个当代城市生活的抑郁症患者为视角,来透视城市中的人和事,书写他们的无奈与困惑,发掘他们精神深处的美好与浅薄。弋舟的小说既对人性的复杂性进行了深刻的思考,也对社会生活进行了理性的发掘,这让他的作品在保证小说艺术品质的同时,附上了诗性的光芒。当然,弋舟的小说也有一些值得注意的地方。譬如,小说中有好几处用"觳觫"一词,有点频繁;小说在叙述的过程中,叙述节奏的理性把握不够圆熟;小说中有意而为之的一些象征的使用,如"等深""尹彧"等有刻意为之的嫌疑;小说观察城市生活的视角有失偏狭,作品中所

---

① 王鹏程:《置身于阳光和苦难之间——论小说的反叛精神》,载《小说评论》2014年第2期。
② 弋舟:《刘晓东》,作家出版社,2014年,第113页。

表现的生活和现实生活有一定的距离，虽然说小说是虚构之作，但这种虚构是建构在合理的现实基础之上的，小说遮蔽了城市生活的阳光和美好。当然，弋舟小说中的这些问题整体上瑕不掩瑜，弋舟小说为中国当代文学创作所提供的鲜活的美学经验和他对生活的哲学般思考，足以说明他是一个优秀的作家。他的作品是一个时代的见证，他以热忱的道德关怀和炽热的精神，点燃了城市生活的亮光，他从城市生活的丑陋与驳杂中发现了人性美好的精神之莲，他拷问生命存在的意义，他倔强地固守着人类精神的园地。

原载《小说评论》2017年第4期，原题为《人生况味的表达与生命精神的书写——评弋舟的中篇小说集〈刘晓东〉》

陈忠实文学的当代意义与《白鹿原》的超越性价值

陈忠实无疑是中国当代最重要的作家之一,他的《白鹿原》是一部划时代的作品,具有里程碑式的意义。自从陈忠实步入文坛以来,关于他的作品的评论和研究文章、著作数以万计。笔者先后写了《多元情结的凝聚与现实主义的生命力——陈忠实中篇小说论》《从"乡土凝香"到"现实余韵"——陈忠实短篇小说论》《"生命的真实"与"心灵的悸动"——陈忠实散文创作论》三篇评论文章。这三篇文章对陈忠实中篇小说、短篇小说和散文做了较为深入的分析和阐释,但未写《白鹿原》专门研究文章。关于《白鹿原》,笔者以为,一是研究文章太多了,自己就不凑这个热闹了;另外一个深层原因是自己感觉很难超越现有的研究成果,难以做出创新性成绩。面对陈忠实文学以及研究陈忠实文学的论著,笔者以为整体上缺乏原创性和问题意识,未能真正进入陈忠实世界,未能跳出陈忠实,站在时代的制高点做当代性阐释,缺乏忧愤深广的情怀和视野,缺乏文学阅读的慧心和历史的美学的批评理念。对陈忠实文学的意义发现和价值判定,需要在一个更高、更深、更广的层面上来进行。这个层面的背景是"中国崛起",其格局是"中国故事与中国精神""世界视野与中国经验""中国文学与文化自信"。我们将陈忠实文学放置在这样的格局中来思考和分析,就会发现很多异样的闪光点,这是对以往研究结论的悬置和重构。

面对陈忠实丰富的文学遗产,我们不得不思考一个沉重的命题:陈忠实文学的当代意义是什么？他的代表性作品《白鹿原》有何超越性价值？在今天，我们纪念陈忠实，是纪念他对文学的真诚与执着，还是纪念他那胸怀中华洞悉幽微的历史眼光？我们要发掘陈忠实文学的当代意义，就得思考它的意义构成。这些意义构成的命题应该包括陈忠实与当代陕西文学、陈忠实与中国当代文学、陈忠实与世界文学、陈忠实文学与现实主义生命力问题、陈忠实文学与中国当代社会发展思潮的关系和张力问题、陈忠实文学的历史源起演变轨迹和内在规律问题、全民阅读危机与陈忠实文学的评价问题、陈忠实文学研究论域的生成问题等等，这些问题就要求我们研究主体从知识和思想两个视野来拓展陈忠实文学研究的边界，从而在更开阔的维度上探讨陈忠实文学的当代意义。以这样的问题意识来研究陈忠实文学，我们的研究视野将得到重大拓展，一些以前被我们忽视的方面将从遮蔽中向我们敞开，形成有意义的问题域和问题群。譬如，陈忠实文学中所蕴含的"人类性"质素、历史与政治在文学中的投射、美学与文学的同构、《白鹿原》与中国传统文化礼义廉耻问题、作为民族秘史的《白鹿原》等等。我们对陈忠实文学中所蕴含的这些质素进行深层挖掘和反思，对文本中所表达的有关人类生存价值的历史性、时代性的创造性回答，使得陈忠实文学的固有价值向度充分地彰显出来。如果我们从这些维度来研究陈忠实文学，就可能获得一个崭新的思想空间。

陈忠实以文学的方式思想和表征了现代中国的社会演变史，这对我们了解中国现代以来的历史和中国人的生存命运具有十分重要的意义。陈忠实往往能潜到历史和时代的最深处，能潜到个体与族群生命的最深处，言说人与历史的现代与传奇，思考中国传统文化最为核心的"礼义廉耻"在历史演进过程中的断裂与丧失。陈忠实文学对"大时代"的把捉和对"小时代"的书写是其经典化生成的一大亮点。所谓的大时代是反映一个很长历史阶段中社会发展的全过程以及全过程的矛盾、规律、总特征等，具有普遍性和共性。所谓小时代是大时代中相对独立的发展阶段，它反映的是具体历史阶段中社会发展的主要矛盾、特殊规律和个性特征，具有特殊性和个性。陈忠实文学往往既有这种"大时代"的宏阔历史意识,又有精准表达"小时代"的主要矛盾、主要问题的自觉书写。这在《白鹿原》中有着很好的体现。林岗在谈到这一点时说:

> 陈忠实是一个主观追求讲述历史的整一性而实际上却长于讲述历史的杂多性的作家。《白鹿原》的文本多处出现这两方面的裂痕,那个希望付诸实现的整一性的想法,随着情节的推移又被赋予与原初意义不相同的意味。多重不同意味的叠加站在杂多性趣味的美学立场,毫无问题,然而它却模糊了原初既定的整一性。①

陈忠实文学的意义和《白鹿原》的超越性价值在于以下几点。

第一,陈忠实是一位思想型作家,他写出了一个民族的秘史。在《白鹿原》中,陈忠实通过白、鹿两个家族的家族秘史,揭示出了宗法文化中最原始、最本真的东西。这些东西其实就是我们民族的文化秘密。他实际上,就是试图通过写家族来展现民族心灵史、精神史、灵魂史。这也是陈忠实思考民族历史、民族文化命运的一种方式和策略,这种方式和策略在某种程度上可以说激活了他思想深处那道隐秘的历史河流。诚如李建军所言:

> 它是作家基于对我们民族命运及未来拯救的焦虑和关怀,潜入到国民生活的深处,以自己的心灵之光,所烛照出来的民族历史及国民精神的混沌之域和隐秘的角落。②

在这个意义上我们可以说,陈忠实创作出了对现当代中国历史最具解释力和批判力的作品。也有一些学者对陈忠实的《白鹿原》持否定的观点,比如南帆在《文化的尴尬》中,就认为《白鹿原》的基本矛盾冲突主要体现为儒家文化与现代性话语之间的碰撞与交锋。这种解读有一定的道理,但也存在着问题,失之偏颇。陈忠实的本意可能是想表达以儒家文化为内核的宗法文化谱系,尤其是礼义廉耻与中国现代革命发展演变过程的

---

① 林岗:《在两种小说传统之间——读〈白鹿原〉》,载《小说评论》2016年第3期。
② 李建军:《一部令人震撼的民族秘史》,载《小说评论》1993年第4期。

碰撞与交锋，甚至是丧失与断裂。陈忠实对中国近现代革命的这种自觉思考，确切一点讲是"文化的自觉"。《白鹿原》能成为经典，能经得起历史的检验，可能正是陈忠实这些深刻厚重的思想托起了这座文学的丰碑。

第二，陈忠实文学是"人学"，他的文学作品最具"人类性"。他的作品对人性的开掘和对人的灵魂和精神的开掘，融入了生命的体温。陈忠实的文学创作意蕴具有人性内涵，具有丰富的人类性要素，他的人类性理念充满现代意识。程金城说：

> 新时期以来，特别是20世纪80年代中期以后的中国文学，其最深刻的变化和最深远的历史意义就是作家主体归属意识中的"人类性"意识的增强和作品对"人类性"追求的强化。①

从"人类"的视野看待陈忠实文学和《白鹿原》的文学意义，极大地拓展了研究者的研究思维和研究层面，同时也有效地消解了固有的研究模式和思维定式。我们如果从"人类性"的角度切入陈忠实文学，尤其是《白鹿原》，就可能更有效地挖掘出其作品在精神上与人类性的联系和所具有的世界意义。

第三，陈忠实文学有着鲜明的未来意识，他的作品立足于现实，是现实主义文学作品的典范，但它又是超越现实的，直指未来。这也给陈忠实文学留下了无限大的阐释空间，让作品的意义在不断的阐释中生成新的意义。陈忠实说：

> 当我第一次系统审视近一个世纪以来这块土地上发生的一系列重大事件时，又促进了起初的那种思索进一步深化而且渐入理性境界，甚至连"反右""文革"都不觉得是某一个人的偶然判断的失误或是失误的举措了。所以悲剧的发生都不是偶然的，都是这个民族从衰败走向复兴复壮过程中的必然。这是一个生活演

---

① 程金城、冯欣：《"人类性"要素与20世纪中国文学的价值定位》，载《南开学报》（哲学社会科学版）2003年第6期。

变的过程，也是历史演进的过程。①

正是基于这样一种历史与未来交融的意识，陈忠实站在历史的制高点放眼未来，剥离了历史生活的层层裹革，以一种解蔽的方式打开了那个隐秘的"必然"。

第四，陈忠实文学是真正的生命之学，他将自己的全部生命投入文学创作之中，他的生命与作品中人物的生命共同构成"生命的共同体"，是生命的共同燃烧。陈忠实说：

> 作家是依赖生活体验及至生命体验实现创作的。无论城市，无论乡村，无论现实生活，抑或历史生活，作家发生了独特独有的体验，就产生创作欲望。随着体验的深化，就会完成构思，再完成创作。②

这实际上很好地回应了他的另外一句话：

> 我崇尚作家的生命体验，然而是否获得并进入生命体验的层面，尚不敢吹。③

陈忠实正是基于这样一种生命激情，才创作出了蓝袍先生，以及《白鹿原》中的白嘉轩、鹿三、朱先生、冷先生、鹿子霖、白孝文、田小娥、白灵、鹿兆海、鹿兆鹏、田福贤等人物群像。这些人物群像都承载着作家的生命体验，甚至承载了作家太多文化信息。诚如郜元宝在重读《白鹿原》所言：

> 《白鹿原》在"寻根文学热"沉寂多年之后继续"寻根"，但其所寻之"根"糅合儒、佛、道而以道教文化为主导，不啻为鲁迅名言"中国根柢全在道教"下一注脚。④

---

① 陈忠实：《关于〈白鹿原〉的答问》，载《小说评论》1993年第3期。
② 贾晓峰、陈忠实：《文化的沉思与创作的心曲——陈忠实笔谈录》，载《当代作家评论》2014年第6期。
③ 贾晓峰、陈忠实：《文化的沉思与创作的心曲——陈忠实笔谈录》，载《当代作家评论》2014年第6期。
④ 郜元宝：《为鲁迅的话下一注脚——〈白鹿原〉重读》，载《文学评论》2015年第2期。

正是因为陈忠实文学生命肌理中的这些文化基因，才使得《白鹿原》中的诸多人物形象浑然丰满、拙朴率真，富有生命气息。

第五，陈忠实文学是发现的艺术。意大利当代著名作家伊塔洛·卡尔维诺曾说，经典是每次重读都像初读那样带来发现的书，经典是即使我们初读也好像是在重温的书。陈忠实文学就具有这样的品格，每次阅读都有一种"发现"的快乐。雷达说：

> 《白鹿原》终究是一部重新发现人，重新发掘民族灵魂的书。在逆历史潮流而行的白嘉轩身上展现出人格魅力和文化光环，这是发现；但更多的发现是，在白嘉轩们代表的宗法文化的威压下呻吟着、反抗着的年轻一代。[1]

雷达以评论家的敏锐眼光，发现了贯穿在《白鹿原》中的文化冲突，以及由文化冲突激起的人性冲突。在这里我们也从另外一个层面看到了《白鹿原》的深刻与厚重，看到了陈忠实在表达封建礼教与人性、天理与人欲、灵魂与肉体方面匠心独具。这也可能是《白鹿原》成为伟大文学最为可贵之处。

第六，陈忠实的《白鹿原》讲出了中国故事的世界意义。陈忠实的《白鹿原》是典型的现实主义作品，但陈忠实的现实主义是立足于中国本土经验的现代性反思，套用现在流行的研究话语说，是全球化视界下的现实性。陈忠实以现实主义精神和浪漫主义情怀观照历史和现实生活，这在一定程度上增强了他讲述中国故事的表现力。他的这种忧患意识和反思精神在他的文学作品中有着很好的体现。这说明了他一方面对历史和现实生活有着深刻的认识，另一方面说明他的思想灵魂深处充满着浓郁的人文情怀，同时也说明他有着崇高的审美理想。他真实地将自己的困惑和解惑写进文学中，让真实的中国故事在世界文学格局中获得意义。

总之，陈忠实文学是一个独立的、自足的文本，我们应该承认其丰富

---

[1] 雷达：《废墟上的精魂——〈白鹿原〉论》，载《文学评论》1993第6期。

性和复杂性，应该看到其作品所具有的矛盾性、多质多层性。不同层次和年龄的读者和研究者，在进入陈忠实文学世界时往往会以自我的方式来阐释和解读，其结论可能有所差别。这就说明，陈忠实文学不是封闭的，而是不断生成的。我们研究陈忠实文学，就要有自己的问题意识。我们不仅要强调历史的追问，而且也要学会不断地进行自我审问。这样才能超越作为研究个体的陈忠实，才能凸显出其所具有的"人类性""民族性"，以及"社会性"品格来。郜元宝在研究鲁迅时，强调"打通鲁迅研究的内外篇"。他认为：

> 内篇关注鲁迅生平、思想和创作，兼及鲁迅的中外文化因缘，鲁迅与所处时代环境的关系。……外篇侧重考察鲁迅与某些现当代文学现象的关系，都是鲁迅生前和死后在被动状态下形成的文学史关联领域。①

郜先生的这种鲁迅研究策略，在陈忠实研究中也有一定的借鉴意义。这种研究思路既可以有效克服陈忠实研究的"碎片化"，又有助于新的整体性"陈忠实品相"的生成。只有在这样的大视野中研究陈忠实文学，才能真正发现陈忠实文学的伟大意义。陈忠实思考历史、传统文化，思考人性、人类精神，以及人的终极价值和理想这些人类文明发展的根本问题，体现了一个伟大作家的不凡之处。在今天，我们探讨陈忠实文学的当代意义和《白鹿原》的超越性价值，归根结底就是要让其文学文本成为当代思想、学术研究和文学创作的再生资源，成为当代人类文化再生产的动力源泉。

原载《西北大学学报》（哲学社会科学版）2017年第5期，人大报刊复印资料《中国现代、当代文学研究》2018年第1期全文转载

---

① 郜元宝：《打通鲁迅研究的内外篇》，载《文学评论》2016年第2期。

象征与隐喻：阿来"山珍三部"的文化密码

　　阿来自然主义文学新作"山珍三部"——《三只虫草》《蘑菇圈》《河上柏影》，不仅呈现了弱势文化落后、腐朽、蒙昧的一面，同时也表达了弱势文化存在的价值与尊严。作者在书写现代文明势不可挡和不可理喻兼具的同时，也描绘了其合理、先进、便捷的优势，并不遗余力地展现文化冲击的复杂性和多维性。在作品中，阿来通过对具有高度凝聚力的三种中心意象——"虫草、松茸、岷江柏"的塑造，隐喻并暗示时代变迁给人类、原始文化乃至无辜植物带来的可怕遭际。读者在对圣洁、神奇、本真的原始文化走向没落深感遗憾与惋惜的同时，也目睹其走向衰亡乃至消失的历史必然性与合理性。作品以"中心意象"为叙述焦点，以"隐喻手法"营造并渲染了一种极具象征性和寓言性的整体故事氛围，成功构建了一个完整而富有深意的象征系统，使得隐喻表达趋于完美。故事书写的是现代化进程对积淀千年的历史文化的冲击与毁坏，诉说的是藏民族在内外交汇、新旧更替的社会现实中生存的无奈与困顿。在苍劲有力的古老与华灯璀璨的现代化的博弈当中，阿来不仅是在探寻那些被遗失在林间的山珍之宝，更是在这些大自然的馈赠之中洞悉人性的复杂与不堪。

一、虫草、松茸、岷江柏：原生态文化的中心意象

阿来"山珍三部"是"对人性的书写并直面存在之困"。①其分别以"蘑菇圈""三只虫草""河上柏影"命名，且均各自以"松茸""虫草""岷江柏"为叙述焦点，三者是植物，也是生命；是金钱，也是文化；是现实，也是梦想。意象主义诗人庞德曾说："意象"不是一种图像式的重现，而是"一种在瞬间呈现的理智与感情的复杂经验"，是一种"各自根本不同的观念的联合"。②

因此要清晰理解这部自然主义新作的理智与情感经验，必然离不开对这三种意象的探析。韦勒克说：

> 意象可以作为一种"描写"存在，或者也可以作为一种隐喻存在。③

作者对不同意象的铺设，能够在隐喻作者意图、启发读者顿悟方面，发挥不同的作用和功效。而意象的典型形态之一"中心意象"，更是在故事中占据着核心地位。在此我们对中心意象的细致探究，或多或少都将有助于读者领略作品意味，获悉作品最具价值的思想意蕴。

"中心意象"是由作者创造出来，能够体现作者审美理想的一种高级象征意象，其不仅有助于想象和追踪理性，而且具有高度凝聚力和代表性，其背后往往隐含或象征着作者想要表达的真正寓意。我们通过对阿来"山珍三部"中心意象的分析，能或深或浅触摸到文本的隐喻和象征意蕴，发现其中关于生命与人性、关于世界与社会、关于存在与消亡的深刻思考。阿来在接受采访时说道：

---

① 韩伟：《回望先锋：文学与记忆（笔谈）》，载《兰州学刊》2016年第3期。
② 汪耀进编：《意象批评》，四川文艺出版社，1989年，第4—5页。
③ 勒内·韦勒克、奥斯汀·沃伦：《文学理论》，刘象愚、刑培明、陈圣生等译，江苏教育出版社，2005年，第57页。

> 围绕西藏的植物，我会写一组小说，我把植物当成一种文化来写，因为植物不是自己生长在那里，开花结果。它同时和人类发生关系，被人利用，被人观赏，你把这些方面发掘出来，它就是一种文化。而且植物会把你带入他们自己的世界，他们生命的秘密世界，那是一个美的世界，一个人活动其中的，有着深厚文化意味的世界。①

"山珍三部"正是对这些西藏植物与原始文化的探索与找寻，其带领读者走进这些植物世界，呈现这些植物与人之间不可摆脱的同病相怜关系。

小说中人物与自然万物的命运之锁是紧紧相扣的，虫草、松茸、岷江柏渗透于整个叙事时空。始于虫草，终于虫草，始于松茸，终于松茸，还有那始终难逃厄运的岷江柏。在金钱利益牵动下，那些原本和睦亲切的人物关系、事物关系均变得面目全非，随之而来的厄运也降临于这些稀有物种身上，人心扭曲不堪，植物遍体鳞伤。阿来在这三部小说中整合了摇曳不定、零散飘落的意象碎片，以三种中心意象在一个中心地理环境上的诸多遭遇来结穴故事。这些具有强大凝聚力的三种中心意象，即"山珍——三只虫草、蘑菇圈、五棵岷江柏"，使作品超越了简单的故事写实，而生成深刻的意象寓意。人与"中心意象"割舍不清的联系表明"山珍"不是简单的象征符号，其不仅意味着物质的满足，更是精神的慰藉与寄托，其幻化成精神性的象征物，成为所有能从中获利的人的生命中潜在的梦想和诱惑。

那些濒危的松茸、虫草、岷江柏意象承载着作者赋予的使命，具有多层隐喻意味。就单层次来看，虫草意象隐喻生物的自然神性，人类的生存资本；蘑菇圈隐喻着生命的生生不息，万事万物的命运相连；岷江柏隐喻着原始宗教神性与神话传说的覆灭。就总体来看，三种意象又共同隐喻着一种"原生态文化"（原生态文化是指某一区域族群自然形成的，没有受

---

① 傅小平、阿来：《阿来：文学是在差异中寻找人类的共同性》，载《文学报》2015年8月13日。

到外来影响和冲击的文化，这种文化具有原始性和自在性的特征，与该区域的地理形态和该族群人的自然生活习惯的密切相关，所以还具有其自身的独特性①），也象征着人类以及其他自然生物的命途多舛。这些稀有山珍存在于自然的生态链之中，就如"开会的蘑菇圈"的自生繁荣一样。然而利益的驱遣使得人类丧失原有的平和心态，这种失衡心态作用于自然万物，打破原有的生态平衡，最终致使蘑菇圈毁灭、生态链断裂，人类岌岌可危。

  尽管弱势文化因为迟滞、落后而陷入受强势文化掌控并随社会发展而衰落的宿命，但其在强势文化面前仍有尊严和价值，并与强势文化形成二律背反，成了强势文化的反面关照：那里没有理性，却有激情、神奇和本真的残破，没有进步或现代化，却像一个远去的田园或重新发现的圣洁之地。②

《蘑菇圈》中阿来写未受到外来文化冲击时的蘑菇：

  布谷鸟叫声响起这一天，在山上的人，无论是放牧打猎，还是采药，听到鸟叫后，眼光都会在灌丛脚下逡巡，都会看到这一年最早的蘑菇破土而出……他们烹煮这一顿新鲜蘑菇，更多的意义，像是赞叹与感激自然之神丰厚的赏赐。然后，他们几乎就将这四处破土而出的美味蘑菇遗忘在山间。③

  小说展现了未曾受到外来文化侵扰的藏区和原始人那种自在的状态，诗意的生活以及纯粹的精神，不带半点尘埃亦无喧嚣吵闹，人与自然和谐相处，封闭而神秘。在此，蘑菇圈本身就是原生态文化的一种表现，但随着强势外来文化的入侵，三种中心意象被摧残殆尽，而伴随这些中心意象消逝的是原生态文化和人类存在的诗性以及精神的神性。

  阿来以清新、爽朗、凝练的笔调，在山珍三部中通过三种中心意象，

---

① 赵世林、曾茜：《原生态的文化诠释》，载《光明日报》2008年5月20日。
② 寇旭华：《〈尘埃落定〉的象征性分析》，载《文艺争鸣》2009年第9期。
③ 阿来：《蘑菇圈》，长江文艺出版社，2015年，第5页。

深刻表达着藏汉民族的诸多冲突,诉说着藏区文化的溃败和稀有物种所遭受的灾难,透出哀伤之感,如一曲挽歌,凄婉悲凉。《蘑菇圈》中阿妈斯炯如守护神一般关爱呵护着蘑菇圈,实质上她守护的还有在外来强势文化入侵下,已柔弱不堪的自然神性与自己灵魂当中最为善良、原始和本真的人性,但不幸的是她竭力守护的珍宝终究被利欲熏心的人毁于一旦。只要松茸商人一出现,人们便会"提着六个铁齿的钉耙上山,扒开那些松软的腐殖土,使得那些还没有完全长成的蘑菇显露出来……阿妈斯炯心疼地对胆巴说,人心成什么样了,人心都成什么样了呀!"[①],原生态圈被无情打破。

而阿妈斯炯依然守护着精神原乡:

> 丹雅说:阿妈斯炯你眼神不好啊,这么大朵的蘑菇都没有采到……阿妈斯炯微笑,那是我留给它们的。山上的东西,人要吃,鸟也要吃。[②]

但阿妈斯炯的微薄之力终究抵不过利益浪潮驱遣下无所顾忌的人心欲求。在《三只虫草》中,讲述了虫草是所有机村人的致富之路,外来商客的收购,官场升迁的用途,救人性命的任务,使虫草不堪重负。让人心痛的是,以虫草为生的藏民们,居然不知道虫草长成以后的模样,唯有少年桑吉,还心怀好奇与憧憬,询问长辈不得后,选择细心照料和观察虫草。在所谓的外来文明的冲击下,有人坚守本心不为所动,有人动摇而不知所措,有人陷入了痴醉癫狂,有人故步自封不闻不问,但也有人在做错之后怀着一悲悯之心为自己也为所有人赎罪。

在《三只虫草》和《河上柏影》中,原生态文化也不可避免地遭受了灭顶之灾。原生态的代表意象虫草和岷江柏无一例外地被赋予了过多的金钱负担,如果说蘑菇圈隐喻机村原生态文化锁链,那么虫草和岷江柏就隐喻着人类和自然生态环境的命运。黑格尔指出:

---

① 阿来:《蘑菇圈》,长江文艺出版社,2015年,第85页。
② 同上,第114页。

> 隐喻是一种完全缩写的显喻，它还没有使意象和意义互相对立起来，只托出意象，意象本身的意义却被勾销掉了，而实际所指的意义却通过意象所出现的上下文关联中使人直接明确地认识出，尽管它并没有明确地表达出来。①

虫草、岷江柏、蘑菇圈看似是实实在在的物质，但将这三种意象放入作品中宏观把握，这三者背后的深刻寓意则值得深究。蘑菇圈的"被毁灭"、虫草富有深意的未知旅途、岷江柏逃脱不掉的死亡归宿均是由人类肆无忌惮谋取利益或是官场争权夺势、划分派别所致。在"山珍三部"中，阿来本着一以贯之的人本主义立场开始自己的捡拾之路，捡拾我们人性中善良淳朴的一面，捡拾大自然赐予我们人类的珍贵植物，捡拾知识的神圣性和宗教的虔诚性。在一路捡拾中，阿来细致地揭露这些东西的遗失过程，描写藏汉文化冲突以及时代发展带给封闭自锁的古老文化的冲击。在作品中阿来塑造了一个与贾平凹、莫言、福克纳相似的"中心地理环境"——藏区。

> 民间是作家曾经生活过的土壤，也记载着乡土人生活的苦难史，"故园东望路漫漫，双袖龙钟泪不干"，这是远离故乡的人在骨子流淌有一种血脉，这种血缘似乎促成了作家对乡土的自觉抒写情怀。②

"山珍三部"在某些方面如贾平凹的"商州"一般充满着浓厚的乡土气息，如莫言的"高密东北乡"一样处处流露着作者对藏区原生态文化的典型——机村的眷恋之情，也如福克纳的"约克纳帕塔法县"一样处处描写的都是藏区人民的生存百态和心理变迁，或许阿来无意于制造这样的现象，但其对故乡的那种深沉的情感，总与这些典型作家在灵魂深处血脉相通。不同的是，阿来的创作更多表达的是对人性中淳朴善良的遗失与珍稀植物濒危的哀伤与惋惜，能让读者更多地亲身体会失宝之痛，反思自我。

---

① 黑格尔：《美学》第2卷，朱光潜译，商务印书馆，1979年，第126页。
② 韩伟：《柳青文学的意义（笔谈）》，载《兰州学刊》2016年第7期。

原本藏民视虫草为山神神圣的礼物,"山神有无数个眼睛在看着",岷江柏也承载着诸多历史文化和佛教传说,总能让喇嘛们津津乐道地讲述许久,而蘑菇圈更是人们在饥饿难耐、生命垂危时的救世主。这些自然赠予人们的珍宝,却在经济利益的操控下经过人手,被摧毁殆尽。少年桑吉的寻梦之旅与虫草意象交织于一体,虫草的流浪隐喻着桑吉乃至更多少年不可知的未来,表达着作者对其成长的忧虑。阿妈斯炯蘑菇圈的"被"毁灭,隐喻着一种神物的丧失,表达着作者对人与自然和谐相处的关系被打破的无奈与悲哀。王泽周在写论文时调研取证,采访喇嘛,获得了不少有关神话传说的故事,但最终岷江柏的死去以及被砍伐刨根的悲剧,印证了那些神话的虚构性,预示着原本崇高、神秘的神话及宗教殿堂随岷江柏的毁灭一起倒毁坍塌。

从意象洞悉作品的隐喻意蕴和象征意义,对其背后所隐含的特定时代的民族文化心理加以解析和研究,才能发现小说真正所欲表达的意蕴。

> 阿来并不是写异乡异闻,而是写一种原始状态的人和魂,他灵魂的根系深植在藏文化的土壤深处。①

"山珍三部"所描绘的藏文化那独特魅力和光彩,蕴含着浓厚的民族文化意识,作者在描述其与汉族文化互动的部分充满独特的寓言性和象征性。因此我们不应仅仅关注精彩绝伦的表层故事,而更应看到作者对"冬虫夏草、蘑菇圈、五棵岷江柏"三个中心意象的塑造与铺设的背后,所表达的隐喻和象征的寓意,以及作者对人生富有深意的思考。

二、人性、文化、时代:象征系统的寓意钩沉

> 写作总要受到由时代精神、主流意识、民间话语构成的表达空间的制约。②

---

① 寇旭华:《〈尘埃落定〉的象征性分析》,载《文艺争鸣》2009年第9期。
② 韩伟:《柳青文学的意义(笔谈)》,载《兰州学刊》2016年第7期。

因此，象征和隐喻手法的使用则使得文学表达更为自由，读者阅读的意蕴空间相对扩大。阿来的"山珍三部"中隐喻与象征交相辉映，但需要明晰的是，隐喻与象征既有联系又有区别："隐喻最初主要起修辞和诠释的作用，其主要的目的是通过一个事物使另外一个事物得到更好的理解与接受，两个事物之间具有关联的意义，而象征则不限于隐喻所属的领域，它并不是通过与其他事物意义的关联而获得意义，而是因为象征事物本身的存在就具有意义。"① "象征一般是直接呈现于感性观照的一种现成的外在事物，对这种外在事物并不直接就它本身来看，而是就它所暗示的一种较广泛较普遍的意义来看。"② "象征注重的是实物或符号之间的偶合连接关系，这种偶合的连接关系主要体现在形象与意义的关系是偶合的，形象与意义之间本身并不具有必然的联系，只是在某种特殊的情况下被赋予了特定的意义。"③

"山珍三部"中每一个稀有植物或者每一个富有深意的人物无不具有一种或多种象征意义。

"山珍三部"的第一部《三只虫草》本身就是一个象征。三只虫草的漂流之旅与少年桑吉的成长构成小说的两条平行线，虫草的遭际映衬或预示着桑吉那未知的命运。三只虫草的命运分别是不同的：第一只虫草被书记泡水之后，成了书记的腹中之物，并散发出浓烈的土腥味，即：

泡在杯子里。煮在汤锅里。用机器打成粉，再当药品吃下。

这样的结果让桑吉有些失望：神奇的虫草也不过是这样寻常的归宿。④

表明虫草不过是世俗之物，只因坠入物欲横流的社会被赋予了经济价值，而变得丧失神性。第二只虫草落入了老人的药膳之中，去拯救老人垂

---

① 朱全国：《论隐喻与象征的关系》，载《吉首大学学报》（社会科学版）2007年第4期。
② 吴伏生：《隐喻、寓言与中西比较文学》，载《文学评论》2016年第2期。
③ 同上。
④ 阿来：《三只虫草》，明天出版社，2016年，第126页。

危的生命：

> 这家人就买了二十只虫草，每次两根，炖在汤里，给老人提气。桑吉的那一只，炖成了第八碗汤。那碗汤，老人没有喝完。他头一歪，嘴半张着，汤却慢慢从嘴角淌下来，顺着脖子流到了胸脯上。①

虫草拯救老人的失败，表明虫草的无力与平凡，虽有神圣的使命，却没有起死回生打破轮回的神力。这象征着人们所为之疯狂的"宝贝"根本无法承担人们对其寄予的希望，这更使得人们为虫草痴迷的举动显得明珠弹雀。这就如马克斯·韦伯所说：

> "世界的祛魅"发生在西方国家从宗教社会向世俗社会的现代性转型（理性化）中。②

在此阿来也完成了对虫草的"祛魅"、对原始文化的祛魅。第三只虫草最终随着虫草大军流入首都，进行着它的命运之旅。这只虫草的命运是未知的，充满着不确定性，也象征着人世的未知与迷茫，隐喻着桑吉乃至人类那不定的命运。

与第三只虫草一样有着未知命运的人物桑吉也具有多重象征意义。少年桑吉在封闭单纯的原生态文化滋养之下，在和谐平静的自然环境的熏陶之下茁壮成长，象征着万物生长。他天真、善良，懂得给不争气的表哥买手套和帽子，给老师买飘柔洗发水，给奶奶买膏药，给姐姐买李宁T恤，处处显露出人性中最为温暖的一面。当他的百科全书遭到校长的无情掠夺和毁坏的时候，他并未让恨的种子在心里生根发芽，相反他听从了母亲和父亲的话，"不可以对人生仇恨之心"。桑吉追寻百科全书的过程象征着他对知识、智慧的追求。最终桑吉上了州重点中学，在学校的图书馆里他见到了完整的百科全书，并致信多布杰老师："我想念你。还有，我原

---

① 阿来：《三只虫草》，明天出版社，2016年，第129页。
② 王泽应：《祛魅的意义与危机——马克斯·韦伯祛魅观及其影响探论》，载《湖南社会科学》2009年第4期。

谅校长了。"这样的完美结局可谓皆大欢喜，然而却也颇具意味深长的暗示——在未来路途上等待少年桑吉的将是何等残酷的现实？成长中的桑吉是在复杂漩涡中挣脱还是沉浮，作者以这样的结局画了一个问号，让读者感到些许担忧。

在《蘑菇圈》中，蘑菇圈本身就象征着机村原生态文化，也象征着生生不息的生物圈、人类以及其他万物在历史中的生死存亡。

> 文学的"时代性"蕴含于文学的"人类性"之中，而文学的"人类性"又可以说是对文学的"时代性"问题的历史性回答。①

人类如蘑菇圈一样，在历史的长河中经历着自在、发展、繁荣与毁灭。在大饥荒时期人们依靠蘑菇圈度过危难，斯炯也始终怀着一颗悲悯之心善待村民和蘑菇，她将蘑菇形容为"开会的蘑菇"，将未长成的蘑菇比作胎儿。当丹雅带她去参观人工种植的蘑菇时，斯炯说：

> 你的孢子颜色好丑啊……我的蘑菇圈里，这些孢子雪一样的白，多么洁净啊。②

看到金针菇和香菇时斯炯说：

> 蘑菇怎么会长成这种奇怪的样子。没有打开时，像一个戴着帽子的小男孩，打开了，像一个打着伞的小姑娘，那才是蘑菇的样子……哦，腿这么短的小伙子，是不会被姑娘看上的。③

这一个个的蘑菇在斯炯眼中都被拟人化，斯炯引导读者以看人的眼光来观赏蘑菇。在此蘑菇与人的命运相互交织，难以分离，蘑菇欣欣向荣时期，人类的家园未遭外来文化的侵蚀。当传说蘑菇是价值连城的松茸并有人高价收购时，这种被遗忘在山间的蘑菇也开始被疯狂采摘。最终蘑菇圈遭受的灭顶之灾预示着人们那坎坷而不幸的命运。蘑菇圈与人类就如同有

---

① 韩伟：《从现代文学研究到民国文学研究：观念转变与范式变革》，载《陕西师范大学学报》（哲学社会科学版）2016年第3期。
② 阿来：《蘑菇圈》，长江文艺出版社，2015年，第103页。
③ 同上，第104页。

机体一样，一荣俱荣，一损俱损。

《河上柏影》中的五棵岷江柏与王木匠和《蘑菇圈》中的松茸与斯炯一样，也和《三只虫草》中的虫草与桑吉一样，具有多重象征意义。五棵不知生长了多少年的岷江柏，矗立在村前，香气四溢。人们用它散落的枝叶做香料，焚于祭奠神灵的香炉之中，用它脱落的树皮来做调料，烹饪美食。但不幸的是，由于崖柏的濒危致使与其相似的岷江柏遭受非难。那五棵生长了百年的岷江柏最后在发展旅游业的时候，由于根部覆盖了水泥难以吸收水分和呼吸空气而陆续枯萎，五棵百年老树就在政府的指挥下逐一丧命。这些古老的树木象征着古老的智慧和文化，在村子里流传的关于这些树木的传说有好多种，每一种都是一种期盼，一种信仰，一种文化。然而岷江柏最终被砍伐殆尽，并遭受刨根之难，那些民间流传的关于它的神话传说也都在王泽周的调研下烟消云散。承载着神话传说的岷江柏的神秘面纱被揭开后，总不免流露出现实的残局和无奈。而协助砍伐岷江柏的王木匠，一个汉族的忠厚男子，在《河上柏影》中不仅是一个慈祥的父亲，他还是汉族的代表，他象征的是前现代时期汉族人在藏族地区所遭受的轻视。他与藏族妻子的婚姻和被人歧视的遭遇，象征并预示着藏汉文化的交融，虽然在交融过程中必然遭受种种不易与困苦，但终究还是会以不可抵挡之势走向融合。

"山珍三部"中的象征元素比比皆是，但将多种的象征元素的意蕴集结起来，主题可归纳如下——"作者对原始文明与智慧没落的惋惜，对现代化进程盲目求快的忧虑，对时代的关注和对人性的深沉思考。"阿来借用珍稀物种松茸、虫草和岷江柏这三种中心意象的兴衰存亡，来表达自己对自然万物的惋惜、对人性邪恶一面的批判。我们通过探究作品的几个主题意蕴，可以看清作者想要表达的真正寓意。

  在汉语中"寓"的本义是"寄托"，因而《汉语大辞典》说"寓言"也就是"有所寄托之言"。同理"寓意"即"有所寄托之意",寓意是隐喻的延伸所要表达的真正意蕴。①

总结起来"山珍三部"的象征寓意可概括为以下三点:

其一,浓厚的宗教神秘色彩和无法摆脱的宿命感。阿来的小说自始至终都笼罩着宗教气息,三部作品中的人物无论是年少的桑吉,还是慈善的阿妈斯炯,抑或是知识分子王泽周,都是贫苦的藏区人民。他们均不同程度、被不同方式伤害,致使其退缩或是认命,抑或是将一切劫难归咎于宿命。就斯炯自身而言,她对宿命的认可颇具佛家思想,无论是她的哥哥还是儿子,她都用"宿命"来加以解释。随着佛教的传入和流行,其宣扬的宿命论深入人心,原本处于蒙昧状态且淳朴善良的人们在冥冥之中接受了佛教哲理。由人延伸到社会,由思想牵动着行动,为命运操控,从一开始就在上演昭示结局的悲剧。就如斯炯守护的生生不息的蘑菇圈一般,被人们残酷摧毁,纵使斯炯百般无奈也只能哀伤感叹。阿来是用汉语写作的藏族作家,他说:"受到这个民族强大的宗教背景的影响",其小说也正因此充满了神秘浓厚的宗教色彩和不可摆脱的宿命感。但阿来并未直接强调这种宿命感,而是衬托出心理体验,让读者深有感触。

其二,不可抗拒的强势文化冲击与弱势文化的消亡。小说主要聚焦在藏区,描写汉文化入侵给藏区的人物关系、事物关系以及组织活动带来的诸多变化。这不由得引起我们对"他者——外来文化"意义的思索,并且在与"他者"文化的接触、交往、碰撞或冲突的过程中,形成具有民族特色的自我认知意识。在藏汉民族文化的碰撞中,阿来强调了"他者"文化不容忽视的积极因素和"本我——藏区文化"中最为精贵的琼浆玉液。作品在"本我"与"他者"文化生存与发展之间形成一种特有的张力,"一方面使民族文化抛弃非现代性的文化因子,尽快使民族文化心理实现从前现代到现代的结构性转换,一方面又要十分珍视本民族文化传统,使它不致被市场化、商业化和科技化的浪潮所吞没,依然保有原生态文化的

---

① 吴伏生:《隐喻、寓言与中西比较文学》,载《文学评论》2016年第2期。

魅力"①。

　　《蘑菇圈》《三只虫草》中藏汉族民众的利益交融，《河上柏影》中藏汉联姻等，从象征意义上讲是"他者"文化已如生存本金和血液一样融入"本我"文化的体系之中。在"本我"与"他者"文化的矛盾冲突中，"他者"文化有对"本我"文化不同程度的肯定和否定，但这肯定与否定之间并不矛盾，相反作者正是通过两者之间的矛盾化解来表达强弱文化互动、交融的关系，而最终从两者的矛盾中洞悉出文化的统一性。

　　其三，时代变迁背景下对复杂人性的关注与深沉思考。在阿来的"山珍三部"中，着重描写的是时代变迁中利欲熏心的人的堕落与无奈。作者用隐忍的目光观照人性的优害善恶，描绘外界诱惑下的人心百态，不同的人面对同样的诱惑，有人选择坚守底线而有人则堕落不堪。在历史的纵深处，阿来探索的是一个民族该以何种心态面对风云变幻的当下。现代社会的启蒙消解了认知混沌，科学技术对自然神性与人文神性给予了致命的颠覆。但是，当人类精神与社会发展到达瓶颈与迷途时，神性自然与原始文化在某种程度上又能返身肩负起拯救人类空虚灵魂的重担。这种复杂的生态文化伦理观，一方面营造了一个原始时期，处于蒙昧无知状态下的温情脉脉的人类，另一方面又以自然世界与动物天国的诡异神秘来驱动人们自身的道德因素。就如贾平凹一般，将民间文化加以神巫化并赋予其新的时代内涵时，这种"神性"便是作者拯救人类灵魂，实现人的自我救赎的一剂良药。

　　阿来作品以三种中心意象结穴故事，象征自然万物的稀有珍贵，展示着藏区文化浓厚的宗教神秘色彩和人们思想当中无法摆脱的宿命感。还有现代社会中不可抗拒的强势文化冲击与弱势文化消亡的现象，也表达着时代变迁的背景下，作者对复杂人性的关注与深沉思考。象征寓意的良好表达离不开意象的隐喻意义，因此象征意义的挖掘终究还是要追踪到中心意象的隐喻功能，所以我们还需对作品的隐喻意蕴给予无微不至的观照。

---

① 寇旭华：《〈尘埃落定〉的象征性分析》，载《文艺争鸣》2009年第9期。

三、坚守、堕落与救赎：隐喻真实对人生况味的诗性表达

"隐喻"是对希腊文"metaphora"一词的翻译，其本义是"迁移"（transfer）。据此，亚里士多德为隐喻做了如下定义：

> 隐喻是为某物起一个本属于他物的名字。这种迁移或是为某物类，或是从类到种，或是以类比为依据。①

我们应当注意到：

> 隐喻不仅仅是一个语言现象，它还是一种认知模式；通过赋予某一无名之物一个名称，使它传达出"新"的知识。②

"山珍三部"的中心意象虫草、岷江柏、蘑菇圈就已不是具有单纯寓意的意象，而是一种带有认知能力的指示物，其往往暗含着挖掘不尽的思想意蕴。我们通过探究这些中心意象的象征和隐喻意义，可以从不同方面洞悉到阿来想要表达的关于"他者"文化的丰富哲理。

按照形象学的说法：我们可以将阿来笔下的文化看作"本我"——即弱势的本土文化或藏区文化，而与"本我"相对应的发生关联的异族文化则可视为"他者——即强势的外来文化或汉族文化"。我们应当辩证地看到"本我"在诉说自我的同时，也是在言说"他者"。在这本我与他者文化的描绘及其关系的构建当中，阿来创建了一个神幻、纯粹、原始且富有独特文化气质的真实世界。这种"真实"在作品的民间化氛围中是合情合理且符合行事逻辑的假想的真实，其带有鲜明的感性色彩和传奇色彩，不能单纯借用理性来加以评判，也就是说其属于一种隐喻的真实。隐喻真实的寓意代表的是意义层面的生发，其不同于现实的真实，"它不过是把假想当成了真实，或者说，是把假想中或多或少的真实因素加以强化，用来

---

① 黑格尔：《美学》第2卷，朱光潜译，商务印书馆，1979年，第10页。
② 朱全国：《论隐喻与象征的关系》，载《吉首大学学报》（社会科学版）2007年第4期。

支撑自己面对世界的信仰"①。

例如，某家人的生老病死与其家里的房屋构造有某种关系，或者某个妇女生男生女与自家房前的一棵老树有着某种联系。在民间传说中这是另一种知识和逻辑。隐喻真实的叙述方式，"可以使文本的容纳空间扩容为具有广阔性的诗性空间，这种扩容也使得文本的意义空间变得更为开阔，意义层面的'隐喻真实'变得更为丰富"②。

"隐喻真实"在阿来的"山珍三部"中对呈现"本我"和"他者"文化，扩大作品阐释空间都发挥着极大的作用，而且这种隐喻真实对作品的感性观照也彰显了文学的多元性和丰富性。

在作品中阿来运用隐喻真实营造了一个逼真可信的文化氛围，并应用隐喻手法描写着人类在利益诱惑下的坚守，在坚守中逐步堕落、走向溃败，后又以哀婉叹息的文笔描绘着人们或是无可奈何或是虔诚悔过的救赎之路，以此来传递作者对人生况味的诗性表达。就如"蘑菇圈"一样，简单来看，它是一个生命有机体，是自然生长的蘑菇，但阿来却赋予了蘑菇圈更多的寓意，比如人在外形上的优美丑陋，人类的繁荣幻灭、世间万物的有机统一、机村的原生态文化等等。在《蘑菇圈》中，丹雅为了骗取政府的扶持基金不惜在阿妈斯炯身上安置定位系统，跟踪斯炯并在蘑菇圈附近安装监控。在《河上柏影》中，岷江柏更是由于与一种近乎灭绝的崖柏长得极为相似，清晰的纹理和淡淡的香气，使得人们对其不计后果地大肆掠夺。即使最后到了生死的边界，那五棵枯萎的岷江柏也难逃被砍伐去做串珠的厄运。人类从最初简单的物物交换开始，便在内心构建了一个估量物品价值的秤杆，在这杆秤的称量下，人们总是难以摆脱利益纠葛，而后发展到市场经济，这种现象更是有过之而无不及。伊格尔顿说：

---

① 李明彦：《诗性图式与隐喻真实：寻根文学中的寓言叙事》，载《文艺争鸣》2012年第12期。
② 同上。

>现代资本主义社会中最可怕的反精英主义的力量就是称为市场的东西,它消除一切差别,混淆一切等级,把一切使用价值的差别统统埋葬在交换价值的抽象平等性之下。①

在经济一体化的当今中国社会,金钱对人的驱使尤为明显。这不是当下社会的特有现象,但放入时下我们社会的发展和教育理念之中,放入文学所强调的生存哲理与艺术价值中去看的话,只注重经济利益而忽视自然环境、宗教信仰、文化保护及人生意义,必定不是生存正道。因此诸多文学家便在自己所构建的文学帝国当中去抒发各自的创作,有悲愤的、有哀怨的、有淡泊的也有赞扬的,而阿来"山珍三部"则是清新感伤的。虽然在对文学作品进行评判时,不应该以承担义务和责任的多少进行功利的评判,但是不可否认的是衡量文学价值的重要标准之一,就是其中蕴含的哲理性还有对社会、对人生的启悟。如阿来所说:

>文学更重要之点在人生的况味,在人性的晦暗或明亮,在多变的尘世带给我们强烈的命运之感,在生命的坚韧与情感的深厚。②

并且在阿来的创作实践中,他也一直本着人文主义立场,"山珍三部"看似写山珍海味,实则都是在运用隐喻的手法和童话模式,来对人生况味进行诗性表达,并带领读者体验人性的光辉与阴暗。

人生的况味需要人们仔细品味,可惜摇唇鼓舌的现代社会,擅长的是炒作、宣传、煽动的操控,将自然之宝作为交换之物,使其身不由己地坠入现代利益机制和官场漩涡之中。阿来看到如此景象,只得以自己的笔杆来捍卫人们灵魂中向善的、慈悲的一面。阿来说道:

>写生命所经历的磨难、罪过、悲苦,但更愿意写出经历过这一切后,人性的温暖。即使这个世界还在向着贪婪与罪过滑行,但还是愿意对人性保持温暖的向往。如主人公所护持的生生不息

---

① 特里·伊格尔顿:《后现代主义的幻象》,华明译,商务印书馆,2014年,第110页。
② 阿来:《河上柏影》,人民文学出版社,2016年,"序"第2页。

的蘑菇圈。①

生命起源时期人们对自然的敬畏、崇拜都在发展过程中被所谓的科学清扫。对此阿来并非全盘否定，他以古老的叙述对科学的发展和侵入缓缓道来，记录着自然生态的恶化和古老文明的消亡，他一边追溯着古老神秘的文化，一边描写着科学技术对人们的生存困境的改善。阿来作品中宗教神性的丧失代表着一种古老文化的没落，而百科全书亦即科学偶尔不合理的使用也象征着一种不文明的入侵。为了现代化建设的顺利推进，我们不得不像桑吉一样在两种文化之间做出抉择，这是一种代价的付出。

在《蘑菇圈》中，新任工作组女组长对斯炯的拷问都是汉族人以自己的方式和文化语境对藏族人的一种错误解读，她以自己的传统思维来衡量斯炯的行为，并做出主观评判"愚昧"。她要求藏族人民遵守自己的条规，却忽视其赖以生存的文化背景，不可理喻地要求藏民实现"脱胎换骨"式的改变。从人物意义的发生上看，斯炯的人生就是在训导读者，无论是对人或自然万物都应心怀悲悯。她的遭遇与历史时代的变化紧密相连，也因世态人心诡谲嬗变而飘忽不定，但最终她为我们提供原谅的理由和向善的天地，动摇了人们自以为是的道德偏见。在《三只虫草》中，少年桑吉的天真、善良与宽厚也带给读者一股暖流，尽管未知的命运令人担忧，但其淳朴、无邪的天性总能温暖人心。这莫不是对原始文化、纯真人性的坚守，莫不是对被利益掩盖的人心的救赎。在《河上柏影》中，藏族人在王木匠到来之前对依娜百般欺凌，暴露出藏族人野蛮的一面，而汉族人王木匠的到来却解救了依娜。这又从另一方面体现了汉族人友善的一面。就如在饥荒时期吴掌柜教会斯炯认识野菜和蘑菇，并送给斯炯一只羊一样温婉动人。汉族和藏族是两个不同但又联系紧密的民族，阿来在描绘两个民族的关系时，尊重其各自的主体性，并辩证地、批判地、客观地对两者予以描述。其中有阿来对藏族的热爱与赞美，也有对汉族精神的肯定

---

① 阿来：《河上柏影》，人民文学出版社，2016年，"序"第3页。

与认同，这不是矛盾观点所在，而是犀利精准的目光对藏汉两族的审视与关切。

从古到今，宗教与科学、藏族与汉族其实并非对立关系，在阿来的作品中我们更容易发现两者的统一性。阿来追溯本源并不是要回到过去，而是要发现当今生活和历史中值得坚守的人格，捍卫善良人心的神圣殿堂。"山珍三部"中原始人所处的时代环境，一方面代表人类美好的童年时代，另一方面也代表人类成长的蒙昧时期，伴随着人类的生存与发展，这些封闭神秘的时代也终将逝去。尽管社会物欲横流，但我们不应该遗忘这些文化传统和人性向善的方面，而是需要注视自我，审视灵魂。此时的阿来便站在了人文关怀的前列，为遗失的原始文化、民间文化以及自然文化摇旗呐喊。他极力追求隐喻的真实，在追求真实的途中，发现人类生存与发展过程的种种局限。阿来并不是简单地要求人们坚守一种文化或者单一人性，而是要求我们尊重事物和人类的多维性和复杂性。他放弃追求唯一性、确定性和固定性的"真实"而通过"象征""隐喻"的方式来认识"真实"和"真理"，这种象征和隐喻的方式所具有的发散性，能够更大限度地表述"真实"。[①]阿来以"造境"的方式将带有文化根性的隐喻真实放在了藏区村落——机村，通过三种中心意象的遭遇映射出人心世态。

阿来笔下的原始文化、蒙昧人心以及自生自灭的自然植物等与历史时代的特殊环境相交织，万事万物构成一个有机体，陷入宿命轮回之中，演绎着利益纠葛的闹剧。作者以"隐喻真实"来彰显对原生态文化和原始人性坚守的必要性，并使得神性融入尘世，在一定程度上得到理解和救赎。作者展露人类在利欲熏心的状况下堕落的同时，又倾尽全力塑造心怀悲悯的阿妈斯炯、天真善良的少年桑吉和崇尚知识的王泽周，并让这些具有代表性的人物来救赎堕落不堪的人心，守护人心血脉深处的善良与淳朴。最

---

① 李明彦：《诗性图式与隐喻真实：寻根文学中的寓言叙事》，载《文艺争鸣》2012年第12期。

终构成一个庞大的象征体系，供读者欣赏参悟。我们可以引用美国艺术史家柏瑞德·贝瑞孙对《老人与海》的评价来映射阿来：

> 真正的艺术家既不象征化，也不寓言化……但是任何一部真正的艺术品都散发出象征和寓言的意味。这是一部短小但并不渺小的杰作。①

阿来的"山珍三部"也是如此，他并非刻意地使用象征化或者寓言化的创作手法，只是这样的方式，更加有助于读者从表层故事中洞悉富有哲理的深刻寓意。

总而言之，"山珍三部"的主题可概括为：在时代变迁背景下，现代社会中不可抗拒的强势文化冲击与弱势文化的消亡，弱势文化熏陶下的藏区人民那浓厚的宗教神秘色彩和无法摆脱的宿命感，以及诸多变迁背后作者对复杂人性的关注与深沉思考。作品创立的三种中心意象虫草、松茸、岷江柏，隐喻着一个民族——藏族、一种文化——弱势文化，在一定历史阶段中的生死存亡。作者运用"隐喻真实"竭力造境，形成象征系统，使得整部作品都由内而外散发着清新、爽朗的气息，又不乏淡淡的忧伤之感，且人文主义关怀渗透其中。无论是描写藏族地区与汉族地区的冲突，还是叙述藏族人民与汉族民众的磨合，抑或描绘宗教神性与科学现代性的碰撞，还是诉说人类对自然珍稀物种的疯狂掠夺，作者都始终流露出自己对科技现代化过快的忧虑，对原始文化和人文精神遗失的惋惜。同时，阿来也通过故事情节的发展，表达出科技现代化与古老文明之间并非对立而是归于统一的真诚认知。除此之外，"山珍三部"之中还有许多待解的文化密码，等待我们进一步阐释和破译。

原载《兰州学刊》2017年第12期

（本文系与廖宇婷合作）

---

① 董衡巽编选：《海明威论创作》，生活·读书·新知三联书店，1985年，第145页。

文艺批评，握好一把"中国尺"

——关于文艺批评的风格问题

我们在谈到风格的时候，笃定为作家作品的标志，是文学作品所体现的独特的个性特征。文学批评作为一种特殊形态的文学表达，也理应有这种个性特征，即所谓的文学批评风格。文学批评风格指的是文学批评家在具体的文学文本阐释和解读的过程中，形成的相对比较稳定的对作品的主题、人物形象、语言表达，以及表现手法等方面的特殊的审美品格，也是文学批评家在思想性和艺术性的融通和建构中整体上呈现出来的一种鲜明的个性特征。

然而在当下的文学批评中，鲜有如李长之、李健吾、雷达等，真正能够形成有自己独特风格的批评家。究其原因，笔者以为既有新时期以来文学批评环境的问题，也有批评家自身的问题，还有对批评风格的漠视的问题。新时期之初，大量的西方文艺理论引入中国，我们的批评家还没有真正消化这些理论，就将其运用到批评实践之中，强制阐释在所难免。批评家自己只注重文章的发表与否，是否有理论支撑，是否具有所谓的学理性和学术性，批评家主体严重缺位，批评风格谈何形成？中国古代文学批评非常重视批评风格，可以说"一部中国古代文论史几乎就是批评史，一部中国古代批评史又几乎是对文学风格的批评史"。可见，中国古人对批评风格的重视。在我们当下的文学批评理论研究中，风格范畴和风格理论是不予重视的。基于此，探讨和研究文学批评风格，对当代文学批评者和当代文学的良好发展都是大有裨益的。

一、"风格即人"：文学批评与对象的有机融合

好的批评文章，让人读起来如饮甘泉，既有文字本身的阅读享受，又有对作品意义新的发现，新的收获。文学批评讲究学理性，要注重文本，要以理服人。文学批评家通过对作家作品的分析和阐释，传达出自己对作品的理解，对作品反映的社会人生有着明显的价值评判，同时也要传达出自己的审美理想和价值观念。文学批评的这一本质诉求，让批评本身更多地关注批评对象、任务、方法和范畴，而忽略了批评对象的文体特征和美学价值。亚里士多德在讨论风格时说："语言的准确性，是优良风格的基础。"文学批评是语言的艺术，这就要求批评家的批评语言要生动，要有表现力，要富有生命质感，要有诗化意味。布丰继承并发展了亚里士多德的这一观点，提出了"风格即人"的著名论断。歌德受布丰的影响，指出"风格是艺术所能企及的最高境界"，"一个作家的风格是他的内心生活的准确标志"。事实上，一个批评家其风格也是批评所能企及的最高境界，是他的内心生活的准确标志。马克思更是一语中的，认为风格是构成作家"精神个体性的形式"。在中国当代文学批评家中，雷达、陈思和、陈晓明、李建军等人的文学批评就很好地诠释了马克思的这一观点。雷达在谈到他的文学批评写作的时候，时常用自我精神的介入来形容，譬如他的《民族灵魂的发现与重铸》《思潮与文体》《雷达观潮》等就是很好的例证。

在中国古代文论中，对风格的表达也很充分。譬如，"士有行己高简，风格峻峭，啸傲偃蹇，凌才慢俗，不肃检括，不护小失，适情率意，旁若无人"。（参见葛洪《抱朴子·品行》）人物外在的作风、风度、品格是内在的道德情操的美学呈现。刘勰亦有风格"八体"之说，即典雅、

远奥、精约、显附、繁缛、壮丽、新奇、轻靡。（参见《文心雕龙·体性》）司空图在《二十四诗品》将风格进一步类型化，归纳为雄浑、冲淡、纤秾、沉着、高古、典雅、洗练、劲健、绮丽、自然、含蓄、豪放、精神、缜密、疏野、清奇、委曲、实境、悲慨、形容、超诣、飘逸、旷达、流动等二十四类。崔融《唐朝新定诗体》有"质气、清切、情理"等十体，王昌龄《诗格》提出的"诗有九格"之说，以及皎然《诗式》"十九字"风格理论体系。在中国当代文学批评中，这种诗化的风格较为鲜见，而更多的是以西方的文学理论、概念、范畴、术语来论述、阐释和解读中国当代文学及文学现象。这是所谓学院派批评的共同特点，也正因为如此，当代文学批评大同小异，缺乏风格鲜明的批评家。如何将文学批评和文学研究对象有机地融合，真正做到"风格即人"，从而生成个性鲜明、风格卓异的批评文本和批评家。这样的批评文本才是鲜活的、接地气的、有价值的，这样的批评家才能称得上是真的批评家。

二、"因事而异""因时而异"：文学批评风格的时代印迹

一个时代有一个时代的文学，一个时代也有一个时代的文学批评。社会语境和时代背景不可避免地影响着批评家的思想，甚至是对文学的判断和把捉。这实际上也就是鲁迅所说的风格会"因事而异""因时而异"。时代、社会和政治因素对文学批评有着重要的影响，形成文学批评一些普遍性、群体性、共性的东西。这些共同的东西往往生成一个时代的批评风格。一个优秀的批评家，不仅要学会在古今中外的文学世界中汲取营养，还要顺应时代发展变化的要求，批评和反映变化着的时代的社会思潮和文艺思潮。譬如在今天，批评家就应该主动地去读解习近平新时代中国特色社会主义思想，尤其是习近平在文艺工作座谈会上的讲话和习近平对"人民性"等重要文艺思想命题的阐释。这就要求文学批评家厘清三个语境，即当今时代、中华文化和思想研究自身演进趋势。同时也要对马克思主义

哲学与中华文化的深层契合问题，当代马克思主义文艺学研究方式的创新问题等进行深入的学术思考和探索。习近平提出的"人类命运共同体"，也是一个值得开掘的时代命题。习近平新时代中国特色社会主义思想是习近平文化思想的理论背景。文学批评家应该积极主动地探索和思考习近平新时代中国特色社会主义思想与马克思主义中国化的关联性问题，及其历史定位和内涵问题，理论特质和重大意义问题。这些问题的思考和探索有利于形成文学批评的时代品格。习近平新时代中国特色社会主义思想是发展了的马克思主义，是当代马克思主义思想的重要构成，批评家有责任有义务去研究和阐释这一思想，并积极主动地建立起沟通的桥梁，引导当代文学创作，从而形成鲜明的文学批评的时代风格。

关于文学批评的时代语境问题，中国古人就有言："治世之音安以乐""乱世之音怨以怒""亡国之音哀以思"。这实际上说的就是文学批评和时代的关系，批评家不可能超越他的时代。批评发出的是时代的声音。批评家应该以一种思想的自觉直面时代的文学问题，发出自己对生活的理解、对世界的看法，和对时代和生活的审美认知。鲁迅所说的风格"因事而异""因时而异"，实际上指的就是时代和社会环境对批评家风格的形塑有着重要的意义。此外，同一时代，不同的国家和民族文化语境也会形成不一样的批评风格。诚如鲁迅所言，批评执有的尺度"有英国美国尺，有德国尺，有俄国尺，有日本尺，自然又有中国尺"。不同的国家，文学批评的尺度不一样，文学批评风格也有区别。我们考察文学批评风格，就是"因事""因时"而言。

三、"独特性""多样性"：文学批评风格的辩证法则

文学批评风格是独特的、多样的。文学批评风格的独特性在于文学批评是个体的事情，是个体自然而然的情感表露。每个批评家都有自己独立的精神个性。这个精神个性包含批评家的世界观、人生观、价值观，以

及思想品格、道德情操、气质秉性、学养学识、美学趣味，甚至个人人生际遇等。这些东西共同作用和影响批评家批评风格的生成。当然，从最基本的表现层面来讲，批评家的精神个性，或者说是批评风格，直接或者间接影响着批评对象的选择、批评视角的确立，以及批评的社会政治判断、审美价值判断和道德价值判断。这实际上也印证了马克思的一个观点，艺术风格决定于艺术家的精神个性，同样，批评风格决定于批评家的精神个性，风格是作家批评家精神面貌的自由表露，是作家批评家精神个性的自由表露。因此说，批评就是批评家主观感受的真切表达，是批评家自己真实的阅读感受，是对这种阅读感受的审美旨趣的解读和阐释。批评总是从批评家出发，是批评家的一种精神创造，是批评家主动介入社会文化的表征。也正是在这个意义上，我们才能理解沈从文所谓的"彻底的独断"。事实上，沈从文的"独断"是建立在公正、宽容、客观的基础之上的。沈从文理解郁达夫"苦闷之外的苦闷"，肯定他忠于自己的最纯净的成就，但他直言不讳地坦诚了郁达夫脱离时代的重大缺陷。沈从文是真实的，也是真情实感的，但他同时也坚持真理，艺术与理性的光芒骤然闪亮。

每个批评家对生活的理解、对世界的看法、对时代的把捉，以及对对象的审美认知都是有区别的。这也就客观上形成了不同的文学批评风格。在中国古代文学批评史上，刘勰《文心雕龙》的骈文铺排、风格宏大、情词华美、气势磅礴，司空图《二十四诗品》以诗为文、言简意远、格调轻逸，白居易《与元九书》自然亲切、情之所至、妙味自寻，韩愈《送孟东野序》言辞真切、理趣缜密、严谨庄重，以及王国维、金圣叹、张竹坡、胭脂斋、梁启超、鲁迅、胡适、瞿秋白、茅盾，等等，都为中国古代文学批评的风格多样性提供了学理依据。在当代，亦有着风格鲜明的批评家。譬如，张炯的中正、沉稳与大气，曾镇南的严谨、持重与阔大，雷达的率真、锐见与诗性，陈思和的新见、别致与练达，陈晓明的厚重、深沉与哲思，吴亮的自由、明快与畅达，李建军的尖锐、深刻与博大，等等。这些都是批评家相对稳定的批评风格。但是，我们同时也得明白，批评家稳定的批评风格是相对的，而批评风格的变化则是绝对的。没有一个批评家所有的批评文章都是一个风格，如果真如此，这个批评家的批评生命也就意味着要结束了。

　　总之，我们今天的文学批评既相对成熟，又病象丛生。文学批评风格在理论自洽的思维模式下，越来越趋于同一化，而如何根治这一问题既关系到文学发展的未来，也关系到文学批评繁荣。我们从"风格即人"的角度思考文学批评和对象的有机融合，试图从文学批评和批评对象的同构中凸显批评风格的意义和价值。文学批评离不开时代，文学批评风格烙有时代的印迹。文学批评和文学批评风格都会"因事""因时"而异。文学批评风格既有着明显的独特性，又具有多样性，是独特性和多样性的辩证统一。

原载《光明日报》2018年5月29日

多元情结的凝聚与现实主义的生命力

——陈忠实中篇小说论

陈忠实是一位典型的现实主义作家。他的中篇小说独具匠心，其极富时代、政治色彩的矛盾冲突构思、内涵丰富而发人深省的悲苦命运展示、细致而深刻的文化蜕变描述、深沉而积极进取的情结主题倾向，使作品产生了令人信服的真实性。笔者通过对陈忠实中篇小说文本的细致分析，从政治情结、乡土情结等视角入手，力图挖掘出沉潜其间的文学意义和价值，从而彰显出现实主义文学创作的伟大生命力。

20世纪80年代，陈忠实前后创作了八篇中篇小说。这些中篇小说独具匠心，使陈忠实获得了很大的成功。这些中篇都属于农村题材作品中不可多得的佳作，体现了作家非凡的文学创造力。陈忠实的中篇小说，"在客观性的社会生活和主观情绪之间，更多地注重描写和反映群众生活；在内容和形式的关系中，更注重内容的厚重和历史、时代内涵，风格比较朴实；具有比较鲜明自觉的社会责任感和历史使命感，能够把自己的写作同历史的进步、人民的幸福、人类的发展联系在一起"[①]。

与其他同时代的作家相比，陈忠实作为一个严肃的现实主义作家，他具有敢于直面现实的勇气和善于表征社会主义时代的思想倾向。他的中

---

① 李星：《新的崛起：在传统的长河中——陕西作家论之二》，载《小说评论》1990年第3期。

篇小说采用写实主义的创作手法，从多侧面展现了当时中国社会的发展状况。透过它们，我们可以理解当时中国复杂的社会历史现状。正如恩格斯在谈到巴尔扎克的小说时指出：

> 它汇集了法国社会的全部历史，我从这里，甚至在经济细节方面（如革命以后动产和不动产的重新分配）所学到的东西，也要比从当时所有职业的历史学家和统计学家那里学到的全部东西还要多。①

也正如黑格尔在他的《美学》中肯定《荷马史诗》提供了丰富的古希腊的历史资料的价值时所言，它把希腊民族"在整个历史阶段的意识方式，都要描绘出一幅图画"，所以成为"认识希腊的民族精神和历史的……最生动最单纯的资料来源了"。②

笔者以为，这些评价也是对陈忠实中篇小说创作的最好诠释。作者在写实的同时也反映出了一定的深层精神追求，是写实与精神思想内涵的结合。作家没有偏向一方，而是通过农村生活反映深刻的思想内涵和社会矛盾冲突，具有很强的现实性。

一、"政治情结"：与现实主义的光辉同在

新中国成立后，尤其是50年代以后，中国人民一方面渴望摆脱历史遗留下来的落后与贫困，另一方面渴望尽快把中国建成一个繁荣富强的社会，但社会主义革命和建设缺乏科学合理的统一领导，党的一些方针政策脱离了中国社会发展的客观现实。政治上的一些问题，使得社会动荡不安，如"反右斗争""反右倾机会主义""大跃进""四清"乃至"文革"都很大程度上脱离了中国的实际。

"文革"之后，广大文学创作者在深刻反思有违人性的专制主义与

---

① 《马克思恩科斯全集》第37卷，人民出版社，1971年，第42页。
② 黑格尔：《美学》第3卷，朱光潜译，商务印书馆，1981年，第122页。

极左路线所造成的社会悲剧、人生悲剧的同时，一部分作家也将他们的眼光投向了广袤而辽阔的中国农村，开始关注"文革"给农村和农民造成的物质贫困和精神上的累累"伤痕"，反思造成这种悲剧的根本原因，及其新旧体制转换时期农村所出现的新矛盾和新问题。有的从物质方面揭示新中国农民在极左路线的统治下、政治风云变幻下的艰难生存状态；有的侧重反思造成农民悲剧命运的外部原因；有的伸向农民灵魂的深处，探索新时期农民阶级的精神状态。而处在文学创作起步阶段的作家陈忠实，他敏锐地感觉和体会到了农村、农民的演进轨迹，把握农民的脉动，追随新时期现实主义文学大潮的流变，创作了《康家小院》《梆子老太》《初夏》《十八岁的哥哥》《夭折》《最后一次收获》等八篇中篇小说，它们在文坛上引起了强烈反响。作为农民的代言人，陈忠实专注于抒写农民的情感、心理和理想，展示农村生活和农民精神的真实历程，叩问农民生活的历史与现实，并开始以冷静的眼光揭示我们民族在封建传统文化驾驭下的演变轨迹，挖掘国民的复杂性，他将艺术的笔触探入社会、历史、文化和人的精神深处，这大大拓展了现实主义文学创作和艺术表现领域。陈忠实的农村生活成长经历决定了他的精神结构和个性心理，使他的创作必然与现实、时代保持密切联系，与社会的、历史的、政治的节拍保持同一步调，与当时的现实主义文学思潮保持一致。

> 作为一个忠实于现实生活的作家，一个知道应该按照生活本来的面貌表现生活的作家，陈忠实无法回避迎面而来的现实的矛盾冲突，无法回避50年代末以后的那些政治失误，在农村，对社会主义事业、对干部和群众带来的损害。①

尤其是对人的心灵的损害。这些作品不可避免地带有当时浓重的国家政治思想和鲜明的主流意识，但流淌在作品中的生活气息和艺术美感，的确是人们在当时环境里所能看到的值得一看的作品。

---

① 陈涌：《关于陈忠实的创作》，载《文学评论》1998年第3期。

《夭折》中的惠畅、《蓝袍先生》中的许慎行、《梆子老太》中的黄桂英和胡选生，以及《初夏》中的冯景藩等，他们的命运都与政治、与时代紧密联系。他们都曾在社会政治的压力下，发生过思想上的转变。他们最终或默默无闻地过完一生，或走上了从商的道路，他们的遭遇是非正常的政治运动所造成的。梆子老太生活在儒家传统文化的氛围中，心理上承受着巨大的压力，在长期的精神压抑下，心理严重扭曲。如果中国传统文化中落后的妇女生存价值观等不健康因素导致了她与其他妇女间的对立和不理解，此时的她是值得人们同情的，但作者认为：

> 这种不健康的心理，正好造成不正常的政治能够得以疯狂起来的温床，也最容易被不正常的生活所扭曲为一种畸形的灵魂，这种畸形的心灵又会以令人难以理解的恶的方式再去扭曲别的人和整个社会。[1]

缺乏符合实际的理性认识、麻木的她始终无法理解阶级斗争给人民带来的灾难，不能认识到自己在错误的路线、方针下充当了一个错误的角色。错误的思想使她的灵魂受到了严重扭曲，善恶颠倒，美丑不辨。她的人格病变，让人们清楚地看到错误的政治路线深层的破坏性。极左的政治路线造就了她的畸形性格，更是对人、对人性、对人的价值和尊严的刻骨铭心的摧残和伤害，可以说她是极左政治的产物。不正常的政治体制掌控下的历史文化结构扭曲了她的灵魂，而她个人的悲剧又导致了更多的人生不幸。在对历史的真实展示和反思中，我们不难发现传统理念的历史性厚重及其与当下生活的千丝万缕的精神联系，在同情梆子老太不幸人生命运的同时，无不引起我们对深层原因的沉重思索。

小说塑造出梆子老太这个性格被严重扭曲的独特的悲剧女性形象，从而反映了封建礼教和建国以来党在政策上的一些失误所带来的危害，而且作者把笔触深入到人物的内心深处，从更广阔

---

[1] 陈忠实：《陈忠实创作申诉》，花城出版社，1996年，第185页。

的背景上剖析其独特的文化心理结构,挖掘造成人物畸形性格的深层原因。正是在这个意义上,陈忠实继承了鲁迅的现实主义传统,从文化根源上挖掘民族劣根性的原因。①

还有一些人,他们和群众心连心,为了群众敢于抛头颅、洒热血,但都被极左政治路线所摧残。在这个惨重的打击下,他们绝望了,放弃了为群众办事的任何打算。后来,当历史进入新时期,开始纠正"左"的错误,农村推行农业生产责任制,他们却产生了抵触情绪。另外,作品中的部分人物形象取材于作者身边的人,这样更显得真实感人,这无疑增加了作品的真实性。只是在细节的描写中过于简单,这不能不说是一个遗憾。

纵观陈忠实的中篇小说创作,农村生活是他始终如一的选择,他运用传统现实主义的艺术手法,为我们展示了在"文革"结束之后,社会政治经济的翻天巨变在中国农村所产生的剧烈震动。他站在农民的立场上,运用自己的文学笔触,描绘着自己最为熟悉,体会最为深刻的农民的历史和现实。陈忠实以自己的方式,思考着文学与历史、文学与现实、文学与人生,进行着不懈的文学探求。总之,20世纪50年代末,中国几次重大的政治运动所出现的问题,在他的中篇小说中都通过具体的人物和事件得到了很好的反映。可以说,这些都是经过了作家自己独特的观察和体验而创作的富有真情实感的作品。所以,从某种意义上来说,陈忠实的中篇小说是我们了解20世纪50年代末中国社会政治文化的一面镜子。

二、"恋土情结":生命与文化的根脉

作家陈忠实出生在农村,成长在农村。他熟悉农村、了解农村,农村是他创作的源泉。正如作家本人所言:

---

① 李晓卫:《现实主义的发展与深化——从柳青的"典型理论"到陈忠实的"文化心理结构"》,载《甘肃社会科学》2007年第3期。

> 我五十年里所看到的世界，是乡村；我五十年里所感知的人生，是乡村各色男女的人生；我五十年里感受生活的变迁——巨大的或细微的、快乐的或痛苦的，都是在乡村的道路、乡村的炊烟、乡村男女的脸色和语言里体验的。我对离我不过五十里的西安，进去出来不知几百成几千回了，却形成一种感觉里的陌生和隔膜。当我们拿钢笔在稿纸上写我对生活的理解和体验的时候，乡村就成为无可选择的唯一。①

他对农村、农业、农民问题的关注，都源于他的恋土情结。他生于黄土地，所以他认为黄土地上的历史、文化和农村才是他写作追寻的根本，才是酿就伟大作品的土壤。他曾坦言：

> 我出生于一个世代农耕的农民家庭。进入社会后，我一直在农村工作。这样的生活阅历铸就了我的创作必然归属农村题材。我自觉至今仍然从属于这个世界。我能把自己在这个世界里的生活感受诉诸文字，再回传给这个世界，自以为是十分荣幸的事。正是这种与土地和农民血浓于水的亲缘关系，使他们执着地关注着农村的发展变化，书写着农民的喜怒哀乐，形成了浓厚的恋土情结。②

正是基于这样的认识和审美理想，陈忠实才创作了众多反映黄土地人生活的文学作品。而且关中适宜农耕的自然条件和务实的文化精神使关中人形成了以农为本的重农思想和"土地崇拜"意识，这对陈忠实的影响很大。多年以来，他一直以关注农民和书写农民的遭际、命运与心理为己任，创作题材从来没有离开土地和生活在土地上的农民。农耕方式养成了生活在土地上的人们企盼风调雨顺过安稳日子的文化心理和勤劳朴实从田里找食的文化性格。土地对人的恩泽，使他们自然而然地在心里积淀成了依恋故土、不思拓迁、不慕异地的潜隐性思想和观念。这是生活在历史文

---

① 陈忠实：《关中风月》，东方出版中心，2007年，第414页。
② 陈忠实：《四妹子》，时代文艺出版社，2008年，第314页。

化底蕴相对薄弱的城里的人无法想象的，也正是对土地的崇拜和相对殷实的生活，使关中人形成了安土恋家、重在守成的心理倾向，与陕北人"出走"与"寻梦"形成强烈的对比。

陈忠实是"农裔城籍"的作家，他虽游走于大城市之间，但他的骨子里流淌的仍是"农村"的血脉。他的中篇小说，以关中地区为中心，展现了关中地区人民对土地的依恋。正如作家公炎冰所说：

> 他的所有小说，不论是长篇、中篇还是短篇，无一篇不是关于农村生活的，连作品里的人物都是农民，唯一一篇以工程师为主人公的中篇小说——《最后的收获》也是把人物置于农村环境来表现的。[1]

关中地区，土地肥沃，降水充沛，自然条件相对优越，适于农耕生产，所以相对陕北，人们不会饿肚子，而在关中地区儒家文化一直占主流地位，它对整个民族文化都有深远的辐射性和统摄性。李建军曾分析过陕西三大板块的精神气质差异：

> 黄土高原型精神气质具有雄浑的力量感、沉重的苦难感、纯朴的道德感和浪漫的诗意，它与陈忠实受其影响的关中平原型的精神气质不同，后者具有宽平中正的气度，沉稳舒缓的从容，但在道德上却显得僵硬板滞，缺乏必要的宽容和亲切感。[2]

这也促成了关中人的安土恋家。

在《最后一次收获》中，当女主人公面临农村与城市两种环境选择的矛盾时，城乡生活的对比反差造成了主人公心理上的波动，但农民生产方式的落后、农业发展的滞后、劳动的艰辛、农民思想的愚昧和落后，也无法使主人公放弃对生于斯，长于斯的故土的依恋。纵然城市好的生存条件和生活环境的诱惑，她们也无法割舍与乡村父老乡亲和祖祖辈辈生活的这

---

[1] 公炎冰：《踏过泥泞五十秋：陈忠实论》，陕西人民出版社，2002年，第15页。
[2] 李建军：《文学写作的诸问题——为纪念路遥逝世十周年而作》，载《南方文坛》2002年第6期。

片肥沃的土地之间的情感，这种感情像血脉一样，无法割断。虽然她对城市生活曾有过渴望和向往之情，但此时，更多的是对农村、对故土、对家乡的热爱，对传统即将逝去的依依不舍。在《四妹子》中，讲述生活在关中地区的人们在结婚时都要到城里去办理结婚用品，朦胧地表现出了一种农民进城意识，这在《夭折》中也同样有所表现。随着社会经济的变革和发展，农民进城的愿望在作品《最后一次收获》中得到了实现，但女主人公却放弃了进城的机会，因为对土地深深的依恋，这是作者自身的恋土情结在作品中的体现。在《初夏》中，党支部书记冯景藩同儿子冯马驹之间发生了激烈的矛盾冲突。他们争论的焦点是：面对农村极其艰难而贫穷的现实，当完全有可能摆脱它而到一个安乐环境——城市的时候，是继续待在这里还是赶快出走，是以自己的力量和血汗改变这种令人沮丧的状况，擦洗这块沃土上不应有的屈辱，增添它原有的尊严和光荣还是相反，在走与留的选择中，冯马驹扬起了生活的风帆，坚定了带领社员大干一场的雄心，他不相信农村会一直贫穷、一直落后下去，而现在正是在农村做点事的时候。他唾弃那些单纯地认为农民的出路、青年人的理想的实现和才干的发挥，在于摆脱农村这个苦难的深渊，进入城市的文明天地。作者的这种恋土情结也体现了城乡二元冲突。但"陈忠实没有像路遥一样，直接书写城乡之间的对立冲突，而是含蓄间接地隐含于青年男女的爱情婚姻生活之中"[1]。

《康家小院》《初夏》《十八岁的哥哥》等一系列作品关注到了城乡之间的巨大差异和背叛与被叛这一关系到人格的重大问题，并延伸出对道德的价值判断。在这些作品中，恋爱双方的生活环境甚至出身的城乡差异被异常鲜明地凸显了出来。一方是已经或准备加入"都市"行列的"城里人"，另一方是纯正的农民。在双方的感情决裂中，前者几乎准备全部背叛或者已经背叛了后者。在这里，作者以乡村人物的视角，鲜明地表达

---

[1] 侯业智：《恋土情结的固守与释放——路遥、陈忠实恋土情结比较研究》，载《鸡西大学学报》2010年第1期。

了对乡村价值的迷恋和对背叛者的憎恶。尽管作家认为背叛者的行为是一种不道德的行为，却仍赋予作为"被叛者"的农民以自尊、自强的人格力量。显然，在城乡的矛盾冲突中，陈忠实把高尚的道德评价偏向了农村，偏向了他深爱的土地上的那些他挚爱的农民朋友。总之，在陈忠实的中篇小说中，乡村几乎都是以正面形象出现在我们的视野中，乡村人物形象中的大多数也具有正面价值。这也正是作家恋土情结在作品中的一个面影。

　　作家的这种恋土情结有着明显的文化意味和乡土意味，它推动着作家为找寻在现代失落了的精神家园而不断思索和创作，为守望自己的心灵栖息之地而苦恋日夜萦绕于内心的故乡情感，也表现了作者的寻根意识——寻找故乡的"昨天"，寻找传统文化的根脉。

三、"蜕变之伤"：传统与现代的矛盾冲突

　　女性命运历来为作家所关注。陈忠实在他的中篇小说中塑造了一系列性格鲜明的女性形象。在这些优秀女性形象创造中，作家几乎全部赋予了她们悲剧性的命运。极左政治的扼杀、传统文化的压制、现代文明的弃离等是导致她们悲惨命运的原因。梆子老太与所有千千万万普通的中国劳动妇女一样，按照传统的方式被娶进了梆子井村，过着平凡的日子。但是，几年过去了，问题出现了，她不能生育。对于一个在儒家传统文化氛围中生活的人来说，这是一个无论如何也不能接受的事实。传统观念影响下的人们对她的议论，给她的心理上造成了巨大的负担，她的心理开始扭曲变形，由不能生育的自卑开始发展到希望别人也和她一样，产生了寻找自己"同类"的变态心理。

　　陈忠实紧紧抓住了文化心理结构这把钥匙，剖析造成人物畸形性格的深层原因，从而促使人们对这个人物的悲剧性命运以及

  造成她畸形性格的原因深入思考。①

  梆子老太畸形性格形成的原因一方面是由当时社会的极左路线所造成的，另一方面，是中国几千年的儒家传统文化中的封建思想造成的，是"不孝有三，无后为大"的封建伦理道德决定了她无法逃脱被世人凌辱的命运。在中国传统社会中，女人被禁锢在封建伦理制家庭中，她们在家庭中的作用一是作为传宗接代的生殖工具，二是操持家务，相夫教子。但是，梆子老太完全不符合封建伦理道德的标准，她不能生育，这就好比给梆子老太的人生宣判了死刑。此外，她不善女工，不善茶饭，不会操持家务，这对于生活在儒家传统文化氛围中的女人来说，不能不说是一个很大的缺陷。她从最初的个人窥视、嫉妒到后来以革命的名义行恶，其人性的弱点和荒谬的时代结合在一起。梆子老太不仅成了悲剧时代的悲剧人物，而且也和这个悲剧时代一起制造着更多的悲剧人生。与梆子老太不同的是，《康家小院》中的吴玉贤，她处在传统文化与现代文明的激荡时期，传统面临着现代的颠覆与挑战。应该说在这一时期，女性的命运应该得到改善，但她在接受现代文明的过程中，又面临着另外一种困境。

  传统文化赋予了康家父子内敛、本分、朴实、敦厚等人格上的优点，他们受到乡里的尊重和认同，娶到了玉贤这样一个知书识体、孝顺贤惠的好媳妇。

  吴三说，咱一不图高房大院，二不图车马田地，咱图得康家父子为人实在，不会亏待咱娃的……②

  从作品的细节描写中，我们看到了他们三人间相互的认同与满意，谦恭与礼让。其实，他们能够相互认同和理解的原因在于：在康家小院生活着的三个人都自觉或不自觉地恪守着传统文化的道德原则和生活习俗，他们在"父慈子孝"文化力量的规范与制约下，获得了中国普通农民渴望的

---

① 李晓卫：《现实主义的发展与深化——从柳青的"典型理论"到陈忠实的"文化心理结构"》，载《甘肃社会科学》2007年第3期。
② 陈忠实：《陈忠实自选集》，海南出版社，2008年，第208页。

幸福和快乐。但对传统的恪守所产生的和谐与平静只是暂时的，传统必然面临着现代的颠覆与挑战。

当玉贤第一次来祠堂学文化时，她看到了现代文明的传播者——杨老师，一个有着现代文明背景与身份的启蒙者。通过朦朦胧胧的传统与现代的对比，她看到了传统的落后性，开始试图从一个没有现代自由与自觉意识的传统人生状态中走了出来。此时，作者悲叹着古老乡民所遭受的现代文明的捉弄，理性地认识到了文化的冲击与碰撞，以及外来文化的征服引起的被浸入者的心灵与生命的变动。当玉贤和杨老师的"奸情"败露后，面对这个不守妇道的媳妇，勤娃整天对她施以极端的肉体摧残；康田生老汉整天唉声叹气。儿媳原本红润的脸膛，此时也让人看了觉得恶心。玉贤的父亲认为她丢尽了娘家的脸面，又在她乌兰青紫的淤血凝固的伤迹上，摞上了用皮绳抽打出的渗着血的印痕。母亲则一遍遍讲起女人家活人千古不变的"真理"和农村妇女所应遵循的传统道德思想，

> 甭串门，少说是非话，女人家到一个村子，名声倒了，一辈子也挽不回来。在娘家长人哩，在婆家活人哩！①

无疑，当"外来介入者"进入玉贤的视野时，杨老师所代表的现代文明唤醒了她人性的自觉和追求未来美好生活的理想，但现代文明又是以恶魔般阴险的嘴脸出现的，卑鄙、可怕、虚伪、不负责任。当她准备过上自己渴望已久的生活时，现代文明的启蒙者反倒抛弃了她，几乎把她逼上了自尽的绝路。作家认为，文化的"外来介入者"并非现代文化的启蒙者，而只是懦弱、卑鄙的好色之徒。杨老师也并非现代文明的使者，并非想传播现代文明的观念，也并不想帮助普通乡村妇女进行精神上的解放，而只是想借助他所拥有的现代文明的资本来满足个体的肉欲。在这里，作家笔下的妇女虽然迈开了追求自由婚姻的第一步，却走上了被传统文化与现代文明双重抛离的境地。传统的、礼俗的文化抛弃了她，使她无家可

---

① 陈忠实：《陈忠实自选集》，海南出版社，2008年，第219页。

归，因为她是个不守妇道的坏女人。现代的、文明的、自由的文化也抛弃了她，因为现代文化是以虚伪的面孔出现的，而且现代文化与传统妇女的内在心理格格不入，所以，她找不到自己的人生归宿，重又回到了传统文化观念的怀抱，使作品以反传统的思想开始，又以皈依传统而告终。作品体现了传统文化的巨大的吞噬力，这既是玉贤的命运悲剧，也是社会的悲剧。

> 她（吴玉贤）回到丈夫身边不光是旧的重复，更包含了新的开始，玉贤的人生教训就在于面对新的潮流的冲击，不要轻易否定过去。①

今天是从昨天过来的，昨天的历史必须尊重。此时，作品所表现出的传统文化与现代文明碰撞时的矛盾心态，不仅对现代文明提出了质疑和拒斥，而且对即将逝去的传统文化表达了深深的眷恋之情。

女性要想真正摆脱传统封建思想观念的禁锢，必须首先克服自身思想的局限性，获得真正的独立。女性只有从思想上解放了，经济上独立了，才能获得与男性平等的地位，才能打破男尊女卑的局面，获得真正的自由解放。四妹子，一个普通的陕北女子为生活所迫，依靠"出走"——嫁到关中，寻找梦想。作品在展现四妹子的生活轨迹中，反映了她从反抗到走向独立再到逐渐获得自由解放的过程。在宗法社会中，女性毫无人身自由，没有地位、没有权力，她们只是男人的附庸，一切依附于男人。家庭是束缚她们的枷锁，她们在家庭中的一切行为都必须严格按照传统宗法和家规进行，一切必须听从家庭中传统宗法制度的代表——家长的要求。

> 凡家里来了客人，亲戚也罢，外边啥人也罢，统统都由老人接待，晚辈人打个招呼就行了，不准站在旁边问这问那。②

聪明而又泼辣的四妹子不甘于唯唯诺诺，开始破坏封建家长宗法

---

① 李星：《一曲人性的悲歌——论陈忠实中篇新作〈康家小院〉》，载《文汇报》1984年3月6日。
② 陈忠实：《陈忠实自选集》，海南出版社，2008年，第406页。

制——公公顽强保留着的旧社会流传下来的习俗，试图打破这个封建宗法制家庭原有的平稳沉寂的生活。她不堪忍受精神上的压抑和奴役，屡屡"闯祸"，公公无法容忍这个陕北来的"女闯王"，做出了分家的决定。分家后，她不辞辛劳贩小麦，后又办家庭养鸡场，在生意越做越大的时候，请公婆来帮忙，而且发给他们工资。这说明，过去在公公面前低眉顺首、动辄得咎的陕北女子，今天却能指拨他，而且能让他心服口服地接受。过去装病从公公手中要到五块钱解馋、出气的她，今天却发给公婆五十块钱的工资，这彻底颠覆了中国几千年来形成的三从四德、男尊女卑的封建宗法制家庭秩序，改变了中国农村的家庭结构。女性终于靠自己的奋斗获得了独立的经济、政治地位，真正实现了男女平等。这是现代社会区别于传统宗法社会的一个重要标志。

纵观陈忠实的中篇小说，能够给人留下深刻印象的女性都是以悲剧的面孔出现的。作家从悲剧的视角出发，直线型地展现了妇女从附庸地位走向独立自由的过程，他以巨大悲悯关注着女性的无边苦难，并引导着我们对人生、对社会进行深入的思考，这也是走进他的中篇小说世界的一个很好的视点。陈忠实通过对这些人物形象的塑造深入审视传统文化，拷问国民灵魂。

> 运用文化心理结构来剖析人物性格，实际上就是更加强调和重视人物行为的社会文化背景，挖掘造成人物行为的更深层次的原因。这就使得他笔下的这个人物形象具有相当的思想深度，从中可以窥见传统文化对国人的那种根深蒂固的影响。①

在四妹子、梆子老太、吴玉贤身上充分反映了作者对中国农业文明的认知和对以儒家为核心的传统文化的态度，也通过她们暴露了传统文化的残忍、腐朽和必然走向衰亡的历史命运。另外，作者有意选取农村来展现传统与现代的多重文化冲突。一方面，作者来自农村，熟悉农村生活；另一方面，农村相对城市来说，社会变迁、转型的速度比较慢，受现代文明

---

① 李晓卫：《现实主义的发展与深化——从柳青的"典型理论"到陈忠实的"文化心理结构"》，载《甘肃社会科学》2007年第3期。

的洗礼不彻底。中国农村绵延了几千年的传统的自给自足的传统宗法社会有其自身的逻辑。社会是向前发展的，而传统的自给自足的社会严重阻碍了现代文明的进程，传统文化与现代文化的矛盾和冲突也就凸显了出来。

陈忠实的中篇小说就体现了作家对传统文化与现代文化的思考。作家认为：

> 传统并不意味着愚昧，也并不意味着落后，而现代也并不完全意味着文明、进步。①

对于一个民族来说，既要有传统的价值观、道德观和一些地方区域形成的民间民俗观念，同时也需要吸取当代新的文明与新的观念。在陈忠实的作品中，我们发现他对传统既有深刻的反思，又有深深的眷恋之情，而面对现代既有热烈的向往又产生了质疑和困惑的矛盾心理。正如李遇春先生在2003年与陈忠实的对话中说：

> 根据我对您的作品的阅读印象，我觉得您的创作心理是充满矛盾的，特别是在文化价值方面表现得比较明显。②

的确，《四妹子》《蓝袍先生》揭露了传统宗法社会与现代社会、封建礼教与自由解放之间的矛盾冲突。小说通过对蓝袍先生六十年人生历程的描写，暴露了传统文化残忍、腐朽的一面，以及传统文化必然走向衰亡的历史命运。《康家小院》中，既有对传统文化的不满，也有对现代文明侵入的惧怕。从反传统开始，又以皈依传统而告终。《十八岁的哥哥》中，传达出在社会变革的猛烈冲击下，农村承受着新观念同传统文化冲突时不可避免的痛苦和不安，充分体现了历史的真实。作者"把人物放在广阔的文化背景上，从深厚的民族文化传统的根源上塑造和刻画她们，挖掘形成她们心理结构的深层原因，从而使这些人物形象既达到高度的生活真实，也达到了高度的艺术真实，形象、生动地反映了近半个世纪中国现代

---

① 代江平：《尴尬：传统与现代之间——陈忠实小说论》，华东师范大学2007年硕士学位论文。
② 陈忠实：《陈忠实文集》第7卷，广州出版社，2004年，第408页。

史上波澜壮阔的历史画面"①。

可以说，陈忠实的中篇小说满载着历史文化元素，让人们在历史文化的情结中品味作品的厚重。

总之，从陈忠实中篇小说的创作情况来看，作家的心里是充满矛盾的，正如李遇春所说：

> 自八十年代以来，许多中国作家都在现代化与民族化之间从事着辛勤的艺术探索，但他们都陷入了进退失据、顾此失彼的尴尬。②

传统与现代的矛盾与冲突、农村与城市环境选择的困惑、地域之间相互排斥的茫然依然存在着，这是矛盾也是一种困境。陈忠实的这种矛盾、困惑和茫然在具体的作品中表现为多元情结的凝聚，同时也正因为如此，激活了现实主义强大的生命力，为他的文学创作镶嵌上了耀眼的辉光。我在另一篇陈忠实研究的文章中曾言：

> 在今天，我们探讨陈忠实文学的当代意义和《白鹿原》的超越性价值，归根结底就是要让其文学文本成为当代思想、学术研究和文学创作的再生资源，成为当代人类文化再生产的动力源泉。③

本文对陈忠实中篇小说的整体性研究，就是期望新的整体性"陈忠实品相"的生成，从而拓宽陈忠实文学的意义世界。

原载《兰州学刊》2018年第12期

---

① 李晓卫：《现实主义的发展与深化——从柳青的"典型理论"到陈忠实的"文化心理结构"》，载《甘肃社会科学》2007年第3期。
② 陈忠实：《陈忠实文集》第7卷，广州出版社，2004年，第409页。
③ 韩伟：《陈忠实文学的当代意义与〈白鹿原〉的超越性价值》，载《西北大学学报》（哲学社会科学版）2017年第5期。

"狂欢化"诗学与现代家族小说的同构

——评马步升的"江湖三部曲"

　　自1985年发表作品伊始，马步升至今已出版多部长篇小说，被国内评论界誉为西部小说、西部散文代表作家之一，并连续三年位列甘肃"小说八骏"。其"江湖三部曲"——《青白盐》《野鬼部落》和《刀客遁》内容既相互独立，又在故事背景、人物思想、历史事件进程的书写上呈现出紧密的联系。三部作品的主体舞台均是民间和江湖，以正史为底，辅以野史传闻，首次系统呈现了西部地区特别是陇原大地上百余年来幽深的历史、丰富的人情，以及表达爱恨情仇鲜活热辣的独特语言。小说生动展现了陇原大地上古老家族在19世纪末20世纪初的剧烈历史变革中，如何从封闭走向开放，从守旧走向维新，从封建走向现代，这在中国当代文坛闪亮独帜，堪称现代家族小说的突出成果。

　　　　　　只有在生命状态中体验生活，才是真正的创作。[①]

　　"江湖三部曲"着重书写故土和家族文化记忆，消解了传统的道德标准和善恶是非观，其语言的铺陈、各类语体的杂糅、"非日常"与"传奇性"场景的描写，以及对怪诞身体的关注，均具有明显的狂欢化意味。"狂欢化"是巴赫金文学思想的核心观念，是指民间文化的一切形式

---

① 韩伟：《"生命的真实"与"心灵的悸动"——陈忠实散文创作论》，载《当代作家评论》2016年第4期。

特征，包括演出形式、语言作品和广场语言。这种文学的狂欢化"标举了一种新型的诗学比较观，即：在众声合唱、多极共生的时代，任何一种思想或话语所尝试的'独白'企图，终将以一种喧闹近乎喜剧的情景收场"①。

这样看来，"江湖三部曲"中集中呈现的"走向现代家族"和"狂欢"这两大主题，通过广场语言、非日常场景和身体叙事这三个连接点，获得了结构性的相似。"江湖三部曲"中各传统家族走向现代家族的过程，是展现狂欢的过程，各种杂糅式的狂欢语言正是传统家族走向现代家族过程中所碰撞出的火花。狂欢化的身体叙事正是旧家族灭亡、现代家族尚未成型时期自我意识萌发和觉醒的标志。狂欢的民间文化正是现代家族回望历史和传统之后，踟蹰迈出现代化进程的悖论性力量。狂欢在各方面的呈现与现代家族的艰难建构，可以说是"硬币的两面"的很好注脚。

一、"广场语言"：一种语体杂糅与铺陈的新的践行

巴赫金说："狂欢式使神圣同粗俗，崇高同卑下，伟大同渺小，明智同愚蠢等等接近起来，团结起来，订下婚约，结成一体。"②

这种对立两端的连接，在"江湖三部曲"中表现为语体杂糅，如雅俗杂用、古今糅合等。作家运用官方语言、民间方言等如臂使指，大量陇东地域色彩浓厚的粗话、艳词、俚语、民谚、歌谣、戏文唱词等扑面而来，在语言风格上独树一帜。而这种文白、雅俗之间的"杂语性"③正是巴赫金认为的小说之"理想状态"，我们可以在"江湖三部曲"中发现这种语

---

① 蒋述卓：《对话：理论精神与操作原则——巴赫金对比较诗学研究的启示》，载《文学评论》2000年第1期。
② 钱中文主编：《巴赫金全集》第5卷，李兆林、夏忠宪等译，河北教育出版社，1998年，第162页。
③ Clark, Katerina, Michael Holquist. *Mikhail*, Cambridge, MA: Belknap of Harvard University Press, 1984, P22.

言的很多实例。

雅正和粗鄙的词汇、语句，在"江湖三部曲"中杂糅混用。作家有意使用这种语言，意在阻隔读者顺滑的阅读体验，展现出人物犬牙交错的幽暗心理。《青白盐》中的主人公铁徒手，作为科举出身的陇东知府，饱读诗书，说话多文言，讲究辞令，口不离仁义礼智信，言语多书面语和官话，言谈中时有艳曲和戏文唱词。他与侍女泡泡打情骂俏时说：

还请泡泡青天大老爷法外施恩，下官定当铭记肺腑，缺情后补则个。①

在快活之余，铁徒手随口吟出了一首艳曲：

风月中的事儿难猜难解，风月中的人儿个个会弄乖，难道就没一个真实的在。②

铁徒手不觉沉迷，耳际响起了一缕丝竹之音：

明知道那人儿做下亏心勾当，到晚来故意不进奴房，恼得我吹灭了灯把门儿闩上……③

正如李建荣所言：

马步升在悲剧的情境里、苦难的历史里发掘人之幸福情爱的存在意义，挥写出了人对抗不幸命运的酒神狂欢。④

除此以外，作家在对铁徒手的叙述中还加入了俚语、顺口溜等，实现了文言与白话的杂糅，如：

话有说得说不得，事有做得做不得，见饭就吃是穷丐，见草就啃是饿驴，见色心动是俗汉，悉为功名在身的士人，肚中可三日无食，心中不可片刻涉俗，俗事可推做，雅事万不可俗做……⑤

---

① 马步升：《青白盐》，敦煌文艺出版社，2008年，第68页。
② 同上，第68页。
③ 同上，第69页。
④ 李建荣：《长篇小说的语体思辨——兼评马步升的〈青白盐〉》，载《小说评论》2008年第4期。
⑤ 马步升：《青白盐》，敦煌文艺出版社，2008年，第69页。

在《野鬼部落》中，如此古今混用、雅俗杂糅的语句也随处可见。主人公马成人及其追随者规划各自的人生时，宁做太平犬，不作乱离人。天下兴，百姓苦；天下亡，百姓苦。在面对八路军骑兵激烈围剿的情形下，追随马成人的野鬼二爷鬼里鬼对他表忠心时，马成人回应：

> 众位弟兄不必多言，想我野鬼部落纵横江湖数十年，历经大风大浪无数，大风过后必是青天白日，大浪之后，必是波澜不惊。①

如此雅俗混用的语言以碎片化的方式嵌入文中，具有鲜明的狂欢化的广场语言特点，成为作家有意识的文体追求，突出了小说语言的狂欢化色彩。

除雅俗混用之外，马步升还有意识地抹去言语的时代色彩，或将当代习用的语言施之古人，或由今人脱口言诵出古雅的文言，如此今语古用和古语今用，削去了语言本身蕴含的语体形态和语境鸿沟，给人以强烈的虚幻感。《野鬼部落》中的小叫驴从马成人的"谆谆教导"中明白：

> 我王与天地同体，又比天高，比地阔。大海虽大，也不及我王一滴汗水的浩瀚……如今，我王让我获得了再生，我找到了生命的意义。②

此处宗教与世俗、神圣与极恶汇合，使小说漫溢出了狂欢化的意味。再如苟掌柜傲然说："那当然，永远都别忘，你嫁给了一个拥有五千年文明史的男人。"③还有"让所有的敌对分子，一切魑魅魍魉妖魔鬼怪牛鬼蛇神，以及一切明火执仗的，暗藏的，当下的，潜在的，只要是敌对分子都难逃一枪毙命结果的必杀技"④。

当我们读到这些具有历史特定意义和坚实时空坐标的语句时，往往会要求小说具有某种历史事实的准确性，需要看到真实的历史语境，同时要

---

① 马步升：《野鬼部落》，敦煌文艺出版社，2018年，第7页。
② 同上，第37页。
③ 同上，第50页。
④ 同上，第30页。

求小说的叙事情节、语言表达要与现实的历史有某种贴合。但在马步升的"江湖三部曲"中，超出历史语境的话语常常被随意导入。这类有意模糊时空坐标的话语打破了现实主义的传统要求，用戏拟的手法解构了文本的历史性，现实主义在各类语体杂糅中被消解为政治、宗教以及历史话语的狂欢，这也正是小说中狂欢化语言的第二种呈现方式。

对于巴赫金而言，狂欢化的文学语言彻底消解了以标准语和高尚体裁为核心的官方文化用语，是一种渗透着民间文化的广场语言。他尤其重视脏话、骂人话在小说中的作用，认为：

> 对于不拘形迹的广场言语来说，典型的是惯用骂人话，即脏字和成套的骂法，有时句子相当长且复杂。骂人的话通常在语法上和语义学上都与言语的上下文相隔离，被看作完成了的整体，像俗语一样。因此，可以说，骂人的话是不拘形迹的广场言语的一种特殊的言语体裁。[1]

马步升擅长描写这些典型的广场语言，其登峰造极者就是"骂阵"。且看《刀客遁》中两个女人在各自族长的指示下哭坟骂阵时的语言：

> 哭坟如唱歌，哭腔几乎融天下哭腔于一体。有内地秦腔的生旦净末丑，有边地的各类民歌唱腔，如花儿、小曲，牧民的牧羊调儿、赶马调儿，还有挤奶调儿，流行河西的贤孝、宝卷道情调儿，如此等等，荟萃四方八面……[2]

小说狂欢化语言还表现在方言中大量脏话的使用。例如《青白盐》里一位性格泼辣的陇东妇女，面对意图调查马正天的官差时，方言和粗话在她的言语中不时迸现：

> 官家把官家的事管好就行了，你倒黄鼠狼越过地界偷鸡来了！[3]

---

[1] 钱中文主编：《巴赫金全集》第6卷，李兆林、夏忠宪等译，河北教育出版社，1998年，第20页。
[2] 马步升：《刀客遁》，敦煌文艺出版社，2018年，第22页。
[3] 马步升：《青白盐》，敦煌文艺出版社，2008年，第207页。

这些嬉笑怒骂，表现出了特有的陇东民间方言色彩。

方言土语凝聚着陇东人的文化精神与智慧，是当地人对社会生活的一种独特的解读，反映了他们的人生态度和各种欲望。小说要描写一定文化区域里的人，要向这些人的精神的深层世界掘进，马步升在方言土语中找到了这些乡党们精神存在的家园，并将其游刃有余地展现给了读者。[①]

除此以外，这"一整套降低格调、转向平实的做法与世上和人体生殖能力相关联的不洁秽语"[②]，这种狂欢式的冒渎不敬，正体现了巴赫金所言的狂欢式的第四个范畴——粗鄙。可以看出，马步升是一位语言意识清晰且自觉的作家，他试图在历史与现实的夹缝中，创立一种具有传统文化气息、地域色彩浓厚，熔秦腔、民歌、宝卷、道情为一炉的语言风格。

这种语言风格应该是糅合古典小说的艺术养分，具有现代生活气息，体现出作家心灵真切的感受和感悟，让读者目骇神夺，魂醉魄迷的风格，即拉近语言与事实的距离，实现语言和事实契合的审美目标，从而实现语言就是事实的小说理想。[③]

总体看来，作家通过这种语体的杂糅和语言的铺陈，实现了"人们之间的等级关系的这种理想上和现实上的暂时取消，在狂欢节广场上形成一种在日常生活中不可能有的特殊类型的交往。在此也形成了广场语言和广场姿态的特殊形式，一种坦率和自由，不承认交往者之间的任何距离，摆脱了日常（非狂欢化）的礼仪规范的形式，形成了狂欢节广场语言的特殊

---

① 彭青：《俗与雅的和谐统——马步升小说语言艺术探析》，载《扬子江评论》2012年第5期。
② 钱中文主编：《巴赫金全集》第5卷，李兆林、夏忠宪等译，河北教育出版社，1998年，第162页。
③ 彭青：《俗与雅的和谐统——马步升小说语言艺术探析》，载《扬子江评论》2012年第5期。

风格"①。

可以看出，作家所使用的这类非正统性、狂欢化的语言正是一种对巴赫金"广场语言"的有意识的践行，已然超越了单纯用方言对陇东地域历史的书写目的，他不仅为自己曾经的生活细节留下了证据，也对即将逝去的陇东生活留下了清晰的痕迹。语言最敏锐地体现了时代的变化，在古老家族走向现代的过程中，语言是最先受到冲击和改造的对象。各种杂糅式的狂欢语言正是"江湖三部曲"中传统家族走向现代家族进程中碰撞出的火花，语言杂糅的过程正是狂欢的过程。狂欢化诗学跨越遥远时空与中国现代家族的艰难建立过程在此意义上得以融合与同构。

二、"非日常"与"传奇性"：情节的怪诞与情境的呈现

韦勒克、沃伦认为：

> 伟大的小说家们都有一个自己的世界，人们可以从中看出这一世界和经验世界的部分重合，但是从它自我连贯的可理解性来说它又是一个与经验世界不同的独特的世界。②

"江湖三部曲"所叙述的传统家族的历史，充满了偶然事件和怪诞情节，但正是这种偶然和怪诞，又合乎情理地反映了清末民初陇原家族艰难转向现代世界的生存状况，表现了当地人民对人性自由的追求，还原了人性最初的自然性和多元性。在小说中，我们可以看到传统家族艰难向现代转型时所面对的人性与自然的悖论、传统与现代的冲突，这些都呈现为种种"非日常"与"传奇性"的怪诞情境，呈现出典型的狂欢化特征，具体来说有以下三种类型。

---

① 钱中文主编：《巴赫金全集》第6卷，李兆林、夏忠宪等译，河北教育出版社，1998年，第12页。
② 雷·韦勒克、奥·沃伦：《文学理论》，刘象愚、邢培明、陈圣生等译，生活·读书·新知三联书店，1984年，第238页。

第一种类型即广场情境的应用。巴赫金尤其重视广场这一特殊空间对狂欢化文学的塑造作用。他说：

> 在狂欢化的文学中，广场作为情节发展的场所，具有两重性和两面性，因为透过现实的广场，可以看到一个进行随便亲昵的交际和全民性加冕脱冕的狂欢广场。就连其他的活动场所（当然是情节上和现实中都可能出现的场所），只要能成为形形色色人们相聚和交际的地方，都会增添一种狂欢广场的意味。①

广场作为非公共场所，积聚民间力量的同时，又意味着打破枷锁，迈向新的生活。"江湖三部曲"中处处可见喧闹杂乱的广场场景和非日常化的生活情节。

> 怪诞的情节以新和旧、垂死和新生、变形的始末等对立两极同时出现的形式显示。②

如《刀客遁》中外科医生以愚昧的手段推广科学，花儿皇后窗前明月为偶遇的陌生老人真情歌唱洮岷花儿等非日常化的情节；《青白盐》中海豁豁杀猪、乏驴为救人奔走、叶儿的乱伦之恋和泡泡捐赠飞机作为公益设施等传奇性的情境。作家深知在狂欢中所有的人都是积极的参加者，所有的人都参与狂欢戏的演出。人们不是消极地看狂欢，严格地说也不是在演戏，而是生活在狂欢之中，按照狂欢式的规律在过活。马步升深知这一点，在"江湖三部曲"中他描写了大量的广场情境，如《刀客遁》中：

> 站在远处瞭望，客栈外的空地上，真个是人头攒动，斜阳下，一颗颗人头像是被洪水摧毁的西瓜地，一颗颗黑西瓜在洪水中翻滚招摇。③

花儿歌会是陇原、河湟地区特有的民间艺术集会，在花儿歌会中，人

---

① 钱中文主编：《巴赫金全集》第5卷，李兆林、夏忠宪等译，河北教育出版社，1998年，第162页。
② 程正民：《巴赫金的文化诗学研究》，中国社会科学出版社，2017年，第108—110页。
③ 马步升：《刀客遁》，敦煌文艺出版社，2018年，第119页。

们摆脱日常劳作的繁苦,在心醉神迷近乎纯粹的审美享受间,便可窥见传统向现代转型的轨迹。如蒋医生回城的这段描写:

> 在太阳冒花时,甘州城已经万人空巷,他们守候在街头,抢占最佳观看位置,墙头上,屋顶上,大树上,早已爬满了人。①

看与被看是中国现代文学的主题之一,马步升的描写接续这一主题又增加了许多细节。此处被看的是运用现代医学知识顺利接生婴儿的男医生,他代表着现代文明,被看意味着现代文明作为一种奇观被展示,民众的狂欢在此成为现代文明艰难改造国民性的隐喻。换言之,人们过着狂欢式的生活,而这种狂欢式的生活,是脱离了正轨的生活,在某种程度上是"翻了个的生活",是"反面的生活"。②因此,这种狂欢化生活情节的呈现充分表现出了作家的"怪诞现实主义"③风格。无论是留洋郎中、海豁豁和乏驴,还是窗前明月、叶儿及泡泡,他们都有远超常人的性格特点,他们以各自的存在形式讲述着自己的故事,众声喧哗,交杂并置,并最终汇合到了陇原大地的狂欢之中。

"江湖三部曲"中故事冲突的展现、情节的设置和场景的安排等一系列叙事手法的应用,构成了小说的组织方式。在"江湖三部曲"故事情节的叙述过程中,经常出现这样典型的狂欢化活动场所,如《刀客遁》中万人空巷的甘州城,发动叛乱暴动的大佛寺前广场,《青白盐》中的大街和县衙等。在这些场景中,形形色色人们相聚和交际于同一地点,呈现出了一个洋溢着生命激情的狂欢化世界,打破了官方和非官方的界限,"它们

---

① 马步升:《刀客遁》,敦煌文艺出版社,2018年,第184页。
② 钱中文主编:《巴赫金全集》第5卷,李兆林、夏忠宪等译,河北教育出版社,1998年,第161页。
③ 巴赫金指出,"怪诞现实主义"是民间诙谐文化中一种特殊类型的形象观念,更广泛些说是一种关于存在的特殊审美观念的遗产。具有以下审美特征:一是夸张性和过度性;二是降格,即贬低化和世俗化;三是深刻、本质的双重性。参见钱中文主编:《巴赫金全集》第6卷,李兆林、夏忠宪等译,河北教育出版社,1998年,第24页。

是时间在空间上的浓缩、凝聚,最后变成艺术上具体可感的形象"①,同时这些地方及地方上活动着的人们让我们在作品中一次次感受着无处不在的狂欢气氛。这种"狂欢化文学是对以标准语和高尚体裁为核心的官方文化的彻底颠覆"②。

　　但是这正好在一定程度上,真实地揭示并深刻地反映了当时人们的现实生活,狂欢也成为传统家族走向现代的典型表现。

　　广场情境是对日常的颠覆,是现代家族艰难成长的印记,而对日常生活的颠覆和现代家族成型最激烈的方式就是暴乱,这也是狂欢化特征的第二种类型。"江湖三部曲"中对此着墨较多,如《野鬼部落》中当队伍开出猪头元家大院时,马坊镇的静谧与即将开始的暴乱之对比:

> 除了猪头元家一些格外坚韧的东西,还在哔哔啵啵燃烧,制造出一些乱响外,天空是静谧的。阳光和烟雾汇合后,黑的烟,白的光,站在大地上仰视,呈现的是祥云缭绕。③

　　群众化为暴民,百家封建家族在暴乱中灰飞烟灭,传统家族被最激烈的手段摧毁。然而,现代家族却无法在暴乱的灰烬中获得新生。作为暴乱反面的平乱场景,在《刀客遁》中也有相对克制、冷静的描写:

> 广场上的人还没有明白是怎么回事儿,又一声号炮劈空震响,随即,孔孔枪口里冒着蓝烟,枪弹射向人群……广场上人群没头没脑奔窜,互相踩踏,各色货物散落一地,尸体横陈,血流淙淙。④

　　会党试图通过暴乱推翻清政府在甘州(今张掖)的统治,实现"天下大同",却由于泄露机密而惨遭镇压。平乱的场景千头万绪,作家却能一统杂多为冷静的文字,实属难能可贵。

---

① 薛亘华:《巴赫金时空体理论的内涵》,载《俄罗斯文艺》2018年第4期。
② 梅兰:《狂欢化世界观、体裁、时空体和语言》,载《外国文学研究》2002年第4期。
③ 马步升:《野鬼部落》,敦煌文艺出版社,2018年,第129页。
④ 马步升:《刀客遁》,敦煌文艺出版社,2018年,第279页。

狂欢化特征的第三种类型是造神情境的描写。不同于暴乱对传统秩序的反抗，新秩序的重建是更加困难的过程，现代家族的艰难成长不仅要突破旧文化的束缚，更要建立现代性文化。然而，这一过程在清末民初的陇原大地是几乎难以完成的。马步升直视这一点，通过英雄形象塑造和造神情境描写，展现了现代家族成型的艰难探索过程。《青白盐》以现代家族史为中心进行叙述，主要有两条清晰的线索。蛋蛋"我"作为一个十几岁的孩子在20世纪60年代的亲见亲历为故事的第一条线索，"我"从爷爷马登月口中与他人口中听到的故事为第二条线索。这两条线索相伴展开，重点讲述了陇原地区大家族马家的荣辱兴衰，尤其是家族人物马正天的人生历程，同时小说中也展示了以年家、铁徒手、乏驴等官商民多方人物之间复杂的家族故事。小说开篇对马正天的介绍是"陇东十七县第一义士，家财、品格第一"，但是随着情节发展，作家把英雄马正天置于了一种狂欢化的氛围当中，通过反权威的表达方式和无处不在的解构，进而否定了普遍的价值观念，消解了传统意义上的英雄形象。马正天的英雄形象不断被世俗化、大众化，他不再占据道德的制高点，真正成了一个道德上与民众接近的、世俗化的英雄，一个反常规的英雄，溢出了普遍的审美经验。作家通过这种方式构成了小说中的一个个狂欢的片段，最终实现了叙述狂欢化的目的。具有超人性特征英雄形象的塑造，在《野鬼部落》中又发展为近乎荒诞的造神运动，如鬼魂到行动队，举行群众大会时，会场爆发出的欢呼：

　　　　我的王！我们的王！圣明的王！我的鬼魂！我们的鬼魂！传达伟大光荣正确旨意的鬼魂！我们永远信赖的永远代表王的旨意的鬼魂！①

　　将自视为鬼的普通人颠倒为神，鬼神不分，人神杂糅，此类登峰造极的狂欢化描写赤裸裸地揭示了现代家族探索的失败。

---

① 马步升：《野鬼部落》，敦煌文艺出版社，2018年，第39页。

纵观马步升小说中的这些非日常化情境，时代的碾压、家族的重任尽皆展现在每个人身上，"今天是从昨天过来的，昨天的历史必须尊重。此时，作品所表现出的传统文化与现代文明碰撞时的矛盾心态，不仅对现代文明提出了质疑和拒斥，而且对即将逝去的传统文化表达了深深的眷恋之情"①。

在此意义上，马步升的小说不但在"非日常"情境中呈现了现代家族的痛苦转折，也让我们认识到了人类历史发展的普遍规律。

三、"沉重的肉身"：身体叙事及其隐喻

身体是巴赫金狂欢化诗学的重要概念，对于巴赫金而言，身体就是人的行为世界和事件世界，更是我们理解"存在"的基本视角。身体连接了存在的历史事实，体现了存在的个性化和独特化含义，占据着"时空体"中心和基石的地位。人于空间位置所体验到的时间经验，都是以身体位置为中心和出发点的。于是，身体成了一种价值判断的基石，一切崇高或卑下、理性或狂乱的物和事，都与人的"身体"直接联系起来，并经由"身体"得以衡量，最终在人的"身体"中得到展示。尼采也说：

> 人的肉体——一切有机生命发展的最遥远和最切近的过去靠着它又恢复了生机，变得有血有肉。一条没有边际、悄无声息的水流，似乎流经它、越过它奔突而去。因为肉体乃是比陈旧的灵魂更令人惊异的思想。无论在什么时代，相信肉体都胜似相信我们无比实在的产业和最可靠的存在——简言之，相信我们的自我胜似相信精神。②

因此，对身体的直接描写是突破日常重压和传统道德伦理的有效手

---

① 韩伟：《多元情结的凝聚与现实主义的生命力——陈忠实中篇小说论》，载《兰州学刊》2018年第12期。
② 尼采：《权力意志》，张念东、凌素心译，商务印书馆，1994年，第152页。

段,而对身体的狂欢式描写则更具有冲击力。中外现代小说写作的一个明显特征就是在文本中细描人的身体样态,尽情释放人的身体经验与原始感受,在中外文学史和艺术史中,许多作品也都直接或者间接地关涉并指向人的身体。艺术的一个重要特性与表现内容就是关于身体自身的揭示,若缺乏身体维度,也就没有了关于人的艺术。但是,身体并非单纯的生理性肉体,福柯曾言:

> 社会,它的各种各样的实践内容和组织形式,它的各种各样的权利技术,它的各种各样的历史悲喜剧,都围绕着身体而展开角逐,都将身体作为一个焦点,都对身体进行静心的规划、设计和表现。身体成为各种权力的追逐目标,权力在试探它,挑逗它,控制它,生产它。正是在对身体作各种各样的规划过程中,权利的秘密,社会的秘密和历史的秘密昭然若揭。[1]

诚然,小说中作家并没有把人物的肉体置于一个自然的状态下,而是将其作为一个个带有社会权利色彩的"沉重的肉身",并且通过狂欢化的语言,重新诠释了人物肉身的真实存在状态。

身体描写不但表述小说的文本意义,更建构了独属于作家的语体风格。"江湖三部曲"中充满着对肉体的描述,马步升常常将身体降格或升格,"即把一切高级的、精神性的和抽象的东西转移到整个不可分割的物质肉体层面、大地和身体的层面"[2]。

通过将肉体和神圣或肮脏的东西等组成比喻结构,展现出肉体的"怪诞"和类似于脱冕的"崩落",是一种狂欢化的、特殊性的审美表现。探索这些身体叙事的隐喻功能及其在文学作品中生成的意义与价值,也是我们用狂欢化诗学理论解读马步升"江湖"系列小说的一个重要视点。

身体的降格描写在"江湖三部曲"中随处可见。《青白盐》中作家把

---

[1] 福柯:《权力的眼睛——福柯访谈录》,上海人民出版社,1997年,第9页。
[2] 钱中文主编:《巴赫金全集》第6卷,李兆林、夏忠宪等译,河北教育出版社,1998年,第24页。

眼睛降格为羊粪豆儿：

> 叶儿的眼睛剜人时……像两颗小羊羔屙出来的新鲜的还冒着热气的羊粪豆儿。①

这里纯净心灵的窗户落为动物粪便。

> 这种肉体的降格化就是人类身体和人性的狂欢，当群体性、集体化的丑陋、怪诞的肉体出现时，就以疯子似的非理性方式宣扬肉体的形而上哲理，进行无声的狂欢化的喧哗，并对"失语"进行形而下的反抗！②

作家这一生动的细节描写，也让叶儿这个年轻乡村女性的形象有血有肉地展现在读者面前。再如，《青白盐》中对年干部被叶儿咬掉的舌头如此描写：

> 马连长凑过去，一看没看明又凑得更近些，看似一坨肉，又觉得太过离谱，便把拇指和食指搓起，把那物儿搓过来，手心软软乎乎，粘粘腻腻，像是一根蚯蚓。③

作家调动视觉和触觉详叙残缺的身体，昔日如簧的巧舌在此处落为不见天日的虫子。还有《野鬼部落》中，洋女人细看中国男人的脸时：

> 她以为那是面团一样的脸，面团多柔软、多温柔啊，其实，就近看，这些中国男人的脸一张张都是黄土地一般粗糙，黄土裂缝一般狰狞。④

高贵身体被降格为低俗事物，人高贵的价值也随即被消解，原本附着于社会身体的种种崇高神圣，在对自然身体的描绘下被打回原形。巴赫金曾提出"身体地形学"来论述这种身体降格，他指出身体在其文化意义上存在着指向与"上"（官方／肖像、排除了身体下部生理现象）相对的

---

① 马步升：《青白盐》，敦煌文艺出版社，2008年，第7页。
② 李缙英：《阎连科小说的狂欢化文学叙事研究》，载《关东学刊》2016年第6期。
③ 马步升：《青白盐》，敦煌文艺出版社，2008年，第240—241页。
④ 马步升：《野鬼部落》，敦煌文艺出版社，2018年，第139页。

"下"（民间／与排泄、性等物质交换相关联的身体下部），身体变为一种"完全现成的、完结的、有严格界限的、封闭的、由内至外展开的、不可混淆的和个体表现的人体"①。

身体的降格也成为反叛的标志，种种附着于身体的固化阶级特征烟消云散，封建家族的神圣性和正当性最终被现代家族强大的变革力量所摧毁。

身体往往与政治、宗教和意识形态息息相关，是人体验、感知欲望、行动和存在的直接场域，更是具有多重意义的文化符号，因此作家经常将身体和某些具有象征意义的意象连接起来。《刀客遁》中作家又把屁股升格为太阳：

> 他屁股上的那团红色胎记，宛如夜半升起的一颗太阳，向她喷涌着火辣辣的阳光。②

《野鬼部落》中描写胡日鬼在面对马镇坊父老乡亲时的情景：

> 一只手尽力挥出去，从台下的人的目光看去，那只手挥向了远方，与丝丝缕缕的太阳光衔接，一直伸向了虚空无际。视线跟着这只挥斥空宇的手，人们真的看见了，在那秋日长空的尽头，有一只传说中的龙爪，阳光赶集似的，从四面八方聚拢过去，龙爪上金光万道，而那只龙爪摇摆之际，祥云随之缭绕，天空尽是迷幻。③

屁股被抬升为太阳，普通人的手被抬升为龙爪，这些日常身体被极度夸大，同时丧失了其原本的样态。夸张过甚的描写正如巴赫金指认的拉伯雷笔下的种种"怪诞现实主义"肉体一样，"我们的肉体就是社会的肉身"。④这些升格描写所蕴含的隐喻意义不言自明。总之，在"江湖三部曲"中，作家对身体降格或升格的怪诞描写随处可见。

---

① 钱中文主编：《巴赫金全集》第6卷，李兆林、夏忠宪等译，河北教育出版社，1998年，第367—368页。
② 马步升：《刀客遁》，敦煌文艺出版社，2018年，第157页。
③ 马步升：《野鬼部落》，敦煌文艺出版社，2018年，第159页。
④ 约翰·奥尼尔：《身体形态：现代社会的五种身体》，张旭春译，春风文艺出版社，1999年，第10页。

进一步看,以上对肉体的描述指的并不是现代狭义上和确切意义上的身体和生理,这类语言中的词语和形式具有双重指向性和巨大的象征概括力量。

> 生活中许多重要的方面,确切说是许多深层的东西,只有借助这种语言才能发现、理解并表达出来。①

可以说,作家对身体降格或升格的怪诞描写,正是使身体成为思想的武器,突破了传统价值观念,宣告着传统文化的没落。在身体的狂欢化喧哗中,旧式家族步步崩落,现代家族的影子在对身体的怪诞描写中逐渐显现。

毋庸置疑,作家在狂欢的广场上,给小说人物的沉重肉身增加了丰富的现代性意义,这种把普通肉身与粗鄙之物联系起来的狂欢化叙事手法,不仅体现了作家在内容上对怪异身体的重视,而且折射出了其着重对狂欢化氛围渲染的意图。这也是作家将个人和世界、历史连接起来的有效探索。巴赫金曾指出:

> 当个人做完自己的事情以后同肉体一道衰老、死亡,但是由死者所孕育而生的人民和人类的肉体是永远能得到补偿并坚定地沿着历史日臻完美的道路前进的。②

历史的演进总是首先作用于这些身体,原本正常者突变为怪异,美丽者骤转为丑陋,私密者被公开,高贵者落入凡尘。马步升"江湖三部曲"中这些个人肉体的生生死死及其模态的怪异表达,正体现着中国近现代历史巨大转折中人们对世界图景的全新认知,演绎着现代家族艰难崛起的历史进程。

结 语

巴赫金自20世纪60年代中期被重新"发现"以来,其思想遗产不断被发掘利用,广泛而深刻地影响了过去半个多世纪的西方学术

---

① 刘象愚:《外国文论简史》,北京大学出版社,2005年,第454页。
② 钱中文主编:《巴赫金全集》第6卷,李兆林、夏忠宪等译,河北教育出版社,1998年,第469—470页。

思想发展进程，也同样深刻地影响了我国当代人文社科研究的方法论及话语形式，尤其对发掘中国经典文学作品中的阐释空间、为中国传统叙事艺术研究寻找新的学术增长点具有重要意义。①

巴赫金以世界观的维度来理解狂欢化，认为狂欢化的叙事方式是一种对待世界的特殊态度：

> 狂欢化一直帮助人们摧毁不同体裁之间、各种封闭的思想体系之间、多种不同风格之间存在的一切壁垒。②

这就是巴赫金所言的狂欢化在文学史上的巨大功用之所在。而马步升的"江湖三部曲"中无论是广场语言的铺陈，还是"非日常"的叙事，抑或新的身体叙事的隐喻，都正是巴赫金所说的在日常生活中不可能有的特殊类型的表达。作家充分凸显了作品中以家族为叙事中心的日常生活中生发出来的狂欢化特征，并运用广场化的粗俗语言消解庄严，彰显了作品的狂欢化风格，这也正是马步升小说中比较突出的地方。正是通过这种狂欢化描写，马步升的"江湖三部曲"展示了陇原大地传统家族突破传统、迈向现代的伟大历程。当我们透过时空迷雾窥视这一过程时才发现，非狂欢无法表达其艰辛。"江湖三部曲"也由此与巴赫金的"狂欢化"诗学获得了跨越时空的同构。因此，当我们从巴赫金"狂欢化"诗学的视角阐释和解读"江湖三部曲"时，能够以另外一种视角激活文本内部的意义张力，为读者进一步理解"江湖三部曲"提供可资借鉴的视角。

原载《小说评论》2019年第5期

（本文系与刘丽莎合作）

---

① 韩蒙：《第十六届"国际巴赫金学术研讨会"会议综述》，载《俄罗斯文艺》2018年第4期。
② 钱中文主编：《巴赫金全集》第5卷，李兆林、夏忠宪等译，河北教育出版社，1998年，第176—177页。

叙事伦理：在冲突与融通中升华

——评贾平凹长篇小说《山本》

贾平凹最新长篇小说《山本》一经面世，就获得了文学界的广泛好评。近五十万字的巨大容量使得《山本》的阐释空间相应地扩大，小说中历史与自然、历史与现实、历史与虚构的关系，以及小说文本所体现出的叙事美学、抒情话语、民间书写等被一众学者所深度挖掘。解读角度的多样和批评路径的不同，无疑为《山本》拓宽了影响范围并丰富了其内涵意蕴。然而，过于敞开地谈论小说，也容易脱离文本的真实意图。在文本的解读与重构之间如何找到平衡点成了本文关注的重要问题。本文认为，叙事伦理批评以作者的叙事意图和伦理目的为切入点，通过叙事手段的伦理化以更为接近文本原态的方式彰显小说饱满的伦理意味，从而使《山本》建构的伦理空间更符合文本实际，也更贴近作者虚构世界的"真实"一面。

一、叙事伦理：伦理批评的可能

重构《山本》的伦理空间既要合乎文本形式的"理"，也要契合文本内容的"情"。因为无论是从文学创作的形式层面还是内容层面来看，作品所具备的价值并不孤立地存在于其中某一个方面。梳理文学研究的历史，不论是形式主义文论以文学语言形式为绝对批评对象的研究模式，还是结构主义流派的"泛结构化"研究，都因忽视对文学作品内容和思想的探讨而渐趋衰落。反之，传统的文学道德批评过于注重主观性阐释往往容易沦为道德说教，其道德观念与价值判断呈现出单一化、绝对化、简单化的倾向，又因其剥离小说叙事手段而只作阐释性或判断性批评难以获得持久的生命力。

针对以往研究中，叙事手段与伦理内容分离所导致的对文学作品误读、误判或过度阐释的问题，叙事伦理批评试图做出一定的补偿与弥合。作为当代西方叙事修辞理论的重要代表人物之一，詹姆斯·费伦（James Phelan）提出了"形式的伦理"这一批评模式。费伦指出，小说中"技巧或结构的使用必然具有伦理的层面"①。

由于作者可以凭借控制情节进展的快慢、视角聚焦以及心理刻画等叙事手段来操纵文本，完成对文本世界的建构，读者对小说的伦理判断会受到叙事手段和故事内容的双重影响。《山本》中作者对井宗秀杀死第一任妻子的事实并没有进行正面描写，只有认真回顾之前孟家大女儿与五雷的种种暧昧举动和井宗秀的不动声色，读者才能明白井宗秀弄松了井边一块砖后又催促妻子去井里打水的用意。这种含混而细腻的叙事方式，使得读者对这一人物形象的伦理判断进一步深入，井宗秀细腻隐忍而又心狠手辣的一面慢慢显现。同理，当我们将一份《山本》的故事梗概摆在读者面前，砍去小说叙事的枝节仅剩内容提要，我们很难判断读者是否能够从中看出作品的伦理意图和精神价值。显然，无视叙事手段的重要性仅关注文本内容很难建构起作品的伦理空间。诚如笔者在另一篇文章中所言：

> 作者们在创作时并非随意选择叙述者的，由于叙述者的意识会得到大量的呈现，换句话说，也就是这个人物会得到相当的话语权，所以作者在创作中选择何种类型的叙述者往往牵扯到道德

---

① 詹姆斯·费伦、唐伟胜：《"伦理转向"与修辞叙事伦理》，载《四川外语学院学报》2008年第5期。

问题。①

在《山本》中，贾平凹以涡镇尚未受过革命启蒙教育的寻常百姓为叙述者之一，既向读者展示了民间传统中对革命的最朴素的看法，即各路武装势力都是一丘之貉并无分别，又以这种叙事者的身份很好地规避了正史叙述中始终存在的意识形态问题，将民间文化的生动丰富与落后愚昧充分展现出来。

正是由于看到了"非人格化叙述"，即小说叙事者、叙事距离、叙事角度、不可靠叙事以及含混、反讽等一系列叙事手段所引发的道德问题，布斯强调，"我们不能把道德问题看成是与技巧无关的东西束之高阁"②。

亚当·桑查瑞·纽顿作为西方首先正式提出"叙事伦理"（Narrative Ethics）这一批评概念的学者，同样将对文学作品伦理意义的探讨置于叙事之中，他指出"对真理、意义、普遍问题的提问，小说用姿态、动作、关系等具体方式来回答"③。

换言之，纽顿意在表明小说文本所呈现出的伦理意义不再只是先验或超验地存在于文本世界之中，而是需要作者通过一系列的叙事安排以及读者的合理重构才能得以呈现。

西方学者有关叙事伦理批评的探讨很大程度上依然沿用了实用主义的思维模式，偏重对文本的形式分析和结构解读。然而，在实际的叙事伦理批评中，作家所秉持的写作观念和伦理法则给予了文学作品饱满的伦理内容，同样是重要的考量维度。《山本》正是以那个时代的战乱纷争、社会变革和人心浮沉见出了无常和悲凉，而"在这种无常和悲凉中，人怎样活

---

① 韩伟、程丹阳：《浮华与虚无：问题视域中的奢侈品文学》，载《甘肃社会科学》2015年第6期。
② W.C.布斯：《小说伦理学》，华明、胡苏晓、周宪译，北京大学出版社，1987年，第423页。
③ 伍茂国：《叙事伦理：伦理批评新道路》，载《浙江学刊》2004年第5期。

着，活得饱满而有意义，是一直的叩问"①。

诚如刘小枫所言，"伦理其实是以某种价值观念为经脉的生命感觉"②。而叙事伦理学就是在"讲述个人经历的生命故事，通过个人经历的叙事提出关于生命感觉的问题，营构具体的道德意识和伦理诉求"③。

包含于其中的"自由的叙事伦理"则旨在激发个人的道德反省与伦理自觉。这种叙事伦理不是单纯的道德说教，于小说的读者而言它更多地是提供一种经验样本和一个先见的伦理场所，读者通过结合文本实际与自身经验从而起到辨析自身是非功过、事物善恶美丑的效果。

《山本》以种种叙事手段为伦理建构的中介物，其叙事伦理更多地表现为一种"自由伦理的个体叙事"，是"由一个个具体的偶在的个体的生活事件构成的"④，这种伦理观念正是作家的写作初衷之一。

贾平凹在《山本》的后记中写道：

以我的能力来写那个年代只着眼于林中一花、河中一沙……

*《山本》里虽然到处是枪声和死人，但它并不是写战争的书*⑤。

作家对主流历史叙事所秉持的政治伦理观始终保持着警惕。政治革命在历史中激起的惊涛骇浪并非作家的叙事中心，小说中各路武装势力的此消彼长仅仅为秦岭自然风物和人世伦常提供了展演的历史舞台。小说中陆菊人十三年前带来的三分胭脂地，如同丢进涡潭的一块石头，竟将偏居秦岭一方的涡镇的世事翻腾起来。井宗秀因缘际会得到了附有龙脉的三分胭脂地，由一个水烟店的小子成了统领一方的井旅长。井氏兄弟二人杀伐决断本是将帅之才，却因阮天保的蓄意报复各自殒命，二人的下场既不壮烈也不光彩，更谈不上体面二字。小说中到处充满了意料之外，凡此种种，

---

① 贾平凹、王雪瑛：《声音在崖上撞响才回荡山谷——关于长篇小说〈山本〉的对话》，载《当代作家评论》2018年第4期。
② 刘小枫：《沉重的肉身》，华夏出版社，2015年，第4页。
③ 同上，第4页。
④ 同上，第4页。
⑤ 贾平凹：《山本》，作家出版社，2018年，第525页。

都影响着小说的叙事进程。小说背后转动的命运齿轮总是分毫不差、紧密细致，人物与自然交融一体，主人公并无所谓的"主角光环"能够逃脱命运之手的无情捉弄。《山本》丰富的自然书写和入木三分的人性刻画，向读者展示的并不是善与恶、美与丑、高尚与卑鄙、荣光与龌龊的清晰分野，"《山本》里没有包装，也没有面具"①，脱离了脸谱化的人物塑造手法，小说向读者出示的是现实生活的多义、暧昧与模糊，同样也是伦理观念的多种可能。

尽管文学想象并非公共生活的全部，伦理观念也仅仅是小说书写的维度之一，但优秀的文学作品总能够摒除先验的伦理观念，以一种旁观者的身份去关怀现实生活，激起人内心的情感，触及理性规范难以有效发挥作用的精神场域，从而获得自身的实践意义。努斯鲍姆曾言：

> 之所以捍卫文学想象，是因为我觉得它是一种伦理立场的必需要素，一种要求我们关注自身的同时也要关注那些过着完全不同生活的人的善的伦理立场。②

而叙事伦理学就是要以一种更接近文本实际的方式建构起文学想象的伦理立场。当然在笔者看来，完整的叙事伦理批评应该以西方叙事伦理研究的形式主义分析模式为骨架，以中国本土叙事伦理研究的伦理观念分析为血肉，重新以一种祛魅的方式将文学伦理批评约束在研究文学作品本身的领域之内，从而既给予那些在文学伦理批评中被忽视的叙事盲点以关切，又给予感性的伦理分析以理性逻辑的支撑，使其成为伦理批评的题中之义。

二、"错位"叙事：关系与法则的异动

错位来源于冲突又引发冲突，小说往往依凭叙事的错位进行情节的转

---

① 贾平凹：《山本》，作家出版社，2018年，第526页。
② 玛莎·努斯鲍姆：《诗性正义——文学想象与公共生活》，丁晓东译，北京大学出版社，2010年，第7页。

换与内容的推进。《山本》中形色各异的关系与法则的异常变动，使得近五十万字的小说在情节上相互勾连，串联众多人物又不至于杂乱无章，社会、历史与自然虽相互碰撞却又弥漫交融。凭借这种错位的言说模式，作家在叙事中向读者展示了小说文本的丰富性、复杂性和多元性，同时建构起虚构世界的伦理秩序。布斯指出：

> 因为小说是在一个真实本身似乎日趋含混、相对和变动的世界里，追求他所谓的"表现的现实主义"，所以它必定要牺牲其他体裁的"评价的现实主义"的某些东西。①

因此，这种错位的叙事虽然在某种意义上解构了现实历史或现实社会，却以艺术的方式成功地实现了作家对一个超越现实真实的虚构世界的铺排。

针对《山本》中文学书写与历史真实的错位，贾平凹说：

> 历史不是文学，当文学中写到了历史，这历史就一定要归化文学。②

然而，"在人类发展进程中，人们对现实的时间和空间的把握总会习惯性地局限于对某一历史阶段或当时仅能认识到的历史时间和现实空间的把握上面"③。

因此，文学要做的就是将这段时空的关系进行艺术性的转化。当作家面对秦岭20世纪二三十年代的那段历史，他选择"从那一堆历史中翻出另一个历史来"④。这也就表明，贾平凹无意于重新为那段历史作传，他的写作不是对正统历史的补充，而是以文学的方式重新挖掘被民族宏大历史

---

① W.C.布斯：《小说伦理学》，华明、胡苏晓、周宪译，北京大学出版社，1987年，第432页。
② 贾平凹、韩鲁华：《穿过云层都是阳光：贾平凹文学对话录》，北京联合出版公司，2016年，第161页。
③ 韩伟、赵丹：《论农民工题材小说的"城市时空体"——以巴赫金时空体理论为价值观照》，载《甘肃社会科学》2016年第6期。
④ 贾平凹：《山本》，作家出版社，2018年，第525页。

所埋没的琐碎细节与人情伦常。小说中历史的脉络或隐或现地穿插在叙事之中,虽然大部分历史都有据可循,但就那段历史对号入座则会歪曲作者的本意,也无益于对作品的分析解读。对涉及相关历史表达的部分,作家为防止"襟怀鄙陋,境界逼仄"①,抛却了传统历史叙事的言说模式,采用了混沌的叙事视角,对历史只进行叙述却不做高下判断。秦岭里走过了谁的队伍涡镇的人并不在乎,他们独居秦岭一方只关心这些武装势力会不会进自己的家门。在他们看来,"什么国军呀土匪呀刀客逛山游击队呀,还不是一样?这世道就靠闹哩,看谁能闹大!"②

原本安分守己的井宗秀,因为三分胭脂地成了一方英雄,但他手中的权力多一分,他残暴阴狠的本性也就多显露一分,最后不得善终。历史的荣光好似龌龊人性的一块遮羞布,作者只有扯开这层遮羞布才能够使文学书写与历史真实产生错位,使文学区别于历史。

自然秦岭与社会革命的错位构成了小说书写的坐标,自然风物是秦岭乃至中国的永恒在场,而社会革命仅仅是依附在自然上的一场荒唐闹剧。相比之下,自然的崇高与庄重消解了革命的宏大面目,使后者显得滑稽与琐屑。贾平凹创作《山本》的原意是为秦岭写志立传,而非以自然风物为背景续写革命传奇。因此,小说在自然风物的描写方面用力明显多于对革命历史的叙述。小说中的麻县长和白起二人均对秦岭的动植物颇感兴趣,作家借由二人之口不仅将秦岭动植物向读者做了详细的说明,还意在指出革命与自然处在一种矛盾交叠的状态之中。不论是麻县长这样甘愿退居幕后的人,抑或白起这样被涡镇革命所抛弃的人,最后都将以自然为归处。而小说结尾处,当涡镇被革命的炮弹轰炸成一堆尘土,却唯独留下了麻县长的两本书稿,其一为《秦岭志草木部》,另一为《秦岭志禽兽部》。自然固守着一切生灵,而革命却消散于尘土之间。

小说的叙事同样遵循了自然书写为重、革命历史书写次之的原则。诚

---

① 贾平凹:《山本》,作家出版社,2018年,第526页。
② 同上,第162页。

如谷鹏飞所言：

> 历史主义的热叙事，只是构成了小说叙事的"套子"，自然主义的冷描写，才是小说真正的基调。①

小说以自然的涡潭隐喻社会革命，喻指正是革命将秦岭世事搅动翻腾。涡潭所在的涡镇本来叫平安镇，意为只有涡镇平安县城才会平安。仍处于乡土社会的涡镇之所以改名大概也是因为无力摆脱当时社会革命的浪潮，被席卷其中沦为乱世一隅也是再自然不过了。而小说中的自然风物显出了神秘的预言气息，有为人预示吉凶祸福的功能。镇子上的老皂角树原本只在德行高的人经过时才掉下皂角，到后来却被人随意践踏；而在这之前县里的千年紫藤也死了，世风日下成了显而易见的事情。自然紧紧楔入社会的革命之中，但二者在错位之后难以回归，呈现出相背离的态势。

精英主义与丛林法则的错位同样在《山本》的叙事层面上展现出了十足的张力。小说中，以麻县长为代表的传统精英人群和以井宗秀为代表的各路武装势力，二者分别遵循着不同的处事法则和生存规律。前者受过良好的教育，怀有极高的社会责任感和使命感，常常以"修身齐家治国平天下"为己任。在麻县长眼中，为官一任便要造福一方。因此，他利用石磨断案时仁慈却有智慧，虽然他无力为国家的事情出谋划策，却极力想为平川县的百姓维持良好的治安。当涡镇被阮天保的保安队围困，他先一步派人向69旅求助尽量减少人员伤亡。对比之下，以井宗秀为首的各路武装势力则奉行着近乎原始的丛林法则，弱肉强食与优胜劣汰是他们生存的不二法门。土匪王魁杀了五雷成了大架杆，井宗秀因为剿匪有功成了预备团团长，阮天保杀了史三海成了县保安队的队长，以上种种就是他们向上攀爬获得生存空间的最直接手段。在这样一个处处都在革命的年代里，"不读书有权，不识字有钱，不晓事倒有人夸荐……挫折英雄，消磨良善……依

---

① 谷鹏飞：《历史主义抑或自然主义：评贾平凹〈山本〉的叙事史观》，载《中国文艺评论》2018年第6期。

本分只落得人轻贱"①。

丛林法则占据了生存道德的高位，传统的精英情怀只得落寞退场。精英主义与丛林法则的错位同样使得人性出现了异化。在井宗秀的统领下涡镇的人慢慢显出一副副动物的面孔，让人恍惚间觉得生存在了丛林之中。在叙述中，作者并未观念先行对以上一切做出评价，而是以平静的旁观者的角度单纯地进行讲述，把评判的权利交到了读者手中。

当小说文本世界中众多关系和法则产生异动的时候，人物命运也夹于其中产生了错位。小说开篇即将叙事进程建立在陆菊人带来的三分胭脂地所产生的张力的基础之上，于是小说调转时间的箭头将叙述起点放回十三年前：自从纸坊沟的三分地作为陆菊人的嫁妆被带到杨家后，井宗秀从节节高升到最后惨死的过程都充满了意料之外的错位。三分能出官人的地本属于杨家，因杨掌柜可怜井掌柜死后无处下葬才赠予了井家，井宗秀凭借这地节节高升成了井旅长最后却不得善终。涡镇的人盼来了能保一方平安的井宗秀，但最后霸占妇女、劳民伤财使涡镇毁于战火的也是井宗秀。井宗秀的一生成了彻头彻尾的闹剧。若他当初没有对那三分胭脂地产生期望，仍旧生活在自己的轨道之内，或许他还是涡镇讨人爱的白面小子。然而，"人类生存的基本要素正是矛盾"②，在回归与错位之间，个体因自身存在的复杂性、丰富性，始终难以获得存在的平衡。

三、个体经验叙事：内容伦理的表达

《山本》的叙事伦理以自由的个体叙事伦理的面貌呈现，小说内容层面上的伦理观念借助个体经验叙事得以表达。由于作品中人物的个体经验表达总有其特殊性、多面性及微妙性，作者非但不应该以程式化、规范化或普遍化的塑造方法去简化人物形象，还要通过不同的叙事手段尽可能

---

① 贾平凹：《山本》，作家出版社，2018年，第191页。
② 恩斯特·卡西尔：《人论》，甘阳译，上海译文出版社，2013年，第21页。

地将小说中的人物加以区分进行特殊化处理。因此，作家在小说中常常需要以一个讲述者的身份存在并具备旁观者的中立性情感。作家审视的角度愈丰富，作品具备的审美价值也愈加多样化，个体经验也能为读者提供愈多的伦理启示从而产生道德的实践力量。而个体经验叙事所包含的明显的个人化色彩也能够有效地摆脱类似历史主义、民族主义、集体主义等宏大话语的限制，从而将现代社会多样化的一面展现出来，体现出自身的叙事价值。

《山本》中的陆菊人作为作家花费大量笔墨所塑造的一位女性，她的身上浓缩了中华民族传统女性的众多优良品质，同时又摆脱了以往女性的柔弱显得坚韧果敢。她在家从父，对父亲为了还棺材钱而把她作为童养媳送到杨家的事，她虽再不愿给爹笑脸却还是咬着牙去了。她出嫁从夫，孝敬公公疼爱儿子，对丈夫杨钟她虽不满意却也是关心多于气恼。对待涡镇的邻里乡亲，平日里笑脸相迎亲近友好。她恪守妇道，不论杨钟生前还是死后她从不与井宗秀跨越传统的男女大防，就连二人单独说话她也故意将声音放得响亮。做了茶坊的总领掌柜，她勤勉细致，生财有道。对要嫁给井宗秀的花生，她更是事无巨细、悉心培养。这样一位浑身散发着光芒的女性，自然不会被时代匆匆抛弃，因此她也成了涡镇最后为数不多的幸存者之一。

然而，陆菊人所奉行的伦理道德观念往往在实践层面遭到来自各方的打击。因此，贾平凹无意将陆菊人的一生作为善有善报的道德典型加以宣扬，她在小说中更多地是作为一面人性的镜子而存在。井宗秀曾坦言：

> 我后来倒越来越觉得你是我的铜镜，它照出了我许多毛病。[1]

但井宗秀后期越发横征暴敛成了涡镇的祸害，陆菊人已经无法将其劝阻，最终井宗秀的惨死昭告了她的失败。同时，作家借陆菊人向读者展示了涡镇人的嘴脸：当涡镇被保安队围困时，一群人揪着陆菊人缠打不休；

---

[1] 贾平凹：《山本》，作家出版社，2018年，第321页。

茶店的孙掌柜嫌弃陆菊人是个女人，故意为难；茶行向井宗丞提供资金东窗事发，陆菊人成了替罪羊被抓。凡此种种，使得传统道德信条中善恶果报的坚实底座已然摇摇欲坠，作家混沌与模糊的处理手法为读者展示伦理困境的同时，也为读者留下了丰饶广阔的思考空间。

井氏兄弟作为基本贯穿小说叙事始末的重要人物，作者选择将二人放在不同的叙事章节中分开讲述，这样一种主观层面的设置却在客观上将二人的命运进行了对比。哥哥井宗丞能说会道在县城读书，弟弟井宗秀话虽不多却心思灵巧，这两个儿子是井掌柜闲谈的资本，但二人在小说中鲜有交集。哥哥井宗丞参加了共产党，为筹措经费密谋绑架了他爹间接导致了井掌柜的死亡，最后是弟弟井宗秀主持丧事还清欠款。井宗丞做事直来直往常常令下属难堪，而井宗秀却总有些小心思，譬如偷学画师技艺，遇五雷时假意奉承保全涡镇，向韩掌柜通风报信设计五雷，蓄意杀死妻子却伪装成意外，悬置麻县长掌握涡镇实权，等等。对待女人，井宗丞喜欢杜英却不愿与她结婚，后又因杜英与他在一起时被毒蛇咬死，他便发誓从今以后再不接触女人。井宗秀因妻子与五雷有染设计将其杀死，迎娶花生后却又总招揽一些花枝招展的女人去家里，然而井宗秀在婚前就早已丧失生育能力。对待革命，与井宗丞的主动参与不同，井宗秀是应着那三分胭脂地的预言怀着侥幸心理参加的，主观上并没有对革命的清晰认识和觉悟。相较于单个人物面对伦理困境时做出的选择往往缺乏一定说服力的问题，作家采取两线并行的叙述模式，为两个不同的主体设置了类似的情境，从而考察主体行为的伦理意味就显得客观合理了许多。

《山本》中个人经验的表达除通过以叙述故事情节的方式进行之外，还以细节描写对个人经验的生成进行了深度刻画。井宗秀作为小说的核心人物之一，作家对他的个人经验的表述借助形象具体的面部特征变化的描写来完成，这种叙事手段在小说人物井宗秀前后期转变的过程中体现得尤为明显。最初，井宗秀是涡镇上最白净的男人，脸上也只有稀稀落落的几根胡须，而他平常没事又总爱拔，所以一张脸总是白白净净。当他在三分胭脂地里挖到宝贝得了横财的时候，他反倒任由胡须乱长。住上了岳家的屋院之后，他重新开始讲究起来，一张脸总是白白净净。陆菊人提点井宗秀告诉他不该止步于做个财东应做个官的，他急忙给陆菊人叩头，随后又剃了头算是削发明志。然而，这之后的事情却有了转折。井宗秀纵容王团长强抢妇女却不容陆菊人置评，井宗秀的脸一下子显出了黑色。之后，他将涡镇阮姓男女老幼十七人全部杀光，这时他胡子拉碴面对陆菊人的质问第一次拂袖而去。紧接着，井宗秀决定将炸了山炮的三毛剥皮制鼓，陈皮匠看他"腮帮子、眼皮子都鼓鼓的，好像是肿着，两只眼睛也没了往日的细长，光是比以前亮，但有些瘆人"[1]。

随后，杀了井宗丞的邢瞎子也被一刀刀剐死，此时的井宗秀已然面目全非。

对小说中个人命运无常和琐碎生活状态的细致描写，舒缓了小说的叙事节奏，也有效抵抗了人物所处的那段风云激荡的历史所带来的压抑气息。诚如宋炳辉所言，贾平凹的《山本》"写大时代，却放弃大事件、大架构，而是让看起来琐琐碎碎的人和事'自动'蔓延开来"[2]。

这种以小见大的叙事方式从普通人物的生活深处锻造出典型，以涡镇为中心映射了当时的整个中国。杨钟是陆菊人的丈夫，他近乎小说里唯一一个保留着小孩心性的成年人。他常说自己长着一身飞毛能飞檐走壁，表演给大家的来去无踪其实是他做了飞贼。他办事并不牢靠，但只要有人托他办事他都尽力去办。他经常冲着陆菊人嚷嚷，却又极疼爱老婆儿子。当他死后，陆菊人回忆往事，才发觉杨钟的可气与可爱。剩剩是陆菊人和杨钟的儿子，在跌瘸了腿之后被陆菊人送到了安仁堂做了盲眼大夫陈先生的徒弟。他是乱世之中仅"剩"的爱的化身，也是涡镇毁灭后的幸存者之一。麦溪县县长李克服并非作恶多端，因此他在游击队攻打县城时主动自

---

[1] 贾平凹：《山本》，作家出版社，2018年，第400页。
[2] 宋炳辉：《最具"中国性"的个人写作如何同时面对两个世界》，载《探索与争鸣》2018年第7期。

首却依旧被枪杀，而他的死亡被他自己归结为信错了人。夜线子早年间杀人越货，如今为了弃暗投明投奔预备团，却又在之后杀人无数且手段残忍。作者在小说中一笔带过的一个老婆子，仅仅因为王路安他爹早年盖房占了她家的一点地方，就诅咒王路安中枪而死。考虑到个人内心的情感反应往往是不纯的，所以作家在叙述过程中尽量不做道德判断和意图审查。在个人经验叙事中，小说的伦理观念存在于文本内容之中，伦理判断的价值准则被送还到读者手中，让读者来评判。

四、"天我合一"：作家伦理的聚焦

叙事伦理批评注重对文本深处琐碎细节的合理挖掘，这种批评模式为我们进入作品更大的叙事框架提供了可能，而在这个叙事框架中隐含的是叙事者即作家的眼光。作家所持有的写作信念为小说划定了讲述的边界，所有虚构和想象的成分都要在一定的文本空间内获得存在的合法性。我们要理解小说中讲述的个人经验是如何获得公共价值的，这种叙事又是如何发挥作用的，就需要作家的介入。布斯强调：

> 在小说中，写好的概念必须包括成功地安排你的读者对一个虚构世界的看法。[①]

为了实现这种安排，《山本》中作家通过给定审美距离、设置代言人、进行隐喻化描写等叙事手段，以秦岭为意象统领，为读者塑造出了一个齐物视角下的"天我合一"的虚构世界。

《山本》的题记中写道：

> 一条龙脉，横亘在那里，提携了黄河长江，统领着北方南方。这就是秦岭，中国最伟大的山。山本的故事，正是我的一本

---

① W.C.布斯：《小说伦理学》，华明、胡苏晓、周宪译，北京大学出版社，1987年，第433页。

秦岭之志。①

作家开篇言志,将秦岭悬置于文本世界的上方,预先为小说设定了叙事者的眼光,这种叙事者眼光正是从秦岭所具备的山的全面性转化而来。山分阴阳两面,各主一方水土,阳面盛世太平,阴面诡谲凄清。秦岭作为最中国的一座山,自然也就具备着这种山的风貌的最典型形态。而作家选择以秦岭为全书的意象统领,实质上也就表明了作家的创作初衷是为秦岭立志做传,秦岭的特性融进了小说的骨架与血肉之中。换言之,《山本》的叙事眼光是全面的,叙事角度是多样的,叙事语气则是包容的,而这种叙事品质正是秦岭的风貌特征的文本化、精神化和艺术化的显兆。

秦岭这一意象氤氲出了《山本》整体的"天人合一"的叙事氛围,小说中所刻画的"一切皆来自于自然法则,天地山川人事都是自然而然地演绎自己运作轨迹",贾平凹采用的这种"法自然"的现实主义描写方式在"极其琐碎的万象叙事中保持了完整的艺术张力"②。

小说最后,当涡镇被炮弹毁成了一堆尘土,涡镇的人也所剩无几的时候,远处的秦岭却依然峰峦叠嶂,颜色不改。叙事的平淡和情感的抑制带给读者一种别样的清新自在之感,这种流畅的叙事方式反倒显出作家高超的写作技巧。在作家的伦理预设中秦岭作为自然界的代表,它是从蒙尘的历史中走到了当下社会又必将走向未来的存在。在这种存在的对比下,人类社会的种种变革发展所具备的重大意义被瞬间矮化削减,涡镇所经受的炮火的洗礼显得不值一提,而涡镇的人因追求所谓的达官显贵、功名利禄而上演的这一场人间闹剧更是荒唐可笑。虽然作家在小说结尾处所采用的这种近似于上帝视角的叙事眼光观照的范围更全面,却不容易深入小说叙述的人类社会生活的内部,所以作家在小说中另设了一个观察的"眼睛",即陆菊人的那只黑猫。

---

① 贾平凹:《山本》,作家出版社,2018年,"题记"。
② 陈思和:《试论贾平凹〈山本〉的民间性、传统性和现代性》,载《小说评论》2018年第4期。

作家通过控制审美距离的方式，使黑猫跟随它的主人陆菊人一起参与了涡镇整个事件发展的全过程。在这过程中黑猫始终以类似于秦岭的静观者的形象出现，不论是井掌柜的突然死亡或是井宗秀当了团长，还是陆菊人在院子里独自想着刚去世的杨钟，甚至是在涡镇毁灭的时刻，它都睁大眼睛一动不动地看着发生的一切。同时黑猫又具备着自然的灵性，当杨掌柜被五雷气得犯了病时，陆菊人向黑猫讨主意找了井宗秀帮忙。它预见了剩剩要出事，几次阻挡剩剩跟着它。杨掌柜死了，它跑到灵床边去看他。剩剩要去安仁堂，它要跟着剩剩同去。在叙事角度的选择上，一旦作家选择的叙事眼光过低，创作出的作品就容易走向片面，同时作品所表达的个人经验向公共价值的转化也会遇到问题。作家以黑猫的眼光为自身伦理视角的替代，这种置身事外却又参与其中同时还饱含着悲悯的情怀的观察角度却能够将涡镇社会进行全面观照，从而使作品表现出的伦理意味更加客观真实。

贾平凹在小说创作中极其重视对中国文化的表现，《山本》也不例外。在他看来，中国文化"重整体，重混沌，重象形，重道德，重关系，重秩序"[①]。

这种文化特征影响到中国社会的方方面面，也塑造了中国人的典型性格和精神气质。《山本》中贾平凹通过设置中国文化代言人的方式，以中国文化中儒、释、道三教，以及万物有灵、天地阴阳的民间思想为基础，既展示了中国文化中蕴含的伦理观念和道德秩序，又融合作家自身所秉持的"天我合一"观将其进行了文学层面的创化，从而使隐含于文本内容层面的作家伦理既得到了中国传统文化的滋养又获得了现代精神的补益。

小说中的麻县长作为儒家传统文化的代言人，他既讲求修身养性与中庸的处世之道，又奉行达则兼济天下、穷则独善其身的入世原则。然而，麻县长身上也留存着儒家文化消极的一面。他初到平川县有心造福一

---

① 贾平凹、韩鲁华：《穿过云层都是阳光：贾平凹文学对话录》，北京联合出版公司，2016年，第154页。

方，却又因为时局混乱无法实现心中抱负，便转而想为后世留下一部秦岭的动植志。土匪五雷作恶一方，他当机立断灭了土匪，又在涡镇成立了预备团。但行事阴险狠辣的史三海、阮天保他无力辖制。面对乱世，他索性弃之不顾，整日里只醉心动植和吃喝，最后以自杀的方式结束了自己的一生。130庙里的地藏菩萨则代表了佛家文化，地藏菩萨在佛教中以担众生苦难、藏自身功德而得名。而地藏庙的大殿两边刻着的"地狱不空，誓不成佛；安忍不动，静虑深密"①，实际上也是作家在表白自己对世间万物的悲悯情怀。安仁堂的瞎眼郎中陈先生则代表了道家思想，他早年跟随元虚道长学医本来要做个道士，不知为何却自己弄瞎双眼回到了涡镇。陈先生身体力行地实践着道家天人合一、道法自然的准则，他从不刻意去改变什么事物或是教化什么人。对他而言，人和自然万物都是一样的，相互对立却又相互依存，有着各自生存的规律。齐物的叙述视角下，儒、释、道三教在作家所创建的文本世界中，虽然各居一方却没有呈现出彼此分离的态势。而这种对待中国文化的兼容并蓄、多元并存的态度，也是作家对待上世纪二三十年代的世事伦常的态度的折射。

  大量的隐喻化描写出现在小说整个叙事进程之中，而这同样是作家表达伦理观念、创建道德秩序的叙事手段之一。涡镇得名于涡潭，涡潭则是当时革命烽烟四起的中国社会的象征，它表面平静实则暗流涌动。老皂角树作为涡镇之魂与镇子气血相连，当井宗秀为建钟楼将皂角树移到背街后，皂角树死于一场火灾，紧接着涡镇也同样走上了毁灭的道路。除此之外，小说中竹林开花、平川县内的千年紫藤枯死、龙王庙旧址前的百年柏树倒地、天气异常、涡镇怪事连发都暗示着涡镇的末日即将来临。在作家眼中自然万物富有灵性，能辨善恶、明是非、示因果，只有"我"与自然同在、与自然合一的时候，作品的伦理关怀和精神气质才是饱满的、丰富的，才能实现作家对《山本》的期待。因此，齐物视角下的"天我合一"

---

① 贾平凹：《山本》，作家出版社，2018年，第28页。

不仅是《山本》中作家伦理的核心品质，也是贾平凹文学写作的初衷与信念。

《山本》中作家更多地是在讨论复杂的人性与永恒的自然的关系，这种讨论必然涉及作品的伦理意义。贾平凹在《山本》中表现出的是一个比现实世界更加混沌、苍凉、意义丰饶广阔的文学世界，而这个文学世界的伦理观念的建构与作品叙事手段和叙事技巧的运用密切相关。叙事伦理作为一种作家虚构的文本世界的伦理观，它接近文本实际，遵循文本规律，同时也注重对现实世界伦理观念的超越，为读者合理重构《山本》的伦理观提供了一种可能的方式。

原载《西北大学学报》2019年第6期

（本文系与胡亚蓉合作）

从"乡土凝香"到"现实余韵"

——陈忠实短篇小说论

长篇小说《白鹿原》无疑是陈忠实的巅峰之作。这部给他带来巨大声誉的作品，在他的创作生涯中占有举足轻重的地位。然而我们如果仔细回顾作家的创作历程，就会发现他的短篇小说亦体现着作家一以贯之的风格，是其创作长廊的有机组成部分。这些优秀的短篇小说犹如一行行坚实的脚印，记录了作家用笔追寻文学与灵魂的步伐。这些短篇小说凸显了一位现实主义作家的艺术手法和直面生活的勇气。纵观陈忠实三十多年来的短篇小说创作，作家正是立足关中、魂系乡野，用心感悟现实，视野才逐步扩大，获得了发现美的眼睛，保有敏感的艺术心灵。从民间到民族的抒写，从生活到生命的体验，他创作出了一系列当代现实主义文学的短篇精品。本文试从陈忠实短篇小说的创作入手，探寻作家持之以恒的文学法则，展现他三十多年文学生涯直至今天仍执着于斯的点滴变化，并力求透析作家自我超越与精神剥离的历程，以及最终呈现出的丰富博大的精神内蕴。

一、"乡土凝香"：从民间到民族的抒写

陈忠实短篇小说，大多是以关中平原为背景的，他的笔调凝重浑厚，

沉稳劲拔，苍凉悲壮中蕴含着空阔辽远，在粗犷中携带着一抹古气，挥发出一种厚实的感染力，其艺术风格恰恰与他所表现的这块土地相对应。比如早期的《土地诗篇》《土地·母亲》《田园》等作品，乡土气息充溢其中，乡村生活历历在目。陈忠实三十多年笔耕不辍，始终保持着与农村生活的血肉联系。他总是以自我独异而熟悉的视角和描写领域，"代民立言、为民泄情"①，体现了贴近人民、关注现实、魂系乡野的写作立场。乡野情怀激发了作家的写作动机，也为他提供了源源不断的创作契机。陈忠实创作初期的众多短篇小说，也和《白鹿原》一样，着重于现实生活的矛盾冲突。

> "反右斗争"，"反右倾机会主义"，"大跃进"，"四清"乃至"文革"，都很大程度脱离中国实际，夸大阶级斗争，伤害了大批干部和群众，人为地造成干部和干部之间、群众和群众之间的矛盾。②

作家对这一特殊历史时期的矛盾并没有回避，而是在作品中处处揭发并加以反思。荣获1979年全国优秀短篇小说奖的《信任》正是这一反思后的代表作，表现出了作家对我们民族在特定历史时期存在与本质有所相悖时的探索和思考。

陈忠实的创作有着明显的独具乡野趣味的性灵之色，而作为一个身怀道义感和底层意识的小说家，那些生活底层的困难群体理所当然地成为他叙写的主要对象。如创作于新世纪初期的《日子》，小说用平面性的文字图景折射出当代中国农民生活的多维面影：中年夫妇长年累月在河滩上筛沙子，他们对现实有着许多的不解，对县上干部的腐败深恶痛绝，他们也有着对生活的希望——希望女儿不再和他们一样受苦，可女儿的落榜使得希望几成泡影……作者把一系列的生活点滴原生态地呈现在读者面前，他

---

① 畅广元、屈雅军、李凌泽：《负重的民族秘史》，见人民文学出版社编辑部编：《〈白鹿原〉评论集》，人民文学出版社，2000年，第92页。
② 陈涌：《关于陈忠实的创作》，载《文学评论》1998年第5期。

们在物质贫困和精神困惑的双重压力下过着"日子"。胡适曾经对短篇小说作过这样的界定:

> 短篇小说是用最经济的文学手段,描写事实中最精彩的一段或一方面,而能使人充分满意的文章。①

这里所强调的是短篇小说创作的核心应抓住生活的"横断面"。我们可以看出,陈忠实的《日子》充分做到了这一点。更为重要的是,他从这个"过日子"出发,向生活的"纵深度"掘进,高度艺术地表现了八九十年代中国绝大多数农民真实的生存情境和精神状态。

> 我在《日子》里所表述的是那一点对乡村生活的感受和体验,主人公的生活虽然贫乏、单调,但它却是一种真实的生存状态,所以能引起共鸣。②

在当今文坛,众人关注并痛斥的是人文精神的失落,是道德情操的沦丧,众人呼唤并等待一种超越世俗观念文学的出现。

> 现在的文学的第三方面的"最缺少"是:缺少对现实生存的精神超越……作家的根本使命应是对人类存在境遇的深刻洞察。一个通俗小说家只注意故事的趣味,而一个能表达时代精神的作家,却能把故事从趣味推向存在,他不但能由当下现实体验而达到发现人类生活的缺陷和不完美,而且能用审美理想观照和超越这缺陷和不完美,并把读者带进反思和升华的艺术氛围中去。③

要获得超越,在我们这个国度,不可能像西方文学家那样,营造一个充满宗教信仰的文学家园,陈忠实所做的是打通我们对历史及人物的普遍认知,通过对人文精神的张扬、对人类存在本质的揭示,从而营造出一种对现实构成超越和提升的新型美学境界。

---

① 胡适:《论短篇小说》,载《新青年》1918年第4期。
② 马平川:《精神维度:短篇小说的空间拓展——陇上对话陈忠实》,载《文艺理论与批评》2008第5期。
③ 雷达:《当代文学到底缺什么》,载《人民日报》(海外版)2007年7月12日。

当我们仔细阅读陈忠实的短篇小说，把视线停留在那些栩栩如生的人物形象时，往往会发现隐现于文本中的丰富的道德元素以及深厚的民本思想。他们不是那么富有"距离感"，他们"不是历史上的哪二类，而是能够冲出传统形成'这一个'的人物并通过这些人物，去宣传一种既非历代统治者提倡的道德，也非叛逆者反抗的道德，而是民族固有的祖祖辈辈居住一处的下层农民之间互相依存的道德"[1]。

这样的安排使得其小说叙述显出一种与人促膝长谈的感觉。小说人物以及小说传递出来的道德意识，不仅是一种人格风采，更是一种人文精神的光辉写照。比如小说《腊月的故事》，故事发生在北方乡村的一个平淡无奇的早晨。郭振谋老汉家的牛被人偷了，而偷牛贼让他们出乎意料——正是儿子秤砣的中学同学小卫。小卫因为国营企业厂长的胡整瞎弄而下岗，为生活所迫，沦落到偷同学家的牛的境地。小说通过时空转换形成了鲜明的对比。小说叙写了国营企业昔盛今衰的情形，揭示了导致国营企业败局的病因，即管理制度的严重缺陷。作品整体笼罩着些许感伤，不动声色地描述了小卫的家庭状况，从现实到回忆，从美好到残酷。"温馨的记忆现在不可复制，反复咀嚼的余味却是苦涩的"，当局领导百般客气地来慰问小卫的时候，他显出一副鄙夷的神情："我从来没有困难过，各位领导走错门了——肯定。"[2]

小卫表达的不仅是对救助的拒绝，更多的是对现状的不满和愤懑。作品并没有明确地谴责"偷牛贼"小卫，而是通过朴素无华的文笔，传达出对困难群体的深切同情，充满了对现实的忧患意识。

对乡野自始至终的关注，对乡村人物的贴切描写，陈忠实的笔迹始终在民间的大地穿梭回转，他站在自身经验的立场上，通过娴熟的文笔对人

---

[1] 范凤驰：《人本性格的深沉张扬——陈忠实创作论》，载《渤海学刊》1995年第4期。
[2] 陈忠实：《腊月的故事》，见《陈忠实小说选集·短篇小说卷》，长江文艺出版社，2004年，第41页。

类的存在性进行揭示，对一个民族的灵魂进行勾勒。从深层次来讲，他最终抵达文学的本质世界。在此，陈忠实做到了"既不狂热什么，也不冷落什么，而是用冷色调的笔触，去揭示人物存在的客观实际，人怎样在众生相处中获得直立被人仰望而不俯视的权力，使人能够不断完善自己的理想人格，从而展现作品的独特意蕴"①。

比如《腊月的故事》《窝囊》《害羞》等，没有歌功颂德，也没有流于感伤，在把人物推给读者时，常常突出人的悲面、人的艰难，再现人生的苦辛，从而揭示出人生的幸福与苦难，具体并深化着存在的本质意义。

> 文化领域是意义的领域。它通过艺术与仪式，以想象的表现方法诠释世界的意义，尤其是展示那些人生存困境中产生的、人人都无法回避的所谓"不可理喻性问题"，诸如悲剧与死亡。②

陈忠实力求回避停留表面的浮泛和浅薄，摆脱浮光掠影式的描写，在真情流露中道出存在的本质，形成砥砺人心的力量。

如果按照历史的时钟，把一篇篇精致的短篇小说串联起来，就可以组成一部宏阔的史诗性杰作，由此，作家一步步勾勒出我们民族的灵魂。民族的记忆特殊而久远，我们的历史沧桑悠久、坎坷多变，并且催生出了异样的民族文化心理，那么，历史的变化对中国人究竟意味着什么呢？陈忠实把重心置于我们的国民性上，关注其在历史长河中的瞬间激变，是遭受冲击和颠覆，还是更新和嬗变。

> 我是写小说的，我更有兴趣的就是这些理论的东西遗落到民间，人民的心理、心态经历了什么。有文化和没文化的、富裕的和穷苦的、男人和女人，形形色色的人，他们的心理是一种怎样的状态，这非常有意思。③

---

① 范风驰：《人本性格的深沉张扬——陈忠实创作论》，载《渤海学刊》1995年第4期。
② 丹尼尔·贝尔：《资本主义文化矛盾》，赵一凡译，北京三联书店，1989年，第28页。
③ 《作家的使命，是勾勒民族灵魂——对话中国作协副主席陈忠实》，载《解放日报》2009年8月28日。

《舔碗》是这类作品中最有代表性的一篇。黑娃的主家掌柜有个习惯：吃完了饭要舔碗。黄掌柜要黑娃也舔碗，黑娃拒绝了他，他就苦口婆心地对黑娃讲舔碗的好处。黑娃实在不习惯，一舔就吐，不料却把掌柜给折磨出病了。黑娃于心不忍，便赔罪似的说："要是舔了碗能除你的病，那我就……舔。"黄掌柜一骨碌翻身坐起来，双手抓住站在炕边的黑娃的胳膊，颤抖着厚长的下嘴唇说："黑娃你要是舔碗就把我救下了！"[①]但黑娃的努力，最终还是失败了，黄掌柜最终也绝望了。于是他亲自舔黑娃吃过饭的碗，但这更让黑娃恶心。后来情况严重到黑娃看到黄掌柜吃饭时伸出来的舌头就反胃，就想吐。黑娃在一个夜里选择了出逃，小说就此收尾。一主一仆两人，演绎出人性莫大的卑微和底层群体遭遇摧残时的毁灭感。黑娃最后的逃走又平添了一丝经典的意味，暗合了经典意义上的"出走""逃离"之类的尾声，把国人屈从并习惯了的"奴隶身份"重重地卸了下来。小说的讽刺技巧无疑是圆熟的，对人性的探索让人毛骨悚然，有一种冷峻的深刻。巴尔扎克主张要写出被"许多历史家忘记了写的那部历史"，以文学的方式"看看各个社会在什么地方离开了永恒的法则，离开了真，离开了美"。[②]

小说写出了我们忘却了的记忆，它让人认识到落后的生活方式对农民心灵造成的扭曲有多么严重，认识到我们民族在尘封的历史背后还有着多少污垢没有涤荡清楚，还有多少丑恶的积习等待改换。

二、"心物辉映"：从生活到生命的体验

中国当代短篇小说创作一直是以"现时"主义为主流的，作家的创作大都是"当下进行时"，力求达到对当下社会的介入和干预。陈忠实的

---

① 陈忠实：《舔碗》，见《陈忠实小说自选集·短篇小说卷》，长江文艺出版社，2004年，第125页。
② 巴尔扎克：《〈人间喜剧〉前言》，载《文艺理论译丛》1957年第2期。

短篇小说也是这样，现实生活是心灵物化过程的第一站，他近距离地观照"当下"，呈现"现时"，比如《腊月的故事》《作家和他的弟弟》《关于沙娜》《日子》等统统是当下性的，它们就发生在作家的身边，是他过去甚至今日还时常看到并体验的生活场景。

  普遍的通常的规律，作家总是由生活体验进入到生命体验的，然而并不是所有作家都能由生活体验进入生命体验，甚至可以进入生命体验的只是一个少数；即使进入了生命体验的作家也不是每一部作品都属于生命体验的作品，这是我通过阅读所看到的中外文坛上的基本的现状。①

以《日子》的结尾为例：

  我心里猛然一颤。我看见女人缓缓地丢弃了铁锨。我看着她软软地瘫坐在湿漉漉的沙坑里。我看见她双手捂着眼睛低下头。我听见一声压抑的抽泣。我的眼睛模糊了。②

这样的结尾，本身就有浓厚的情感表现性，它表现的既是那个"我"的情感体验，同时也是作家自身的情感体验。在这里，"我"是一个隐含的读者。陈忠实把积淀已久的苦难意识有机地融入了对当下生活的观照之中，以对"现时"进行发问和质疑，对生命的意义做出探索和解读。

关注现实，从现实生活溯源进而剖析人的传统文化心理，陈忠实的目光在现实与历史中往复逡巡，不拘泥于历史事实，向历史与人性的纵深处开掘。着眼于生命个体与历史强大的毁灭力量抗争中的悲剧性处境与命运，通过对个体遭际中精神创伤的冷峻审视，直面人物的生命之痛，来进一步探寻并阐释生命意义和价值尊严，借以唤起人们重新思考人生的意义和价值。

---

① 陈忠实：《兴趣与体验——〈陈忠实小说选集〉序》，载《小说评论》1995年第5期。
② 陈忠实：《日子》，见《陈忠实小说自选集·短篇小说卷》，长江文艺出版社，2004年，第64页。

关中大地是陈忠实起步的园地，这是一块播撒下了秦风唐韵的热土，历史文化传统和当地民间信仰的力量，都为陈忠实提供了丰富的创作资源和强劲的精神动力。

> 黄土地上传统文化和沧桑岁月的沉淀，尤其是儒家传统文化的核心理论架构、价值观念，长期滋养着这块土地上的文人、知识分子的精神风范、生存精神和价值理念，他们的独立的精神，自由的思想的诉求，带着历史的沉重和疼痛。①

这块土地上曾经的人和事在陈忠实的心里堆积并酝酿，变得更为清晰起来。正如荣格所讲，作家的创作不是作家自己在写作，而是"集体无意识"通过作家而运作。陈忠实的创作正是把小我融入大我的"集体无意识"的书写。比如《娃的心娃的胆》中的抗日英雄孙蔚如，参与"西安事变"又在中条山抗击日军；又比如《一个人的生命体验》中作家柳青，内心时刻处于挣扎中，后因不愿意"自我侮辱"而舍弃自己的生命，等等。

> 陈忠实在这块土地上生活长达五六十年，是以小说为"关中风月"绘形写神的高手，既绘出了这块土地的世相，也写出了这块土地上人的风骨。②

以《李十三推磨》为例，主人公李十三本名李芳桂，是一个具有反清复明思想的秦腔剧作家，以其含沙射影的手法宣传反清思想。当嘉庆皇帝派专使到渭南提拿他进京问罪，时年六十二岁的李芳桂正在家中推磨，闻讯后忧愤交加，口吐鲜血，带病逃亡，不久吐血而死。小说浓墨重彩地写了李十三推磨前后的情景，写他对秦腔剧作的痴迷，写他饥寒交迫的处境，出逃时的内心挣扎。作者对其高昂的精神是赞颂的，对其悲惨的遭际是惋惜的。陈忠实觉得，不为李十三写点什么，自己的心情永远无法平

---

① 马平川：《陈忠实短篇小说的写作伦理》，http://www.eduww.com/Article/200901/22837.html。
② 刑小利：《关中的世相和风骨——读陈忠实小说新作〈关中风月〉》，载《文学报》2007年9月13日。

静，他还特意去了一趟李十三的老家，凭吊这位他由衷景仰的艺术家。

《一个人的生命体验》《李十三推磨》说的是真人真事，人名用的都是真名。陈忠实精彩的叙述使他们有血有肉地复活在我们面前。这不仅仅是对柳青、李十三的祭奠，也是对那一代人永远的祭奠！

陈忠实坚信的是，生命体验值得信赖，并且不听命于陈规教条的指示去阐释生活。他的短篇成熟之作带上了很强的个人的表现性，并通过这种形式来表现自己的生命体验。于是，他的小说就不再是纯粹的再现，而进入一种深广的表现层面。

> 以自己的心灵和生命所体验到的人类生命的伟大和生命的龌龊，生命的痛苦和生命的欢乐，生命的顽强和生命的脆弱，生命的崇高和生命的卑鄙等难以用准确的理性语言来概括而只适宜于用小说来表述来展示的那种自以为是独特的感觉。①

作家不需要原本地呈现社会生活，而是通过主观感受，经过心灵化处理后，用心灵写作，用整个生命写作，他们所创造的必须是心灵世界，是打上自己的心灵烙印的独特的心灵世界，并通过这个世界建立和现实世界的联系，抓住整个世界。

> 小说最重要的是什么？我以为是思想。这不是理论书上说的思想性、艺术性的思想。思想是作者自己的思想，不是别人的思想，是作家自己对生活的独特感受、独特的思索和独特的感悟。②

三、"现实余韵"：从低沉到高蹈的求索

考察陈忠实的文学创作，现实主义这个问题无论如何也是回避不了的，因为陈忠实的文学创作方法与现实主义一脉相承。现实主义作为中国

---

① 陈忠实：《兴趣与体验——〈陈忠实小说选集〉序》，载《小说评论》1995年第3期。
② 汪曾祺：《晚翠文谈新编》，生活·读书·新知三联书店，2002年，第79页。

现当代文学史的主要潮流，在诸种文学活动中，取得了最为出色的成绩，正因为有着像陈忠实这样认真追求、执着探索的作家，又表现出不随风逐潮的气度，最终形成尊崇传统又不囿于传统的现实主义手法。因此，我们有必要展现作者从低沉到高蹈的求索历程。

陈忠实创作初期的短篇之作，仍显出艺术手法上的刻板和思想的固化，穿过二三十年的风尘去阅读，会发现它们存在的不足，难以获得经典所赋予的余韵。这是因为现实形势的变化制约了作家的艺术探索，七八十年代的短篇小说艺术标准往往在政治、时代、读者舆论等的夹击下求存。而究其个人原因，陈忠实初期短篇作品运用的都是写实手法，坚持以生活的本来样式反映生活的创作原则，还局限在单纯地以政治的、社会的、意识形态的视角去塑造人物的樊篱，没有脱离"载道"的传统。在作品的美学意境方面，因思想的固化而显得不够饱满和恒久。正如作家自己所言：

>已经惊讶起初几年的一些短篇的单薄和艺术上的拘谨，再显明不过地展示出我艺术探索的笔迹。无需掩丑更不要尴尬，那是一个真实的探索过程，如同不必为自己曾经穿过开裆裤而尴尬一样。[1]

陈忠实的短篇创作在衰落中并没有戛然而止，他不断尝试着突围，以找到生存的契机，像前人那般"从'附会政策'转为'说明人生'"，从低谷中起飞直至阔步向前，向着短篇精品迈进。

>由于作者写作的态度心境不同，短篇小说似乎就与抄抄撮撮的杂感离远，与装模作样的战士离远，与逢人握手每天开会的官僚离远，渐渐地却与那个艺术接近了。[2]

从《信任》到《一个人的生命体验》的艺术掘进，可以看出，作家经过了痛苦的、孤独的自我剥离，最终达到短篇小说艺术的圆熟。这主要表

---

[1] 陈忠实：《兴趣与体验——〈陈忠实小说选集〉序》，载《小说评论》1995年第5期。
[2] 转引自黄发有：《短篇小说为何衰落》，载《南方文坛》2005年第3期。

现在叙事技巧的突破和批判意识的增强，人物塑造的多样和主体精神的新变，在作品的主题方面也有所开拓。

故事的精当和巧妙是短篇小说吸引读者的第一要素。陈忠实成熟的短篇叙事，突破了传统强调故事情节完整统一、叙述时间以单向线性时序为主的陈规。往往先交代一个事件结尾，随后引出另一个故事或人物的结局，然后再回头去叙述另一个故事或人物的起由和发展脉络，故事中包蕴着故事，呈现出多层次、多维度的框架结构，化单一叙事为多元叙事，将读者导向更为广阔的精神领域，读者须经过层层抽丝剥茧后，才能领会作品最核心的旨趣，获得思考的愉悦和审美的满足。

> 就我的体会，从结构到语言，都是受到所要刻画的对象决定的。作者要寻找到一个适宜表达这个对象的结构，包括语言，如果不适宜，写起来别扭，读者读起来也别扭。[1]

比如《关于沙娜》这篇小说，小说借助在郊县挂职生活的著名女作家秦业的见闻和感受，通过对毛遂自荐、坦率热诚的沙娜的描述，表现了时下普遍存在的社会隐忧——干部素质问题。

其次，小说的叙事者有着较强的主体介入意识，同时也加强了小说的表现效果。《日子》的一个重要特点就是语言重复和分段简练，试看这样的话语：

> 男人重复着这种劳动工序。女人也重复着这种劳作工序。他们重复的劳动已经十六七年了。他们仍然劲头十足地重复着这种劳动。从来不说风霜雪雨什么的。[2]

一句话作一停顿，作家力图通过细微的变化，赋予它更深远的表现力，背后隐含着无比的沉重之感，分段又使这种沉重加倍许多。《一个虚

---

[1] 马平川：《精神维度：短篇小说的空间拓展——陇上对话陈忠实》，载《文学理论与批评》2008年第5期。
[2] 陈忠实：《日子》，见《陈忠实小说自选集·短篇小说卷》，长江文艺出版社，2004年，第57页。

脱症患者的发言片段》本身就是一个病患者的独语,小说主人公在大会上发言的题目是《作家和人民》,但他的发言与绘声绘色地讲述那段"小插曲"的表现大相径庭,流露出作者毫不留情的否定态度。

如果说《白鹿原》是陈忠实创作的分水岭的话,此前的作者主体精神不可避免地具有形式的简单化、内涵的意识形态化倾向,而此后的作者主体精神则批判意识凸显,自我性增强,思想更为独立,精神更加自由,其创作也呈现出一种深思熟虑和一份文学的自觉。

> 主要是指摆脱了早期小说创作的经验层面和盲目状态能够从理性的高度来认识文本中的人物和故事,并且更理性地控制自己的笔触。①

短篇小说《作家和他的弟弟》中,没有姓名而被作家哥哥和县长同称为"这个货"的农民弟弟,有着改变命运的欲望,但他不像《日子》中那对夫妇去苦苦劳作。他利用作家哥哥的名望给县长写字条儿,再让县长给银行行长说情,贷款办公司发大财,而后农民弟弟发现一切化为了泡影,在给县长还自行车时,竟将崭新的自行车除三角架以外的所有零部件都换去了,并视其再正常不过了。农民弟弟无疑具有"我是流氓我怕谁"的痞性文学人物特征,作者力透纸背地展现了当代农村生活环境所造就的令人无可奈何又真实可笑的思想意识和麻木不仁。

> 陈忠实不仅从同情角度关注农民的不幸,而且还从批判的角度审视、剖析农民身上的劣根性,省思农民的生存境况,从而提出与农民的未来命运密切相关的重大问题。②

小说《猫与鼠,也缠绵》里,作家把叙写的生活面已经拓展到城市,由农业延伸到工业,人物由农民扩展到工人和警察。常年在公安局的烧锅炉工人,竟然是隐藏多年的行窃惯犯,当他被抓住的时候,竟然也显出一

---

① 张国俊:《新的超越——谈陈忠实近期的短篇小说》,载《文艺争鸣》2008年第12期。
② 李建军:《廊庑渐大:陈忠实过渡期小说创作状况》,载《海南师范学院学报》2003年第1期。

副"大义凛然"的架势，直言必须让公安局局长亲自审问才交代罪行。当然小偷的"罪行"偷出了局长的"罪行"——权力腐败。小说通过对小偷和局长微妙的谈话过程的描述，以讽刺的笔法展示了国家公职人员的丑恶嘴脸，批判了这种监守自盗的虚伪。陈思和在一篇名为《文学能否面对当下生活》的"对话录"中说：

> 优秀的文学作品应该是把现实生活捏得粉碎，然后再重新创造一个精神的批判的世界。[1]

陈忠实已经用一种批判的精神、个人的视境和价值来面对生活，确立了真正的小说精神，这不能不说是一次潜心求索后的超越。

我们明显地感觉到，《白鹿原》以后的短篇小说，作家切入叙述对象的角度更为巧妙而且提纲挈领，语言更为老辣精到，刻画人物更为简洁有力且入木三分，叙述更为收放自如、张弛有度，有闲庭信步般的从容自若，有庖丁解牛似的游刃有余，体现出一个小说家的真本领和硬功夫。陈忠实说："这些与我在同一片土地上生活过的人，令我心生敬仰，虽无力为他们立传，却又淡漠不了他们辐射到我心里的精神之光，便想到一个捷径，抓取他们人生中最重要的时刻，最富个性、最感动人的一二个细节，写出他们灵魂不朽、精神高蹈的一抹气象来，算作我的祭奠之词，以及我的崇拜之意。"[2]

结　语

20世纪90年代以后，曾作为现当代重要"主流文体"之一的短篇小说走向"边缘"，仿佛一个"时代的孤儿"，遭到冷落，这个事实我们无法回避。经常有人引用美国作家厄普代克二十年前的话来描述短篇小

---

[1] 陈思和：《文学能否面对当下生活》，载《文汇报》2002年5月31日。
[2] 马平川：《精神维度：短篇小说的空间拓展——陇上对话陈忠实》，载《文艺理论与批评》2008年第5期。

说的命运，说那是"一个短篇小说家像是打牌时将要成为输家的缄默的年代"①。

无论是对于普通读者，还是职业评论家，短篇小说的阅读接受和研究，一如诗歌在我们时代的命运，境遇十分尴尬，人们的文学焦点悄然转移到了长篇小说的创作上。这让我们对短篇小说的命运更为担心，然而通过对陈忠实短篇小说创作的透析，我们分明看到了一位在现实主义道路上不断掘进的作家形象，这也让我们的担心减少了一些。他坚持认为一个作家对文学的贡献，只能，甚至仅仅只能是奉献出可以永存于世的作品。

陈忠实就是怀着这样的思考，才在大陆文坛闹哄哄的"造星"浪潮中，甩开众人说三道四的压力，迈着沉稳的脚步，回到远离闹市的农村老家，把一家老小统统赶到城里，自己独自一人蜗居在生活条件极其简陋的房舍里，抽着雪茄，喝着酽茶，啃着干馍，进行卧薪尝胆的劳作，打造他蓄谋已久的"文学航母"。②

原载《当代作家评论》2020年第1期

---

① 王诜：《世界著名作家访谈录》，江苏文艺出版社，1994年，第278页。
② 文兰：《打造经典的耐性——陈忠实创作历程的启示》，载《小说评论》2003年第1期。

众生杂语 暂坐"谜"中

——评贾平凹长篇新作《暂坐》

对于已年近古稀的贾平凹来说,《暂坐》可能是他七十岁前创作的最后一部长篇小说。至《暂坐》问世,贾平凹的创作重心从乡土生活转移到现代都市生活,同时更新了写作风格。至今,贾平凹创作的十八部长篇小说中仅有《废都》和《暂坐》两部是完全描写现代人的都市生活,其余长篇小说则多以乡土现实和农村生活为主要创作题材,部分涉及现代城市生活。一方面在贾平凹过往的创作视野中,乡土中国作为其描写的核心对象,其间擘画着近代中国百年来的社会历史变迁进程,充盈着各色人物丰沛的情感生活经验,令贾平凹俨然一个十足的乡村题材作家。然而,从另一方面来看,贾平凹对乡土题材的充分开掘与深度耕作,同样为他本人在潜移默化中,完成从传统中国到现代中国的创作转换提供了参照。而在《暂坐》中的西京城内,传统与现代两种不同的文明样态与生活方式之间的既有冲突逐渐趋于缓和。乡村,在众生杂语的境况下以另外一种样貌沉潜在现代都市文明之中。城市,则为"暂坐"世间的现代生命提供了生存空间。

长篇小说《暂坐》,将西京城内名为"暂坐"的茶庄作为结撰小说情节和推动故事进展的主要地点,以人物对话间日常生活中的泼烦事儿串联起十多位都市女性的琐碎生活,着力向读者呈现当下都市中女性特殊的生命经验和彼此共通的情感结构。作家在平铺直叙的人物对话中,如同蜘蛛结网一般建构出各种错综复杂的关系,人物在这种关系网中寻求他者的认同,找寻自己的位置。正如贾平凹本人所言,这群都市女性"是一个世界",如同雾霾一般的"谜"笼罩在西京城的上空。①而在宏大叙事渐趋消解的当下,个体的日常生活经验成为贾平凹关注的焦点。其中女性群体对物质生活的欲求,对精神独立的渴望以及对自由人格和体面生活的向往,在此过程中经历的迷茫、痛苦、焦虑、艰辛等,同样也是现代社会都市众生的生存之相。

一、多元而封闭的女性世界

《暂坐》是一部描写现代都市女性生活的长篇小说。故事的开篇,一个名叫伊娃的俄罗斯女性时隔五年之后从圣彼得堡出发重回西京,在暂坐茶庄老板海若织就的关系网中结识了"西京十块玉"和与自己境况相似的辛起以及大作家弈光等人。在伊娃停留西京的短短个把月时间里,姊妹中冯迎和夏自花相继去世,海若被纪委带走,茶庄发生爆炸,众姊妹逐渐四散。故事的最后,伊娃和辛起购买了去圣彼得堡的机票,搭乘出租车去了机场。小说从头至尾展现出的是现代都市女性的生存困境以及由此暴露出的复杂人性。贾平凹放弃了以往小说创作中经常采用的立意恢宏的大叙事模式,转而以这十来位都市女性的日常生活为叙述中心,从个体日常生活经验出发进入小叙事模式,写她们内心的隐秘连接,是对这群女性多元而封闭的世界的写实。

海若,是小说中众姊妹间的核心人物,她所经营的暂坐茶庄则是这群女性"走向新生活的圣地"。正是在这里,她们抱团取暖,相互之间产生了紧密的联系。众姊妹眼中的海若是大姐大,是主心骨,是能够拆解她

---

① 贾平凹:《〈暂坐〉后记》,载《当代》2020年第3期。

们内心烦闷和现实困扰的"宽博大方人"。伊娃重回西京后,首先去见的就是海若。夏自花罹患白血病后,同样是海若组织众姊妹奔忙料理相关事务。而当严念初和应丽后之间因为借贷一千万的事情产生嫌隙时,也是海若从中调解周旋。她用心劝诫众人为人处世要顾及自己的体面,与希立水一同打消了辛起内心贪婪而残忍的念头。她叮嘱向其语说话时保持谨慎,对司一楠和徐栖之间的情感始终保持着尊重和爱护的态度,对虞本温和陆以可的事情也时刻留意关注着。而在得知冯迎因空难意外离世的消息后,海若悲恸不已打算与弈光和陆以可同去马来西亚为冯迎料理后事。但事实上,正如伊娃在小说结尾处所言,海若并非一个十足的完人,她同样也是一个失败者。她也仅是这世界上普普通通的一个母亲、一个女人和一个拥有十多位女性闺蜜的茶庄小老板而已。

只有海若明白,自己内心隐秘处暗藏着多少不良的东西。她对儿子海童寄予厚望,试图将这只活在土地上的小鸡培养成展翅蓝天的鹤。当她发现儿子不思上进与自己这个母亲日渐疏远时,内心产生的恼怒和羞愤却更多地源于她在海童身上看见了自己的毛病。她身处十多个姊妹中间,又同时与弈光保持着密切的联系,但她却拿不准弈光对她的感情究竟是爱还是喜欢。海若希望弈光对待她是与众不同的,却又不愿意打破两个人之间微妙的平衡,想要维持现有关系中的平等与自由。她借着宁秘书长的权力关系便宜租用了茶庄所在的这栋小楼;为了获得市政府相关会议活动中供应茶叶的资格多次向宁秘书长行贿,牵扯出一系列政治经济问题。当店员小唐被纪委叫走以后,她在慌乱中向弈光求助的同时,又将希望寄托在神灵庇佑和改变茶庄的风水布局上。海若无法正视自身泛滥的欲望,她希望自己在人生路上不仅局限于行走、蹦跳,她更加期待自己能够如茶庄二楼壁画上的飞天一样,拥有飞翔的人生。但她沉重的欲望,使她的期待最终落空。

冯迎,是众姊妹中年龄最大的,她自始至终并未真实出现,而是作为一条叙事线索贯穿小说始终。事实上,她在伊娃初到西京的那天就因遭遇空难而离世。在海若眼中，冯迎热衷于旅游和购置笔墨纸砚，喜欢蓝色。她对金钱和物质没有过多的欲望，而体态又轻盈，与壁画上的飞天最为相像。冯迎写在《妙法莲华经》中的一段文字，道破了贪婪的欲望对人之精神的污染，字里行间处处闪动着智慧与豁达的光芒。在众姊妹看来，冯迎是她们中最具人生智慧和最有贵气的一位。

夏自花，因为罹患白血病而过早离世，留下早已衰朽的母亲与年幼的儿子夏磊一起生活。她生前向众姊妹隐藏了自己并未结婚的事实，并涉足曾姓男子的婚姻生下了夏磊。自此之后，她就过着不正常的、没有名分的生活，陷入长久的病痛之中。陆以可则独自经营着一家广告公司，她向伊娃坦言她这么多年执意留在西涝里，是因为她希望能再见亡故的父亲一面。而在西京城里，鞋匠与曾姓男子身上都有着她父亲的影子。虞本温经营着一家火锅店，她性格直率，处事大方，对待众姊妹尽心尽力。希立水经营着几家汽车专卖店，她对人热情，对男女感情充满期待与热忱。但她结识的辛起，却在与自己丈夫分居之后将男女之情视作自己翻身的工具，试图用试管婴儿来拉拢香港富商谋取钱财。经海若和希立水劝告之后，辛起最终放弃了贪念。随后，辛起却因搬空了有家暴行为的丈夫家中的东西，被困在城中村租赁的房子内没了自由。

司一楠经营着一家家具店，是众姊妹中最具男性气质的人。她为人厚道又肯吃苦，做事勇敢果决，常为其他姊妹出头。她与注重养生的徐栖私交甚密，是同性恋人的关系。徐栖则是众姊妹中泪水最多的一位，她原本是华县剧团的演员，娇弱又美丽，十分在意自己的容貌，但不愿别人提起她来自一个县镇的事实。在徐栖眼中，"城市已然代表着一种优于乡村的文明"[①]。

严念初，与一位五十多岁爱玉成痴的大学教授结婚生下一女儿。但不久之后二人离婚，女儿被发现并非教授亲生，又被送还给严念初。应丽后

---

① 韩伟、胡亚蓉：《"空间隔离"：当代文学书写的三重面影》，载《海南大学学报》（人文社会科学版）2019年第6期。

是众姊妹中经济条件较好的一位,她在严念初的介绍下将一千万元借贷给王院长的朋友。应丽后原本是贪图一月五十万的利息才借贷的,最后却被对方欺骗,面临本金无法收回的局面。事后又得知自己被严念初欺骗,从此两人之间便生了嫌隙不再来往。

伊娃,因其身份特殊,她既与海若和众姊妹间产生了友情,却又对这群女性何以相聚在一起,又何以被弈光称作"一窝蜂"有着解不开的疑惑。

> 她们是一群那样高尚的人,怎么都有没完没了的这样那样的事所纠结,且各是各痛,如受伤的青虫在蹦跳和扭曲?[1]

置身事外的伊娃,其内心产生的一系列困惑正是缘于作家贾平凹想在小说中表达和揭示的现代都市女性的生存困境。这群女性在琐碎无聊的日常生活中因为彼此间变化着的关系与位置而各自成长着、变化着。其中包含着个体流动的生命经验与情感体悟,以及她们在面对复杂的人性时进行的对如何建构自身世界和进行自我教育的人生课题的思考。

贾平凹在《暂坐》中塑造的女性世界是丰富而多元的,但囿于她们之间紧密的关系,同时又呈现为一种较为封闭的样态。萨义德指出:

> 自我身份或"他者"身份绝非静止的东西,而在很大程度上是一种人为建构的历史、社会、学术和政治过程。[2]

作者从她们各自的穿着打扮、语气神态、为人处世的原则、人生际遇和情感经历出发,探寻人与人之间的关系和各自内心的隐秘连结。他通过诚实地处理现代都市女性的身体、情感及欲望,试图展示的是多元而封闭的女性世界。贾平凹在小说后记中有过说明,暂坐茶庄和茶庄老板及一众姊妹是有原型的,她们脱胎于作家本人的日常生活经历但又与小说中建构的女性形象不尽相同。

---

[1] 贾平凹:《暂坐》,载《当代》2020年第3期。
[2] 爱德华·W. 萨义德:《东方学》,王宇根译,生活·读书·新知三联书店,2007年,第427页。

> 小说要表现的是社会，是人活着的意义，这群女子又是如何的生存状态和精神状态，她们在经济独立后，怎样追求自在、潇洒、时尚和文艺范，又怎样的艰辛、迷惘、无奈、堕落。①

相较于西京城内的其他都市女性，环绕在海若身边的这十多位姊妹无疑是特殊的。她们个性鲜明，追求精神独立，希望自己能够活得体面而富足，丝毫不掩饰自己对优渥的物质生活的渴望。对待感情，她们在保持警惕的同时也付出着自己的真心，但经济上完成独立后她们仍旧在婚姻与男女感情方面难以获得圆满的结局。小说中，这群女性所面对的生存困境直至结尾也未能找到相对圆满的解决方案。故事最终以伊娃和辛起的一走了之将谜团抛下，留给读者各自体会。

然而与众姊妹交好的大作家弈光的一席话早早地预示了她们的结局：

> 一个个都是些刺猬，抱团取暖着倒也相互扎得疼，一把沙子能握吗，越握越从指缝漏的。②

恰如茶庄本身的名字一般，众姊妹也只是暂坐在这段情谊之中，待到海若被纪委带走没了消息，也就嗡嗡然如鸟兽般散去了。短短个把月的时间中，这群女性或如海若、应丽后、严念初一般被欲望腐蚀陷入困境，或如辛起、夏自花一般为情感之事所累，或如司一楠、徐栖、陆以可一般沉浸在自我的世界之中。慌乱、恐惧和挣扎的情绪弥漫在小说之中，如同常年笼罩西京城的雾霾久久难以散去。

二、"说"出来的众生之相

《暂坐》虽然以一群都市女性为主要描写对象，却通过她们之间的对话写出了西京城中的众生之相。她们的对话，讲述着自己的故事、周围人

---

① 贾平凹、王瑛：《面对生活存机警之心，从事创作生饥饿之感》，载《文汇报》2020年6月17日。
② 贾平凹：《暂坐》，载《当代》2020年第3期。

的故事、西京的故事、整个社会的故事，以及别人眼中的她们的故事。正如贾平凹所言，"众生说话即是俗世"，"有众生始有宇宙，众生之相即是文学"。①

人物言语间说出来的即众生的世界。

现代社会中历史感的逐渐消失，使得个体日常生活经验日趋贫乏，部分文学创作呈现出一种平庸的衰落的倾向。脱离了戏剧化的剧烈冲突，文学创作是否必然难以为继呢？当我们的视线回归现代社会中形形色色的"小人物"和零散不成体系的"小生活"，答案则是否定的。事实上，正是诸多琐碎的生活片段塑造了人物，堆叠起丰富的故事情节，营造出故事发生和推进的整体氛围。支撑整个《暂坐》的，就是这样或那样的，通过平铺直叙的对话讲述出来的日常生活中的琐碎泼烦事儿。小说通篇没有壮阔宏大的历史背景，没有跌宕起伏的故事情节，没有人物之间鲜明的情感冲突，在"说"以外，大量的细节描写穿插其中，充盈着整部作品。

《暂坐》全文共35节，每节均以人物加地点的方式进行命名，对该节所述内容进行扼要提示。贯穿整篇小说的线索则是冯迎之死、夏自花之死以及即将来到西京的活佛、陆以可找寻父亲踪迹这四件环绕在小说人物周围的事。而在四条线索以外，大量的人物对话、内心独白和其他声音充斥在小说的各个角落。它们陈述周围的环境、表现旁观者的脾性、塑造人物的性格、刻画人物的心理。作者对人物、事件和故事情节的刻画极少用到第三视角，绝大部分都是通过人物间的对话和讨论进行介绍。

《暂坐》开篇杭州山寺外的对联就对小说主旨进行了言说，"南来北往，有多少人忙忙；爬高走低，何不停下来坐坐。"暂坐，既是海若茶庄的名字，也是众生往来世间的生存状态，是众生之相的一种。而在伊娃眼中，晨起聚集在街道中的中国人如同数目庞大的鸟类，叽叽喳喳，一旦开口讲话就聒噪不已。伊娃去往茶庄的路上，首先听到流浪猫凄厉的叫声，

---

① 贾平凹：《〈暂坐〉后记》，载《当代》2020年第3期。

继而是楼下大爷的叫骂声、丁字路口两司机间的争吵声、尾随身后的两个男人间不入流的低声交谈以及小巷里播放的摇滚乐。她尚未步入茶庄,就听到小唐尖锥锥的叫喊声。等到她在二楼坐定,海若同样是人未到、声先至。随后,作者通过伊娃和海若间的对话介绍了茶庄二楼的布置、陈列与用途。茶庄员工小甄在与伊娃逗笑的过程中,强调伊娃叫她"师傅"的声音一定要大,要让楼下的人都能听见。小说中到处都是与之相似的叙述片段,这种"说"出来的声音始终处于一个在场的状态。

小说中人物间的对话,传递的不仅仅是字面信息,还塑造着人物的性格特征。例如,海若带伊娃去见陆以可时,海若在楼下与陆以可通话,一句"啊呸!你给我下来"充分体现出海若强势的性格。随后,两人的交谈紧紧围绕夏自花的病情展开,"讲究"成了她们描述夏自花时反复提及的词汇。海若打电话时,每逢声音变高,便是遇上了急事、难事。而当众姊妹交谈,对话声音出现停顿、重复时,气氛也随之沉闷了下来。她们对周围的人事物发表着自己的看法和观点:"经济不好的城市饭馆多,混得艰难的男人关心政治么""风箱越是鼓胀,很快就空洞么""屑小卑微者可怜""这世上确实有不成功的事""城市繁荣呀,物质越丰富垃圾越多么""坠落也是一种飞翔么""什么我爱你呀你爱我呀,两个人都饿着就是了""不在喝啥酒就看和谁喝的""美味都来自贫穷"……诸如此类的话语,在小说的骨干脉络以外填充出《暂坐》丰满的肌质与血肉。

从某种程度上来讲,作者选取西京城作为言说的对象,事实上就是选取了最具中国气质和中国特征的地方来进行言说,挖掘和刻画的都是中国人内心深处最具有典型性的一面。小说中的西京城,它的原型是贾平凹生活了四十多年的城市西安。它曾经是十三个王朝的都城,深受中国传统文化的浸润与滋养,城市中四处流动着乡土中国的气韵与精神。而如今,它作为现代都市的范本之一持续运转着,都市文化和现代城市病也都一并涌入这座城市。空气中充塞的雾霾、大街上不停扭转车头的外卖小哥、现下流行的极简风穿搭以及茶庄爆炸后各路闲人掏出手机纷纷拍照或发视频的小说片段，这些都是《废都》中没有出现过的十分现代的元素。1993年出版的《废都》中，城市是新旧交替、中西结合的产物，乡土文明和传统思维仍旧在城市生活中占据着主导地位。但在《暂坐》中，一切古老的传统都隐没在暗处，主导城市生活的是充满着科技气息的现代工业文明及都市文明。相比于《废都》中描绘的西京城，《暂坐》中的西京城更加富有现代都市气息。

小说中的虞本温爱好摄影，她将自己四处收集的西京城的老照片翻拍放大，悬挂在自己火锅店走廊的显眼处。应丽后在浏览这些照片时，以西京城中最具典型特征的大雁塔和钟楼为例，讲述了西京城从清朝末年到民国时期，再到新中国成立初期、"文化大革命"时期的沧桑巨变。西京城的人口从几万、二十多万、三四十万、数百万发展到今天的一千万，其间变化的不仅仅是冰冷的统计数字，而传统与现代文明的更替、民族心灵的变化以及物质生活水平的迅速提高，带给西京城的改变与影响并不是"庞大繁华"这四个字能够说尽的。应丽后身旁的两个男人谈论着城市繁荣与现代人精神荒芜之间有无必然的联系，而近旁的人又插嘴说："真是每个时代都有人不满身处的时代啊。"①

小说中，应丽后与严念初、王院长之间的金钱往来，非但没有增进三人之间情谊，反而令应丽后和严念初之间的姊妹深情最终演变为决裂与背叛。而众姊妹对夏自花母亲和儿子的经济援助，却又使她们之间的情感联结更加紧密。

在贾平凹看来，物质的丰富与精神的荒芜两者之间并无必然的因果关系。小说中，人物浮沉不定的日常生活及各种因缘际会都在改变着众生所处的世界，而众生自身的善恶行为、生老病死、爱憎别离及求不得等结合在一起产生的各种各样的关系就是日常生活，就是宇宙众生。正如谢有顺所言，贾平凹写作时"特别重视个体本身，和时代背景无关的个体自身所

---

① 贾平凹：《暂坐》，载《当代》2020年第3期。

体验的痛苦和彷徨"①。

不从既有的对现代性的批判来讲述平凡人的故事，而是从平凡人的故事出发讲述现代社会中混沌难分的困惑与迷茫，将世界上一切众生的所有声音统统收纳进来，进而对众生产生认识，这种认识中蕴含作者想要表达的哲思与对未来生活的希冀。

中国人常爱好用说话来联络彼此之间的感情，《暂坐》中也不例外。海若布置暂坐茶庄的二楼，不只是为了接待即将到来的活佛，她也想着利用这个地方为众姊妹聚会闲聊提供场地，以增进彼此之间的感情。而在陆以可居住的旧城西涝里，篮球架下坐着的街坊邻居就是从相互之间的搭讪慢慢相熟起来的。爱好夸夸其谈的范伯生，总爱与众姊妹闲聊搭话，秉持着越聊越熟络的社交准则。弈光与范伯生交往，也是看中了他"在哪里都有熟人"好说话的特质。范伯生的讲话中通常有着许多重要的信息，他知道市文联换届选举中的丑恶事，知道纪委办公的地点，知道政治上的许多大事，甚至连为夏自花买墓地的事情都能通过"说说话"帮上众姊妹的忙。弈光是唯一一个走进众姊妹圈子的男性，众姊妹身上发生任何好事坏事的时候，都喜欢找弈光倾诉、分享或是帮忙。正是他们之间长时间的亲密交谈，才为这十来位女子加一位男子间的深厚感情奠定了坚实的基础。

贾平凹通过人物间不断地对话、议论、交代和嘱咐等"说"的形式，建构出众姊妹的日常生活。语言中交杂着具有浓厚的西京风味的方言、俚语和俗语，由此刻画出带有西京特色的众生的日常生活。正如江河所言，贾平凹写出的是众生"徘徊在城市与乡村、现代与传统、理想与现实、物质与精神之间，举步维艰、进退失据、万分纠结——这是他们的生存困境，也是贾平凹的精神困境，更是全球化、信息化、城市化背景中地球上所有人的现实与精神困境"②。

《暂坐》中众姊妹的生存困境同样是众生的生存困境，贾平凹正是利

---

① 谢有顺：《在传统与现代中往返博弈的贾平凹》，载《小说评论》2017年第2期。
② 江河：《贾平凹小说的现代意识》，载《江汉论坛》2020年第4期。

用这群女性建构起某种通行无碍的情感结构,"说"尽众生之相。

三、现代都市生活的多重隐喻

贾平凹长篇小说《暂坐》建构的文学世界中,既有对现代个体生存状态和生存困境的揭示,也有对现代都市日常生活事务和社会公共议题探讨的热情。作家以文学创作介入现实生活,并不是什么新鲜话题。问题的关键在于,作家作品是以什么样的方式和手段介入现实生活,作家谈论与社会相关的道德伦理的底线为何。正如韩伟所言:

> 作家审视的角度愈丰富,作品具备的审美价值也愈加多样化,个体经验也能为读者提供愈多的伦理启示从而产生道德的实践力量。①

事实上,从贾平凹以往创作的文学作品来看,无论是早期发表的《废都》《秦腔》《高兴》等作品,还是最近发表的《山本》《暂坐》等作品,作家始终从对个体经验的表达出发保持着投身社会事务的热情,这已然成为贾平凹自身书写传统的一种日常行为。

《暂坐》中,作家用现实主义的创作手法展示日常生活中常态的、平稳的、恒久的事物,而在表现社会及个体生命的非常态的、叛逆的、暂时的因素方面,则采用了大量的超现实主义创作手法。詹姆斯·费伦认为,文学创作中"技巧或结构的使用必然具有伦理的层面"②。

贾平凹处理相关素材时在对问题本身进行理性讨论的前提下,运用了较多关于现代都市生活的隐喻,显示出一种神秘化的创作倾向。小说中的现实主义"以人道主义立场批判资本主义社会关系下人与人之间的对

---

① 韩伟、胡亚蓉:《叙事伦理:在冲突与融通中升华——评贾平凹长篇小说〈山本〉》,载《西北大学学报》(哲学社会科学版)2019年第6期。
② 詹姆斯·费伦、唐伟胜:《"伦理转向"与修辞叙事伦理》,载《外国文学研究》2007年第3期。

立、人的堕落和苦难，同情小人物的命运，呼吁人类之爱，以化解社会矛盾"①。

而超现实主义则如贾平凹所言："是生活迷茫、怀疑、叛逆，挣脱的文学表现，这种迷茫、怀疑、叛逆、挣脱是身处时代的社会的环境的原因，更是生命的，生命青春阶段的原因。"②

小说中，贾平凹以现实主义为小说创作基调，以超现实主义元素为小说中贫乏的生活增添了神秘感、仪式感。

在当下个人主义泛滥的社会中，阻滞个体投身社会公共事务和改善个体生存境遇的，既有物质层面的原因，也有伦理道德方面的原因。因而，单纯为娱乐读者而生的快速消费型文学作品很难关注到都市生活繁华表象下的不堪一面，更加难以对此类现实状况从创作层面做出回应。但应当强调的是，文学创作同样不应矫枉过正而落入道德说教的窠臼。

> 世界不是非黑即白，人也不是，就像生活在沼泽地里一边扑腾着，一边沉沦着。所有人和事，都是复杂、纠缠而丰富的。③

贾平凹在《暂坐》中试图向读者传递的就是这种混沌而复杂的现代都市生活，进而通过隐喻的方式启发读者加以思考。

西京城最严重的城市病就是雾霾。从伊娃重回西京，再到伊娃决意离开这座城市，雾霾始终弥漫在西京城的上空。她觉得西京城的雾霾里似乎有妖魅藏着，身处其中的人们将幸灾乐祸、欺软怕硬等中国人骨子里的劣根性展现得淋漓尽致。原本因背山、面水、向阳、避风而被视作风水宝地的西京城，如今却因这地势受尽了雾霾的损害。而当大雨下过三天之后雾霾散尽，远处秦岭上空却有云龙飘过。西京市市长要检查环境卫生，社区工作人员便连夜通知茶庄必须将周围的地面、座椅清理干净。小唐反问对

---

① 杨春时：《现代性与中国现实主义文学思潮》，载《黑龙江社会科学》2007年第4期。
② 贾平凹：《〈暂坐〉后记》，载《当代》2020年第3期。
③ 韩寒：《榆柳夹桃花日光漏叶莹——贾平凹谈新作〈暂坐〉》，载《光明日报》2020年7月25日。

方为何不治理雾霾，对方却质问小唐想干什么。自夏自花去世后，天气连日阴着，雾霾越发严重。小说中，西京城的城市病还有环境污染、城中村改建、马路拥堵等。海若被纪委带走的那天，她在停车场发牢骚抱怨西京城的大雨和雾霾，但管理员一句"啥环境都能活人哩"却使海若愣住了。现代工业文明催生了雾霾，造就了不良的生活环境。而当雾霾渗透到都市个体的心灵深处时，个体面临的精神困境同样也是自己造的果和业。

茶庄二楼的飞天壁画是海若最得意的布置，然而海若无意中选用的这幅壁画是曾盛极一时却历时短促的西夏王朝的地宫画，暗示着众姊妹昙花一现的美好生活。弈光曾就壁画飞天向众姊妹追问，她们是否真以为自己能够成为飞天，而不顾自己的欲望多大、脚下的泥坨多重呢？随后弈光又说，众姊妹是成不了飞天的。最终只有因空难去世的冯迎不在乎钱财，没有欲望的重负，化作了壁画中河流边心口捧着花的飞天。其余姊妹都重重跌落在西京城这座欲望都市中，艰辛、无奈却难以抽身。

即将到来的活佛，是贯穿小说始终的一条重要线索。小说伊始，海若就为这位尚未到达西京的西藏活佛租赁了茶庄二楼，并重新布置修整了一番，还邀请市文联新任主席王季画了壁画。后来，在众姊妹聚会时，陆以可和希立水表达了她们想跟随海若皈依活佛门下的愿望。弈光却认为她们尚不明了皈依的真谛，仅把这当作一种时髦。他又讲，皈依并不能够使人摆脱痛苦，恶行必然会有恶报。皈依的作用与文学的作用相同，是为了使人认识痛苦、关注痛苦。夏自花病重无解时，海若又与姊妹提起了活佛，希望佛能保佑夏自花。应丽后讨债无门心慌意乱，也去茶庄二楼向佛祖焚香祷告。当海若面对海童的不成才、夏自花病情加重、严念初与应丽后之间的钱款纠纷以及市委书记因腐败问题而被纪委调查等一系列烦恼时，也更加焦急地等待着活佛到来的准确消息。夏自花病逝、小唐被纪委带走，再到海若也被纪委带走音信全无，众姊妹依旧惦记着活佛何时到来。活佛，是众姊妹翘首以盼的能够使她们摆脱各种艰辛、痛苦和挣扎的希望所在。但正如弈光所言，佛家讲因果报应，任何人都无法摆脱自己的果报。

最终，活佛依旧没有到来，隐喻现代都市人群内心荒芜、精神溃败的不堪一面。等待活佛的故事如同等待戈多一样，充满了荒诞气息和讽刺意味。

陆以可在西京城中寻找已故父亲的影子的过程，同样是串联起小说情节的叙事线索之一。陆以可在西涝里曾遇见与自己父亲容貌十分相像的修鞋匠，她认为这是亡故的父亲在向她昭示着什么。从此，她便定居在西京城。而当她应海若的邀约去夏自花家考量夏磊生父的为人时，她又从曾姓男子身上看到了父亲的影子。因此，她断定那些与父亲相像的人完全可以信赖依靠。同时，她也相信这世上存在着人类、非人类以及再生人。世界是神秘难解的，充满着无限可能。事实上，陆以可找寻自己父亲影子的过程即现代都市生活中个体寻找情感寄托和精神依赖的过程。那些出身乡村的个体生命，在城市中打拼却又难以获得归属感，始终无法舍弃自己对故乡、对原初生活的依恋之情。找寻"父亲"，便成了他们回望精神故乡的生存隐喻之一。

作者在小说中反复提及伊娃的一个困惑：为何大多数中国人喜爱狗而不喜爱猫？伊娃回到西京后发现，所有狗都被中国人收养在家中，有人照顾；而猫却在西京城的各个角落里流浪，无人关怀。大概是因为狗对主人忠诚，而猫天性不受拘束又不爱与人亲近。伊娃进一步想，狗与猫在各自的生活中扮演的角色是不同的。狗的忠诚，来源于狗会察言观色、知进退，懂得亦步亦趋和摇尾乞怜；猫，则内心冰冷，不愿被人困在小小的家宅之中。狗与猫不同的处事态度和生存处境，与现代都市中人的生存处境是极为类似的。个体在社会中找寻自己的位置时，或者选择服从某些规则满足自己的欲望，而被命运辖制；或者选择遵循自己内心真实的想法追逐精神自由与人格独立，却又因此失去稳定的生活环境。

手机，隐喻着现代都市生活中个体对电子产品产生深度依赖的不良状况。小说中，人物几乎时时刻刻都受到手机的束缚。

> 任何人有了手机，手机就是了上帝，是神，被控制着也甘愿

被控制着。[1]

任何人办事首先想到的是用电话联系对方。海若似乎有着打不完的电话，自己的手机打到没电还要借别人的手机继续打。弃光的电话也是经常响个不停，众姊妹间一遇到什么事儿，总想打电话问问他的主意与看法。就连他在与伊娃亲热时，也有电话不停地打进来。每当其他姊妹向海若求助时，她们之间的对话经常被电话打断多次后才能完成。向海若通知冯迎死讯的是手机，向她传递信息的是手机。最后，通知海若赶去酒店接受纪委调查的也是手机。现代都市中，人人手中都握着手机，但又都像握着手雷一般战战兢兢地使用它，服从着手机的调配。科技主宰人的生活，人成了科技的附庸。

通过对日常生活事务和社会公共议题的隐喻式探讨，贾平凹试图用文学创作介入现实生活，从而达到改善现实生活的目的。小说《暂坐》通过现实主义与超现实主义相结合的创作方式，处理的是现代社会贫乏庸常的生活表象下的种种暴力行为。西京城中的这群女性以及与之相关的其他平凡人物，因为各种错综复杂的关系被联结在一起。贾平凹致力于通过表现这些关系来达到描绘众生世相的目的。《暂坐》中表现的是生活的复杂、混沌、多元的一面，作家没有刻意去言传些什么，而是在不经意的对话间向读者讲述那些都市生活的琐碎泼烦和都市女性的生存状态，尽力触碰现代都市生活的平凡内核。

原载《小说评论》2020年第5期

（本文系与胡亚蓉合作）

---

[1] 贾平凹：《暂坐》，载《当代》2020年第3期。

人间·人心·人生：陈彦《装台》的三个面相

陈彦书写"装台工人"苦难人生的现实主义力作《装台》，在经历了长达三年多至四次的修改后，终于在2015年10月面世。不同于以往批判现实式的、揭露苦痛式的现实主义小说，也不同于"展示贫穷、血腥、悲苦、怨恨等极端化的苦难书写"[①]。陈彦"没有极力渲染底层人物的苦难，凸显城市的冷漠与残暴，而是以诗意的情节、温情的叙写、朴实的意蕴使作品叙事充满了温情与亮色"[②]。他以最质朴无华的"方言俚语"来填充作品的"肌理"，并开拓了新的创作题材——"农民工身份的小市民"，且还转换了以往阴郁、讽刺的笔调，代之以悲悯、同情的眼光。据此，我们可以从"在人心""在人间"与"为人生"三个"场域"阐释《装台》的文学书写，挖掘作品所彰显的人性之光和仁爱精神。

一、夹缝中求存：城与乡之"在人间"

> 拉美的土地，必然生长出拉美的故事，而中国的土地，也应该生长出适合中国人阅读欣赏的文学来。[③]

陈彦的《装台》是中国第一部描写"装台人"的长篇小说，其具有

---

① 严运桂：《新世纪小说苦难书写研究热的理性思考》，载《小说评论》2018年第3期。
② 高春民：《恰适存在与精神叩问——陈彦小说创作论》，载《小说评论》2019年第3期。
③ 陈彦：《主角》，作家出版社，2017年，第898页。

中国式的人道主义意味和现实主义底色,是典型的"中国故事"的中国式"讲法"。作品不仅展现了中国十三朝古都"西京城"的别样风貌,描绘了城市现代化进程中"城中村"的尴尬境地,还深刻描写了如蝼蚁般求存于城市暗格里的装台人的辛酸苦楚。可以说,陈彦是以现实主义的冷峻笔法向民众讲述了一群在城市与农村夹缝中讨生计的底层人的故事。小说没有海市蜃楼般美妙的空中楼阁,也没有气宇轩昂的风云人物,只有点头哈腰四处讨薪的刁顺子、省吃俭月拼命省钱的大吊、折了手指依然出工的猴子、刁钻蛮横出嫁无望的怨女刁菊花,以及冬天年夜里于地下室痛哭的三皮。

《装台》中的许多"下苦人"都是在都市现代化进程中被吸引进城的务工人员,他们是证明城乡流动性加剧的特殊表征符号,他们的经历和遭遇诉说着一个时代的辛酸史,书写着一辈人的"创业史"。这一群体的出现与不可忽视性,引起了许多作家的注意,因此描写这一群体的文学作品也纷至沓来,其中有忧虑城市抢夺农村劳动资源的,也有担心工业化伤害农耕文明的。但遗憾的是,它们大多数都只停留在城市生活的表层,"很少触及城市内在生活肌理,也没有形成城市风格的独特表达。关于城市的文字,往往是漂浮的,甚至是架空的、千文一面的"[1]。

它们注意到了现代性文明冲突这一母题,但忽略了现代文明与传统经典文化与习俗的赓续关系。而能够证明这一赓续关系的地理标志恰恰是城市空间中被遮蔽的城中村,能够证明农村与城市亲密关系的也正是那些无名小辈——农民工。好在陈彦看到了城市与农村夹缝中的这一群体,且没有忽略古典传统文化与今日都市文明之间的血缘关系。陈彦聚焦于城市与乡村的中间地带,探索现代文明与乡村文化冲突中人的生存境遇与情感心理。

论析陈彦的《装台》就不能忽视作品所展现的故事环境——西京城中

---

[1] 刘琼:《陈彦的文学观和方法论浅议》,载《中国文学批评》2021年第1期。

村这一地理空间。城中村是农村向现代化大都市进化的一个产物,其"作为城市化过程中的中国最典型的居住生活空间,红红绿绿的灯箱和小店招牌、拥挤逼仄的居住环境等成为许多居住其中的底层人的生活见证"[1]。

刁顺子是西京城的老门老户,祖上阔绰,拥有尚艺路的小洋楼,也因为地处西京城而得到"城里人"的美誉。在这里,似乎体面的工作和"退休干部"的"喝茶看报纸"才是这个"城里人"该有的标配。村子里的家家户户,靠着村子的土地分红早早过上了"小康"生活,他们盖起了层层高楼,靠着收租金赚得盆满钵满,于是他们整日无所事事,只忙于下棋、打牌、吃喝玩乐。这些人身上透露着一种安逸又颓废的精神气息,但正是这种懒散悠闲的生活状态,是同为"城里人"的刁顺子望而不得的。刁顺子虽然是城里人,但整日蹬着破烂三轮车,贩菜、拉私活、装台,他逢人便去恭维,时不时表表忠心,不断强调自己是个"下苦人"。他活得跟"吊颈鬼"一样寒酸。

> 他是城里人眼中的农村人,又是进城务工人员眼中的城市人。虽有城市身份却无城市人应有的体面生活,干着农村人都不愿干的活计却拥有地道的城市户籍。这种半工半农半城半乡的尴尬身份决定了他对生活的理解与对自己处境的清醒认知。

他穿梭在城里的一个个小巷,吃苦卖力赚银子,幸运的是在这个过程中他为自己找了第二任老婆赵兰香———一个丧了夫的寡妇。赵兰香带着女儿嫁给"老好人"刁顺子,不仅因为他善良、淳朴,还因为自己和女儿缺少一个落脚的地方,而嫁人是她彻底脱离农村扎根西京城最方便的办法。就这样,两个本质上游离于城市的下苦人结合在了一起,抱团取暖,互相扶持,也算过得幸福美满。但天不遂人愿,赵兰香的突然病逝,又一次将顺子拖向了苦难的深渊。

顺子和赵兰香的尴尬处境暗示了现代化进程中城乡之间难以融合的悲

---

[1] 张阿利、李磊:《〈装台〉:国产电视剧"平民书写"的新高度》,载《中国电视》2021年第4期。

剧冲突，但陈彦并"没有让冲突成为唯一的视角，而是在断裂中有连续，让矛盾统摄在移风易俗、流变不已的动态中，最终获得平衡与和谐"①。

陈彦笔下的小人物们，虽然是城乡交界地的边缘群体，但同时也是西京城建设和美化所必需的民众力量。他们在都市的转型中，总是被轻易抛出生活的常轨，遭受无处容身的痛苦，但是这个城市那深厚的历史人文底蕴、温柔敦厚的文化力量和刁顺子那样有情有义的平凡民众总能给他们一丝慰藉。例如，当刁顺子决心不再装台时，众人三番五次前去劝说，都遭到拒绝，但当他看到大吊女儿被烧伤的脸和等待爸爸挣钱为她植皮那可怜又稚嫩的眼神时，刁顺子心软了。他重操旧业，不为自己，只为成全这苦命的孩子和她伟大的父亲。当大吊死后，留下年幼毁容的女儿和没有工作的妻子周桂荣，此时她们比当初赵兰香和韩梅的孤苦无依有过之而无不及。她们都是被城市抛弃的弃儿，无所依托，没有希望，但刁顺子的善良为她们提供了容身之所，并抚慰了她们受伤的心灵。人性的光辉、人心的善念终究还是给她们创立了栖息之地，这不禁让读者感到人间的温暖。

刁顺子无论是对蔡素芬、周桂荣这些苦命的女人，还是对大吊、猴子这些下苦力的男人，都怀有一颗悲悯、同情的心。他也因此承担了更多的责任，承受了更多的怨怼和委屈，而这不仅没有换来家人的同情与理解，反而导致了刁菊花的诟病、韩梅的鄙视和蔡素芬的离去。在刁菊花眼里，蔡素芬、韩梅这两人就是闯入自己生活的"外来者"和"侵略者"，她们是"她的地狱"，是来分割房产的"骚货"，于是她张牙舞爪、善妒易怒、矫揉造作，处处刁难。她鄙弃自己下苦力的父亲，嫉妒异父异母的妹妹韩梅，看不惯与自己父亲恩爱的蔡素芬，又厌弃"嫁入豪门"的闺蜜乌格格。她不事生产，对家庭毫无贡献却总是报复性地挥霍父亲的血汗钱。而父亲的软弱与纵容更是助长了菊花的嚣张气焰。

他们之间心与心的隔膜使得刁顺子既无从理解女儿"反叛"

---

① 刘大先：《作为记忆、仪式与治疗的文学——以阿来〈云中记〉为中心》，载《当代作家评论》2020年第3期。

和"攻击"蔡素芬以及韩梅最为核心的心理动因,自然也无法从根本意义上"化解"她们之间的矛盾冲突。①

于是刁菊花做出了更加惊人的举动,即用极其残忍的手段虐杀"灵犬好了""杀鸡儆猴"。最终,她这一招顺利逼走了韩梅与蔡素芬,让自己少了后顾之忧,却使自己的父亲再次陷入孤苦无依的境地。

刁顺子就如作品中反复出现的"蝼蚁"一样,渺小、卑微、辛苦但坚韧。即使在韩梅眼中,刁顺子"活得如此卑微,见谁都一副点头哈腰的样子……一脸想博得天下人同情的可怜相"②。

妻子蔡素芬眼中顺子"活得太可怜太窝囊",但顺子始终都在如蚂蚁般负重前行,他忍受着痔疮的剧烈疼痛超负荷工作,还要忍受旁人的歧视与辱骂。他的人生没有大起大落,也没有大喜大悲,有的只有一天天重复的出力,庸庸碌碌。久而久之,这使刁顺子潜意识里有了非人之感,他梦见自己变成了蚂蚁:

> 这些小家伙(黑蚂蚁),多数都用两个前螯,托举着比自己身体重得多的东西,往前跑着。③

这些忍辱负重、坚持向前的小生物,暗示着顺子那苦不堪言的命运,象征着顺子卑微的日常生活状态,映照着人间现实,是生活的真实写照。

陈彦在这里描绘了"艰辛的底层生活和人生经验的复杂纹理。他立足于社会底层,以平凡的'下苦人'为主体"④,为生活在长安大地的平凡群体作"人生传记",表达了自己对社会现实的内省,折射出艺术的魅力与思想的张力。正是陈彦对底层人生存群像的成功塑造和对现实问题的高度关切,才使得小说被研究者们纳入了"现实主义"和"底层书写"的范

---

① 杨辉:《人应该如何生活?——论陈彦长篇小说〈装台〉》,载《中国现代文学研究丛刊》2016年第8期。
② 陈彦:《装台》,作家出版社,2015年,第124页。
③ 同上,第3页。
④ 郭淼、焦垣生:《论陈彦长篇小说〈装台〉的人性世界》,载《小说评论》2016年第6期。

畴，但《装台》的价值远不止于苦难人生的现实书写这么简单。《装台》是在"返归古典传统之人世观察之中，探讨底层生之意义。其要义在于根本性的人事阐释视域的转换，包含着更为复杂的历史和现实寓意"①。

尤其陈彦将刁顺子安排在"城中村"，这个在都市现代化进程中才存在的特殊场域，更加表现了都市市民在现代文明与乡土文化的夹缝中挣扎的痛苦，进而更能彰显人间的温暖与黑暗。

二、苦难中坚挺：情与义之"在人心"

西京城不仅是市民们生活的一片热土，也是人民生活与斗争的人文精神空间，在这里生活的人们总是有着自己独特的精神气质和情感追求。在西京这座城市，有人品茶、看报、下棋享受人生，有人下苦、卖命、出力赚些碎银。显然，刁顺子属于后者，他不仅承受着身体上的极限劳作，还遭受着精神的重重折磨与拷问。他与骆驼祥子有着相似的命运，与阿Q同样活得卑微，他没有几分薄田，也没有丰厚的房产，却具备农民与市民的双重属性。"他既有阿Q与骆驼祥子来自前现代社会的文化属性，又表现出当今全球化与媒介化时代中国底层人物的文化裂变、心理躁动与生存危机。因此，可以说刁顺子们是进了大都市的阿Q，是拿着手机、蹬三轮，比农民还能'下苦'的骆驼祥子"②，是现代社会的城里人，又是城里人中的下苦人，是现代都市底层民众的典型符号。虽然刁顺子的人生经历甚是不幸，他经受着苦难、贫困、疾病、倒霉、屈辱、失败，自身又窝囊、懦弱、无能，但他始终善良、仁爱、厚道、坚韧。因此，他身边一直围绕着一群吃苦下力的人，他的情与义是这一群人的精神纽带，也是他们安全

---

① 杨辉：《陈彦与古典传统——以〈装台〉〈主角〉为中心》，载《小说评论》2019年第3期。

② 李震：《纪实之维与隐喻之光——论陈彦小说〈装台〉的艺术经验》，载《中国现代文学研究刊》2016年第8期。

感的来源。

在这一群"下苦人"的通力合作之下,一个风风光光的舞台被搭建,在他们辛勤汗水的浇灌之下,一次次精彩的表演被完美呈现,但舞台上的表演有多么令人惊羡,舞台后的装台人就有多么让人同情。在纷繁复杂、步履维艰的后台,没有人把顺子放在眼里,甚至许多人都对他抱有极端的蔑视与嫌弃,其中甚至包括自己的女儿和妻子。所以当蔡素芬对刁顺子表现出极度热情时,他"幸福得就想一直躺在床上,死了算了"[①]。

这种苦中作乐,且极易被满足的幸福感,正是当今世人缺失的东西。当然,刁顺子也没有真的日日"躺平",而是依然唯唯诺诺、勤勤恳恳、点头哈腰,挣着屈指可数的钱。但他自始至终在本质上都不同于奸诈、狭隘的寇铁,他宁可自己少赚也从不亏待与自己一起吃苦的人。他的忍辱负重、坚韧不屈,张扬了小人物自强不息、自我救赎的人性之光,彰显了底层人的良知和责任,坚守了底层人的尊严和价值。

刁顺子的软弱无能尽人皆知,但他软弱的背后却是宽容处世的态度、大度为人的智慧和面对困难的机智策略。他的乐观豁达和屡败屡战,体现了中国底层劳动者的厚道与隐忍、质朴与勤劳,他在苦难中坚挺的高贵品质,使他拥有了抗衡坚硬世界和打动人心的力量。不幸的是,他的命运就好似一个循环往复的苦难之圈,无论他如何挣扎,都逃不出宿命的安排。这正与他反反复复装台的工作相映衬,与他不断更换老婆相印证,也与作品中反复出现的《人面桃花》相呼应。

首先,他反复地装台、拆台,就是一个无限循环的体力活,这种循环往复的、枯燥无味的动作,就暗示了顺子的苦难人生很难有根本性变革。其次,刁顺子第一任老婆因为生活不检点跟人跑了,第二任老婆带着一个女儿嫁给了他,但很遗憾生病去世,第三任老婆虽然善良、忠诚,却有着和第一任老婆相似的人生经历,即婚内出轨,致使前夫失手杀人而被判死

---

① 陈彦:《装台》,作家出版社,2015年,第45页。

刑，且最终也是"离家出走"。当顺子以为他不会再讨老婆时，大吊却意外去世，又给他留下了自己需要照顾的女人和孩子。此时，顺子的感情似乎又回到了第二任妻子的点上。这种在圈里兜兜转转的经历，更让人惊奇于他那说不清道不明的宿命感。就如陈彦所说：

> 他们只能一五一十地活着，并且是反反复复，甚至带着一种轮回样态地活着，这种活法的生命意义，我们还需用更加接近生存真实的眼光去发现，去认同。①

再次，小说的情节安排"不是遵循一个从困境到结局，或从幻灭到觉醒的辩证发展过程，而是从'悲中喜'到'喜中悲'、从'离中合'到'合中离'的无休止轮替"②，也是在按照圆圈的轨迹行进。此种循环往复的特征在作品中则表现为刁顺子命运的结构性反复。

> 人在现世之中，没有所谓永远的终点，也没有所谓永远的起点，而是永远在终而复始的、始而又终的循环状态之中。③

最后，作品的压轴大戏《人面桃花》的唱词正好暗示了顺子看似无常、实则命定的结局："花树荣枯鬼难当，命运好赖天裁量。只道人世太吊诡，说无常时偏有常。"④

所以从《装台》中人物命运、人性温暖与轮回式哲学命题的分析中，我们不难发现陈彦对受难主题的反复深化与刻意提炼。

虽然命运的安排总会让顺子回到生命的原点，难以逃离贫困的现实生活和充满困难的"魔法圈"，但他如蝼蚁般渺小的生命却正因为遭受苦厄而更加熠熠生辉。他最打动读者的地方不在于点头哈腰的恭维态势，也不在于对各种领导的阿谀奉承，更不在于四处讨薪的可怜相，而在于寒冬深夜为墩墩顶香炉跪在佛前赎罪，也在于大吊死后他四处奔波为其讨公道要

---

① 陈彦：《装台》，作家出版社，2015年，第433页。
② 浦安迪：《浦安迪自选集》，生活·读书·新知三联书店，2011年，第211页。
③ 赖世炯、陈威璔、林保全：《从〈易经〉谈人类发展学》，文史哲出版社，2013年，第183页。
④ 陈彦：《装台》，作家出版社，2015年，第428页。

赔偿，还在于赵兰香离世后他将其女儿韩梅看作亲生的一样疼爱有加。他的责任之志和仁爱之心总是温暖着身边的每一个人，他的言谈举止总能彰显人性的温暖与坚韧。他身上隐伏的情义，是作者想要极力去张扬的，所以说，作品不是为了书写苦难，而是为了在苦难中构建起顺子多维的"情义世界"。

顺子的情义世界至少应当包含以下四重维度。其一是"善"，顺子的善是对万事万物的悲悯与同情。他出门舍不得踩蚂蚁，还在蚂蚁队伍经过的地方放上水并给它们撒些芝麻和米粒。小到地上的蚂蚁，大到身边的每一个人，他都对其怀着一颗慈悲的关爱之心。其二是"信"，即他说一不二的"诚信"。装台的工钱总是结得磕磕绊绊，顺子虽然出面要钱，却全然没有包工头的尊严与待遇，只有卑微到尘埃里的姿态，但他无论讨要了多少，都会明账分给大家，这一举措是所有人死心塌地跟着他的重要原因，也是他信义的体现。其三是"义"，对外顺子与装台工弟兄们同工同酬，同舟共济，对内他善待每一任妻子和她们带来的孩子，即使是赵兰香在临终之前托付给他的断腿狗"好了"，他也信守诺言，好生照顾。其四是"孝"，顺子得知刁大军在珠海病倒，即刻去往珠海把哥哥接回家照顾，即使经济拮据还是在明知医治无望的情况下，为他聘请名医进行治疗。他对朱老师和师娘的孝敬更无须赘述，朱老师评价顺子：

> 你是钢梆硬正地活着。你靠你的脊梁，撑持了一大家子人口，该你养的，不该你养的，你都养了，你活得比他谁都硬朗周正。[1]

总而言之，顺子在困境中所表现出来的"仁""义""信""孝"的优良品质具有很高的现实意义，体现了困窘之下中国传统精神。因此，刁顺子这一人物，是大好人，而不是滥好人，更不是无用之人。

作品中，除了顺子这一善良、淳朴的人物形象外，还有瞿团这样深明

---

[1] 陈彦：《装台》，作家出版社，2015年，第297页。

大义之人，他"公正无私、厚道仁爱，堪称人性道德表率"[①]。他为年幼的菊花提供了一张温床，让她感受到了人性的温暖。他为职工们提供最大的便利与关怀，是剧团职工的道德模范与表率。此外，还有雷厉风行、脾气暴躁、为艺术献身的靳导，虽然平日工作六亲不认，但她会在猴子受伤后赶赴探望，并深刻反思。她会语重心长地为顺子这些下苦人表功，她那时不时显露出的正直与侠义，使得作品生命的温暖跃然纸上。

无论是瞿团、靳导还是顺子、大吊，他们都是在西京城中生活的芸芸众生，是一群被现实裹挟着随波逐流的普通人。他们遵循着各自的生活逻辑，在不同的工作岗位上尽职尽责，守着彼此内心的责任和担当，折射出当今社会的平民精神与"工匠精神"。陈彦将他们放置在当下社会的现实语境中反复搓捻，细心培植，浓墨重彩地揭示了这些小人物心灵的善良与美丽。读者看到了他们坚守情义时的辛酸苦楚，感受到了这些平凡人物面对现实社会的疲软与无力，从而体悟到坚守人性与美德的艰难和不易。可以说，陈彦是从这些底层的"小人物"与边缘群体中，发掘并弘扬人类恒常价值中的忠诚、善良、谦卑、孝悌等美德，借助平凡人物将这些情义与美德内化为自己小说的精神骨架，以表达自己的思想情感与艺术追求。

三、回忆中舔伤：仁与爱之"为人生"

中华民族的文化传统中一直存在着两种文学脉络。一种是倾向于"温柔敦厚""清静无为"的精神传统，主张"为艺术而艺术""无用"的文学观。另一种是将"诗以言志""经世致用"的观念与民族国家相结合，形成了"感时忧国"的"为人生"的文学观。很显然，陈彦作品的题材与风格更偏重于后者，他的作品正是对"文以载道"这一文学价值观念的继承与发扬。

[①] 陈晓明：《"下苦人"的戏里戏外——陈彦〈装台〉读后》，载《中国现代文学研究刊》2016年第8期。

陈彦所描写的人物都是实实在在生活"在人间"的底层人民,他们个个都饱含仁爱之心,并"为人生"不懈奋斗。因此,陈彦在《因无法忘却的那些记忆——长篇小说〈装台〉后记》中坦言:

> 我的写作,就是尽量去为那些无助的人,舔一舔伤口,找一点温暖与亮色,尤其是寻找一点奢侈的爱。与其说为他人,不如说为自己,其实生命都需要诉说,都需要舔伤,都需要爱。①

正是由于弱势群体缺少话语权和良好的表达能力,所以陈彦就此担任起了"诉说""舔伤"和"爱"的职责。他在《装台》中推崇吃苦耐劳、刚正坚韧的底层劳动者,这种推崇很好地表达了作家对顺子、大吊这些社会弱势群体的同情、尊重和关爱。

在《装台》中,读者随处都可以看到温暖人心的画面,如瞿团对菊花的关爱与开导、蔡素芬对顺子的悉心照顾、三皮对蔡素芬的真心实意,等等。这些场景的出现都不是偶然,而是作者刻意为之。陈彦刻意为之的目的是想要在"弥漫着一种肆意揭露、放大仇恨和矛盾、缺乏暖色调的底层文学生态中"②搭建起一座仁爱的桥梁,关注苦难中人情的真挚与可贵,抚慰伤痕累累的底层人民。因此,陈彦的《装台》没有像大多数反映底层人贫苦生活的小说一样,把底层叙述当成单一的、狭隘的"生存残酷叙述、社会仇恨叙述、黑暗揭露叙述、苦情报复叙述,他的作品中呈现的都是温暖和正义,这些都是底层叙事中最为明显也最弥足珍贵的财富"③。

陈彦这种带有温度和真情、正气和仁义的底层叙事策略,不仅使《装台》弥合了当下社会片面、忧郁、阴暗的文学书写罅隙,也纠正了当下底层叙事文学的责任缺失和写作弊端,同时《装台》的叙事范式夯实了当下底层文学理论的深度,丰富并推进了中国当代文学史的构建。

陈彦曾坦言自己反对强势人群对弱势群体的欺凌,而喜欢在作品中赋

---

① 陈彦:《装台》,作家出版社,2015年,第434页。
② 赵永波:《论〈装台〉的底层叙事策略》,载《小说评论》2020年第3期。
③ 同上。

予小人物幽默诙谐的性情和超凡脱俗的人格。于是他主动承担起了文人的使命感和文学的责任感，将视角下移、内移，并以自己特有的视角和语言塑造了一个个善良厚道、有同情心、有责任心的小人物。例如《装台》中有血有肉的三皮、兢兢业业的刁顺子、勤勤恳恳的大吊和身手不凡的猴子等等。这些人坚守己心，勤恳以求果腹，敬业以求安身，世世代代延续着中华民族的"恒常价值"。即使时过境迁，沧海桑田，他们所彰显的温暖与平和、责任与担当和人性光辉也从不褪色。陈彦始终都在挖掘这些人的精神特质，张扬他们的坚毅品质，守望他们的生命与道德底线。陈彦以仁爱、悲悯的语调，以平等的眼光讲述了顺子、大吊、三皮这些"下苦人"的爱恨情仇。雷达曾评价说：

> 为了写出个性饱满的人物形象，陈彦始终将自己与笔下的人物置于同一位阶，不必仰视也不必俯视，只是平等地、顺其自然地走向他们的生活，认真地去同情、去明白、去感悟他们的生活和人生。[①]

在《装台》里，陈彦写出了自己对刁顺子这些"下苦人"的"了解之同情"和"理解之赞赏"。因为陈彦知道，这些人不仅仅代表着自身利益或者个体生活，还代表着吃苦受累的社会底层的受难群体。他们所承担的社会角色显然超越了单纯个体的局限，而表征着更具普遍性也更为复杂的社会现实问题。而陈彦恰到好处的认知与呈现，成就了自己，也成就了这一批受苦受难的装台人，引起社会疗救的注意。

陈彦能够较早认识到这一现实问题，一方面是由于此一问题在现代社会中的确存在且愈演愈烈到了无法忽视的境地，另一方面则得益于陈彦自己的生活经历和亲身体验。陈彦曾经担任过陕西省戏曲研究院院长、省文联副主席、省委宣传部副部长、西安交大戏剧学院院长等职务，平日与"装台人"接触得颇多。诚如李敬泽所言：

---

① 雷达：《戏台边上的悲欢世界——谈谈长篇小说〈装台〉》，载《光明日报》2016年1月17日。

这个传统说书人的牢固本能，使得《装台》成为一部罕见的诚挚和诚恳的小说——在艺术上，诚挚和诚恳不是态度问题也不是立场问题，不是靠发狠和表白就能抵达，而是这个讲述者对他讲的一切真的相信，这种信是从确切的人类经验中得来的。①

鉴于此，陈彦创作了独特的《装台》，创立了自己的新鲜的发人深省、令人回味的文学世界，塑造了独一无二的小人物形象群——刁顺子、蔡素芬、刁大军等。这一个个鲜活的生命个体，表征着现实社会，记忆着现代化历史进程中的西京城。陈彦说："无论写作时，还是写完后，我都没有琢磨出更多的意义，只是因了那些不能忘却的记忆。"他还说："一个人忙一天，晚上若能把精神盘存一下，当是再好不过的事情了。"②

陈彦每日都忙于记录和回忆这些贫苦人的感人事迹，将其作为自己文学精神活动的逻辑起点和应有追求，在记忆之链上见证历史、介入现实。

"记忆之链"的断裂与丧失，可能就意味着主体意识的瓦解和自我身份的消失。③

因此，陈彦努力回忆关于底层人民的一切，试图唤醒他们的主体意识，进而达到批判现实社会的功效。阿多诺认为，真正的艺术家可以通过"艺术形式将现实中的异化状况与被遮蔽的社会对抗转化为艺术表达，从而在保持艺术自律的情况下表达对现实的关怀与批判。艺术在综合这两个方面的基础上保持自律的姿态却因此反而更有效地介入现实，起到了见证历史并具有表征隐匿在现实中的自由潜能的作用"④。

作家的"受难记忆"是构成真正艺术作品的前提条件。作家所展现的

---

① 李敬泽：《在人间——关于陈彦长篇小说〈装台〉》，载《人民日报》2015年11月10日。
② 陈彦：《装台》，作家出版社，2015年，第433页。
③ 廖宇婷：《共同体想象与民族文学的身份认同》，载《海南大学学报》（人文社会科学版）2021年第3期。
④ 丁文俊：《阿多诺审美乌托邦的记忆伦理及转化》，载《文艺理论研究》2019年第3期。

记忆是"具有高度选择性的、被阐释的和语义编码精心改变的东西"①。

陈彦作品中反映的苦难虽然不是他的亲身经历，但他却与这些"受难者"有着密不可分的联系。他见证了这些下苦人的汗水与泪水，体悟过他们的辛酸与苦楚。他与这些"苦命人"同感共情，记录着他们的记忆，书写着他们的遭遇。他将"人生"的谜语藏于《装台》的内在结构中，让等待救赎的内容在读者的阐释中被揭示出来。

读完《装台》，作品中人物生活的悲喜冷暖、命运的起承转合，久久萦绕在心头，挥之不去。《装台》不仅为读者呈现了一个"温润如玉、笃定不移"的西安，还将作者的悲悯之心和仁爱之心妥帖、得体地展现了出来。习近平总书记《在文艺工作座谈会上的讲话》中说：

> 我国久传不息的名篇佳作都充满着对人民命运的悲悯、对人民悲欢的关切，以精湛的艺术彰显了深厚的人民情怀……人民不是抽象的符号，而是一个一个具体的人，有血有肉，有情感，有爱恨，有梦想，也有内心的冲突和挣扎。②

陈彦正是通过这些有血有肉、有爱有恨的小人物悲惨的命运遭际，反映了一个时代的民众精神，体现出这些平凡人物大雄藏内、至柔显外的高尚品质。他们生生不息的精神感染着读者，将读者的感情无间隙地带入陈彦的文学世界之中。读者在陈彦的文学世界体察现实，感受苦难，净化心灵。这也许就是陈彦文学作品的意义所在。

原载《西北大学学报》（哲学社会科学版）2021年第5期

---

① Laurence J.Kirmayer. "Landscapes of Memory, Trauma, Narrative and Dissociation" in Paul Antze and Michael Lambek, eds, *Tense Past: Cultural Essays in Trauma and Memory*, 1996.
② 习近平：《在文艺工作座谈会上的讲话》，载《人民日报》2015年10月15日。

空间经验的审美表达与生命意志的精神书写

——评吴文莉"西安城"系列长篇小说

吴文莉是"70后"陕西知名女作家。众所周知,"文学陕军"是中国当代地域性文学群体的突出代表。新中国成立初期,陕西作家多从国家重大历史事件入手表现民族苦难和民族重生,着重刻画乡土中国面貌。乡土书写无疑是中国早期文学的主流,这与中国当时的社会性质、经济结构密切相关,是文学现实品质的必然要求。"70后"作家成长于改革开放时期,现代性的扩张和现代城市的崛起导致这一群体的生存体验和"50后""60后"作家明显不同。代际加速分化,代际间的个体经验也出现断裂式差异,呈现在文学作品题材上就是以城市为代表的文化形态逐渐成为文学表现的主要内容。在中国当代文学话语空间中,"乡村"和"城市"作为被各种理念充斥的修辞性"原型",形成了具有鲜明观念特征的不同叙事经验。诚如雷蒙·威廉斯所言:

> 对于乡村,人们形成了这样的观念,认为那是一种自然的生活方式:宁静、纯洁、纯真的美德。对于城市,人们认为那是代表成就的中心:智力、交流、知识。强烈的负面联想也产生了:说起城市,则认为那是吵闹、俗气而又充满野心家的地方。[①]

[①] 雷蒙·威廉斯:《乡村与城市》,韩子满译,商务印书馆,2013年,第1页。

这种既定的观念性叙事无形中将城市的真实性予以遮蔽。那么，如何讲述一座城市的故事，如何呈现一座城市的真实面貌，这不仅仅是一个叙事视角、叙事策略的问题，更关乎城市的灵魂。正如有学者指出：

> 城市本身并没有故事可言，唯其吸引各方人物行走停驻的"潜力"和"功能"，才被书写为充满多重意义指涉和欲望结构的文本空间。①

显然，人作为城市的主体，只有写出人与城市之间的隐秘关系，才可能体认到城市文化的真实内涵。吴文莉对城市的描写，着意凸显的是厚重文化背景和现代文明步履中的微渺生灵，是庞大静默城市空间中不息的烟火气息。她深切地关注人，关注人的生存，对生命总是充满敬畏、悲悯之心。在"西安城"系列三部长篇小说《叶落长安》《叶落大地》《黄金城》中，她极大地拓展了城市书写的格局，将思维触须伸向遥远的历史纵深之处，以山东和河南两地移民的空间活动为线索，借助特定的历史背景，依托关中地域文化的丰厚底蕴，将历史真实与个体想象交融在一起，以平实的语言与温和的格调描绘了底层劳动人民的精神状态、心灵渴望和生命意识。小说所营构的"乡村"与"城市"、"故乡"与"异乡"的表象结构只是叙事展开的情境空间。吴文莉不再赋予乡村和城市诸种原型意义，而是以"移民"这样一个再微妙不过的身份消解了乡村和城市之间的空间形态区隔，从而构建起一种"生命共同体"，让人的生命存在经验和生命哲学本质成为文本叙事的核心。

一、"此心安处是吾乡"："叶落大地"的精神守望

文学作为人类生存的文化表征，任何时候都离不开对生存问题的关怀。谢纳指出：

---

① 王尧、牛煜：《烟火漫卷处的城与人》，载《当代作家评论》2021年第1期。

> 生存具有空间性，空间性具有生存性，这是空间的本体论的意蕴。①

空间作为人的存在方式，与自我身份的建构之间有着内在、深层的联系。人们对空间的追问其实是对存在意义的追问，换而言之，是对身份的追问。正如德国哲学家海德格尔所言：

> 人是唯一能够以自己的存在样式使自己澄明的存在者，追问存在的意义即是这种存在者的存在模式之一，并且它在这一追问中获得其本质特征，即存在的本质。②

吴文莉"西安城"系列小说的叙述对象是一群移民，他们从乡村故乡逃难到城市异乡寻求生存的机会，从熟悉、稳定、已有的主体空间转向了陌生、动荡、需要重新构筑的他者空间。小说中有一个明显的主题：漂泊。漂泊的本质就是伴随空间迁徙所发生的主体权力弥散。一般来说，漂泊者由于文化不同、语言不通，很难融入新的群体。作为寄人篱下的异乡人，他们既没有物质家园也没有精神家园，主体身份丧失殆尽，只能苟且地活着，幻想有朝一日能回归自己的故乡。这是一种对"故乡"和"异乡"、"乡村"和"城市"模式化的空间印象表达。基于二元切割的空间思维，乡村被理想化为抚慰心灵的乌托邦，而城市的积极性意义被逐渐拆解。吴文莉在小说中，以乡村故乡的失落和城市"故乡"的获得自行消解了历来想象中的"空间正义"，将空间的书写和人的心灵感知结合起来，以人在空间中的实践和人对空间的体验建构起真正的"空间正义"，从而重新定义了所谓的"故乡"。

作为经历了几千年农耕文明的宗法制乡土社会，中国民众对故乡的热爱和对家园的追寻是一种类似本能的集体无意识。"故乡"按照字面解读即原来生活的地域，它是一个有意味的空间，容纳个体的身体和精神活

---

① 谢纳：《空间生产与文化表征：空间转向视阈中的文学研究》，中国人民大学出版社，2011年，第71页。
② 童强：《空间哲学》，北京大学出版社，2011年，第69页。

动,所以在客观的物质意义上又被赋予相应的精神特征。"精神"二字的意义追加使其成为超越实体的精神存在,成为与成长中所有人、物相关联的情感原生地。所以在文学表达中,故乡不仅关乎具体的家族记忆,更重要的是它象征着一种情感和精神上的寄托。作为一个抽象符号,它不只是一个简单的"乡愁代码",更多地象征着心灵的安宁,让个体生命从动荡不安的苦难中逃脱出来,在情感和精神上重返"家园"。纵观现当代小说的故乡意识,在空间层面上更多地指向乡村,但随着历史前进的步伐,中国社会结构发生了巨大的变化,故乡的空间指涉内涵也随之泛化。在作家吴文莉眼里,西安城也可以作为异乡人的故乡。她说:

> 我所写的主人公,无论是男是女,无论是河南人还是山东人,都是在生命最痛苦无助的时候投奔西安城而来,他们在这城里城外处于绝地而重生,咬牙奋斗,都活出了尊严、活出了光彩。而且,不同于许多文学作品里人物对故乡和根的回归向往,我的三部长篇小说里的主要人物,都是在特殊年代来到西安,在他们人生最后的时刻,都把包容宽厚的西安城视为故乡,觉得一生中最美好的时光都是在这里度过的,所以,他们并不想要叶落归根,而是更愿意"叶落长安"或"叶落大地"。[①]

西安作为历史悠久的十三朝古都,拥有非常深厚的文化底蕴,吸引着天南海北的人们来此定居,铸就了兼容并蓄的城市精神。于是,在吴文莉笔下,西安是异乡人的归宿。

中国城市小说中有关异乡人的叙述一直存在,一般分为两种类型:"一种是在城乡对照式书写中展示城市的病态和乡野的生命力,表达对乡土文明的眷恋;另一种是聚焦外来者的身份焦虑,在叙事中展现其为了生活奋力拼搏直至异化的过程。"[②]

---

① 吴文莉:《叶落长安》,陕西师范大学出版总社,2021年,第421页。
② 安玮娜:《当代西安女作家的城市记忆与文学表征——以吴文莉、周瑄璞、杨则纬为例》,载《西安文理学院学报》(社会科学版)2020年第1期。

吴文莉的小说不同于此,"西安城"系列长篇中的异乡人并非"他者",并非"客体",她有意悬置了理性叙事立场,把异乡人的活动放在相对封闭或边缘的空间里。在文本叙事中,我们感受不到城市对人物的肆意挤压,感受不到环境与人物之间的撕扯缠打。她将叙事视角集中于日常生活中绽放的普通人性,以日常生活的气息充盈移民成员的存在空间,以日常生活所包蕴的温情和力量消解了人与城的矛盾,使作品的最终意义指向了"人",指向了"人的灵魂皈依"。她将西安城作为一个空间符号,以这样一个凝聚着诗意和温情的城市意象空间来表征人类的精神守望——"此心安处是吾乡"。如果从"心安"这个向度思考,自从人类文化起源的那一刻开始,人们就在自己的心里渴望构建一个"家园"来安置自己。家园意识是人类对生活和栖居空间的经验性表达。海德格尔就强调"家园"作为人置身的处所,是带来"在家感"的特殊空间,具有极强的精神归属感。受海德格尔诗学影响,"家园"概念不仅确指具体存在的居住生活空间,更包含文化意义上的精神空间。具体的生活空间作为生命的起点,为生命提供延续和展开的有形场所。精神空间蕴含和沉淀着人类的文化记忆,成为灵魂皈依的栖息地。

"西安城"系列小说中,"家园"的失落使主人公们面临心无可安的困境,为了摆脱这种身体和灵魂的漂泊感,他们在西安城极力扎根融入,以求重建"家园"。作者在小说中以具体有形的土地、居所和无形的文化,作为"家园"的意象符号来彰显西安城作为异乡人"故乡"的"在家感"。首先,在存在意义上,土地是人的生存场域。土地可以说是人类生命的起源和终结点,生命自土地创造最终又回归土地,所以土地被看作人类的"根"。中国作为传统的农业大国,土地更是人们生存的根基。自古以来,中国民众对土地就是一种敬畏又热爱的态度。民国时期,中国的绝大多数农民处在水深火热中,战乱、饥荒和贫穷使他们不得不斩断与故土的羁绊游走他乡。而《叶落大地》中这些逃荒的山东人之所以把关中作为他们的目的地，就是因为这是片"传说能开荒耕种的好土地"①，关中这片想象中的沃土满足了他们灵魂深处根深蒂固的土地情结。只有立足土地，生命才能延续，所以这些山东人拼命开垦荒地。女主人公刘冬莲更是对土地有着非同一般的感情。

> 现在冬莲把这地几乎当成了自己的儿子，甚至比对儿子还亲呢，看着一片荒得不成样的地块，一点点变成眼前这样平整的样子，她心里爱都爱不够，每天上工她几乎是渴盼着去干活儿，那里有她的地呢。②

这些漂泊在关中的山东人最终在西安城外的土地找到了他们安身立命的"根"，从此"山东人就和关中人一样，渐渐在这平原上立下了脚跟，日子安放在土地里，心就不慌张，谁也不再想着要回到故乡了"③。

《黄金城》中的毕成功从来没有认可沙村是他的故乡，因为沙村的土地没有给予过他什么，反而让他跟母亲受尽折磨，而西安城的土地造就了他的成功，西安城理所当然地成为他心目中的"故乡"。

除了土地外，移民到西安城的山东人和河南人对房屋居所也有着深切的执念。在人们的理想概念中，居所具有神圣性，是人们赖以生存的栖息之地，是充满爱和尊重的场所，是安全、庇护、情感和温暖所皈依的地方。巴什拉在《空间的诗学》中讨论了各种空间原型带给人的空间经验。他认为，房屋的空间经验是"我们在世界中的一角""我们最初的宇宙"。④房屋是庇护所、藏身处、休憩地，带给我们安定感、幸福感，所以"西安城"系列中都有房屋的意象。房屋作为一种空间实体，房屋的状态影响着人的存在体验。逃荒到关中大地的山东人，一开始住在荒地上随便搭建的窝棚里。居所的缺席使他们遭受了野狼的再三袭击，造成了生命

---

① 吴文莉：《叶落大地》，陕西师范大学出版总社，2021年，第2页。
② 同上，第36页。
③ 同上，第124页。
④ 加斯东·巴什拉：《空间的诗学》，张逸婧译，上海译文出版社，2009年，第2页。

的安全感缺失，等光景稍微好了些他们就着手挖地窖，再过三五年，又计划着盖成山东老家的大房。在他们眼里，有了房屋生活才有了奔头，在西安城才算有了归属感。初到西安城的河南人无处可去，只能在城墙根胡乱搭窝棚盖茅草庵住着。他们的肉体没有被妥善地安置，精神也是漂浮不定的，所以他们总喜欢追忆过去，期盼着哪天能回老家。这时的西安城还不是他们的"故乡"，就如《黄金城》里的毕成功所说：

  要当一个西安人就得有一个大房子，而这房子的房产证上得写着他毕成功的名字。①

  只有拥有了专属于自己的居所，异乡人的身份焦虑才会被打破，西安城才能真正成为他们的"故乡"。当这些移民在西安城获得了赖以生存的土地、粮食和居所后，西安城还以宽阔包容的城市品格接纳了他们的故土文化。这文化凝结着他们的人文信仰，是他们繁衍生息的精神力量。荣格的集体无意识观点认为：

  一个族类似乎与生俱来便在他们的染色体中蓄存着固定的密码，特别是在族裔的认同上，先天地具有着一种微妙的倾向，不管他们身在何处，受到哪种文化的熏陶，原来的家族和祖先的文化会像一个强大的磁场一样把他们吸引住，使他们对自己的根源产生莫名其妙的眷恋。②

  这也就解释了为什么《叶落大地》中的山东移民至死也没丢掉"耕读传家"的祖训，在风雨飘摇、饱受折磨的年代，仍然坚守着故乡的传统价值观。同时，这些山东移民"执拗而温和地把自己和陕西人区分开，保持着自己原本的山东方言"③。语言是存在的家园，"我的语言界限就是我的世界的界限，语言凝固了人们的感知经验，将之提升为可如货币般自由

---

① 吴文莉：《黄金城》，陕西师范大学出版总社，2021年，第165页。
② 周宪：《中国文学与文化的认同》，北京大学出版社，2008年，第93页。
③ 吴文莉：《叶落大地》，陕西师范大学出版总社，2021年，第434页。

流通交际的抽象符号,从而为人们打开了一条通往存在之境的道路"①。

人们一旦失去自己的语言,就犹如失去了自己的家园,失去了自己生存的根基,迷失了通往存在之境的道路。并且,语言是权力的外在性空间,一旦失去自己的语言,主体便会丧失权力身份,只能沦为被奴役的他者。山东移民对故土文化的坚守和对语言的执着,正是通过对主体身份的守护而达成的对故乡和异乡空间裂隙在精神层面的弥合。

世界急剧变化,但有一种东西却可能永远不变,那就是人对安居乐业的渴望。自古以来,日出而作、日落而息的生存模式使中国人重视家园,追求长期稳定的生活。然而现代社会中,各种意义上的"漂泊"才是生命存在的普遍状态,海德格尔用"无家可归"的彷徨来标识这种存在症状。"家"即根,无家可归,就意味着根的缺失。吴文莉在小说中努力地探索着生命的根,通过城市根性的建构超越了生命存在的空间区隔,扩展了空间的隐喻内涵——即使叶落不能归根,叶落也可以回归大地,回归土壤,让渺小的生命在土地上生息流转。

二、超越与救赎:生命意志的张扬抑或历史书写的别样视角

乡村到城市,异乡变"故乡"。"西安城"系列中的移民最初充满惶惑地来到西安城,他们并无明确的规划与想象,只是为了生存随波逐流和随遇而安。在日后漫长的岁月中,切实而细微的世俗生活使西安城终究成了他们心中安身立命的应许之地。这不仅仅是城市的单方面包容,更是移民对自我主体身份的内在性重建。移民作为特殊的群体,"他者"的影子难以磨灭,只能在自我维度上建构积极的主体认同,才能为个体赋权,变外在力量为内在资源,实现身份重建。

这种重建是一个动态的实践过程,在小说中体现为移民通过生命意志

---

① 张德明:《西方文学与现代性的展开》,中国社会科学出版社,2009年,第113页。

的极限张扬，从而对环境所赋予的苦难进行主观超越。超越苦难既是移民主体身份的建构路径，同时更体现了生命的哲学本质。叔本华认为：

> 生命的内在本质就是不断的追求，无休止的挣扎。①

生命个体所面对的有时是从天而降的祸患，有时是不期而遇的幸运，这种忽上忽下的折腾和磋磨，彰显着生命的强悍和坚韧。也正因此，吴文莉断续十多年完成的三部长篇小说，经由底层平民琐屑的个体经验进入宏大的历史层面，汇聚成历史的潜流，涵盖了民族共同体的生命感受，成为一部展现百余年平民奋斗历史的厚重史诗。

三部小说集中展现了生命对苦难的记忆。苦难和苦难中的人是作者始终关怀的对象。就整体故事的营构来说，小说的时间跨度涵盖了中国自1899年到2019年百余年历史。这期间中国一直处在一种悲怆的痛苦挣扎中，战乱、饥荒和贫困等都在人物身上打下了苦难的烙印。作者为我们展示了一个充满苦难的底层民间，展示了一群同苦难搏斗、彰显生命意志的劳苦大众形象，彰显了一种底层民众直面苦难所表现出的坚忍顽强的精神。吴文莉在《黄金城》封面写道：

> 我用三本书写一座城的一百二十年，写中国平民的生存真相与心灵承受，就是想要探究到底是什么力量，让我们的祖辈永不放弃，使我们这个民族千百年来负重前行，生生不息。②

这种力量就是"生命意志"。阿德勒认为：

> 人类的一切行为都受向上意志的支配，人生来就有一种内驱力，这种内驱力唤起人们的一切动机，都是向着一个方向，以此来追求优越，追求征服，继续奋斗，永不停留，进而来引导着人和种族永远不断进步，这是生命的一个基本事实。③

小说中对人的生命意志极为关注，尤其擅长表现人在极端苦难中所

---

① 叔本华：《人生的智慧》，韦启昌译，上海人民出版社，2015年，第19页。
② 吴文莉：《黄金城》，陕西师范大学出版总社，2021年，封面。
③ 刘放桐：《现代西方哲学》，人民出版社，1996年，第449页。

体现出的生命强力。文本中展现的人物都身处困境,他们历经磨难,被生存的重担压弯了脊背。《叶落大地》中的刘冬莲一出场就面临着极限生存挑战,一个怀孕的女人在逃荒路上死了丈夫,那么接下来除了改嫁她不会有生存的可能,可她凭借顽强的生命意志超越身体极限,像一个男人那样开荒种地,争取生存的基本资源。小说中极其精细地描写了她刚产子后的劳作。

> 一个女人开荒实在还是太难了些,毕竟还没出月子,冬莲头上没敢卸包头布,身上的血也一直没有止,肚子饿着,日头地里就总是头晕,密密的杂草却生着极深的根,野枣树长着坚硬的长刺,她只弯腰挖了一上午,那手便被划得全是血道道,钻心地疼……①

小说还写到了冬莲编柳筐、卖锅顶排、织布,她的一生都在为了生存而努力,创造了女性的生存奇迹。她拥有让男性也尊敬的强悍的生命力。冬莲和她背后无数的山东人都有着顽强的生命意志。他们艰难地开荒,与当地刀客作生死斗争。他们经历了镇嵩军兵围长安之痛,也经历了抗日战争的残酷,还经历了自然灾害无情的摧残。他们依靠这强大的生命意志在关中大地扎根融入,而千百年来苦难深重的中国人之所以生生不息,依靠的也是这强大的生命意志。《叶落长安》里的郝玉兰为了在西安城维持生计,在家里揭不开锅的时候,泡在冰冷的城河水里洗油线。

> 两只手让油线里夹的铁屑子、锈铁丝划得满是小孩儿嘴一样的口子,流着黄脓红血。②

不仅如此,她还在怀孕期间去拉坡挣钱。

> 郝玉兰两腿胀得厉害,肩膀让麻绳勒得热辣辣作疼,拉坡出的一身汗湿透了棉袄,这会儿冷风一吹不禁打了个寒战,她的肚

---

① 吴文莉:《叶落大地》,陕西师范大学出版总社,2021年,第26页。
② 同上,第5页。

子随着心跳动了两下，摸着像一团又大又硬的冰疙瘩。①

郝玉兰的一生历尽苦难，饱经沧桑。她被父母卖给一个大她近20岁的男人，成为两个孩子的继母。在战乱、饥荒、无业的环境中，先后抚育了八个子女。郝玉兰不是室中的娇花，她像一棵树，一棵扎根大地、坚韧不拔的大树。在这个看似平凡的女性身上，折射出不屈的生命力，其不断奋斗的人生历程，不仅是女性自立自强的见证，更是一个民族旺盛生命力的表征。

《叶落长安》在塑造郝玉兰这个母亲形象的同时，还塑造了当时底层平民的群像。这群颠沛流离的异乡人聚居在西安小东门的锦华巷，于困境中相互扶持帮衬，一起面对动荡的历史和社会变迁，他们用血汗、泪水和欢笑书写了自己艰辛挣扎的奋斗史。《黄金城》中毕成功一家的生活环境是极端困窘的。

> 她几乎总是数着粮食做饭呢。春天还好些，能去挖些野菜，捋些槐花，揪些棉花叶下锅，青黄不接的时候，刘兰草的锅就总是生锈，没有油吃，玉米掺黑豆面早就吃光了，长满锈斑的红薯干也快吃完了，几乎顿顿都是充满锈味的水煮红薯叶，一顿饭没有一点粮食，清澈得能看到碗底。②

为了和他娘在沙村活下去，毕成功小小年纪就承担起了挣钱重任。在捡垃圾的过程中发现了牙膏皮的价值，继而想到了卖冰棍，拖着一辆破旧的自行车，走街串巷，昼夜奔忙，最终撑起了艰难辛酸的家庭。然而好景不长，他的"投机"行为被人碰巧撞破，他被迫逃到了西安城。自此，他捡拾垃圾、拉坡、卖爆米花、卖瓜子、炸油条、贩制汽水、卖烤肉、经营服装、投资房地产……他的财富渐渐累积，可他对金钱却更加痴迷。起初他为生存而挣钱，最后挣钱成了他的执念。与其说毕成功为挣钱而生，倒不如说一个经历过极端苦难的普通人，对贫困的记忆刻骨铭心。总而言

---

① 吴文莉：《叶落长安》，陕西师范大学出版总社，2021年，第51页。
② 吴文莉：《黄金城》，陕西师范大学出版总社，2021年，第29页。

之，为财富而奋斗，也就是为更好地生存而奋斗。从这个意义上说，《黄金城》既是对特殊时代的独特记载，也是对生命意志的极限张扬。

英国美学家斯马特指出：

> 如果苦难落在一个生性懦弱的人头上，他逆来顺受地接受了苦难，那就不是真正的悲剧。只有当他表现出坚毅和斗争的时候，才有真正的悲剧，哪怕表现出的仅仅是片刻的活力、激情和灵感，使他能超越平时的自己。悲剧全在于对灾难的反抗。陷入命运罗网中的悲剧人物奋力挣扎，拼命想冲破越来越紧的罗网的包围而逃奔，即使他的努力不能成功，但心中却总有一种反抗。[①]

吴文莉在小说中对苦难有一种崇高的认同感，在时代和环境所赋予的苦难面前，个人渺小如浮沤。生命个体如何能扛得住现实的负载，取决于其直面生活时的坚韧、隐忍，这需要生命意志的力量。吴文莉写出了这股力量，表现出了人在面对苦难时的精神姿态——既然苦难摆在面前，我们又无力摆脱，那么正视苦难、反抗苦难、超越苦难，便成为在苦难中前行的人类自我救赎的唯一方式。"西安城"系列中的移民正是通过对苦难的超越，最终在西安城挣下了立足的资本，实现了身份主体的重建。纵观三部小说，我们可以看到深陷生存绝境的劳苦大众，在面对生活中的种种苦难时，无不挣扎呐喊，奋勇抵抗。小说赋予这些底层平民忍辱负重、坚韧不拔的优良品性，生动地诠释了中华民族普通民众的生活理念："活着。""活着"原本就是中国人的一种最朴素的生存愿望，也是人类最基本的一种生存要求，但是"活着"的背后，又分明洋溢着一种对生命的崇拜，包含了某种宽垠无边的生存意味，也体现了自然生命的坚韧，具有非凡的潜在力量。余华曾说：

> 作为一个词语，"活着"在我们中国的语言里充满了力量，它的力量不是来自喊叫，也不是来自进攻，而是忍受，去忍受生

---

① 朱光潜：《悲剧心理学》，人民文学出版社，1983年，第106页。

命赋予我们的责任,去忍受现实给予我们的幸福和苦难、无聊和平庸。①

"活着"就是以最简单最平凡的方式,展示生命中最深厚最顽强的精神力量。尤其是当吴文莉将它安置在丧失了故土家园的移民身上时,这种精神力量显得格外崇高。几千年来,中华民族的普通民众,许多人都像刘冬莲、郝玉兰这样在苦难绝境中轮回过。他们满怀着希望,在忍耐与疼痛中前行。他们所经历的每一次巨大的苦难,都是与死神面对面的搏击,但每一次都击败了死神,从而彰显了生命意志和生命力的坚韧顽强。这种生命意志,这种不屈精神,不仅是种族延续的关键,也是民族文化的根系所在。

洪治纲说:

真正的小说,从来都是对人类存在境遇及其心灵伤痛的深切体恤和抚慰。作为一个终日与灵魂打交道的人,作家存在的重要意义就在于他必须直视人类生存的苦难,必须对人在历史、社会以及自我的抗争过程中所受到的种种心灵疼痛作出独抒己见的表达。②

作家的责任意识首先强烈表现在对社会普通民众,尤其是弱势群体的情感关怀上。吴文莉在《叶落长安》中写道:

底层普通平民的生命轻如草芥,他们是没有历史可言的,在被黄河淹没的时候,也被历史长河永远湮没了,但这个世上幸好还有文学。③

文学的本质特征是审美,但美的范畴不仅仅涉及这个世界上的幸福与美好,也有苦痛和磨难。作为一种终极的价值关怀和具有普遍意义的情

---

① 余华:《我能否相信自己》,人民日报出版社,1998年,第146页。
② 洪治纲:《苦难记忆的现时回访——评东西的长篇新作〈耳光响亮〉》,载《当代作家评论》1998年第3期。
③ 吴文莉:《叶落长安》,陕西师范大学出版总社,2021年,第459页。

感体验，苦难有着深刻的精神向度。吴文莉洞察生命的苦难本质，把苦难酝酿于文字之中，以文学烛照苦难，于是，"西安城"系列小说诞生了。整个小说是对数量庞大但声音微弱的底层匿名者的艰难指认和重新命名。怀着对底层百姓与生俱来的悲悯，吴文莉书写着脚下大地上她所熟悉的劳苦大众艰难辛酸的生存。可以说，她用文字构筑起了一个恢宏的底层平民的世界。这里的芸芸众生处于时代光环中最容易被忽略的角落。他们居住在局促拥挤的城市一隅，肩负着养育子女的重担，时不时处于食不果腹的紧张焦虑之中，窘迫无奈、艰辛酸楚就是他们的人生况味。然而吴文莉并不满足于真实地记录或再现他们的生活困境，而是强调人对苦难的承受能力，表现生命对苦难的超越和突围，昭示出对生命神圣和生命高贵的信仰和捍卫。她从惨淡的苦难现实中，展现出对生命意志的强烈信心，充满着积极进取的乐观精神。

结　　语

在中国百年文学谱系中，城市文学是相对薄弱的，但随着改革开放后现代城市空间的发展，城市书写已成为一种新的文学审美旨趣。发展初期的城市文化具有很强的交界性和过渡性特征，这源自具有流动性和不确定性特征的"新移民"涌入，这些移民的物质困境和精神焦虑以不同的方式在作家们笔下呈现出来。"70后"一些作家几乎一致地反映了"失根"带给移民的迷茫和恐慌。吴文莉却另辟蹊径，在"西安城"系列长篇中将移民的"异乡人"身份悬置起来，将移民逃难式背井离乡的苦难和沉重，消解在强悍又温情的家园重建和生命意志的张扬中。小说以平实厚重的笔触展现了一个特殊群体——"移民"远离故土在异乡扎根生存、重建家园的历史记忆。在这记忆中，既夹杂着广阔的历史事件，也充斥着朴素的生存经验。吴文莉以悲悯的情怀和作家的使命感，书写着这些历史缝隙中的沉默者，刻画他们的精神守望，揭示他们的生存困境，呈现他们的坚韧灵魂，用文字的力量让我们感知到存在的真谛和生命的尊严。

  人是一个永恒的存在，如果说在文学创作中存在着所谓的恒定主题，那么这一主题也属于人本身。"西安城"系列小说最典型的意义，在于作者以当代的、城市的视角对人的存在经验和生命本质等恒久的主题做了一次富有新意的书写。它讲述身体和灵魂的漂泊，也试图让身体和灵魂一起"叶落大地"；讲述生命固有的苦难，也尝试超越这一苦难。在生活结构日益同质化的今天，吴文莉以独特的个体经验携带丰饶的历史记忆，以面向底层和更广阔的外部世界的叙事表达，呈现出波澜壮阔的时空现实中生命的存在状态，超越了城乡二元对立的空间模式，重新书写人与历史、城市之间的联系，展示出了城市文学的另类面向。

原载《小说评论》2021年第6期

（本文系与李新佩合作）

徐兆寿文学创作的三次"转向"与三个"面向"

——以《西行悟道》为中心的考察

在中国当代文坛上,徐兆寿是一个独特的存在,他兼有作家和学者双重身份。他在不同的领域沉潜和积累,其创作实践表明他不是简单弥合"文学创作"与"学术研究"之间的天然鸿沟,而是在弥合的同时,使彼此渗透,进而形成你中有我、我中有你的互补状态。徐兆寿的求学之路让我们得以窥见其在不同文体之间自由切换的能力,这种能力根源于他进行不同文体创作时沉淀下来的"技艺"。他早年服膺诗歌写作,更多的是长诗写作,出版了诗集《那古老大海的浪花啊》。诗歌在徐兆寿的青春时期扮演了思考人生和自由抒情的角色。后来,他开始长篇小说的创作,接连出版了《非常日记》《荒原问道》《鸠摩罗什》等。2021年,徐兆寿出版了历史文化散文《西行悟道》。从文本的思想内核上来看,《西行悟道》和《鸠摩罗什》是一以贯之的,两者都关注和思考知识分子的境况、传统文化的现状等问题。《西行悟道》中,徐兆寿经由空间、文化和历史三个维度,以历史叙事和文学想象的方式重新书写了凉州、敦煌以及丝绸之路。徐兆寿的文学创作有着浓郁的现实主义气息,这主要是源于他生活在西部,在创作时自觉地调用西部现实中的人、事、物等。雷达曾指出:

> 作者本身就生活在西部,他写的那些故事都发生在西部,不是硬贴到荒原上面,而是本来就生发出来的荒原中的故事,非常

自然。①

这正切中徐兆寿文学创作的肯綮，即贴近生活的现实主义倾向。自盛唐边塞诗以来，沉淀在西部文学血脉深处的是瑰丽、磅礴、崇高和悲壮的风格，徐兆寿以其文学实践不断拓宽西部文学的美学范畴。从《荒原问道》里可见一斑。

> 《荒原问道》不仅继承了西北文学那种苍凉、悲壮、高蹈的美学精神，而且重新开掘了知识分子的精神空间，使西部文学有了新的气象，甚至开拓了中国知识分子题材小说的美学领域。②

徐兆寿在一系列文学作品中，着力塑造爱知者的形象，如翻译佛经、弘扬佛法的鸠摩罗什。

> 追求真实存在是真正爱知者的天性，他不会停留在意见所能达到的多样的个别事物上，他会继续追求，爱的锋芒不会变钝，爱的热情不会降低，直至他心灵中的那个能把握真实的，即与真实相亲近的部分接触到了每一事物真正的实体，并且通过心灵的这个部分与事物真实的接近，交合，生出了理性和真理，他才有了真知，才真实地活着成长着……③

在《西行悟道》中，徐兆寿记录了他凭吊孔子和司马迁的经历，《点燃中华文化的香火》《何谓"究天人之际"》两篇散文为我们展现了中国历史上爱知者的形象。徐兆寿以知识分子的方式思考如何摆脱西方中心语境的束缚和困扰。他在《西行悟道》中，思考并吁请我们回到中华优秀传统文化中，重新审视丝绸之路的文化意义，在中国语境中找到自己的表达方法。这是建构中国话语体系的路径之一。

---

① 雷达：《知识分子主题的新开掘——评徐兆寿长篇小说〈荒原问道〉》，载《兰州交通大学学报》（哲学社会科学版）2015年第2期。
② 陈晓明：《中国知识分子的问道隐喻——评徐兆寿的〈荒原问道〉》，载《当代作家评论》2017年第2期。
③ 柏拉图：《理想国》，郭斌和、张竹明译，南京大学出版社，2010年，第240页。

一、审美视角·表达方式·思维路径：徐兆寿文学创作的三次"转向"

"西行悟道"无疑是赓续了"荒原问道"的内在叙事逻辑。无论是"荒原"还是"西行"都有一个共同的逻辑起点，即"去荒原""向西行"的动作性和方向性。"向西"，作者不但从空间地理位置上向"西部"前进，更是在精神向度上向"西部"漫游，前者是物质的、固态的，后者是精神的、流动的，指向信仰与归宿。

> "问道"是知识分子的精神寻踪，是一种生命叩问。①

"问道"是徐兆寿的向学之路，也是他时刻思考中国文化出路的思维路径。在《荒原问道》中，作者通过主人公陈子兴在精神上皈依传统文化显示了自己的志向所在，到了《西行悟道》里，作者直接从自我个体出发，思考精神归宿、传统文化的继承和发展问题。纵向考察徐兆寿的文学创作，尤其是从《西行悟道》中可以清晰地看到其创作发生的三次"嬗变"与"转向"。

其一，空间地理位置转移引起徐兆寿对"西部"审美视角的转向。徐兆寿出生于凉州（武威），他在凉州度过了童年时期。这里特有的戈壁、风沙、无边无际的旷野，以及丝绸之路的悠久历史和象征佛教文化的鸠摩罗什塔，塑造了徐兆寿的精神品格。后来他到兰州求学，在兰州他经历了从少年的懵懂到中年的成熟。这是徐兆寿人生第一次地理意义上的"空间"转移，从凉州到兰州，其审美视角也发生了变化。他少年时代梦想着能够踏上丝绸古道，去寻找天马。这种对未知场域的好奇和勇敢的探索精神激发他的审美视角从对自我的认知转向对世界的初步认知。2010到2012的三年间，徐兆寿到上海求学。这是他第二次"空间"转移，离开西部前

---

① 韩伟：《论徐兆寿的长篇小说〈荒原问道〉》，载《中国现代文学研究丛刊》2015年第12期。

往集繁华和时尚于一体的东部。这一次他以更加遥远的距离审视西部。完成学业以后，他选择了回到兰州工作。其生存的"空间"又一次发生了转移。实际上，他完成的是"离去"又"归来"的转变。不同于鲁迅的"离去—归来—再离去"的返乡模式，徐兆寿在"归来"以后找到了坚守西部的传统和信仰。如果说鲁迅在《呐喊》《彷徨》中塑造的主人公"再离去"是迫于现实的无奈、孤独和绝望，徐兆寿"返回"以后的坚守便昭示了当代知识分子恪守精神家园的立场，"故乡"足以成为安放灵魂的去处。他坦言：

> 这十年，我是从上海、北京往西走，先是回到兰州，然后从兰州再往西走，向河西走廊，向古代的西域如今的新疆和中亚走。①
> 在自我与他者的互相观看之间，是对自我主体性的确证。
> 我就是从凉州开始认识中国和世界的。②
> 从局部和感性出发认识世界是认识论的一般途径。从他者的角度来观看自我是一种饶有趣味的方式。
> 站在兰州看香港与敦煌所代表的文化非常有意味。③

这种回望的方式似乎是在叩开隔挡在自我与他者之间由偏见、鸿沟和差异作为材料的门扉。审美距离说不仅仅指审美的空间距离，也暗含了审美的心理距离。只有当主体与自身以及外界事物保持恰当的疏远和亲近时，才有可能对审美对象所代表的文化做出合理判断。徐兆寿在上海、北京这样的一线城市来审视遥远的西部，西部便置于作者"恰当"的距离观照之下，自然就会凸显出审美的心理距离。西部不再是荒凉、寸草不生、自然条件恶劣、文化落后的象征，相反，西部是精神的栖息地，是可以"诗意地栖居"的所在。徐兆寿求学、工作过程中所处的地理位置的不同，引发他了对西部审美视角的两次转向。

---

① 徐兆寿：《西行悟道》，作家出版社，2021年，"总归西北会风云（自序）"第2页。
② 徐兆寿：《西行悟道》，作家出版社，2021年，第9页。
③ 同上，第67页。

其二，写作文体的变化引起"表达"与"言说"方式的转向。徐兆寿可以操持诗歌、小说和散文三种文体。徐兆寿前后出版了三本诗集，分别是《那古老大海的浪花啊》（1998年）、《麦穗之歌》（2001年）、《北色苍茫》（2017年）。《那古老大海的浪花啊》是一部极具抒情意味的长诗，充满激情和慷慨之音。诗歌是他进行文学创作时选取的第一种文体，在诗歌中，他的情感表达方式是直接的、不受约束的。2002年开始，徐兆寿转向长篇小说的创作，其小说创作分为前后两个时期。2002年至2004年，他前后出版了校园系列小说，如《非常日记》（2002年）、《非常情爱》（2004年）、《生于1980》（2004年）、《欢爱》（2006年）。经过长达八年的沉潜期，他于2014年出版了知识分子题材的长篇小说《荒原问道》。随后在2017年出版了人物传记类型小说《鸠摩罗什》。小说是徐兆寿尝试在虚构中展示不同人物命运的方式（如《荒原问道》里夏木和陈子兴最终不同的选择）。从诗歌创作到小说创作，徐兆寿表达自我的方式悄然发生了变化，即从直接的抒情转向以虚构故事和人物的方式寄托自己的思考和情感。这是其"表达方式"的第一次转向。

在创作小说的同时，徐兆寿也在进行散文创作，这部《西行悟道》就是2012年以来他转向学术研究间隙的产物。散文是徐兆寿追问历史、思考当下和忧虑未来的表达形式。徐兆寿的散文既有对祖母的怀念、对童年时光的留恋，如涓涓细流温暖人心，也有写霍去病与匈奴大战的气势磅礴、纵横捭阖。相比诗歌和小说来说，散文的形式灵活多变，文本包含的内容丰富深厚。在诗歌和小说里无法表达的内容在散文里都可以游刃有余地言说。徐兆寿的散文保留了诗歌的抒情和小说细节丰富的特色，同时也扩大了散文的容量。从小说到散文是徐兆寿"表达方式"的第二次转向。《西行悟道》用想象和自我抒情的方式填充被遗忘的历史细节，使历史的本来面目具象、立体、可观和可感，这与历史学家考古学式的论证方式迥异。徐兆寿以"文学"作为方法不失为一种书写历史的新路径。徐兆寿辩证地看待文学、哲学与历史的关系。

如果说文学表达的是人类当下的感受、情思，哲学则是其逻辑和内核，而历史则提供了真实的细节。它们缺一不可。缺了历史，文学就变成虚构的故事，细节就不真实不典型，就不会被人记住。……同样，对于历史来说，缺了文学，历史就成为知识，就会虚无，不再拥有价值和灵魂的真实，更不会拥有人类的温度。①

张骞"凿空西域"的历史事实，霍去病"封狼居胥"的丰功伟业，玄奘远涉流沙的艰辛漫长，"燃灯授记"的佛道故事，这些不再是历史上冰冷的文字，它们无一不在徐兆寿富有文学想象力的笔下焕发生机。亚里士多德曾说：

诗是一种比历史更富哲学性、更严肃的艺术，因为诗倾向于表现带普遍性的事，而历史倾向于记载具体事件。②

徐兆寿用诗意的语言书写历史，着力"表现带普遍性的事"。当写到《韶乐》奏响时的盛大情景时，意象突然宏大壮阔起来，一种与万物齐的庄周之辩、统摄天地的磅礴力量直击人心。

洪荒宇宙中的诸神被唤醒，天地山川间的珍禽异兽也神秘现身，妖魔鬼怪被这盛大庄严的音乐所震慑降服，万物共鸣，万物齐响。③

这种文学想象和抒情在《寻找昆仑》第二节"现代之神"里得到了淋漓尽致的发挥：

我曾在贝克特的荒原上与流浪汉们一起等待过戈多。

我曾在加缪的神话里与西西弗斯一起嘲弄过诸神的惩罚。

我曾在萨特和霍金的时间与虚无中迷失了方向。

我曾在尼采的世界里与他一起奏响科学与艺术的合唱。④

---

① 徐兆寿：《西行悟道》，作家出版社，2021年，第152页。
② 亚里士多德：《诗学》，陈中梅译注，商务印书馆，1996年，第81页。
③ 徐兆寿：《西行悟道》，作家出版社，2021年，第120页。
④ 同上，第235—236页。

这段散文诗般的句子囊括了很多的文学文本，如《等待戈多》《西西弗斯神话》《变形记》《局外人》《山海经》《金刚经》等，这是徐兆寿的精神宦游。无论是诗意的语言还是小说的形式，徐兆寿都在创造"有意味的形式"。徐兆寿和昌耀、杨显惠、张承志一样，用自己独有的语言形式、独特的嗓音、异质的存在、迥异的调性来书写人与事。徐兆寿的写作受到这些作家的影响，也显示出明显的地域性和个人特色。从诗歌转向小说，再从小说转向散文，徐兆寿在这三种文体的创作中转换，其表达方式也相应发生了变化，即完成了从诗歌直接的抒情方式到小说迂回的思考方式，最后到散文表露人生感悟方式的两次转向。

其三，研究内容不同引发思维路径的转向。徐兆寿的学术研究可以分为两个阶段。第一个阶段是其学习和研究西方文化，第二个阶段是其转向中国传统文化的研究。这两个阶段研究内容是不同的，前者是西方的历史文化，注重逻辑和对事物本质的研究，即"逻各斯中心主义"，后者是以儒家为代表的中国历史文化，强调天人合一的自然观和修身养性的人生观。这两种迥异的研究内容，引发徐兆寿思维路径从注重逻辑和抽象转向注重具体和感性。徐兆寿曾给学生讲授《中国文化史》和《西方文化概论》两门课程。他思考中国文化史和西方文化史的不同之处，曾经是西方文化"信徒"的他，尝试用西方的理论来阐释中国文化或者解决中国问题，他发现这条路走不通，如果一意孤行极有可能陷入"西方中心论"的陷阱。所以，他转向中国优秀的传统文化和古老的丝绸之路。《何谓"究天人之际"》一文里，徐兆寿和学生子西、魏倩拜谒司马迁墓，师生三人沐浴在夕阳之下，围坐在一起，徐兆寿以孔子讲学的方式，向子西和魏倩传道授业解惑。师生问答，老师在更高层面回应学生的问题，达到教学相长的目的。占据一百二十三页篇幅的《寻找昆仑》是徐兆寿集中思考"科学"与"传统"的长篇散文。他虚构出"科学"的化身和"我"对话，借鉴了小说的虚构艺术。"科学"与"传统"是作者思想的两个对立面，它们冲撞、撕裂，而作者竭力想要平衡它们，使这两种力量能够并驾齐驱。

《与科学之神的对话》《在光华楼前》等文章，都思考着如何为科学"祛魅"的问题。在与"科学"的对话中，"科学"慢慢了解了中国传统文化的博大精深，而"传统"也在接受"科学"的影响。作者的用意是明显的，他要打破科学与传统之间的偏见，弥合两者之间的鸿沟。徐兆寿从研究西方历史文化转向对中国传统文化和丝绸之路的研究，这不啻为他关注焦点的变化，更是学理逻辑的变化和思维路径的转变。

二、空间·文化·历史：徐兆寿文学创作的三个"面向"

空间、文化、历史是《西行悟道》在探讨丝绸之路上经济文化交融互通、儒释道三教冲突与融合以及历史遗迹意义时的三个面向，其中贯穿了关乎文化寻根、信仰叙事和重构中国话语体系的重大命题。一是文学地理空间的建构。陆扬在论文《从空间观念稽考到空间批评理论》中指出构建空间批评理论的三种模式：社会空间、文学地理学以及第三空间。徐兆寿正是在"文学地理学"范畴思考凉州、河西走廊、西部和丝绸之路的空间特征。

> 文学地理学应能显示文学如何在与地理互动、互补、互释之间开拓自身的空间意义。[①]

张清华认为，徐兆寿是"西部本位意识"[②]的作家，西部于徐兆寿而言，不只是"生于斯长于斯"的地理位置，他在西部的高地上树立自己、表达自己。"西北有高楼"，西部原始的自然风貌、高海拔、"异域"风情，都使得西部打上了"崇高"的印记。正如布鲁姆指出：

> 朗吉努斯告诉我们，在体验崇高的过程中，我们会体悟到一种伟大，我们的回应是种想与它认同的欲望。这样，我们将成为

[①] 陆扬：《从空间观念稽考到空间批评理论》，载《文艺研究》2021年第6期。
[②] 张清华：《从西部本位的角度看——散谈徐兆寿〈鸠摩罗什〉》，载《当代作家评论》2018年第4期。

我们注视的东西。崇高超迈是从伟大的雄心里散发出来的品质。它也来自华兹华斯所说的一种始终关于存在的意识。①

徐兆寿对凉州等地的文学书写有种为这些僵硬的地理名称重新命名的意味，在文学或者文化的意义上发现它们。福柯揭示语言不可替代作用的论断给我们以启示：

> 在独特空间中揭示出语言的重大作用，这恰如终止一种在前一个世纪构建起来的知识方式一样，可能都是迈向全新思想形式的决定性飞跃。②

福柯以知识考古学的方式，在文本、符号、表象等更加广义的范畴界定"独特空间"。丝绸之路的悠久历史、丰富的文化属性、河西走廊狭长的地域空间、多民族融合聚居的风土人情，这给徐兆寿提供了福柯认定的"独特空间"。"独特空间"面对每一个个体都是无限敞开的，而在其中"揭示出语言的重大作用"则需要比较高水平的语言表达能力，徐兆寿就具备这种能力。巴什拉重视想象力对空间赋予内涵的作用。

> 被想象力所把握的空间不再是那个在测量工作和几何学思维支配下的冷漠无情的空间。它是被人所体验的空间。它不是从实证的角度被体验，而是在想象力的全部特殊性中被体验。③

《西行悟道》中，徐兆寿在文化和文学的意义上探寻空间的表征问题，即在想象力加持下的文学地理空间。

> 唯回溯到世界才能理解空间。并非只有通过周围世界的异世界化才能通达空间，而是只有基于世界才能揭示空间性：就此在在世的基本建构来看，此在本身在本质上就具有空间性，与此相应，空间也参与组建着世界。④

---

① 哈罗德·布鲁姆：《读诗的艺术》，王敖译，南京大学出版社，2010年，第33页。
② 米歇尔·福柯：《词与物（人文科学的考古学）》，莫伟民译，上海三联书店，2016年，第311页。
③ 加斯东·巴什拉：《空间的诗学》，张逸婧译，译文出版社，2013年，第33页。
④ 海德格尔：《存在与时间》，陈嘉映、王庆节译，商务印书馆，2016年，第163页。

海德格尔旨在揭示此在与空间性和世界的关系，徐兆寿笔下的凉州、河西走廊以及丝绸之路等空间，其存在是与世界发生着互动、联结、渗透的，同时，也参与构建世界。《西行悟道》正是在对空间体察的现实基础之上，从哲学与事实的辩证关系来书写空间的。

二是文化视角观照下的丝绸之路书写。《西行悟道》以文化为底色来理解、阐释和书写丝绸之路。中国传统文化是徐兆寿面对历史的一条"副线"。徐兆寿对五行、八卦学说和古代地理知识有比较熟练的掌握，他还对《山海经》《周易》等著作颇有研究。他能运用这些沉淀下来的智慧阐释文化现象。最引人瞩目的是徐兆寿对儒家、道家和佛教文化的独到理解。从历史和传统的源头出发，他在孔子那里找到了自己。站在先贤、"人性道德范式的创立者"孔子的墓前，徐兆寿看到只让用鲜花祭祀孔子，他想到按照中国传统的祭祀礼仪应在墓前燃一炷香。袅袅升起的烟象征着一种文化传承，少了这炷香，他感到世道难以为继，进而催生出"继绝兴灭，吾辈有责"的人生理想。这是当代知识分子的坚守与执着，遥远地回应着"天下兴亡，匹夫有责"的历史重任。司马迁是徐兆寿追溯儒家文化时找到的另一个源头。《何谓"究天人之际"》中，徐兆寿梳理出影响司马迁世界观、人生观和价值观的三位老师——董仲舒、孔安国、司马谈。司马迁从董仲舒和孔安国那里学到了儒家的"礼"和道德教化在社会生活中的重要作用。司马谈身上体现的是家学渊源和传承，作为父亲的他给司马迁的教育不仅是"言传"更是"身教"。与流传千年依然熠熠生辉的儒家文化交相辉映的道家文化——老庄"道法自然""天人合一"的哲学思想影响了中国人对待自然、生命的态度。本书的第三辑"佛道相望"汇集了徐兆寿"参悟"佛道的五篇文章。徐兆寿的长篇小说《鸠摩罗什》便是他多年潜心研究佛教文化构思而成的。自玄奘远涉流沙、赴印度取回佛经以来，佛教在中华大地生根发芽。徐兆寿更加关注的是，佛教何以与儒家文化和道家文化融合，形成儒释道三教合一的局面。徐兆寿认为，

"佛教到中国完成了中国人的终极关怀"①。

对终极关怀的追求同样也是儒家和道家思考的命题。

> 佛教借了道家的智慧来传播,而道家何尝又不是借了佛教的"道场"而创立宗教。②

徐兆寿对道家和佛教互相作用、碰撞进而交融贯通的理解是独到的。他借鉴了钱穆《中国文化史导论·弁言》中对世界文明形态进行的三种分类:游牧文明、海洋文明和农耕文明。游牧文明和海洋文明由于其"内在不足",有扩张性和侵略性。农耕文明可以自给自足,长期以来较为安定的生活形成了爱好和平、中庸之道以及天人合一的观念。丝绸之路为三种文明的交汇、交流和交融提供了场所,游牧文明和海洋文明诞生的佛教、伊斯兰教、基督教与农耕文明(主要指中国)孕育的儒家文化和道家文化在丝绸之路相遇。徐兆寿说:

> 恰恰是,也只有在西北,在丝绸之路上,佛教、伊斯兰教、基督教从西向东传来,而儒家文明、道教又从东向西而去。③

李泽厚曾说:

> 自南北朝以来,儒佛道互相攻讦辩论后,在唐代便逐渐协调共存。④

徐兆寿阐释丝绸之路时,始终从文化的范畴理解,把"文化"置于阐释的前理解之中。徐兆寿在《西行悟道》中"文化"书写的另一个侧面是信仰叙事,或者说,他把信仰叙事内化为丝绸之路文化阐释的一部分。吴子林对信仰叙事内涵的界定和诗意表达至今对写作者仍然有启发意义。

> 信仰叙事或神性写作即信仰本身的"肉身化",是天、地、

---

① 徐兆寿:《西行悟道》,作家出版社,2021年,第175页。
② 同上,第186页。
③ 同上,第20页。
④ 李泽厚:《美的历程》,生活·读书·新知三联书店,2009年,第119页。

人、神上下互流的直观形态与启示形式；作为精神的肉身化的代言者，艺术形式本身即艺术追寻者的尺度，诚如巴尔塔萨所言，这"完全是一种美的、荣耀着的感性精神"。这是与人的生命同构的艺术，它持存了人的生命感性并直抵神性。①

关涉"信仰"的种种命题，比如"我从哪里来，我是谁，我到哪里去"的哲学式的追问，在形而上的层面回应显得僵硬和抽象，信仰叙事就是使得"信仰"具象化。吴子林同样肯定了艺术沟通"神"与"人"的积极作用，艺术承担着"天人感应""神灵启示"的桥梁和中介。徐兆寿在论及敦煌艺术的文章里自觉运用了信仰叙事。他跟随青年诗人海子漫游的脚步抵达敦煌。海子的《诗学：一份提纲》里，"他们作为一批宗教和精神的高峰而超于审美的艺术之上，这是人类的集体回忆或造型"②。

在海子看来，4—14世纪的敦煌佛教艺术（中国）属于"人类的集体回忆或造型"之一。需要注意的是，海子把敦煌艺术天然地和佛教紧紧绑定，认为二者是一种血肉不可分离的关系。敦煌的飞天艺术、壁画、经卷、雕塑等，这座瑰丽的世界艺术宝库是佛教文化展示丰富色彩和敞开无穷意义的见证。佛教需要吸引更多信众来延续自己，苦于生计的芸芸众生想要寻求心灵的寄托，他们相遇并逐渐同构。佛教以其优雅的敦煌艺术形式延续和放大了人们的"感性精神"，反过来，人们通过艺术的审美"直抵神性"。徐兆寿在《海子诗歌的发现》《三危山上佛光》中淋漓尽致地体现了信仰叙事的两个方面，一是把信仰作为艺术的言说对象，二是吁请人们关注生命、尊严和人性光辉。徐兆寿紧紧围绕丝绸之路的"文化"血脉展开书写，无论是儒释道三教合一加持下的丝绸之路文化，还是信仰叙事的策略，都渗透进《西行悟道》的书写当中。

三是大历史观烛照下的丝绸之路。徐兆寿对雅斯贝尔斯的《大哲学

---

① 吴子林：《信仰叙事的内在难度》，载《小说评论》2014年第3期。
② 海子：《诗学：一份提纲》，见崔卫平编《不死的海子》，中国文联出版社，1999年，第293页。

家》和斯塔夫里阿诺斯《全球通史》比较熟悉，他以全球的视野来审视丝绸之路。大历史观不局限于某一方面，而是打通政治、经济、文化、军事等诸多领域的界限，把构成历史的各个方面统摄起来，来考量历史事件的意义。徐兆寿在《西行悟道》中的大历史观具体体现在以下两个方面，一是对历史的全面考察和书写，二是对"东方主义"持有批判态度，进而思考建构中国话语体系的路径。《西行悟道》呈现出以大历史观来思考丝绸之路的过去、现在和未来。徐兆寿对丝绸之路的形成进行溯源式追问。他从以下三个方面考察丝绸之路的产生和意义。从军事方面来看，张骞和霍去病等人击退匈奴，打通河西走廊；从经济方面来看，古老的陆路丝绸之路是从长安向西出发，途经天水、兰州、武威、敦煌，到达西亚，这条道路承载着贸易输出和输入功能；从地理意义上看，丝绸之路贯通着西亚和东亚，有十分重要的战略意义。徐兆寿的大历史观并不局限于历史的某一个侧面，而是在传统与当下、东方与西方、中心与边缘的平衡和张力之间言说丝绸之路。"寻找"是徐兆寿探究问题本源的方法，他做了大量的田野调查，在某种程度上可以说，他的研究是"走"出来的。《寻找天马》《寻找昆仑》就是循着神话传说和历史的蛛丝马迹而去的，他寻找曾经盛极一时的敦煌，寻找曾经关乎国家命运的天马，寻找昆仑上关于西王母的传说。"寻找昆仑"就是重返大地和自然，就是叩问远古时期我们祖先如何思考天地运行的规律，就是追问"人法地、地法天、天法道、道法自然"的内在逻辑。"道"来自"自然"，受自然的影响和规定，这是古人朴素的宇宙哲学。他们强调一种和合为一的观念。"寻找"的奥义就在于此。

徐兆寿多次提到萨义德及其对"东方主义"的解构，一方面，他认识到萨义德自身的偏颇与局限，萨义德的"东方主义"视域仅包括中东与印度，他并没有论及中国；另一方面，他主动借鉴萨义德"在面对文化霸权主义时，弱势文化应当反对强势文化，对强势文化提出批评"①的立场。实际上，徐兆寿的历史叙事和文学想象对丝绸之路的文学性书写与巩晓琳的"主观想象和有意建构的观点"不谋而合。

> 他（萨义德）在东方学研究中阐释出的主观想象和有意建构的文学性模式本身无可厚非，甚至对真正的东方世界建构自身文化具有借鉴意义。②

要注意的是，我们要在"东方主义"面前保持绝对的清醒和镇定，"东方主义"从二元对立的视角出发，建构符合西方想象、目的和价值观的东方，东方处于被"建构"的劣势地位。为了"消解"西方中心语境的干扰，建立起真正的东方世界话语权，我们可以学习"主观想象和有意建构的文学性模式"，"建构的东方反映出的是对世界发展的行动力和实践性，是一种进取精神。在一个真正的、作为主体的东方在塑造自我时，也是可以加以运用的"。③这种借鉴"他山之石"的做法是种微妙的转换。徐兆寿首先认识到处于西方中心语境下书写中国传统的困难，自觉地用古老的汉语形式书写历史。他已经转过身去看待丝绸之路，并且以《西行悟道》表明他已经在重新书写历史的道路上跋涉了很久。徐兆寿在进入历史现场时，并非被历史的枝叶所遮蔽，而是以大历史观的视角，从政治、经济、军事、文化诸方面来书写历史。在此基础上探索传统如何继承、如何破除"东方主义"二元对立的固化思维方式等问题，进而思考构建中国话语体系的路径。

结　语

本文从徐兆寿文学创作的三次"转向"（审美视角、表达方式、思维

---

① 徐兆寿：《西行悟道》，作家出版社，2021年，第147页。
② 巩晓琳：《想象与建构的"东方学"研究——论萨义德〈东方学〉》，载《太原学院学报》（社会科学版）2019年第5期。
③ 同上。

路径）和三个面向（空间・文化・历史）来剖析其文学创作过程。尤其是以《西行悟道》为中心进行考察时，我们发现徐兆寿通过对丝绸之路和传统文化的书写是要确认自我的主体性、建构中国的话语体系和言说方式。马歇尔・伯曼曾说：

> 成为现代的人，就是将个人和社会的生活体验为一个大漩涡，在不断的崩解和重生、麻烦和痛苦、模棱两可和矛盾之中找到自己的世界和自我。①

在《西行悟道》中，我们不难发现，作者试图在这样一个风云变幻的全球化时代主动去"找到自己的世界和自我"，无论如何，这种精神探索与写作实践都是令人充满敬意的。难能可贵的是，徐兆寿是一个清醒而又冷峻的思考者，他是真正属于我们这个时代的人。哲学家阿甘本对"同时代人"的认识可以说是独到的：

> 真正同时代的人，真正属于其时代的人，也是那些既不与时代完全一致，也不让自己适应时代要求的人。……他们比其他人更能够感知和把握他们自己的时代。②

徐兆寿在这个追求效率和消费至上的时代，转向传统文化的阐释和研究似乎是与时代"错位"的，然而，正是某种意义上的滞后于时代，使他得以保留了独立思考的机会。他向自我内部挖掘的同时也没有轻视外界对他的影响，的确，当代知识分子成熟的过程必然要受到西方文化的影响，是机遇亦是桎梏。徐兆寿的《西行悟道》以历史作为叙事主体，以文学的笔法赋予历史更充实的细节，出入历史、文化、空间三个维度，书写了凉州、敦煌等别具特色的文化内涵。返回西部，"驻守"在西部，意味着接受不同方言的挤压，这也顺便过滤了附加在日常语言之上的庸俗意义。重新审视河西走廊和丝绸之路，除了恪守汉语表达方式、守护精神和信仰

---

① 马歇尔・伯曼：《一切坚固的东西都烟消云散了》，徐大建、张辑译，商务印书馆，2013年，第475页。
② 吉奥乔・阿甘本：《裸体》，黄晓武译，北京大学出版社，2017年，第19—20页。

的高地、继承优秀传统文化以外，还要借鉴萨义德的"东方学"的思维方式，建构中国话语体系，在中国语境里阐释我们的文化现象。徐兆寿说：

> 生命中必须有一块地是荒芜的，它不是供我们来用的，而是供我们实在的心休息的，供我们功利的心超越的，供我们迷茫的心来这里问道的。整个世界也一样。世界不过是我们的放大体而已。①

诚然，徐兆寿已经找到了属于自己的"一块地"，即中国传统、河西走廊以及丝绸之路，他在这块土地上耕耘已久。徐兆寿以一个当代知识分子的文化自觉和自信书写西部，这也呼吁更多知识分子在中国语境里书写中国，他所希冀的是每个人都能找到自己的"一块地"。

原载《当代作家评论》2022年第2期
（本文系与任智峰合作）

---

① 徐兆寿：《西行悟道》，作家出版社，2021年，第57页。

神话的重构与神性的呼唤

——评阿来小说《格萨尔王》

> 凡有人类的地方，必有神话。①

人类作为一种可以想象、幻想的物种，在与自然的关系上，利用智慧逐步变动着自己的位置。在文字符号无从可考的远古，原始、拙朴的神话已渐有雏形。神话成为人类抵御未知风险的强大思想武器，使人类傲然区别于其他动物。神话是人类对自我生活经验的汇总，与我们的情感、信仰、愿望息息相关。在人类发展到奴隶制社会前期时，短小、零散的神话过渡为体系完整的史诗，成为人类新的记忆情感的共同载体。在这一时期，生产力较前一阶段有较大发展，人类对自然的认识也有所深化。人们不再热烈地追求虚幻的、高高在上的自然界的神，而是强烈呼唤一个人间的"人神"的到来。在如今的藏族地区，这一"人神"就是雄狮大王格萨尔。这千百年来不断生成的古老和新质并存的史诗，就是《格萨尔》。高尔基语：

> 英雄史诗是一个民族全体人民集体智慧的结晶，这种集体思维的完整性，使它具有至今仍然不可超越的、思想与形式完全和谐的高度的美。②

---

① 凯伦·阿姆斯特朗：《神话简史》，胡亚豳译，重庆出版社，2005年，第2页。
② 转引自索南卓玛：《话说〈格萨尔〉》，青海民族出版社，2008年，第14页。

作为藏民族的百科全书，史诗《格萨尔》在体量上拥有诗行100余万行，部数289部，当之无愧地成为世界上最长的史诗。史诗《格萨尔》的另一个特点是——它是活文本。千百年来，《格萨尔》在个性各异的说唱人口中不断生发着形态不一的新内容。尽管杨恩洪老师认为"他们讲述着同一个故事"①。然而口头说唱过程中各小宗的变异与再生，还是给后世的史诗搜集和整理工作带来难以想象的挑战。整理搜集尚且不易，更何况改编和重述。在英国坎农格特出版公司和重庆出版集团发起的"重述神话"征稿中，阿来作为一个用汉语写作的藏族作家，面对先祖流传至今纷繁浩杂的民族史诗，用一贯的人文关怀和探求精神追寻神话在当代产生的新意义，给我们交出了一份满意的答卷。诚然，阿来的隐含读者，并非那些生于斯、长于斯的藏族同胞，而是对藏族神话和史诗有所误解和偏见的现代人。这些羸弱的、缺乏思考的、被现代体制所压抑的现代人，自然而然成为阿来的读者和主要批评对象。按黑格尔所言，真正的史诗从本质上说属于这样一个英雄时代：

  一方面，一个民族已从混沌状态中醒觉过来，精神已有力量去创造自己的世界，而且感到能自由自在地生活在这种世界里。但是另一方面，凡是到后来成为固定的宗教教条或政治道德的法律都还只是些很灵活的或流动的思想信仰，民族信仰和个人信仰还未分散，意志与情感也未分裂。②

遗憾的是，后现代语境下，政治、经济、法律等外在体制的完备，道德、宗教、权力等内在规训的发展，使神话和英雄或束之高阁，或被开发成商业化资源加以批量生产。

  当代社会所传承的神话，其神圣性渐趋淡化，神话已演变为

---

① 杨恩洪：《民间诗神——格萨尔艺人研究（增订本）》，中国社会科学出版社，2017年，第25页。
② 弗里德里希·黑格尔：《美学》，寇鹏程译，重庆出版社，2016年，第407页。

一种讯息、一种精神、一种符号及一种意义构成方式。①

片面解构的狂热，也在逐渐消解着史诗的神圣性和崇高性。如何重述？是一味地顺从迎合，还是彻底地拒绝颠覆？阿来拒绝了重述过程的二元对立，而是以现代性的目光，在情节内容大致保持原样的情况下，对人物形象、意义情感等做出了较大的颠覆与解构。他将格萨尔王这一神话英雄置于现代性的幕布之下，让格萨尔王经历后现代的虚无，体验人类普遍的痛苦、忧虑和失落，用神的迷惘与反抗，给予现代人一些有益的启示。

一、解构与颠覆：经典形象的重塑

在阿来的重述下，小说《格萨尔王》的各种人物，包括主角格萨尔王，都与史诗中的形象有差异，甚至颠覆。这些经典形象，尤其是格萨尔王，已经在时间的冲刷洗涤下蜕变成一个神话原型，在千百年的口耳相传中早已固定成形。弗莱将"原型"定义为"一种典型的或反复出现的形象"②。在人类历史成长的孩童阶段，人们用诗性的想象，赋予了生存世界以普遍性的象征意义。这种普遍的象征意义在种族记忆的迭代下形成了"原型意象"。荣格认为"原型是反复发生的顿悟的典型模式，是种族代代相传的基本原型意象"。③原型意象被划分为意象、细节描写、事件和人物四大类型，格萨尔王属于人物原型中的英雄原型。这种原型有着强大的继承性和稳定性，使得诞生之初的格萨尔王与今天传播的形象相比，没有发生太大的变异。原型的稳定性使得常规的形象认知和改写方式失去了阐释力度，于是阿来吸收了后现代的理论和技巧，以解构为手术刀，精准

---

① 叶舒宪、李家宝主编：《中国神话学研究前沿》，陕西师范大学出版总社，2018年，第273页。
② 诺思罗普·弗莱：《批评的解剖》，陈慧、袁宪军、吴伟仁译，百花文艺出版社，2006年，第142页。
③ 赵一凡、张中载、李德恩主编：《西方文论关键词》第1卷，外语教学与研究出版社，2017年，第828页。

地剖析和捕捉了史诗人物性格中所显露的现代性特征，并加以放大重组，将他们塑造成在现代语境中与现代人思想情感同频共振的新形象。阿来通过对史诗人物的俗常化处理，来达到对人类灵魂深处的精准把握。

解构理念的提出，源于德里达等先驱对柏拉图以来形成的传统本体论的反抗。解构"揭示了经典思想的各种解构（体系）为了稳定其真理所依赖的'逻各斯中心主义'的症结所在，主张为走出其禁锢而'自由游戏'"[1]。因此，解构成为后现代用以反叛现代主义的方法和策略之一。解构的原意为消解、拆分，其使命在于拒绝逻各斯中心主义和"在场的形而上学"。另外，解构强调差异，"是一种差异的游戏，其运作在于颠覆本质和现象、中心与边缘的区分"[2]。

它打破了文本原先的封闭状态，使文本的内在差异和各种意义呈现于我们面前。在实施人物的重塑过程中，阿来有效地利用了这一点，将史诗中已固定化、符号化的人物结构拆散和重构，舍弃史诗中不利于表现现代情绪的因子，放大和重组他们作为现代人的情绪感受。这样，史诗中的人物走进了现实，就有了小说中格萨尔王与现代说唱人晋美在梦中的交流与对话，也构成了文本中的他们与场外的我们的一场对话。

在格萨尔王这一形象的重塑过程中，阿来削弱了格萨尔王作为神的英明神武、大智大勇的特征，凸显了他作为人的犹豫迟疑、迷茫失落的特征。这一做法是有风险的。

> 电视剧《格萨尔王》走了一条强化人化、淡化神化的创作路子。[3]

而阿来所遵循的也是这一创作路径。但因其面向对象的不同和时代境遇的变迁，阿来实施重述的进展相对顺利，结果也获得了多数认可。实

---

[1] 金莉、李铁主编：《西方文论关键词》第2卷，外语教学与研究出版社，2017年，第222页。
[2] 杨冬：《文学理论：从柏拉图到德里达》第3版，北京大学出版社，2015年，第431页。
[3] 于静、王景迁：《〈格萨尔〉史诗当代传播研究》，人民出版社，2015年，第118页。

际上，阿来将格萨尔王这一经典英雄形象当作"反英雄"去书写。"反英雄"是与"英雄"相对立的一个概念，是对传统英雄形象的解构。19世纪的文学史家卡莱尔在《论英雄和英雄崇拜》中，将英雄人物定义为在人类文明中抱有崇高信仰的人。而"反英雄"则意味着价值的解体以及理想的缺失。阿来再造的新格萨尔王，在形象外貌上就与自幼聪慧勇武的少年英雄相去甚远。小说中是这样描述的：

> 觉如穿戴上在母亲缝制过程中变得丑陋不堪的皮袍，风帽上的犄角显得更加难看。他就那样一副没心没肺的样子骑在手杖上面。①

觉如以丑陋的装扮，表达对初入人间各种遭遇的不满。他也以这种刻意扮丑的装相，进行自我放逐，逃避在人间的责任与使命。然而在上天的催促和命运的安排下，他必须称王，成为所有人翘首以盼的那个格萨尔王。他行动的每一步都会有天母或菩萨的明示或暗示相随。于是，阿来笔下的格萨尔王失去了行动的自主性。他开始厌倦人们无休止的争吵，怀疑自己的使命，并无时无刻不在追寻自己存在的意义。在阿来另一部小说《尘埃落定》中，麦琪土司家的傻儿子每天追问自己："我在哪？我是谁？"格萨尔王也同样陷入了深深的自我怀疑之中。怀疑和迷茫构成了这个新格萨尔王的性格主调。此外，阿来还给他增添了更多人性的色彩。比如觉如满五周岁时偷看珠牡姑娘的春心萌动，幻化印度王子捉弄珠牡时复杂而又微妙的情绪刻画等等，这显示了神话人物贴近现实的世俗一面。

对神的对立面——魔的书写，阿来基于解构主义立场，拒绝了简单的二元对立。而神魔的二元对立是神话原型的基本模式。列维-斯特劳斯说：

> 人类很早就有在无序的大自然建立有序的关系的愿望。②

这种有序关系的建立，鲜明地体现在正/邪、神/魔、黑/白、昼/夜、男/女等二元对立的关系中，传统认知中，"这些对立的双方并不是一种平

---

① 阿来：《格萨尔王》，重庆出版社，2009年，第51页。
② 王光东：《20世纪中国文学与民间文化》，复旦大学出版社，2007年，第182页。

等关系，而是一种从属的关系。其中第一项往往处于优先的支配地位，第二项则处于派生的附属的地位"①。

因此自古以来，从来都是邪不胜正、光明战胜黑暗、神打败魔的团圆结局。这种二元从属制度暗含着强烈的不平等，正如德里达所言，"我们所处理的不是面对面的和平相处，而是一个强暴的等级制"②。

打破这种简单暴力的二元对立体制，也是解构主义的重要使命。在小说中，阿来有意淡化、过滤了作为魔的邪恶本性，用于消解格萨尔王降妖伏魔事业的正当性和正义性。小说中的各大反派人物，并非传统意义上杀人不眨眼的恶魔，而是价值理念各有不同、各有执念的顽固分子。如霍尔白帐王，为了一个女人折兵损将、倾尽国力也在所不惜，让人不禁联想到同样由一个绝世美女而引发的特洛伊战争。对爱情以及美的合理向往与争取，削弱了白帐王远征岭国去抢夺岭妃行为的非正义性。同样痴情的还有伽国国王，他对亡妻复活的执念，竟让整个国度常年置于黑暗之中，这一描写充溢着一种哥特式的阴冷与浪漫。还有北地魔王鲁赞抢夺梅萨的行为，也是出于对情爱的追求。其他诸如姜国王子对必要资源盐海的争夺、卡契国开疆拓土的雄心壮志，都在一定程度上合理化了由反派发动的战争。情爱美色、国族利益、国土资源的争夺和价值观念的差异在一定程度上解构了格萨尔王的丰功伟绩。尤其在大食财之战，格萨尔王全然不顾战争的正当性和合理性，悍然发动这场抢夺和瓜分财富的不义战争。在好战这一点上，神与魔又有何异呢？甚至有人认为，这些魔王不过是"格萨尔王血腥、残暴的阴影面的投射"③。

阿来重塑人物所用到的除了解构和重构之外，还有精心设置的形象反差。这种反差效果体现在文本对一切固化的传统身份符号的颠覆和反

---

① 杨冬：《文学理论：从柏拉图到德里达》第3版，北京大学出版社，2015年，第428页。
② 德里达：《多重立场》，余碧平译，生活·读书·新知三联书店，2004年，第48页。
③ 叶慧婷：《重寻英雄之旅——评阿来小说〈格萨尔王〉》，载《当代文坛》2016年第6期。

讽。在阿来的重述中，神不是神，人不是人，神和人都在以与自己身份相异的言行否定着自己。首先，阿来对整个神界系统进行了嘲弄。在阿来笔下，无所不知、无所不能的至上大神，他是一切"果"的最后的"因"。但面对下界哀怨悲苦的境地他也无计可施，大神用"等也是白等，但还是等等吧"①这样昏聩的托词，来掩饰自己的傲慢与无能；莲花生大师厌倦于百姓的蒙昧，抛下一句"眼不见为净，我还是离开大路吧"②，从而萌生退意；菩萨作为智慧的代表，在某些片段的某个瞬时，也会有"惊疑的神色，爬上眉梢"的窘迫。伊壁鸠鲁说"神是达于完善之境的人形的东西"③。而阿来笔下的神，徒有神的神通和姿态，而鲜有神的悲悯与关怀。阿来所追求的神性，更多地体现在格萨尔王、说唱人晋美以及理想人物嘉擦协噶身上。其次，小说中对三教九流中的"人"也做了嘲弄与讽刺。如研究格萨尔的专家学者，只看中其作为非物质文化遗产的研究价值，而全无神性的尊重与敬畏；僧侣喇嘛趋利而避害；教书的人安于狭小的视界懒于思考；另一说唱艺人耽于物质的享受而丢失了神性……

反讽是解构中的建构，是游戏中的严肃。④

阿来就这样用游戏和反讽等解构手法，消解了在单一视角下所固化的形象认知，表达出了自己的批判意向。

值得注意的是，阿来设置了一个理想人物以袒露自己的书写理想。这一理想人物，并非神通广大的格萨尔王，而是他的哥哥——嘉擦协噶。嘉擦协噶一无神技傍身，二无所谓的主角光环。他身上凸显出来的各种美好品质彰显了他作为一个人类的尊严与价值。对患难兄弟的信任、对后母梅朵娜泽的情愫的自我压制与尊重，体现了他孝悌、柔情的一面；训练军队、创制阵法，用人的智慧技巧与巫术妖魔战斗，体现了他智慧的一面；

---

① 阿来：《格萨尔王》，重庆出版社，2009年，第4页。
② 同上，第8页。
③ 黑格尔：《哲学史讲演录》第3卷，贺麟、王太庆译，商务印书馆，1959年，第78页。
④ 陈安慧：《反讽的轨迹——西方与中国》，武汉大学出版社，2017年，第136页。

面对首席大臣的猜忌时的不忿，体现了他忠诚、惜羽的一面；在与辛巴麦汝泽的大战中中计而亡，体现出他正直勇武的一面。最后，他的虹身显灵，救下仇人辛巴麦汝泽时，终于从一个人类升华为真正的神。他性格上的完美和举止上的善美，与后蒙昧时代和后现代的大众形成了鲜明的对比。这种完美型人格，注定要被折杀于后蒙昧时代中。阿来在这个角色身上倾注的只有神性的理想，没有现代性的忧伤，使之纯洁无瑕，失去了真实感和共通感。因此，无论在情节的安排、艺术的构思还是意义的表达上，这样一位理想人物，注定是要被毁灭的。

二、虚无与彷徨：意义探求的失效

弥漫在《格萨尔王》重述中的是一种虚无与求索混合在一起的空白，这也是后现代的主要色彩之一。现代人的虚无与彷徨缘于意义的丧失，他们不断追问人生意义，但经过无穷的追问，发现一切价值的根源都是站不住脚的，从而导致了虚无主义，导致了心灵的无家可归。虚无主义意味着什么？意味着"最高价值的自行贬黜"，意味着没有对"为何之故"的解答。[①]总之，虚无主义是拒斥结果、否定判断和缺失信念的。现代人陷入虚无的根源是多方面的。尼采认为，对理性范畴的信仰乃是虚无主义产生的原因。这种理性范畴所包括的外部指涉，则是经济、政治、文化、科技、信仰等复杂混合体。作为一个具有敏锐感受力的作家，阿来是不可能对此无动于衷的。他将原始纯粹的史诗神话时期与问题百出的后现代做了置换与交融，用意义的损耗和探求的空白，使史诗英雄格萨尔与患现代病的大众有了相同的情绪体验和精神向度。这种人神身份的统一和体验的趋同，使得小说合理地展示了人失落、苦闷的情绪体验，同时渲染了弥漫全书的追求受挫的悲剧色彩。

---

① 海德格尔：《尼采》（下），孙周兴译，商务印书馆，2017年，第731页。

重述的《格萨尔王》实际上讲述一个求而不得的悲剧故事。与洋溢在史诗原本中的积极进取不同，阿来将后现代的思考引入史诗之中，借神的抗争与人的求索，以及他们在最终意义上的探求失败，来解构史诗原有的恢宏与崇高的历史感。小说开篇便点明了故事缘起的历史背景——家马与野马分开不久后的后蒙昧时代。而"后时代的人往往都比前时代的人们更感到自己处于恐怖与迷茫之中"[①]。

这里预设的拯救对象是愚钝、蒙昧、悲观、轻贱的低级化了的人类，他们的愚昧甚至使以慈悲为怀的上神也无计可施。莲花生大师因百姓们的蒙昧之至而产生倦怠，最终离开岭噶。神降之子觉如也被误解和放逐。大神对人类的未来做了一个悲观的论调：

> 看来，人的历史只有一种，没有办法找到第二个方向，有魔鬼的时候都需要我们的护佑和帮助，等到驱除了魔鬼，建立起一个又一个的国，他们又该相互厮杀了。[②]

被拯救的对象是充分暴露了人类劣根性的群体，他们自私愚昧，贪婪狡诈，胆怯弱小，是无药可救、无计可施的，给崔巴嘎瓦下凡后要成就的神圣事业蒙上了一层虚无的色彩。当岭噶的百姓将觉如抛弃和放逐的时候，也意味着他们亲手毒死了自己的苏格拉底，亲手钉死了自己的耶稣。他们将上天赐予的拯救者斥以"杀手"的恶名，用声厉辞严的"放逐"驱赶了智慧和信仰，也摧毁着自己被拯救的意义。

同样被置于虚无境地的，还有神子下凡的目标。天神和格萨尔的外在目标是建立一个强大的黑头人国家，使民众安居乐业，免受妖魔侵袭。其内在目标是使人类摆脱原始愚拙、自私怯懦的本性。然而这两种目标显然都失败了。千百年后，强大的岭国只剩下些许零星的遗迹。格萨尔王征战一生所掠取的无数财富也消失得无影无踪。他的伟大事迹逐渐变成了神话，成了传说，从而失去了现实感。对格萨尔王的纯粹信仰仅存在于晋美

---

① 阿来：《格萨尔王》，重庆出版社，2009年，第1页。
② 同上，第19页。

这样一个身份低微的牧羊人身上。一些遗留在现代的岭国子民，也只是将说唱《格萨尔王》当成日常化的消遣仪式。学者专家们重视《格萨尔》史诗是因其研究价值，而对其散发的神性视而不见；樱桃节的演唱是为了增添节日氛围；酒店开张邀请晋美说唱是为了讨彩头；喇嘛们听《格萨尔王》是为了传颂其中的佛法精义；吹笛少年对《格萨尔王》的好奇，仅是因为其故事性……格萨尔王归天后，从人间消失了，他的岭国不复存在，他的子民将他神化、符号化，把他当成一个故事里被塑造的人物形象，当成一个可供商业开发的资源。这样，格萨尔王的事业的崇高意义被消解于现代性之中。甚至连格萨尔王自己的存在都难以证明，只能通过落魄的底层说唱人的梦中神交，于古今交汇、神人相通的一方空间里显示自己存在的意义。

被放逐后的觉如之所以能在北方黄河湾中开辟新的生息之地，一方面得益于自己的神通，另一方面，也是与天上众神的不断启示，甚至直接的指示脱不开关系的。可以说，觉如的称王是被动的，是剧本安排好的。上界的神们如同摆弄棋子般，在他成长的每一步都予以启示和必要的规训。在众神们看来，格萨尔王的事业就是一场"社会实验"。小说中，觉如一直在思考自己称王的意义，屡屡发问：为什么要称王？他懒于应对复杂的人际，疲于处理纷杂的国事，也不愿忠实地履行上天交付的神圣使命，然而他跟西西弗斯一样，不得不继续推进这一事业。称王之后，格萨尔王经历了四场大战：北境鲁赞之战、霍尔国之战、姜国之战以及门国之战。这些战役无一不是以格萨尔王的大胜而结局。格萨尔王的神通与法力，在战争中摧枯拉朽，无往不利，他的战神身份和领袖身份在战争中得到强化和确证。杀戮和降伏的充实驱赶了他在"繁荣安定"时的空虚。在岭国建立之初的和平时期，格萨尔王甚至感怀为什么一下子就什么事情都没有了。对门国的征讨，也完全是他陷于空虚之后，上天刻意安排的一场战争。大神抱怨道：

> 人的病也就在这里，解决了一个问题，他们又生出另一个问

题来，没完没了，没完没了啊！这个崔巴噶瓦好像也染上人的毛病了。①

格萨尔王就这样从陷入空虚到陷入无休止的战争之中，在无意义的战事之中，又陷入了空虚，形成一个无解的循环。从对战争之初的迷恋到后期的麻木与反思，他最终发现了自己所作所为的虚无性，于是决定返归天界，离开人间。

格萨尔王所建立的岭国，成为屡次发动战争的机器。他所拯救的百姓仍在流离失所，他掠取的财富也成为历史的谜。他的国和他的民从对他的驱逐和不信任，转变为后期对他的狂热的崇拜与畏惧，把他视作一个不可接近、只能用于崇拜和臣服的存在。以至于格萨尔王出行时，百姓不敢用眼神接触神颜，只敢跪在地上，亲吻格萨尔王的宝盖影子。格萨尔王经历的各种大战，仅使军队更加强大，掠取的财宝让军队的兵器更加锋利。而他的民，只能再次把千辛万苦呼唤来的"人神"推进神话里，用卑微的顶礼膜拜代替真切的信任与感激。时过境迁后的荒芜，现代文明的新异，都使格萨尔王不断地质询自己存在的意义。然而正如说唱人晋美说唱完英雄归天后那样，一切故事和意义都在他头脑中归于空白，格萨尔王对自我意义的探求同样也是空白和失效的。

三、批判与求索：原始神性的呼唤

如前所述，阿来重述的《格萨尔王》是以悲剧为基调的，里面处处都体现了意义探索的空白与丢失。在小说中，战争的正当性被打破，英雄降生的意义被消解，神话史诗原始的震撼效果也被削减。阿来，作为这场人神穿越时空的对话和思考的幕后引导者，也在渴求着某种意义的生成和展示。我们可以将其总结为原始神性的呼唤和吁求。

---

① 阿来：《格萨尔王》，重庆出版社，2009年，第187页。

英国人类学家弗雷泽提出了人类思想发展的公式,即巫术—宗教—科学。

> 巫术是一种被歪曲了的自然规律的体系,也是一套谬误的指导行动的准则;它是一种伪科学,也是一种没有成效的技艺。①

弗雷泽以"进化论"的眼光看待人类思想发展中的巫术、神话阶段,他否定了落后与不成熟的原始巫术,将人类发展的期望投注在科学与理性的发展上。于是轰轰烈烈的启蒙运动和工业革命,在思想和技术两个层面,将非理性驱逐出去,革新了现代人的意识。时下的现代人言必称科学、理性,那一小簇燃烧着的原始神性的火苗也在慢慢熄灭。人类生存空间伴随技术进步而不断扩张,而想象空间却日益压缩。法兰克福学派的代表之一马尔库塞在《爱欲与文明》中,明确地控诉了现代文明的压抑性。科学和理性构建的工业时代、消费时代强化了人作为世界中心的虚假幻想,致使人类和自然的位置失去了平衡,原始时代人类对自然万物的敬畏荡然无存。现代人以为自己是胜者,殊不知自然之外,社会的体制规训和权力的隐形控制,使自己成为尼采所说的沉浸在自己的小悲欢里的"末人",或是马尔库塞提出的单向度的人。毫无疑问,这样的现代性是阿来所拒绝的。

> 一个具有纯粹审美态度的个性人物会对现代深感失望。②

阿来这样一位富有责任意识和强烈个性的作家,自然也反对这种以科学、理性为旗号的虚假现代性。他对史诗的重述,很大程度上起于对这种现代性的反思。他将神还原成人,又将人升华成神。在这一置换过程中,阿来思考的是旧时代的神话和英雄在这个后现代的大背景下是如何行进、如何发挥作用的。这飘忽不定、细若游丝的原始神性,在阿来看来是解决

---

① J. G. 弗雷泽:《金枝——巫术与宗教之研究》(上册),汪培基、徐育新、张泽石译,商务印书馆,2019年,第15—16页。
② 西美尔著,刘小枫编:《金钱、性别、现代生活风格》,顾仁明译,学林出版社,2000年,第73页。

现代病的一剂良药。在小说《格萨尔王》中，神性不仅体现为呼风唤雨、摧天撼地的神通，更体现在人的信仰追求和生存意义导向上。这种神性具体在小说中，首先呈现为对信仰的追求。现代人的信仰是被人为构建出来的、形而下的追求，如商品拜物教的出现、西美尔"货币哲学"的流行，以及逻各斯中心主义的长期主宰等。原始氏族时期留存积淀的神话意象和精神信仰被隐构于集体无意识之中，成为现代社会中被压抑的对象。史诗神话的挖掘和神性思维的有意识探求成为学者精英、知识分子解构和颠覆的文本游戏。在《格萨尔王》中，阿来着力还原现代社会所缺乏的原始神性，用大量神话意象、符号图腾的刺激，以及生活模式、精神气质的展示，唤起人们远古的神性记忆。

小说中对这种信仰的执着追求，在说唱人晋美身上体现得淋漓尽致。晋美在接受神授前，是一个处在底层的、身份卑微的牧羊人。阿来对他没有家庭信息的交代，只安排了一位懂格萨尔故事、以刻板为生的叔父，给了他人生第一次启蒙，还教会了他一个富有神启、宗教色彩的文字——"嗡"。在梦中，晋美多次置身于故事的开篇，焦躁——是他等待故事新进展的主要情绪体验。在故事发展到神子发愿一节时，他完成了精神上的神启，开始了与格萨尔王的不解之缘，也因神启而失去了一只眼睛的使用权。生理上的损伤在格萨尔道路的追寻上，显得格外不值一提。从此他开始紧随崔巴噶瓦/觉如/格萨尔王的脚步，用自己现实中的流浪、梦启和说唱，达成对格萨尔王的追随和自我意义的探寻。在此期间，他将疑问和困惑的解决，分别诉诸老艺人、格萨尔学者、活佛以及掘藏人。但他都没有收获自己想要的答案，他用流浪和再次出走，表达了对现实中几种不同类型的格萨尔文化浸濡者的不满和拒绝认同。在信仰和自我意义的追寻上，他是顽固的，即使受到流浪僧侣的警告，以及现时格萨尔王的惩罚（将神箭插入晋美的身体并用神弓将他射了出去），在与岭国国王格萨尔进行梦中对话时，他仍坚持着自己的立场。面对格萨尔王的梦中现身，他没有臣服和惶恐，而是在同一的空间和时间线上与他平等地对话，渴望从故事的说唱者变成故事的"参与者"。①晋美于是成了令格萨尔王难以捉摸的阿古顿巴,成了格萨尔王在千年之后的"他者形象"②,进而人启发了神,神又启示了人。最终在完成了故事的全部说唱后,晋美同格萨尔王一道完成了自己在人间的使命。格萨尔王返归了天界,在现实世界中逐渐失去了自己的立身之地,而晋美感同身受地经历了格萨尔王的一生之后,终于发现了自己人生意义之所在——让格萨尔王再生于这一意义失落的现代世界。在晋美的说唱中,格萨尔王重复着降生—称王—降魔—归天的故事,体验着一遍又一遍的虚无。在晋美的梦境中,格萨尔王通过与晋美的梦境对话来寻访这个日渐变异的新世界。他们二者的言说,共同构成了这一史诗重构的新质。维柯认为最初的历史都是诗性的,谁能否认晋美的经历是没有神性,失却诗意的?谁能不动容于晋美对信仰的执着追求?晋美的一生,充满了诗性与信仰的光辉。

这种神性,还体现在人与自然的关系上。《格萨尔王》中的自然,无论是山川河流还是草原牧场,都拥有与人类非常相似的结构机理和情绪特征。山川有山神,河流有河神,与其说这是神化,不如说是人类将自己的个性投射于自然界的客观对应物之中。于是天地的阴晴圆缺,山川的晨夕变幻,都有了神性的色彩和人性的意味。在阿来的《空山》中,机村的大山是无言的、沉默的;而《格萨尔王》中的大山及自然界中其他一切存在,都是直接神化了的。它们敢于用自然的伟力直接恐吓、惩罚渺小的人类,使人类感受到被自然支配的恐惧,从而催生人类的敬畏之心。小说中对自然界神性的消失,表达了强烈的忧患意识。如草原上严重的沙化、湖泊的干涸等等,古时引发战争的湖盐,也被现代化的商品分配制度取消了重要性。阿来呼唤神性的首要目的是恢复自然的神圣性,使被现代器物操

---

① 洪治纲、肖晓堃:《神与魔的对话——论阿来的长篇小说〈格萨尔王〉》,载《南方文坛》2010年第2期。
② 高晨、靳明全:《他者向现代性主体的转变——论重述语境下的格萨尔王和晋美形象》,载《南方文坛》2011年第6期。

纵得昏头涨脑的人类，对自然怀有起码的尊重和敬畏之心，在人与自然关系的长期错置中，拨动人类找寻恰当的平衡点。

最后，我们还应看到，神性是对人性的超越与升华。由于小说中将人置于待拯救的意义之上，因此无论是后蒙昧时代的古人，还是现代商品世界的今人，他们身上所携带的人性，都带有消极色彩，亟须矫治和净化。而矫治的方法，就是将神性一一灌注于这些羸弱、变质了的人性之中，即重新"附魅"。马克斯·韦伯不满意于除魅时代的这个非现实世界，认为这个世界以及构建此世界的思维方式，根本没有能力把握真正的生活，只能用瘦骨嶙峋的手去捕捉它的血气。①尼采则大声呼告着"上帝已死"来表达他对现实世界的悲观与失望。流淌在我们祖祖辈辈血液中的原始神性已经凝固或者蒸发，现代人用科学标榜价值、用理性计算一切、用物质充实心灵、用视听代替思考……小说中对这一问题的解决路径，体现在人与神的交融和转化上。前文提到，阿来用强化人化、淡化神化的思路来重塑格萨尔王，使他有了常人的七情六欲，在英明与昏聩、善良与残忍、果断与犹豫、进取与颓唐之间反复徘徊。他既能化身为战神、领袖、情郎，在战争、政治、爱情中所向披靡、无往不利，又以人的忧郁、失落、怅惘、怀疑解构着自己神的身份。这种人性与神性的复杂缠绕，源于格萨尔王摆脱了"拯救者"的单一标签，将自己也纳入"被拯救的对象"之中。于是，拯救和被拯救身份的双重叠加，使格萨尔王的追寻和探索，具有了现实的意义和普遍的价值。人神一体的特殊性实际上普遍存在于每一位个体之中，每个人身上，既有俗常的人性的一面，又有超越的神性的一面。人与神转化的关键在于如何使短暂的神性战胜恒常的人性，用神性的光辉，驱散人心的黯淡。格萨尔王以我不入地狱谁入地狱的献身精神超度了地狱所有亡魂，完成了人性的超越和神性的永驻；嘉擦协噶用一颗纯净的神心，宽恕并拯救了自己的昔日仇敌，实现了人的升华与神化；晋美

---

① 马克斯·韦伯：《学术与政治》，冯克利译，商务印书馆，2018年，第19页。

在追寻信仰的旅途上摒弃了人性的偏误和弱点，进行了心灵的净化和神性的蜕变……对神性的张扬和人性的超越意识，贯穿阿来批判和求索过程的始终。呼唤和吁求这一原始神性，就是让漂浮的人类，再次踏回坚实的土地，引导人类用超越的神性意识去观照他者及自我。这也是重述神话的意义之所在。

结　　语

从"神魔相争、人类苟存"的蒙昧时代，到"人与天高，神魔遁形"的后现代，人类不再为奇异天象而惊异，不再为豺豹野兽而惊惧，也不再想象呼唤一位具有神力、能拯救万民于水火之中的英雄。原始的神话、古老的史诗在以颠覆、解构为乐趣的后现代显得无所适从。阿来对《格萨尔王》这一英雄史诗的重述，用后现代的话语向我们证明了史诗在当代的价值与意义。阿来的重述是新颖的、颠覆的，他用解构的话语将史诗《格萨尔王》中每一个人物、事件，以及意义加以重构，使"神"有了更多的"人性"。阿来也期望给后现代中或萎靡或高傲的人注入一丝"神性"。这种神性是关乎价值信仰、合乎自然生态的，也是超越人性的。本文通过分析阿来对《格萨尔王》的颠覆式重述，探寻了人类在神性失灵、人性沦落的后现代应持的姿态和立场。我们有理由相信，承载着厚重文化和人类记忆的史诗，将会在今后持续焕发它独有的光彩，照耀人类在未知的历史中继续跋涉。

原载《阿来研究》2023年第1期

（本文系与闫哲合作）

后　记

　　这是我的第四本文学评论集。所收文章是近年来对陕西，或者西部重要作家作品的研究。

　　我将该评论集取名为《与文学同在的批评》，这实际上也是我对文学评论的一种朴素理解。我认为，文学评论就应该围绕着作品本身来展开论析和阐释，脱离了文本的所谓"大文化批评"往往是不可靠的。我不是反对文学的外部研究，而是更加强调和倚重文学的内部研究。文学研究既要有"外"的观照，又要有"内"的透视，是"内"与"外"的融通。而"内"所注重的文本细读，是基石，是内核，是文学作品所体现的"文学性"的根本所在，也是其艺术价值的旨归。我不赞成一些大批评家的"宏大叙事"。一些名气很大的批评家、学者，在洋洋洒洒的批评长文中，看不到和作品本身有关的多少东西，或者说他在参加作品研讨会之前就根本没有阅读作品，会后凭着其他批评家的发言记忆，"大气磅礴"的批评文章就生成了。这样的文章是不耐读的，是大话、空话的组装品。我特别推崇李健吾式的文学批评、雷达式的文学批评。这两位文学批评家我都写过研究文章，其中雷达先生的文学批评我写过三篇。我深谙他们的文学批评，他们能够进入文学内部，与作品同频共振，饱蘸着情感，是真正的生命书写，甚至可以说是一次文学作品的再创造。可惜在当代文学批评界这样的批评文章太少了！

　　在中国当代文学批评界，一直存在两种批评倾向，"捧杀"和"棒杀"。要么"捧",要么"棒",缺失鲁迅先生所说的"剜烂苹果"的精神和气度。好的文学批评,一方面应该挖掘出作品的价值和意义,并将之放大,引领读者阅读;另一方面,直面作品的缺陷,指出问题之所在,并且善意地提出建设性的意见和建议,帮助作家快速成长。这样的文学批评才是文学批评应该有的样子。我在自己的文学批评实践中,努力践行着这一宗旨。譬如,面对徐兆寿这样的老朋友,我在给他的《荒原问道》写评论文章的时候,整篇文章都是在"夸赞",但在文章结尾最后一自然段中,我坦诚地指出了他这部作品存在的一些重要问题。我曾经跟徐兆寿先生开玩笑说,你不要看全文,就看最后一段就行了,那才是我的真话!我写过几篇关于当下文学评论的研究文章,较为深入地探讨了当前文学批评存在的问题。但老实说,想要解决这些问题,还是比较困难的。

　　文学评论是求真、求善、求美的学问,既要科学、客观、理性,也要强调伦理的维度,更要有艺术价值的叩问。好的文学评论是真、善、美的统一,是改变阅读方式的"引领者"。好的文学评论应该是作品"无形的伙伴""永远的见证人"。

　　最后,我郑重地表达谢意。感谢陕西省作家协会、陕西文学院精心策划的这套丛书,将我的拙著添列其中;感谢陕西文学院韩霁虹院长,是她的热心促成了这本书的出版;最后感谢陕西师范大学出版总社的编辑老师,他们认真、负责、严谨的编辑态度让我钦佩不已。

　　权且为后记。

韩　伟

2024年10月12日